LA PEUR

Gabriel Chevallier est né le 3 mai 1895 à Lyon. Fils de clerc de notaire, il entre aux beaux-arts à seize ans mais la guerre interrompt ses études. De retour à la vie civile, il exerce de nombreux métiers et publie un premier livre en 1929, *Durand voyageur de commerce*, et l'année suivante son grand livre, *La Peur*, aujourd'hui traduit dans les langues majeures. En 1934, *Clochemerle*, son quatrième titre, connaît un énorme succès public avec des millions de ventes, des adaptations dont une trentaine de traductions et une expression passée dans le domaine public. Il publiera, jusqu'en 1968, près de vingt ouvrages. Il est décédé le 5 avril 1969 à Cannes.

Paru au Livre de Poche :

CLOCHEMERLE

MASCARADE

GABRIEL CHEVALLIER

La Peur

LE DILETTANTE

La Peur a paru pour la première fois
aux éditions Stock en 1930.

© le dilettante, 2008.
ISBN 978-2-253-12781-9 – 1re publication LGF

« Se peut-il rien de plus plaisant qu'un homme ait droit de me tuer parce qu'il demeure au-delà de l'eau, et que son prince a querelle avec le mien, quoique je n'en aie aucune avec lui. »

PASCAL

Extrait de la préface de l'édition de 1951

Ce livre, tourné contre la guerre et publié pour la première fois en 1930, a connu la malchance de rencontrer une seconde guerre sur son chemin[1]. En 1939, sa vente fut librement suspendue, par accord entre l'auteur et l'éditeur. Quand la guerre est là, ce n'est plus le moment d'avertir les gens qu'il s'agit d'une sinistre aventure aux conséquences imprévisibles. Il fallait le comprendre avant et agir en conséquence.

On enseignait dans ma jeunesse – lorsque nous étions au front – que la guerre était moralisatrice, purificatrice et rédemptrice. On a vu quels prolongements ont eu ces turlutaines : mercantis, trafiquants, marché noir, délations, trahisons, fusillades, tortures ; et famine, tuberculose, typhus, terreur, sadisme. De l'héroïsme, d'accord. Mais la petite, l'exceptionnelle proportion d'héroïsme ne rachète pas l'immensité du mal. D'ailleurs, peu d'êtres sont taillés pour le véritable héroïsme. Ayons la loyauté d'en convenir, nous qui sommes revenus[2].

---

1. J'ai parlé de celle-ci dans un autre livre : *Le Petit Général*.
2. « Le courage, la témérité, qu'on lui donne le nom qu'on

La grande nouveauté de ce livre, dont le titre était un défi, c'est qu'on y disait : j'ai peur. Dans les « livres de guerre » que j'avais pu lire, on faisait bien parfois mention de la peur, mais il s'agissait de celle des autres. L'auteur était un personnage flegmatique, si occupé à prendre des notes qu'il faisait tranquillement risette aux obus.

L'auteur du présent livre estima qu'il y aurait improbité à parler de la peur de ses camarades sans parler de la sienne. C'est pourquoi il décida de prendre la peur à son compte, d'abord à son compte. Quant à parler de la guerre sans parler de la peur, sans la mettre au premier plan, c'eût été de la fumisterie. On ne vit pas aux lieux où l'on peut être à tout instant dépecé vif sans connaître une certaine appréhension.

Le livre fut accueilli par des mouvements divers, et l'auteur ne fut pas toujours bien traité. Mais deux choses sont à noter. Des hommes qui l'avaient injurié devaient mal tourner dans la suite, leur vaillance s'étant trompée de camp. Et ce petit mot infamant, la peur, est apparu, depuis, sous des plumes fières.

Quant aux combattants d'infanterie, ils avaient écrit : « *Vrai !* Voilà ce que nous ressentions et ne savions pas exprimer. » Leur opinion comptait beaucoup. […]

---

voudra, c'est l'éclair, l'instant sublime, et puis clac ! de nouveau les ténèbres comme avant. » William Faulkner.

Deux remarques encore. On vient de relire ces pages qu'on n'avait pas ouvertes depuis quinze ans. C'est toujours une surprise, pour un auteur, de se trouver en présence d'un texte autrefois signé par lui. Une surprise et une épreuve. Car l'homme se flatte, en vieillissant, d'apprendre quelque chose. C'est, du moins, la consolation qu'il se donne.

Le ton de *La Peur* est, par endroits, d'une extrême insolence. C'est l'insolence de la jeunesse, et l'on n'y pourrait rien changer sans retrancher la jeunesse elle-même. Le jeune Dartemont raisonne ce qui ne se raisonne pas officiellement. Il a encore la naïveté de croire que tout se peut raisonner. Il assène des vérités massives et déplaisantes. Ces vérités, il faut choisir de les dire ou de les passer sous silence. Mais il est trop indigné pour connaître la précaution. Et l'acceptation est souvent un indice de décrépitude.

Seconde remarque. On n'écrirait plus ce livre, aujourd'hui, tout à fait de la même façon. Mais fallait-il retoucher, et dans quelle mesure ? J'étais averti que d'anciens lecteurs m'en voudraient de modifier le premier texte, qu'ils le considéreraient comme une concession ou une capitulation. Aussi, à part de rares changements de mots ou d'épithètes, ce texte est bien celui de la première édition. On a même résisté à la tentation d'y ajouter plus d'art. En se disant que l'art surajouté ne pourrait qu'affaiblir et qu'il n'y a pas à revenir sur le risque qu'on avait pris à l'origine.

Reste enfin ceci. Comment ce livre sera-t-il « utilisé », aux fins de quelles propagandes ? Je répondrai simplement qu'il existait en dehors des propagandes, qu'il n'a été écrit pour en servir aucune.

G. C.

LA BLESSURE

« Je ne suis pas mouton, ce qui fait que je ne suis rien. »

STENDHAL

I

L'affiche

> « Le danger de ces communautés (les peuples), fondées sur des individus caractéristiques d'une même sorte, est l'abêtissement peu à peu accru par hérédité, lequel suit d'ailleurs toujours la stabilité ainsi que son ombre. »
>
> NIETZSCHE

Le feu couvait déjà dans les bas-fonds de l'Europe, et la France insouciante, en toilettes claires, en chapeaux de paille et pantalons de flanelle, bouclait ses bagages pour partir en vacances. Le ciel était d'un bleu sans nuages, d'un bleu optimiste, terriblement chaud : on ne pouvait redouter qu'une sécheresse. Il ferait bon à la campagne ou à la mer. Les terrasses de café sentaient l'absinthe fraîche et les Tziganes y jouaient *La Veuve joyeuse*, qui faisait fureur. Les journaux étaient pleins des détails d'un grand procès qui occupait l'opinion ; il s'agissait de savoir si celle que certains appelaient la « Caillaux de sang » serait acquittée ou condamnée, si le tonnant Labori, son avocat, et le petit Borgia en jaquette, cramoisi et rageur, qui nous avait quelque temps gouvernés (sauvés, au dire de quelques-uns), son mari, l'emporteraient. On ne voyait pas plus loin. Les trains regorgeaient de voyageurs et les guichets des gares distribuaient des billets circulaires : deux mois de vacances en perspective pour les gens riches.

Coup sur coup, dans ce ciel si pur, d'énormes éclairs zigzaguèrent : Ultimatum... Ultimatum... Ultimatum... Mais la France dit, en regardant les nuages amoncelés vers l'Est : « C'est là-bas que se passera l'orage. »

Un coup de tonnerre dans le ciel léger de l'Île-de-France. La foudre tombe sur le ministère des Affaires étrangères.

Priorité ! Le télégraphe fonctionne sans arrêt, pour raison d'État. Les bureaux de poste transmettent des dépêches chiffrées portant la mention : « Urgent. »

Sur toutes les mairies, on pose l'affiche.

Les premiers cris : C'est affiché !

La rue se bouscule, la rue se met à courir.

Les cafés se vident, les magasins se vident, les cinémas, les musées, les banques, les églises, les garçonnières, les commissariats se vident.

Toute la France est devant l'affiche et lit : Liberté, Égalité, Fraternité – Mobilisation générale.

Toute la France, dressée sur la pointe des pieds pour voir l'affiche, serrée, fraternelle, ruisselante de sueur sous le soleil qui l'étourdit, répète : « La Mobilisation », sans comprendre.

Une voix dans la foule, comme un pétard : C'EST LA GUERRE !

Alors la France se met à tournoyer, se lance à travers les avenues trop étroites, à travers les villages, à travers les campagnes : la guerre, la guerre, la guerre…

Ohé ! Là-bas : la guerre !

Les gardes champêtres avec leurs tambours, les clochers, les vieux clochers romans, les minces clochers gothiques, avec leurs cloches, annoncent : la guerre !

Les factionnaires devant leurs guérites tricolores présentent les armes. Les maires ceignent leurs écharpes. Les préfets revêtent leurs uniformes. Les généraux rassemblent leur génie. Les ministres, très émus, très embêtés, se concertent. La guerre, ça ne s'est jamais vu !

Les employés de banque, les calicots, les ouvriers, les midinettes, les dactylographes, les concierges eux-mêmes ne peuvent plus tenir en place. On ferme ! On ferme ! On ferme les guichets, les coffres-forts, les usines, les bureaux. On baisse les rideaux de fer. Allons voir !

Les militaires prennent une grande importance et sourient aux acclamations. Les officiers de carrière se disent : « L'heure sonne. Fini de croupir dans les grades subalternes ! »

Dans les rues grouillantes, les hommes, les femmes, bras dessus, bras dessous, entament une grande farandole étourdissante, privée de sens, parce que c'est la guerre, une farandole qui dure une partie de la nuit qui suit ce jour extraordinaire où l'on a collé l'affiche sur les murs des mairies.

Ça commence comme une fête.

Les cafés, seuls, ne ferment pas.

Et l'on sent toujours cette odeur d'absinthe fraîche, cette odeur du temps de paix.

Des femmes pleurent. Est-ce le pressentiment d'un malheur ? Est-ce les nerfs ?

La guerre !

Tout le monde s'y prépare. Tout le monde y va.

Qu'est-ce que la guerre ?

Personne n'en sait rien...

La dernière date de plus de quarante ans. Ses rares témoins, qu'une médaille désigne, sont des vieillards qui radotent, que la jeunesse fuit et qu'on verrait très bien aux Invalides. Nous avons perdu la guerre de 70, non sur notre valeur, mais parce que Bazaine a trahi, pensent les Français. Ah ! sans Bazaine...

Durant les années qui viennent de s'écouler, on nous a parlé de quelques guerres lointaines. Celle des Anglais et des Boers, par exemple. Nous la connaissons surtout à travers les caricatures de Caran d'Ache et les gravures des grands illustrés. Le brave président Kruger a fait une belle résistance, on l'aimait, et nous souhaitions qu'il triomphât, pour embêter les Anglais qui ont brûlé Jeanne d'Arc et martyrisé Napoléon à Sainte-Hélène. Ensuite la guerre russo-japonaise, Port-Arthur. Il paraît que ces Japonais sont de fameux soldats ; ils ont battu les célèbres cosaques, nos alliés, qui manquaient, il est vrai, de voies ferrées. Les guerres coloniales ne nous semblent pas très dangereuses. Elles évoquent des expéditions aux limites du désert, des smalas pillées, les burnous rouges des spahis, les Arabes qui tirent en l'air des coups de leurs fusils damasquinés et détalent sur leurs petits chevaux en soulevant le sable doré. Quant aux guerres balkaniques, providence des reporters, elles ne nous ont pas troublés. Européens du centre, persuadés de la supériorité de notre civilisation, nous estimons que ces régions sont peuplées de gens de basse condition. Leurs guerres nous semblent des combats de voyous, dans des terrains vagues de banlieue.

Nous étions loin de penser à la guerre. Pour l'imaginer, il faut nous reporter à l'Histoire, au peu que nous en savons. Elle nous rassure. Nous y trouvons tout un passé de guerres brillantes, de victoires, de mots historiques, animé de figures curieuses et célèbres : Charles Martel, Charlemagne, Saint-Louis installé sous un chêne au retour de la Palestine, Jeanne d'Arc qui boute les Anglais hors de France, cet hypocrite de Louis XI qui met les gens en cage en embrassant ses médailles, le galant François Ier : « Tout est perdu fors l'honneur ! », Henri IV, cynique et bon enfant : « Un royaume vaut bien une messe ! », Louis XIV, majestueux, prolifique en bâtards, tous nos rois trousseurs et cocardiers, nos révolutionnaires éloquents, et Bayard, Jean Bart, Condé, Turenne, Moreau, Hoche, Masséna... Et par-dessus tout, le grand mirage napoléonien, où le Corse génial apparaît à travers la fumée des canons, dans son uniforme sévère, au milieu de ses maréchaux, de ses ducs, de ses princes, de ses rois écarlates, tout empanachés.

Certes, après avoir troublé l'Europe par notre turbulence pendant des siècles, nous sommes devenus pacifiques, en vieillissant. Mais quand on nous cherche, on nous trouve… Il faut aller à la guerre, le sort en est jeté ! On n'a pas peur, on ira ! Nous sommes toujours les Français, pas vrai ?

Les hommes sont bêtes et ignorants. De là vient leur misère. Au lieu de réfléchir, ils croient ce qu'on leur raconte, ce qu'on leur enseigne. Ils se choisissent des chefs et des maîtres sans les juger, avec un goût funeste pour l'esclavage.

Les hommes sont des moutons. Ce qui rend possibles les armées et les guerres. Ils meurent victimes de leur stupide docilité.

Quand on a vu la guerre comme je viens de la voir, on se demande : « Comment une telle chose est-elle acceptée ? Quel tracé de frontières, quel honneur national peut légitimer cela ? Comment peut-on grimer en idéal ce qui est banditisme, et le faire admettre ? »

On a dit aux Allemands : « En avant pour la guerre fraîche et joyeuse ! *Nach Paris* et Dieu avec nous, pour la plus grande Allemagne ! » Et les bons Allemands paisibles, qui prennent tout au sérieux, se sont ébranlés pour la conquête, se sont mués en bêtes féroces.

20

On a dit aux Français : « On nous attaque. C'est la guerre du Droit et de la Revanche. À Berlin ! » Et les Français pacifistes, les Français qui ne prennent rien au sérieux, ont interrompu leurs rêveries de petits rentiers pour aller se battre.

Il en a été de même pour les Autrichiens, les Belges, les Anglais, les Russes, les Turcs, et ensuite les Italiens. En une semaine, vingt millions d'hommes civilisés, occupés à vivre, à aimer, à gagner de l'argent, à préparer l'avenir, ont reçu la consigne de tout interrompre pour aller tuer d'autres hommes. Et ces vingt millions d'individus ont accepté cette consigne parce qu'on les avait persuadés que tel était *leur devoir*.

Vingt millions, tous de bonne foi, tous d'accord avec Dieu et leur prince... Vingt millions d'imbéciles... Comme moi !

Ou plutôt non, je n'ai pas cru à ce devoir. Déjà, à dix-neuf ans, je ne pensais pas qu'il y eût de la grandeur à plonger une arme dans le ventre d'un homme, à me réjouir de sa mort.

Mais j'y suis allé tout de même.

Parce qu'il eût été difficile de faire autrement ? Ce n'est pas la vraie raison, et je ne dois pas me faire meilleur que je ne suis. J'y suis allé contre mes convictions, mais cependant de mon plein gré – non pour me battre, mais par curiosité : pour voir.

Par ma conduite, je m'explique celle de beaucoup d'autres, surtout en France.

En quelques heures, la guerre a tout bouleversé, mis partout cette apparence de désordre qui plaît aux Français. Ils partent sans haine, mais attirés par l'aventure dont on peut tout attendre. Il fait très beau. Vraiment, cette guerre tombe bien au début du mois d'août. Les petits employés sont les plus acharnés : au lieu de quinze jours de vacances, on va s'en payer plusieurs mois, aux frais de l'Allemagne, visiter du pays.

Un bariolage de vêtements, de mœurs et de classes sociales, une fanfare de clameurs, un grand mélange de boissons, l'impulsion donnée aux initiatives individuelles, un besoin de briser les choses, de sauter les palissades et de violer les lois, rendirent, au début, la guerre acceptable. On la confondit avec la liberté et l'on accepta la discipline en croyant y manquer.

Par-dessus tout régnait une atmosphère qui tenait de la fête foraine, de l'émeute, de la catastrophe et du triomphe, un grand bouleversement qui grisait. On avait changé les trajets quotidiens de la vie. Les hommes cessaient d'être des employés, des fonctionnaires, des salariés, des subordonnés, pour devenir des explorateurs et des conquérants. Du moins ils le croyaient. Ils rêvaient du Nord comme d'une Amérique, d'une pampa, d'une forêt vierge, de l'Allemagne comme d'un banquet, et de provinces ravagées, de tonneaux percés, de villes incendiées, du ventre blanc des femmes blondes de Germanie, de butins immenses, de tout ce dont la vie habituellement les privait. Chacun faisait confiance à sa destinée, on ne pensait à la mort que pour les autres.

En somme la guerre ne s'annonçait pas mal sous les auspices du désordre.

À Berlin, ceux qui ont voulu cela paraissent aux balcons des palais, en grand uniforme, dans la posture où il convient que soient immortalisés les conquérants fameux.

Ceux qui lancent sur nous deux millions de fanatiques, armés de canons à tir rapide, de mitrailleuses, de fusils à répétition, de grenades, d'avions, de la chimie et de l'électricité, resplendissent d'orgueil. Ceux qui ont donné le signal du massacre sourient à leur gloire prochaine.

C'est l'instant où devrait être tirée la première bande de mitrailleuse – et la seule – sur cet empereur et ses conseillers, qui se croient forts et surhumains, arbitres de nos destinées, et ne sont que misérables imbéciles. Leur vanité d'imbéciles perd le monde.

À Paris, ceux qui n'ont pas su éviter cela, et que cela surprend et dépasse, et qui comprennent que les discours ne suffisent plus, s'agitent, se consultent, conseillent, préparent en hâte des communiqués, rassurants, et lancent la police contre le spectre de la révolution. La police, toujours zélée, cogne dans les figures qui ne sont pas assez enthousiastes.

À Bruxelles, à Londres, à Rome, ceux qui se sentent menacés font le total des forces en présence, supputent les chances et choisissent un camp.

Et des millions d'hommes, pour avoir cru ce qu'enseignent les empereurs, les législateurs et les évêques dans leurs codes, leurs manuels et leurs catéchismes, les historiens dans leurs histoires, les ministres à la tribune, les professeurs dans les collèges et les honnêtes gens dans leurs salons, des millions d'hommes forment des troupeaux innombrables que des bergers galonnés conduisent vers les abattoirs, au son des musiques.

En quelques jours, la civilisation est anéantie. En quelques jours, les chefs ont fait faillite. Car leur rôle, le seul important, était justement d'éviter cela.

Si nous ne savions pas où nous allions, eux, du moins, auraient dû savoir où ils menaient leurs nations. Un homme a le droit d'être bête pour son propre compte, mais non pas pour le compte des autres.

Dans l'après-midi du 3 août, en compagnie de Fontan, un camarade de mon âge, je parcours la ville.

À la terrasse d'un café du centre, un orchestre attaque *La Marseillaise.* Tout le monde l'entend debout et se découvre. Sauf un petit homme chétif, de mise modeste, au visage triste sous son chapeau de paille, qui se tient seul dans un coin. Un assistant l'aperçoit, se précipite sur lui, et, d'un revers de main, fait voler le chapeau. L'homme pâlit, hausse les épaules et riposte : « Bravo ! courageux citoyen ! » L'autre le somme de se lever. Il refuse. Des passants s'approchent, les entourent. L'agresseur continue : « Vous insultez le pays, je ne le supporterai pas ! » Le petit homme, très blanc maintenant, mais obstiné, répond : « Je trouve bien que vous offensez la raison et je ne dis rien. Je suis un homme libre, et je refuse de saluer la guerre ! » Une voix crie : « Cassez-lui la gueule à ce lâche ! » Une bousculade se produit de l'arrière, des cannes se lèvent, des tables sont renversées, des verres brisés. L'attroupement, en un instant, devient énorme. Ceux des derniers rangs, qui n'ont rien vu, renseignent les nouveaux arrivants : « C'est un espion. Il a crié : Vive l'Allemagne ! » L'indignation soulève la foule, la précipite en avant. On entend des bruits de coups sur un corps, des cris de haine et de douleur. Enfin, le gérant accourt, sa serviette sous le bras, et écarte les gens. Le petit homme, tombé de sa chaise, est étendu à travers les crachats et les bouts de cigarettes des consommateurs. Son visage tuméfié est méconnaissable, avec un œil fermé et noir ; un filet de sang coule de son front et un autre de sa bouche ouverte et enflée ; il respire difficilement et ne peut se lever. Le gérant appelle deux garçons et leur commande : « Enlevez-le de là ! » Ils le traînent plus loin sur le trottoir où ils l'abandonnent. Mais un des garçons revient, se penche et le secoue d'un air menaçant : « Dis donc, et ta consommation ? » Comme le malheureux ne répond pas, il le fouille, retire de la poche de son gilet une poignée de monnaie dans laquelle il choisit, en prenant la foule à témoin : « Ce salaud serait parti sans payer ! » On l'approuve : « Ces individus sont capables de tout ! – Heureusement qu'on l'a désarmé ! – Il était armé ? – Il a menacé les gens de son revolver. – Aussi, nous sommes trop bons en France ! – Les socialistes font le jeu de l'Allemagne, pas de pitié pour ces cocos-là ! – Les prétendus pacifistes sont des coquins. Ça ne se passera pas comme en 70, cette fois ! »

Pour fêter cette victoire, on réclame à nouveau *La Marseillaise*. On l'écoute en regardant le petit homme sanglant et souillé, qui geint faiblement. Je remarque près de moi une femme pâle et belle, qui murmure à son compagnon : « Ce spectacle est horrible. Ce pauvre homme a eu du courage… » Il lui répond : « Un courage d'idiot. On ne s'avise pas de résister à l'opinion publique. »

Je dis à Fontan :

— Voilà la première victime de la guerre que nous voyons.

— Oui, fait-il rêveusement, il y a beaucoup d'enthousiasme !

Je suis témoin silencieux de la grande frénésie.

Du jour au lendemain, les civils diminuent, se muent en soldats hâtivement accoutrés, qui courent la ville pour jouir de leurs dernières heures et se faire admirer, et qui ne boutonnent plus leur tunique depuis que c'est la guerre. Le soir, ceux qui ont trop bu provoquent les passants, les prenant pour des Allemands. Les passants y voient un bon signe et applaudissent.

On entend partout des marches guerrières. Les vieux messieurs regrettent leur jeunesse, les enfants détestent la leur, et les femmes gémissent de n'être que femmes.

Je vais me mêler à la foule qui encombre les abords des casernes, des casernes sordides qui sont devenues les accumulateurs de l'énergie nationale.

J'en vois sortir des régiments qui partent. La multitude les enveloppe, les étreint, les fleurit et les saoule. Chaque rang entraîne des grappes de femmes délirantes, échevelées, qui pleurent et qui rient, et offrent leur taille et leur poitrine aux héros, comme à la patrie, qui embrassent les visages humides des rudes hommes en armes et crient leur haine pour l'ennemi qui les défigure.

Je vois défiler les cavaliers, aristocrates de l'armée. Les lourds cuirassiers, dont le torse aveugle sous le soleil, masse irrésistible lorsqu'elle est lancée à plein poitrail. Les dragons, pareils avec leurs casques à plumet, leurs lances et leurs oriflammes à des jouteurs du Moyen Âge s'apprêtant au tournoi. Les chasseurs qui caracolent et font des grâces dans leur tenue bleu tendre, les chasseurs légers des avant-postes, qui surgissent d'un pli de terrain pour sabrer un détachement ou occuper par surprise un village. L'artillerie fait trembler les maisons ; on se dit que les 75 tirent vingt-cinq coups à la minute et touchent sûrement l'objectif au troisième obus. On regarde avec respect la gueule silencieuse des petits monstres qui vont dans quelques jours déchiqueter des divisions.

Les zouaves et les coloniaux, bronzés, tatoués, farouches, ne pliant pas sous leurs énormes sacs, et qui exagèrent leurs rictus d'individus sans aveu, obtiennent un énorme succès. On pense qu'ils sont des bandits, qu'ils ne feront pas de quartier ; ils inspirent confiance. Et voici les noirs, qu'on reconnaît de loin à leurs dents blanches dans leurs visages sombres, les noirs puérils et cruels, qui décapitent leurs adversaires et leur coupent les oreilles pour s'en faire des amulettes. Ce détail réjouit. Braves noirs ! On les fait boire, on les aime, on aime cette odeur forte, cette odeur exotique d'Exposition qui flotte dans l'air à leur passage. Eux sont heureux, heureux d'avoir mérité soudain l'amitié des hommes blancs, et parce qu'ils se représentent la guerre comme une bamboula de leur pays.

Les gares sont interdites. Leurs alentours ressemblent à des camps, tellement ils sont encombrés de faisceaux, de troupes qui attendent leur tour de s'engouffrer dans les convois en station le long des quais. Les gares sont des cœurs où afflue tout le sang du pays, qu'elles lancent à pleines artères, à pleines voies ferrées, vers le Nord et l'Est, où les hommes culottés de garance pullulent comme des globules rouges. Les wagons portent ces mots, tracés à la craie : « Destination : Berlin ». Les trains partent vers l'aventure et couvrent les campagnes de clameurs, plus joyeuses encore que belliqueuses. À tous les passages à niveau, des cris leur répondent et des mouchoirs s'agitent. On dirait des trains de plaisir, tant les hommes là-dedans sont fous et inconscients.

Dans toute l'Europe, depuis les bords de l'Asie, des armées, assurées de combattre pour une bonne cause et de vaincre, sont en route avec l'impatience de se mesurer contre l'ennemi.

Qui a peur ? Personne ! Personne encore…

Vingt millions d'hommes, que cinquante millions de femmes ont couverts de fleurs et de baisers, se hâtent vers la gloire, avec des chansons nationales qu'ils chantent à pleins poumons.

Les esprits sont bien dopés. La guerre est en bonne voie. Les hommes d'État peuvent être fiers !

II

L'instruction

Il pleuvait le matin où j'allai me présenter au conseil de révision, qui siégeait à la mairie de mon arrondissement. Prévoyant que le vestiaire serait insuffisant, j'avais pris de vieux vêtements, les plus sales qui me restaient. J'envisageais cette exhibition avec un peu d'irritation, car il me semblait vexant qu'un homme habillé pût me considérer entièrement nu, tout à loisir, et porter un jugement sur mon anatomie, en profitant de l'état d'infériorité où me mettrait cette posture. Je trouvais injuste qu'en cette circonstance on demandât tout à mon corps, que la société m'ordonnait habituellement de cacher, et que les artifices de l'esprit ne fussent d'aucun secours dans cette affaire. J'estimais qu'un jugement ainsi basé condamnait déjà le système militaire. Enfin, sans être, en aucune manière, difforme, je n'étais pas certain que les proportions de mon corps fussent parfaites (n'ayant jamais été jugé, et rarement, que par des femmes, qui n'y connaissent généralement pas grand'chose), et j'aurais été fâché que devant lui on fît la grimace.

J'avais toujours espéré, par quelque moyen de la dernière heure, échapper au service militaire, à sa discipline injurieuse, et ce jour de décembre, au contraire, ma seule inquiétude était de me voir refusé. En effet, la guerre durait depuis quelques mois, et je commençais à craindre qu'elle se terminât sans que j'y fusse allé. Je ne voyais dans la guerre ni une carrière ni un idéal, mais un spectacle – de même ordre qu'une course d'autos, une semaine d'aviation ou les jeux du stade. J'étais plein d'une curiosité voulue, et, pensant que la guerre serait le plus extraordinaire spectacle de l'époque, je désirais ne pas le manquer.

La cérémonie fut des plus brèves, et les majors y apportèrent une discrétion distraite. Leur patriotisme consistait à s'accommoder de tous les corps, chétifs ou non, pour en alimenter le front. Il fallait qu'un individu clamât sans pudeur ses tares pour qu'ils l'examinassent, en le suspectant.

On nous fit déshabiller dans une étroite antichambre, où les corps nus se touchaient, et qui eut bientôt une atmosphère d'étuve. Puis nous pénétrâmes, un peu gauches, dans la pièce obscure, tapissée de cartonniers, où se tenaient les majors, entourés de leurs assesseurs, les scribes de la mairie. Je n'avais que le désir d'écourter cet examen dérisoire. Quand on appela mon nom, je passai sous la toise et montai rapidement sur la balance.

Un major lut ma fiche :

— Dartemont Jean, un mètre soixante-douze, soixante-sept kilos. C'est vous ?

— Oui, monsieur le major.

— Bon pour le service. Au suivant…

Je dus fouiller dans un amoncellement de chaussettes, de souliers et de chemises pour rassembler mes vêtements. Une fois vêtu, je courus en ville, joyeux et assez fier au fond d'être apte à faire un soldat, de ne pas appartenir à cette catégorie de citoyens méprisés qu'on voyait encore à l'arrière, dans la force de l'âge. Sans m'en douter, j'étais un peu victime de l'état d'esprit général. En outre, l'intégrité physique m'avait toujours semblé l'un des plus grands biens, et j'avais confirmation de la mienne par la décision du major.

J'annonçai la nouvelle à ma famille, qui la publia aussitôt avec orgueil, ce qui lui valut un tribut d'estime. Je l'annonçai également à une jeune fille qui s'essayait avec moi à rêver d'avenir, bien inutilement, mais je la décourageais un peu trop tendrement.

Par un soir froid de décembre 1914, le train de recrutement déversa dans la garnison son contingent de jeunes hommes. Nous nous portâmes en foule à la caserne. Mais la sentinelle nous en interdit l'entrée et alerta les gradés. Un sergent, puis un adjudant, effrayés par notre masse, coururent prévenir un commandant, qui arriva bientôt, mécontent qu'on l'eût dérangé. Il s'enquit :

— Qu'est-ce que c'est que cette histoire ?
— La classe 15 qui débarque, mon commandant.

— Qu'est-ce qu'on veut que j'en fasse à six heures du soir ! déclara ce chef en jurant.

— On peut s'en aller... proposa une voix dans l'ombre.

— Silence ! cria le sergent.

Le chef de casernement et les fourriers, mandés en hâte, déclarèrent qu'ils n'avaient rien prévu, n'étant pas informés de notre arrivée, qu'ils manquaient de vivres, de paillasses et de couvertures. Le commandant réfléchit et prit une décision énergique :

— Je m'en fous ! dit-il aux fourriers. Que ces hommes soient nourris et logés dans deux heures. Débrouillez-vous !

Et il s'en alla. Il y eut quelques commentaires de notre part.

— Y fait l'effet d'être bien gracieux, ce commandant !

— Ça a l'air bien organisé, ce truc-là !

La plupart décidèrent de rester civils une nuit encore et de revenir le lendemain. Nous allâmes fouiller la ville.

Le grand désordre qui régnait alors dans les casernes nous rendit la vie supportable. Nous exploitâmes naturellement ce désordre de notre mieux, et nous fûmes vite au fait des ruses du métier de soldat, des fausses permissions, des faux appels et des fausses maladies. Les gradés étaient trop peu nombreux pour nous contenir, et, promis à la guerre dans un avenir prochain, nous étions bien décidés à nous amuser au dépôt et à ne pas tolérer qu'on nous traitât comme des recrues ordinaires. L'absence d'anciens, qui avait entraîné l'oubli des traditions de caserne, favorisa encore notre insoumission, et nous n'eûmes à subir aucune des brimades du temps de paix.

Le premier mois de service ressembla à une mascarade. Comme les magasins manquaient d'effets militaires, on nous avait simplement distribué des pantalons de treillis et des bourgerons, qui ne recouvraient pas entièrement nos vestes civiles. Les calots et les képis manquant également, beaucoup avaient conservé leur ancienne coiffure. On vit circuler des soldats en chapeau melon, et un farceur se fit une célébrité en se découvrant d'un geste large et en s'inclinant gracieusement au passage des officiers. C'est dans cette tenue qu'on nous enseigna les marques extérieures de respect et les premiers rudiments de cette discipline qui fait la force principale des armées, à laquelle nous opposâmes une joyeuse résistance. Car nos déguisements empêchaient que nous prissions rien très au sérieux, et, en rappelant que les circonstances étaient exceptionnelles, désarmaient la colère des chefs. D'ailleurs nos instructeurs étaient généralement des caporaux de la classe précédente, formée en trois mois, qui n'étaient pas suffisamment persuadés de l'efficacité guerrière des mouvements que nous exécutions.

Cette instruction nous semblait un simulacre inutile, qui ne pouvait rien avoir de commun avec les aventures qui nous attendaient – aventures dont la perspective ne nous troublait pas, mais dont nous nous réclamions à l'avance pour nous émanciper.

À cette époque remonte une épreuve qui eût pu avoir une répercussion sur ma vie et changer entièrement ma carrière militaire.

Nous étions soldats depuis une dizaine de jours lorsque la décision invita les commandants d'unités à désigner les hommes aptes à subir l'examen de candidats au cours d'élèves officiers. C'était à nous à faire valoir nos titres auprès de nos chefs immédiats.

La question se posait de savoir si je participerais à la guerre comme soldat ou comme officier. En prenant des galons, il est certain que j'adhérais dans une certaine mesure à l'armée, que je détestais d'instinct, comme tout ce qui limite l'individu et l'incorpore aux foules, et que je me mettais en contradiction avec moi-même. Mais je sentais déjà, quelle que fût ma situation, que ma liberté m'échapperait, et qu'en demeurant soldat j'aurais à subir plus durement la discipline, empiétement intolérable sur mes idées, que je considérais comme mes droits. Je trouvais excessif, par souci d'une loyauté contestable, de me subordonner à des autorités subalternes et grossières que ma raison haïssait, et j'avais aussi le désir d'échapper aux corvées, à certains travaux physiques pour lesquels j'ai naturellement de la répugnance. Enfin, je me dis que le rôle d'officier, en me conférant parfois de l'initiative et des responsabilités, rendrait ma tâche plus utile et plus intéressante. D'ailleurs, je n'imaginais pas clairement ce que pouvait être un commandement au feu, mais je me croyais assez de dignité, de pudeur ou d'orgueil pour assumer les obligations qu'il entraînerait. Il me semblait qu'une valeur individuelle, que je croyais confusément ressentir, me tiendrait lieu de valeur militaire, et même lui serait supérieure. Car j'avais pour la valeur strictement militaire une grande méfiance. Après avoir ainsi débattu avec moi-même, je me fis inscrire.

À l'examen écrit, on nous proposa ce thème prophétique : « Montrer les origines historiques de la guerre actuelle, prévoir son développement, sa fin et ses conséquences », et l'on nous tint enfermés trois heures pour épuiser ce vaste sujet. Peu documenté sur l'histoire, je me tirai d'affaire avec un lyrisme imité de nos plus retentissants patriotes, je flétris les empires centraux, j'exaltai notre courage, celui de nos alliés et je conclus à un triomphe prochain qui étonnerait le monde et le sauverait de la barbarie. Ce brillant morceau me valut d'être classé quatrième des cent cinquante candidats retenus, juste à côté d'un ancien camarade de collège, brillant élève, déjà admissible à Centrale de Paris. Je pensais la partie gagnée.

Mais il restait l'examen oral. Par un temps glacial on nous rassembla dans les curieux accoutrements que l'on sait, sur le Champ-de-Mars. Après une attente prolongée, on vit déboucher une automobile à fanion. Il en descendit un colonel, qui s'avança avec la mâle assurance que donne la certitude de n'être jamais contredit. Cet officier supérieur à la moustache rude, aux sourcils touffus, au teint recuit d'oisif vivant au grand air, respirait l'énergie. Il la recherchait aussi et pensait la discerner dans la vigueur des apostrophes sur un terrain de manœuvres.

De son regard habitué à juger les hommes sur l'alignement, l'asticage et la longueur des cheveux, il parcourut notre rangée et décida :

— Nous allons voir ceux qui ont des aptitudes militaires !

L'épreuve commença aussitôt. On exigea que nous fissions manœuvrer une section. Ignorant tout, nous fûmes très maladroits. Cependant, comme on avait débuté par les premiers, ceux qui avaient été près d'échouer à l'écrit, après deux heures de démonstration, saisirent enfin cette intonation truquée qui donne de la force à un commandement. Quand ce fut fini, un officier tendit au colonel un paquet de copies.

— Mon colonel, voici les épreuves écrites.

— Laissons la paperasserie, c'est jugé ! répondit ce chef perspicace.

En effet, le lendemain on désigna vingt candidats, choisis soigneusement dans les derniers.

Cette décision d'un colonel si bon connaisseur d'hommes mit un terme à mes ambitions et me relégua au rang de soldat que je décidai, pour exercer mes représailles contre la bêtise, de ne plus quitter. C'est alors qu'on me désigna d'office pour faire partie du peloton des élèves caporaux, où l'on me maintint malgré mes protestations. J'y retrouvai heureusement beaucoup de camarades d'études et nous passâmes gaiement le temps en dehors de l'exercice. Cette camaraderie fut le seul bénéfice que j'en devais retirer, car on ne nous nomma jamais caporaux.

Voilà pourquoi, après un an de vie militaire, je suis toujours soldat. Beaucoup sont dans mon cas, qui auraient pu mieux faire si on les avait mieux utilisés. Je ne regrette rien, mais je constate que c'est l'armée, par le truchement d'un colonel irréfutable, qui a refusé l'offre que je lui avais faite de ma bonne volonté.

En fouillant dans mes souvenirs, j'y retrouve un fait que j'avais oublié et qui, sur le moment, m'irrita. Aujourd'hui je l'apprécie différemment et je me repens de cette irritation.

J'étais au régiment depuis trois semaines lorsqu'on me fit appeler au bureau de la compagnie. J'y trouvai notre vieux capitaine, assez paternel, qui me questionna :

— Qu'est-ce qu'il y a, mon ami, vous ne vous portez pas bien ?

— Mais si, mon capitaine, fis-je étonné.

— Oui, vraiment, vous êtes sûr ?

— Absolument sûr !

— Dites-moi donc alors ce que signifie cette lettre ?

Je lus :

« Monsieur le commandant, je me permets d'attirer votre attention sur mon petit-fils, le soldat Jean

Dartemont. Cet enfant, sur lequel j'ai longtemps veillé, a toujours été faible, et je suis certaine qu'il ne pourra supporter les fatigues d'une campagne. Il est très malheureux, dans les tristes jours où nous vivons, qu'on ne tienne pas compte de la santé de nos enfants, qu'on abuse de leur enthousiasme et de leur inexpérience. On ne devrait envoyer à la guerre que ceux qui sont forts (*sic*) et ne pas exposer les jeunes gens trop délicats, incapables de résister aux émotions violentes, qui ne seront là-bas d'aucune utilité. Chacun doit servir sa patrie dans la mesure de ses moyens, et mon petit-fils, qui est instruit, rendrait sûrement plus de services dans les bureaux. Je sais que cet enfant n'osera pas se plaindre ; c'est pourquoi, m'autorisant de mon âge et des malheurs que j'ai vus autour de moi, je vous écris, monsieur le commandant, afin que vous preniez les justes dispositions que doit lui valoir sa frêle constitution… »

Je haussai les épaules, avec humeur.

— Alors ? demanda le capitaine.

— Ce sont les exagérations d'une grand'mère. Je ne suis pas si débile !

— Donc, vous n'avez pas à vous plaindre, vous ne demandez rien ?

— Absolument rien, mon capitaine.

— C'est bon. Allez !

Il me regarda partir en souriant. J'étais furieux de cette intervention maladroite et que l'on eût pu croire que j'avais poussé ma grand'mère à intercéder de la sorte. Je murmurai : « Elle est toujours la même, elle a toujours peur de tout ! » Je pensais à ses recommandations, alors que je passais les vacances chez elle, à ses craintes quand je tirais au pistolet au fond du jardin, quand je traversais la rivière en bateau. Pour aller me baigner, je devais me cacher, et me cacher aussi pour manquer la messe. Je me dis : « Quand donc me laisseront-ils tranquille ! », la confondant ainsi avec le reste de la famille, ce qui ne m'arrivait pas généralement, car je lui savais gré de son affection, inquiète peut-être, mais douce et profonde.

Aujourd'hui, j'ai honte de cette colère. Certes, ma grand'mère, en écrivant ainsi, n'était guère spartiate et son confesseur eût pu même lui reprocher de manquer à la résignation chrétienne. Mais je me rends compte que sa timidité en face des événements était plus humaine, plus près de la vérité que la belle attitude de ces gens auxquels le courage coûtait peu, puisqu'ils l'exerçaient au détriment des autres. Son cœur défaillant lui permettait d'imaginer ce que serait la guerre pour moi, qui ne m'en doutais pas, et elle redoutait d'y risquer, d'y voir souffrir ceux qu'elle aimait. Elle plaçait ma sécurité avant toute vanité et préférait résolument ma vie à toutes les conventions. Et sa lettre, que mon ignorance m'avait fait juger ridicule, me semble maintenant la meilleure raison que la bonne vieille femme m'ait jamais fournie de la chérir.

Il n'existe pas pour moi d'état intermédiaire entre le plaisir et l'ennui. Or, je ne peux bien faire que ce que je fais avec plaisir, et je ne peux trouver de plaisir qu'à une fonction qui m'occupe l'esprit. L'état militaire est de tous les états celui où l'esprit a le moins à s'employer. Il faut qu'il en soit ainsi pour que l'armée puisse recruter ses cadres et les reconstituer aisément lorsqu'ils sont décimés. Toute la force de l'armée réside dans le principe du *garde-à-vous*, qui détruit chez les subordonnés la faculté de raisonner. On comprend cette nécessité. Que deviendrait l'armée si les soldats s'avisaient de demander aux généraux où ils les mènent et se mêlaient d'en discuter avec eux ? Cette question embarrasserait les généraux, car un chef ne doit jamais se trouver contraint de répondre à un inférieur : « Je n'en sais pas plus que vous ! »

Il m'arrive, après un an de vie militaire, de me dire que je suis un mauvais soldat, et de le déplorer, comme je déplorais autrefois d'être un mauvais élève. Je ne peux décidément me plier à aucune règle. Dois-je me condamner ? Est-ce que le fait de n'avoir pas accepté les principes qu'on m'a enseignés est une tare ? Je crois généralement que c'est un bien et que ces principes sont funestes. Mais à voir tous les gens ligués contre moi, assurés dans leurs convictions, je me prends parfois à douter : j'ai mes faiblesses comme les autres et je cède à l'opinion publique… Je crains d'être inapte à cette guerre qui ne demande que passivité et endurance. Ne serait-il pas mieux pour mon repos que je fusse un combattant convaincu, comme il en existe (mais en ai-je jamais rencontré de tels ?), luttant férocement pour sa patrie et persuadé que la mort de chaque ennemi qu'il tue lui gagne des indulgences auprès de son

41

dieu ? J'ai ce malheur de ne pouvoir agir qu'en vertu d'un mobile approuvé pour ma raison, et ma raison refuse des tutelles qu'on voudrait lui imposer. Mes maîtres, autrefois, me reprochaient mon indépendance ; plus tard, j'ai compris qu'ils redoutaient mon jugement et que ma logique d'adolescent soulevait des questions qu'ils avaient décidé de tenir dans l'ombre. Mais aujourd'hui les tutelles sont plus fortes, et ceux qui les exercent me feront peut-être tuer.

Au dépôt, notre instruction au peloton étant terminée, on nous avait nommés soldats de première classe (les nominations de caporaux ne devant se faire qu'au front) et confié à chacun une escouade. Pour ma part, je commandais à vingt-cinq hommes. Jamais je n'ai réussi à m'intéresser à ce commandement, soit vérifier le brillant des crosses de fusil, le sens des boutons, la symétrie des paquetages, harceler des hommes pour leur faire sentir leur dépendance et ma supériorité, imposer à d'autres ce dont, à leur place, j'aurais souffert. Il faut une certaine médiocrité pour prendre goût à de telles choses, et ceux, placés au-dessus de moi, qui avaient ce goût, eurent vite discerné que je n'étais pas des leurs. Ils s'en vengèrent en me désignant pour le premier départ au front. Je distinguai dans leur attitude une menace que je ne devais comprendre qu'ensuite. Sur le moment, je ris de cette préférence fatale et j'y vis une contradiction (qui aurait dû m'éclairer) avec la doctrine de l'armée : si l'honneur est dans le péril, pourquoi m'y envoyait-on avant les plus méritants ? Mais j'avais décidé d'aller au front. Le plus tôt était le mieux, et je commençais à me fatiguer de ce régime de l'arrière qui revenait insensiblement aux rigueurs de la caserne.

Notre départ fut gai. On nous avait distribué des équipements neufs et des tenues bleu horizon d'un modèle nouveau, dans lesquelles nous nous fîmes coquets. Nous eûmes quarante-huit heures pour nous promener en ville et lire dans le regard des femmes le tendre intérêt que nous méritaient notre jeunesse et notre intrépidité. Des deux, nous étions assez fats.

Je pris congé d'une personne qui avait eu pour moi des bontés et l'indulgence d'une aînée, informée par l'expérience de l'ingratitude des hommes et qu'il ne faut pas trop leur demander. Sachant qu'elle n'était dans ma vie qu'un relais, je ne l'avais pas interrogée sur son passé (que j'estimais assez chargé) et, en deux mois, n'avais connu d'elle que son prénom, indispensable pour le dialogue. C'est dire que ma force était intacte, destinée à d'autres buts, et que je n'étais pas diminué par les sots attendrissements qui peuvent affaiblir un cœur viril. Je me séparai de cette femme commode résolument, sans regret ni esprit de retour. Je crois que j'aurais refusé de lui consacrer une semaine, que j'aurais même sacrifié la vanité de me sentir aimé à mon désir d'aller visiter un champ de bataille, de connaître enfin ce qui s'y passait. Je n'envisageais toujours que le pittoresque de la guerre.

Dix mois après ceux de 14, nous partîmes pour le front, en faisant bonne contenance, et la population, un peu blasée, nous fêta encore très honorablement parce que nous n'avions guère que dix-neuf ans.

III

La zone des armées

Notre arrivée dans le cercle enchanté fut une désillusion. À notre descente du train, en pleine campagne, nous dûmes fournir une longue étape sous la pluie, pendant laquelle nos beaux équipements, nos sacs complets, nos cartouches et nos outils nous pesèrent lourdement. À la tombée de la nuit, nous atteignîmes une grande demeure assez noble, dont le perron était couvert d'officiers brillants. Mais on nous fit dresser nos tentes sur les pelouses spongieuses, sous les arbres du parc ruisselants d'eau. Cette manœuvre, à laquelle nous étions maladroits, nous prit beaucoup de temps et se termina dans l'obscurité. Puis, déjà mouillés, il nous fallut dormir dans ce marécage.

Le lendemain, on nous affecta à un bataillon de marche. Ces bataillons constituaient des réservoirs d'hommes, que le commandement déplaçait parallèlement à la ligne de feu pour les porter aux endroits menacés, afin qu'on pût y puiser des renforts immédiats. Ces bataillons pouvaient se comparer aussi à des dépôts du front, où l'on versait les blessés légers et les malades qui sortaient des postes de secours. Ces blessés, des anciens, se reconnaissaient à leurs tenues délavées, à leur soumission feinte et à leur air soucieux. Les gradés avaient pour eux plus d'égards.

J'obtins d'appartenir à la même escouade que mon camarade Bertrand, avec qui j'avais suivi le peloton et qui était comme moi soldat de première classe. Mais il nous apparut vite que ce galon n'avait pas cours ici, qu'il nous désignait seulement au ridicule, et nous décidâmes de le supprimer, d'un coup de couteau. Pas assez tôt cependant pour que notre caporal ne l'eût aperçu et n'en eût pris ombrage. Sans doute voyait-il dans ce galon un commencement d'élévation qui menaçait sa puissance. Nous fûmes repérés et les deux malheureux soldats de première classe, même dégradés, devinrent les tristes objets de son acharnement et de ses vexations. Je dois dire qu'il m'accorda la préférence. Bertrand était de caractère plutôt doux et de visage peu expressif, ses sentiments étant moins violents. Mon visage au contraire, par le dégoût qu'il reflétait, était un perpétuel défi à notre supérieur. On ne peut définir ce gradé, dont j'ai oublié le nom, que par ce terme : une brute. Son aspect ne permettait pas qu'on s'y trompât et inspirait de la répulsion : une face large et rouge, un crâne plat, une nuque épaisse, un torse puissant mais laid, des jambes maigres dont les genoux se frottaient, aux pieds rejetés en dehors, des poings monstrueux, quelque chose d'ignoble dans le regard, et une voix de charretier ivre. Il nous commandait avec une grossièreté révoltante, et se

46

vantait constamment de son courage. Nous eûmes plus tard la preuve qu'il en manquait.

Il est toujours facile dans l'armée de persécuter des hommes et de les prendre en faute. Personnellement, je prêtais le flanc parce que, peu entraîné, la fatigue m'accablait au point que je négligeais plus que jamais l'entretien de mes armes et les détails de ma tenue. J'étais surtout très mauvais marcheur. Notre tortionnaire s'en aperçut et ne manqua jamais, lors d'un déplacement, de me charger d'un fardeau supplémentaire. Il me faisait arrimer sur mon sac un bouteillon contenant la viande de l'escouade. Ces quelques kilos en porte-à-faux me suppliciaient. Je pris bientôt le parti d'aller au fossé après la deuxième pause. Étendu à la renverse, je laissais partir la colonne et attendais que passât un des nombreux convois qui sillonnaient les routes. Sautant d'un fourgon dans un autre, je terminais l'étape commodément. Une fois, mon sac, tombant d'un caisson d'artillerie où j'étais cramponné, glissa sous les roues. Le bouteillon fut broyé, et, le soir, l'escouade ne put manger. On ne me confia plus la viande.

Creuser des feuillées, balayer des cantonnements, garnir des paillasses étaient des occupations qui ne nous laissaient aucun repos. Nous y apportions une nonchalance souriante et une maladresse jamais démentie. Notre bonne humeur était soutenue par la pensée que le pays n'offrait aucune ressource et qu'autant valait passer le temps ensemble, à nous ingénier à saboter un travail ou à le rendre éternel, et à y affecter du plaisir. Cela, finalement, nous passionna. Quand on appelait les hommes de corvées, nous avions pris l'habitude de déclamer le morceau de Cicéron : *Quid abutere, Catilina, patienta nostra ?* Notre chef, la première fois qu'il entendit ces mots, soupçonnant une révolte, s'écria : « Qu'est-ce que vous dites ? » À quoi je répondis, avec une extrême douceur : « Je ne suis pas chargé, caporal, de vous apprendre le latin. »

Il fit tant que la patience, à la fin, m'échappa. Je revois l'endroit. Sur un plateau dénudé où tapait le rude soleil de juin, notre demi-section était à l'exercice sous les ordres de Catilina (le nom lui était resté). Sans autre motif que sa haine, il avait mis mes camarades au repos et me faisait exécuter seul les épuisants mouvements de l'escrime à la baïonnette : pointez ! lancez !… La force a des limites dont il ne tenait pas compte, et cette épreuve était une sorte de duel où je devais nécessairement succomber. Or je le savais homme, lorsque je ne pourrais plus remuer les bras, à me provoquer au refus d'obéissance. Plus que tout, sa face hideuse m'exaspérait. Je marchai subitement sur lui, avec ma baïonnette au bout du fusil, et, l'arrêtant contre sa poitrine, je lui dis : « Je t'… ! » Je ne sais si je l'aurais tué. Lui, qui voyait mon expression, n'en douta pas. Il pâlit et se tut, et toute la demi-section tremblante comprit qu'il était vaincu.

En cet instant, où j'étais irresponsable, j'ai risqué le bagne. À quoi tient l'honneur ! Mais ce geste insensé, qui eût pu me perdre, mit fin à notre persécution. Ce caporal tenta par la suite de nous offrir son amitié. Nous lui fîmes sentir que sa haine nous répugnait moins, et que d'ailleurs nous ne le redoutions plus. Mais cette brute nous avait gâté notre premier mois de front et dégoûté par avance de la vie nouvelle que nous espérions.

Pendant plusieurs semaines, on nous promena dans toutes les directions. Nous faisions la cuisine en plein air et nous logions sous la tente. Je me souviens surtout de deux marches. L'une, de jour, pendant laquelle nous fûmes victimes de la grosse chaleur. Notre bataillon se désagrégea entièrement et sema le long des routes des groupes d'hommes boiteux, et comme frappés d'insolation, qui se traînaient avec effort, s'étendaient dans les champs et assaillaient les convois pour se faire transporter. Fidèle à mon principe, j'avais quitté les rangs dès le début. Sachant que je ne pourrais aller jusqu'au bout, je me disais que mieux valait ne pas attendre d'être épuisé. Cette étape, sur la fin, ressembla à une déroute.

La seconde marche dura douze heures et eut lieu pendant la nuit. Nous partîmes à l'improviste. Tout le bataillon somnolait et nous marchions les yeux fermés, butant les uns dans les autres. À chaque halte, nous nous endormions sur les talus. Les marches de nuit sont terribles, parce que rien n'accroche le regard et ne distrait l'esprit qui détourne à son tour le corps de sa fatigue. Nous étions à tout instant rejetés sur les bas-côtés par des caissons d'artillerie galopant furieusement, des files de camions et de lourds autobus de ravitaillement, qui n'avaient aucun ménagement pour les titubantes colonnes d'infanterie. Ces véhicules soulevaient des tourbillons d'une poussière blanche, qui se plaquait sur nos visages en sueur et les rendait craquants comme un émail. Nous étions une troupe de fantômes et de vieillards, qui ne savaient que crier : « La pause ! » Mais toujours des sifflets nous remettaient debout, déclenchaient notre douloureux mécanisme de porteurs de fardeaux, et il semblait que nous avancions, non plus pour couvrir une étape, mais pour atteindre les limites de cette nuit, déployée sur la terre à l'infini.

Nous fûmes tirés de cette torpeur par un embrasement du monde. Nous venions de franchir une crête, et le front, devant nous, rugissait de toutes ses gueules de feu, flamboyait comme une usine infernale, dont les monstrueux creusets transformaient en lave sanglante la chair des hommes. Nous frémissions à la pensée que nous n'étions qu'une houille destinée à alimenter cette fournaise, que des soldats là-bas luttaient contre la tempête de fer, le rouge cyclone qui incendiait le ciel et ébranlait les assises de la terre. Les explosions étaient si denses qu'elles ne formaient qu'une lueur et qu'un bruit. On eût dit que sur l'horizon inondé d'essence on avait posé une allumette, que quelque génie malfaisant entretenait ces diaboliques flammes de punch et ricanait dans la nue pour fêter notre destruction. Et pour que rien ne manquât à cette fête macabre, pour qu'une opposition en accentuât mieux le tragique, on voyait monter de gracieuses fusées, comme des fleurs de lumière, qui s'épanouissaient au sommet de cet enfer et retombaient, mourantes, avec une traînée d'étoile. Nous étions hallucinés par ce spectacle, dont les anciens seulement savaient la poignante signification. Ce fut ma première vision du front déchaîné.

C'est le lendemain que, ressentant une démangeaison, je glissai ma main dans mon pantalon où quelque chose de mou s'incrusta sous mon ongle. Je retirai mon premier pou, blafard et gras, dont la vue me contracta de dégoût. M'étant isolé derrière une haie, je visitai mes vêtements. L'insecte avait déjà des compagnons, et, dans les coutures, je découvris les points blancs de leurs œufs. J'étais contaminé, mais il me fallait cependant conserver ces vêtements répugnants, endurer les chatouillements et les morsures de la vermine, à laquelle mon imagination prêtait une activité de tous les instants. L'immonde famille devait désormais prospérer sur mon corps, pendant des mois, et souiller ma vie intime de son pullulement. Cette découverte me démoralisa et me fit haïr la solitude, hantée maintenant par l'essaim des parasites. Les poux marquaient la chute dans l'ignominie et un homme ne pouvait s'évader de cette crasse de la guerre que si son sang coulait. Les héros étaient sordides comme des habitués d'asiles de nuit, et leurs cantonnements, plus sales que ces asiles, étaient encore mortels.

L'arrière du front grouillait de troupes de toutes les armes. Comme les rares villages ne pouvaient abriter tant de soldats, ceux-ci avaient édifié partout des campements primitifs, des tentes, des huttes et des baraques, qui animaient la campagne de leurs fumées. Chaque bouquet d'arbres, chaque creux de

51

ravin dissimulait une tribu de combattants, occupés de leur subsistance et de leur lessive. La région était profondément ravagée par les piétinements, les charrois et les déprédations, couverte de débris et de pourritures, empreinte de cette désolation dont les armées frappent les territoires où elles pénètrent. Le vin seul pourvoyait à l'idéal. Les tièdes barriques des cantines versaient l'oubli à ceux qui avaient de l'argent pour faire emplir leurs bidons.

Au matin, nous entendions vibrer l'air, et, dans l'azur aveuglant où le soleil dissipait les restes de la brume qui annonce la grande chaleur, un avion montait en tournoyant comme une alouette. Nous le suivions longtemps des yeux jusqu'à ce que l'atmosphère l'eût dilué, ou qu'il ne fût plus, au loin, qu'une étincelante plaque de mica balancée par le vent. Nous enviions cet homme qui faisait la guerre dans la pureté du ciel, cet ange armé d'une mitrailleuse.

Devant nous, la ligne des « saucisses » indiquait le front, le front tonnant du secteur d'attaque, dont la colère nous arrivait par bouffées sourdes. Parfois, nous croisions sur les routes une démente procession de camions, pleins de fantassins hagards, les uns frénétiques, hurlant comme des injures leur joie de survivants, les autres étendus, jambes pendantes, immobiles comme des morts, et tous maculés de terre et de sang. C'étaient les troupes qui venaient de s'illustrer à Notre-Dame-de-Lorette, au Labyrinthe, à Souchez, à la Targette, et nous savions, au nombre des camions vides, ce qu'il en avait coûté à ces régiments pour arracher à l'ennemi quelques maisons en ruine ou quelques morceaux de tranchées.

Le bataillon prit enfin ses quartiers à quelques kilomètres des lignes, dans un village où la vie s'organisa. La route qui traversait ce village commandait tout le secteur de Neuville-Saint-Vaast. Nous étions ainsi postés à un carrefour et témoins de la vie du front, par le mouvement des relèves, des ravitaillements et des ambulances. Le continuel embouteillage des voies d'accès obligeait les unités à stationner longtemps sous nos yeux. Nous pouvions considérer de près ces hommes qui s'étaient déjà battus, ces hommes terribles, endurcis, qui retournaient encore attaquer. Ils ne disaient que des grossièretés, pour narguer la mort, mais on les sentait anxieux sous leurs bravades, à la limite du désespoir. Ils étaient guidés par des officiers au visage tendu, en tenue sobre, qui se confondaient avec eux, les tutoyaient souvent et réduisaient les commandements au minimum. Ces soldats formaient des groupes pensifs autour des faisceaux, se querellaient férocement avec les sous-officiers qu'ils menaçaient des représailles du destin, et profitaient de la moindre inattention pour se ruer dans les quelques estaminets du pays. Beaucoup étaient ivres, et pas seulement les soldats. Le soir, ils prenaient lentement le chemin qui montait là-haut. On entendait décroître leur tumulte, bientôt couvert par les bruits de la canonnade sous les coups de laquelle ils se portaient.

Nous couchions sur la paille, dans des baraquements de bois goudronné, où il faisait, dans la journée, une chaleur accablante. On nous utilisait à des travaux de terrassement, à remettre en état de vieilles tranchées, en vue d'une offensive nouvelle. Nous partions au crépuscule, nous marchions longtemps à travers d'anciennes positions. Arrivés sur le terrain, on nous distribuait notre tâche par équipe de deux hommes, une pelle et une pioche. Les nuits, passé une certaine heure, étaient calmes. On entendait seulement crépiter des grenades au loin, de brèves fusillades, on voyait monter des fusées, et des balles égarées chantaient comme des moustiques. Quelques rafales d'artillerie s'écrasaient en avant de nous, loin aussi, et une invisible batterie, tapie dans l'ombre, aboyait une réponse. Nous rentrions au camp avec le jour et nous avions la matinée pour nous reposer.

Nos baraquements étaient tellement infestés de poux que j'allais souvent dormir dans un champ, roulé dans ma couverture et ma toile de tente. L'ennui, c'était l'humidité de la rosée. Sans doute fut-elle la cause de ces coliques qui m'épuisèrent et me privèrent longtemps de toute tranquillité. Ce malaise, dans une situation où l'on ne demandait rien qu'au physique, prenait une grande importance.

Avec Bertrand et quelques autres soldats, nous étions attachés au bureau de la compagnie, en qualité de plantons et, au besoin, de secrétaires. Cela ne nous dispensait pas des travaux, mais nous procurait cependant des avantages. Nous échappions à l'exercice de l'après-midi, aux tracasseries, et nous touchions nos vivres séparément pour faire notre cuisine chez l'habitant, en ajoutant quelque argent pour améliorer l'ordinaire. Cette cuisine était d'ailleurs l'occasion de disputes fréquentes, en raison des corvées qu'elle entraînait, auxquelles nous n'apportions guère de bonne volonté. J'ai remarqué souvent qu'au front l'ennui et la misère des hommes se changeaient en colère au moindre prétexte, car, ne sachant à qui s'en prendre, ils se tournaient sauvagement les uns contre les autres. L'excès de souffrance les portait à ces extrémités. Et comme les soucis matériels étaient les seuls qui occupassent leur pensée (toute vie de l'esprit étant suspendue, puisqu'elle n'avait là-bas aucune pâture), les plus misérables satisfactions étaient l'origine de ces querelles. Tous les instincts, à la guerre, se donnaient libre cours, sans aucun contrôle, sans aucun frein, que celui de la mort qui frappait en aveugle. Ce frein même n'existait plus pour certains que leurs fonctions protégeaient habituellement du danger. Dans ce village où résidaient beaucoup d'officiers supérieurs, j'en vis deux exemples.

Le premier était le colonel d'un régiment d'infanterie, qui prenait son repos dans un camp établi à la sortie du pays. Ancien colonial, robuste et sanguin, cet officier avait la passion de rosser les soldats. Il procédait d'une manière, dont je fus témoin, qui révélait le détraquement. Il interpellait un homme, le faisait approcher, l'interrogeait doucement pour le mettre en confiance, avec un bon sourire – mais ses yeux brillaient étrangement et ses veines se gonflaient. Et subitement il lançait un grand coup de poing dans la face du subordonné, accompagné d'un flot d'injures dont il s'excitait encore : « Tiens, salopard ! Enfant de garce ! » et continuait de taper jusqu'à ce que l'autre, revenu de sa surprise, se sauvât. On voyait alors le colonel poursuivre sa promenade, avec une démarche saccadée d'ataxique, claquant des mâchoires, et l'air heureux. Souvent un soldat désœuvré, arrêté dans la rue, recevait un furieux coup de pied dans les fesses : le colonel passait par là. Il arriva très vite que ce chef fît le vide devant lui et ne put plus approcher personne. La privation fut si cruelle qu'il changea, devint neurasthénique. Il n'avait de bons moments que lorsqu'il lui tombait dans les mains un homme d'une unité voisine ou d'une autre arme, qui ignorait sa manie. Mais ces aubaines étaient rares. Il connut quelques beaux jours quand son régiment reçut un renfort de quatre cents hommes arrivant du dépôt. Pendant une semaine, il ne fit que cogner et injurier et reprit sa belle humeur. Les anciens, embusqués dans les coins, assistaient à ce massacre de nouveaux, éberlués que la guerre consistât à se faire abîmer le visage par un officier supérieur. Les soldats affirmaient d'ailleurs que, ce travers excepté, leur colonel n'était pas un méchant homme. Même, il avait levé plusieurs fois des punitions graves qui eussent entraîné le conseil de guerre. Il est vrai que les fautifs s'en étaient tirés la figure en sang, avec des dents cassées.

— Il est étonnant, me disait Bertrand, que jamais personne ne lui ait rendu ses coups !

— Ce serait trop dangereux. L'homme qui se

défendrait aurait sans doute gain de cause. Mais rien n'empêcherait ensuite son chef de lui confier une mission où il se ferait tuer.

Nous allions chaque semaine à la douche. Le service sanitaire avait imaginé, pour détruire les parasites, de nous passer le corps au Crésyl. Les infirmiers nous aspergeaient avec une éponge. Ce traitement nous brûlait pendant une heure, mais demeurait sans effet pour les poux, que nous retrouvions en bonne santé et pleins d'appétit dans nos vêtements qu'on ne désinfectait pas. Ces douches constituaient une attraction, grâce au « père Rondibé ». On avait surnommé ainsi un général de division, maigre, sale et voûté, aux yeux sanguinolents, qui s'y tenait constamment. Ce chef sadique n'aimait voir les soldats que nus. Il passait en revue chaque nouvelle fournée, alignée sous les jets, à petits pas de vieillard, en tenant son regard à mi-corps. Si quelque objet le frappait par la dimension, il félicitait l'homme : « Tu en as une belle, toi ! » Son visage se ridait de contentement et il bavait. On ne le rencontrait qu'à la douche et aux feuillées. Il s'absorbait dans la contemplation des fosses, y plongeait sa canne, et accueillait les hommes, surpris de le trouver là : « Allez-y, mes petits, ne vous gênez pas. Quand le ventre va, tout va. Je viens m'informer de votre moral. » Ces mœurs, qui eussent été inadmissibles ailleurs qu'à la guerre, amusaient les soldats, peu difficiles sur les distractions.

Bertrand me disait :

— Il est terrible de penser que la vie de dix mille hommes peut dépendre de ce général. Comment veux-tu que nous gagnions la guerre avec des chefs pareils ?

Je lui répondais :

— Nous ne voyons pas ce qui se passe dans l'autre camp. Ils ont aussi leurs abrutis et commettent également des fautes. La meilleure preuve, c'est qu'ils étaient partis pour vaincre, avec tous les éléments d'une victoire rapide, et qu'ils ont échoué.

— Comment penses-tu que ça finira ?

— On ne sait pas. Les hommes qui ont pris la direction de la guerre sont débordés par les événements. Les forces sont encore si considérables qu'elles s'équilibrent. De même qu'au jeu de dames il faut supprimer beaucoup de pions avant d'y voir clair, de même il faudra tuer encore beaucoup d'êtres avant que les choses se dessinent.

— On les *grignote,* comme dit l'autre…

— Nous nous grignotons mutuellement. Les généraux des deux partis font la guerre avec les mêmes principes militaires, ils s'annulent forcément. On gagne une guerre avec une idée : le cheval de Troie, les éléphants d'Annibal, le passage du Saint-Bernard étaient des idées.

— Et les taxis de Paris ?

— Une idée aussi – qui n'était pas militaire. Et pourtant !

— Et la bravoure ?

— La bravoure est une vertu de subalterne, l'intelligence est une vertu de chef. Il manque une intelligence qui s'élève au-dessus des autres. Le génie bouscule les principes, il invente.

— Tu crois que Napoléon ?…

— Napoléon serait lui-même. Il construirait sur les données de 1914 comme il construisait sur celles de 1800. Alexandre, César, Napoléon étaient des penseurs. Il n'existe aujourd'hui que des spécialistes, dont l'esprit est faussé par des doctrines, une longue déformation professionnelle.

— Ils connaissent leur métier.

— Pas même. Où l'auraient-ils appris ? Cette guerre est venue après quarante années de paix. Ils n'auraient pu se former qu'aux grandes manœuvres, qui étaient de vains simulacres, dont les effets n'étaient pas contrôlables. Les généraux étaient comme des diplômés sortant d'une école : de la théorie et pas de pratique. Ils sont venus à la guerre avec un matériel moderne et un système militaire qui retardait d'un siècle. Ils apprennent maintenant, ils *expérimentent sur nous.* Les peuples d'Europe sont livrés à ces tout-puissants et présomptueux ignorants.

— Que faudrait-il selon toi pour faire un grand chef militaire ?

— Je me demande s'il ne faudrait pas d'abord ne pas être militaire, afin d'apporter à la compréhension de la guerre un esprit neuf. Nous avons moins besoin d'un chef militaire que d'un chef, qui serait bien davantage.

— Il se révélera peut-être dans la suite...

— Peut-être...

Nous étions accablés par la chaleur, la saleté et l'ennui.

Ma plus forte impression de cette période, je la dois à ce cadavre que je n'ai pas vu, mais senti. Une nuit que nous approfondissions un boyau, sans même distinguer l'endroit où portaient nos coups, une pioche pénétra dans la terre avec un bruit flasque, comme si elle avait crevé quelque chose. Elle venait de fouiller un ventre, humide et pourri, qui nous lâcha à la face ses miasmes, en une poussée de gaz brusquement détendus. Une puanteur envahit la tranchée, nous mit sur la bouche un irrespirable tampon, nous planta au bord des paupières des aiguilles empoisonnées qui nous tirèrent des larmes. Ce geyser pestilentiel sema la panique parmi les travailleurs, qui désertèrent en hâte ce coin maudit. Le cadavre développa ses ondes atroces, prit possession de la nuit, nous pénétra jusqu'au fond des poumons de sa décomposition, régna dans le silence. Il fallut que des gradés nous ramenassent de force vers ce mort irrité, sur lequel on pelleta avec fureur pour le recouvrir et le calmer. Mais nos corps avaient flairé l'odeur horrible et féconde de la pourriture, qui est vie et mort, et longtemps cette odeur picota nos muqueuses, fit sécréter nos glandes, réveilla en nous quelque secrète attirance organique de la matière pour la matière, même corrompue et près de s'anéantir. Notre pourriture promise, et peut-être prochaine, communia dans cette pourriture puissante, à son apogée, qui domine l'âme livide et la chasse.

Dans cette nuit, je songeais à la destinée de cet inconnu que nous venions de troubler dans sa tombe et que d'autres piétineraient encore. J'imaginais un homme pareil à moi, c'est-à-dire jeune, plein de projets et d'ambitions, d'amours pas encore définies, à peine dégagé de l'enfance et sur le point d'entreprendre. La vie ressemble pour moi à une partie qu'on entame à vingt ans et dont le gain se nomme réussite : argent pour la plupart, réputation pour quelques-uns, estime pour les plus rares. Vivre, durer, n'est rien ; réaliser est tout. Je compare celui qui meurt jeune à un joueur qui viendrait de toucher ses cartes, auquel on interdirait de jouer. Il s'agissait peut-être pour ce joueur d'une revanche... Vingt ans d'études, de subordination, de désirs et d'espoirs, cette somme de sentiments qu'un être porte en lui et qui font sa valeur, avaient trouvé dans ce coin de boyau leur aboutissement. Si je devais mourir maintenant, je ne dirais pas : c'est affreux ou c'est terrible, mais : c'est injuste et c'est absurde, parce que je n'ai encore rien tenté, rien fait qu'attendre ma chance et mon heure, qu'emmagasiner de la force et patienter. La vie de ma volonté et de mes goûts commence seulement – commencera, puisque la guerre l'a différée. Si j'y succombe, je n'aurais été que dépendant et impersonnel. Donc vaincu.

Je découvris pour la première fois une grande étendue de front le 15 août 1915. À quelques kilomètres en avant de notre village se trouvait une colline, nommée le mont Saint-Éloi, dans les parages, je crois, de la fameuse ferme de Berthonval, d'où était partie notre attaque du printemps et qui ne devait plus être alors qu'un amas de décombres. Sur cette colline s'élevait un monument, une église, entamé par les obus et dont l'accès était interdit, comme dangereux. Mais, curieux de voir, je réussis à m'y glisser avec Bertrand et nous montâmes dans l'une des tours par un escalier de pierre, branlant par endroits et encombré de matériaux qui s'étaient détachés des murailles, lézardées par le bombardement.

De là-haut, la vue portait au loin sur la plaine d'Artois, sans y rien découvrir de l'activité d'une bataille. Quelques flocons blancs, qui précédaient des détonations, nous informaient bien que c'était là qu'avait lieu la guerre, mais nous n'apercevions aucune trace des armées terrées qui s'observaient et se détruisaient lentement, dans cette campagne aride et silencieuse. Cette étendue si calme, qui cuisait au soleil, déroutait nos prévisions. Nous voyions bien les tranchées, mais comme de minuscules remblais, de minces et tortueux canaux, et il nous semblait incroyable que ce frêle lacis pût opposer une résistance sérieuse aux assauts, qu'on ne l'enjambât pas aisément pour pousser de l'avant. J'ai pensé plus tard que des généraux, qui n'avaient ni veillé au créneau ni affronté un réseau de barbelés sous les tirs de mitrailleuses, pouvaient en effet voir les tranchées comme nous les vîmes alors, avec nos yeux de novices, et se faire les mêmes illusions. Ces illusions semblent avoir décidé de la meurtrière et inutile offensive à laquelle j'ai pris part.

Peu après, on nous affecta à une unité combattante.

IV

Le baptême du feu

Nous montâmes en ligne au début de septembre, par un soir calme et assez frais. Le système de tranchées s'étendait sur une profondeur de huit à dix kilomètres, mais nous y errâmes toute la nuit, nos sacs sur le dos, la tête de la colonne s'égarant constamment aux innombrables bifurcations qui s'ouvraient devant nos guides. Nous dûmes plusieurs fois revenir sur nos pas et attendre que des éclaireurs eussent fini d'explorer ce labyrinthe silencieux et désolé, où ils s'égaraient à leur tour. Derrière nous, des fractions avaient disparu, par la faute d'hommes qui s'étaient laissé distancer de quelques mètres, avaient perdu de vue celui qui les précédait et s'étaient engagés dans une mauvaise direction. Chacun de nous avait ainsi la responsabilité de tous ceux qui le suivaient. La marche fut coupée de : « Halte ! » et de : « Demi-tour ! » qui la rendirent très fatigante.

J'étais soutenu par l'idée que cette nuit était mon baptême de feu, et je souffris moins que d'habitude du poids de mon équipement. Peu à peu, nous atteignîmes la zone active, la zone aux aguets. Elle avait l'atmosphère plus tiède des lieux qui sont habités ; il y flottait la pénétrante odeur des corps, un mélange de fermentations et de déjections, et celle des nourritures aigries. Des ronflements sortaient des parois de terre que nous frôlions, et de fugitifs rais de lumière indiquaient les orifices de quelques cavernes où reposaient les dormeurs. Au-dessus de nous, l'enchevêtrement aérien se compliquait : réseaux de fils, traverses, passerelles qui nous obligeaient à chaque instant à nous courber. Les premières balles perdues commencèrent de sillonner l'air, mais on distinguait à peine les coups de fusil. Des obus passaient, comme des vols de gros oiseaux, très haut, pour aller tomber dans quelques bas-fonds où ils éclataient sourdement. Les fusées maintenant éclairaient un vacillant paysage, recouvraient une nature en loques d'un bref et sinistre clair de lune. Après leurs explosions de lumière irréelle, notre retour à la nuit était plus profond et nous avancions en tâtonnant comme une procession d'aveugles. À mesure que nous progressions, les voies devenaient plus tortueuses et nous y sentions la vie plus dense. Nous débouchâmes enfin dans les ruines, et j'eus l'impression de pénétrer dans quelque ville morte qu'on eût exhumée. Mais la nuit finissait. Nous voyions nos visages pâles, teintés de vert par l'aube et la fatigue. Notre escouade se glissa dans une cave, s'y installa à la lueur d'une bougie et s'endormit.

Réveillé quelques heures plus tard, je me souvins que je me trouvais à Neuville-Saint-Vaast, à quelques centaines de mètres des premières lignes. Je me dis que j'étais cette fois au cœur de l'aventure, avec ma chance et ma force et ma curiosité intacte. Je fus aussitôt dehors, sans armes, en touriste. Je saluai la pureté du ciel, qui me sembla un heureux présage, et je partis à la découverte, en flâneur, par le boyau central, vrai boulevard de la guerre. Ce boyau était encombré de soldats affairés qui ne prenaient pas garde à moi. Le bouleversement était admirable. J'étais transporté dans une contrée inconnue, qui ne ressemblait à rien de ce que j'avais pu voir, et ce chaos, que j'avais l'intention de fouiller, m'enchantait, car j'y voyais le symbole de la liberté qui m'attendait certainement dans ces lieux. Des maisons, il ne restait que des pans de murs et des amoncellements de pierres recouvrant les caves où les soldats s'abritaient ; quelques-unes soutenaient encore des charpentes inclinées, crevées, qui tendaient leurs poutres calcinées comme des signaux de détresse. Des arbres mutilés étaient figés dans des postures de suppliants. L'un, qui portait des feuilles, me fit penser à la poignante gaieté d'un infirme. Je pris plaisir à m'égarer dans le dédale infini des boyaux, pour y sentir l'abandon et apprendre à retrouver mon chemin, avec le sens spécial d'un guerrier.

Les abris, de dimensions et de formes variées, creusés dans les flancs de la terre, présentaient un curieux spectacle. Ce qui frappait surtout dans ces installations de fortune, c'est que les matériaux utilisés pour leur établissement étaient déjà des déchets et des rognures : vieux bois, vieilles armes, vieux ustensiles de cuisine. Les combattants, entièrement dépourvus, en s'ingéniant, avaient abouti à cette industrie barbare. Quelques instruments de fer suffisaient à tous les besoins, et la vie se trouvait ramenée aux conditions les plus élémentaires, comme aux premiers âges du monde.

Je revins à notre cave, pour la quitter à nouveau. En fouillant hors des boyaux, je découvris dans le sous-sol d'une maison deux cadavres allemands très anciens. Ces hommes avaient dû être blessés par des grenades et murés ensuite, dans la précipitation du combat. Dans ce lieu privé d'air, ils ne s'étaient pas décomposés, mais racornis, et un récent obus avait éventré cette tombe et dispersé leurs dépouilles. Je demeurai en leur compagnie, les retournant d'un bâton, sans haine ni irrespect, plutôt poussé par une sorte de pitié fraternelle, comme pour leur demander de me livrer le secret de leur mort. Les uniformes aplatis semblaient vides. De ces ossements épars ne subsistait vraiment qu'une demi-tête, un masque, mais d'une horreur magnifique. Sur ce masque, les chairs s'étaient desséchées et verdies, en prenant les tons sombres d'un bronze patiné par le temps. Une orbite rongée était creuse, et, sur ses bords, avait coulé, comme des larmes, une pâte durcie qui devait être de la cervelle. C'était le seul défaut qui gâtât l'ensemble, mais peut-être y ajoutait-il, comme la lèpre de l'usure ajoute aux statues antiques dont elle a entamé la pierre. On eût dit qu'une main pieuse avait fermé l'œil, et, sous la paupière, on devinait le contour lisse et le volume de son globe. La bouche s'était crispée dans les derniers appels de la terrible agonie, avec un rictus des lèvres découvrant les dents, grande ouverte, pour cracher l'âme comme un caillot. J'aurais voulu emporter ce masque que la mort avait modelé, sur lequel son génie fatal avait réalisé une synthèse de la guerre, afin qu'on en fît un moulage qu'on eût distribué aux femmes et aux enthousiastes. Du moins, j'en pris un croquis que je conserve dans mon portefeuille, mais il n'exprime pas cette horreur sacrée que m'inspire le modèle. Ce crâne mettait dans le clair-obscur des ruines une grandeur dont je ne pouvais me détacher, et je ne partis que lorsque le jour qui déclinait entoura d'ombres indistinctes les reflets du front, des pommettes et des dents, le transforma en un Asiatique ricanant.

Je revins en hésitant, dans le crépuscule traversé de coups de feu et d'obus, qui annonçaient l'inquiète querelle de la nuit, où les hommes tirent pour se rassurer plus que pour détruire.

Au fond de notre abri, un ancien me dit :

— Petit gars, tu as tort de rester dehors. Il t'arrivera malheur !

Mais j'étais fier de ma trouvaille de l'après-midi et de penser qu'en une journée de front j'avais déjà découvert une chose que les gens de l'arrière ne pouvaient imaginer : ce masque pathétique, ce masque d'un Beethoven qu'on aurait supplicié.

Le lendemain, on nous conduisit de jour aux premières lignes pour travailler.

Il s'agissait de creuser des « sapes russes » en vue de la prochaine offensive, désormais imminente. On nommait ainsi des boyaux souterrains, étroits et bas, partant perpendiculairement de notre tranchée, pour s'avancer d'une vingtaine de mètres en direction de la ligne ennemie, qu'on ne déboucherait qu'au dernier moment. Un technicien inconnu avait imaginé ce procédé qui devait permettre à nos vagues d'assaut, progressant à couvert, de surgir près des positions allemandes et d'éviter qu'on eût à retirer les fils de fer, afin de ne pas donner l'éveil. Mais les Allemands avaient d'autres indices auxquels ils ne pouvaient se tromper, et l'effet de surprise ne fut pas celui qu'on avait espéré.

Ce travail était long et fatigant. Un seul homme, à demi courbé, avançait à la pioche, et les suivants se passaient des sacs remplis de terre, que les derniers allaient vider dans les secondes lignes, pour dissimuler les déblais. Une sape était confiée à chaque escouade, de distance en distance, sur tout le front de l'armée d'attaque probablement. Leur achèvement nous prit une quinzaine de jours, coupés d'autres travaux de réfection, de jour et de nuit, sur tous les points du secteur. Notre fonction de combattants se bornait à un rôle de terrassiers travaillant sous le feu, exposés et passifs, termes qui définissent en général la situation des soldats dans cette guerre, mais je l'ignorais encore et fus déçu que notre initiation débutât par des corvées.

Le secteur était assez calme, ainsi qu'il arrive souvent dans les périodes qui précèdent les grands combats, et troublé seulement par les déchaînements de notre artillerie, qui procédait à des tirs de réglage et de destruction. L'artillerie allemande, qui ménageait sans doute ses munitions, ne ripostait que par des tirs massifs et brefs sur des objectifs repérés.

En première ligne, on ne rencontrait que des hommes boueux, aux gestes lents de paysans, pleins de précautions et rogues. Ils mangeaient avec une grande attention, comme si cette tâche fût la plus importante de toutes et que leur gamelle grasse et leur bidon bosselé continssent tout le plaisir possible. Ils demeuraient des heures entières derrière un créneau, sans parler, fumant la pipe et répondant par des injures aux éclatements les plus proches.

J'étais étonné de me trouver au centre de la guerre et de ne pas la découvrir, ne pouvant admettre qu'elle consistât dans cette immobilité. Pour *voir,* me haussant sur une banquette de tir, je passai la tête au-dessus du parapet. À travers l'embrouillement des barbelés, on apercevait, à moins de cent mètres, un talus semblable au nôtre, silencieux, comme abandonné, crénelé pourtant d'yeux et de lignes de mire qui nous surveillaient. L'autre armée était là, tapie, retenant sa respiration pour nous surprendre, et nous menaçant de ses méthodes, de ses engins et de la conviction de sa force. Entre ces deux talus, le nôtre et le leur, s'étendait cette bande de terrain bouleversé qui n'appartient à personne, où quiconque se dresse est une cible aussitôt abattue, où pourrissent des cadavres qui servent d'appât, où se risquent seulement la nuit des patrouilleurs que leur cœur inquiet suffoque et qu'étourdit le bruit du sang à leurs tempes, bruit qui domine tous les autres, lorsqu'ils rampent dans la zone sinistre défendue par l'appréhension et la mort.

Je n'eus pas le temps de voir en détail. On me tirait par les pieds et j'entendis une sourde voix furieuse :

— Si tu veux absolument faire un macchab, patiente un peu, les occasions ne te manqueront pas. Mais ne fais pas repérer les copains.

Je voulus répliquer. Le ricanement des soldats et leurs haussements d'épaules m'en empêchèrent. Ils disaient :

— Pour Berlin, mon gars, c'est tout droit, y a pas à se tromper !

— La nouvelle classe s'en ressent, faut croire, pour gagner la guerre !

— Ah ! là là ! on les verra bientôt se dégonfler, les conscrits !

Je compris qu'ils prenaient ma curiosité pour une affectation de bravoure inutile et qu'en cette matière il fallait être très circonspect devant des hommes qui s'y connaissaient. Je compris que je devais éviter le ridicule de montrer de la témérité par ignorance et que le plus sage était d'imiter la prudence et la résignation des anciens. Je m'abstins désormais d'observer autrement que par l'étroite lucarne d'un créneau, masqué de maigres herbes grises qui arrêtaient le regard à quelques mètres. Au lieu de l'armée ennemie, je n'apercevais que de rares sauterelles et des fourmis, qui fréquentaient seules l'étendue interdite aux hommes.

D'ailleurs, des balles s'écrasaient fréquemment dans les parapets.

Et notre sergent nous enseignait ainsi la sagesse :

— Fritz se chargera de te mettre du plomb dans la cervelle !

Nous reçûmes nos premiers obus.

Les journées étant encore chaudes, nous nous installions, l'après-midi, sur les décombres, devant notre cave. Le torse nu, nous visitions notre linge, afin de tuer les poux qui nous dévoraient et qu'entretenaient les pailles pourries, mêlées d'épluchures, sur lesquelles nous dormions. Cette chasse faisait partie de nos travaux les plus urgents. Nous y consacrions une heure de notre repos et une grande attention dont dépendait notre sommeil.

Un jour, au milieu de cette occupation, un gros fusant éclata juste au-dessus de notre escouade, nous enveloppa de son haleine chaude et de sifflements stridents. Les éclats crépitèrent, sans nous atteindre, par miracle. Cela me fit l'effet d'un coup sur la nuque et ma tête résonna d'une vibration métallique douloureuse, comme si on m'eût foré la boîte crânienne. Nous avions sauté dans la cave, par réflexe, trop tard déjà. Nous ramassâmes ensuite des débris de fonte encore brûlants, et la façon dont ils étaient fichés dans la terre me donna une idée de leur force.

Une nuit que nous travaillions, en arrière de la première ligne, à la réfection d'une tranchée écrasée par le bombardement, nous fûmes pris d'enfilade sous un double tir d'artillerie : deux batteries à droite et deux à gauche. Les Allemands, qui avaient remarqué la démolition de notre position, supposaient bien que nous étions occupés à la remettre en état. Leurs rafales alternaient avec une régularité implacable. Mais ils « tiraient long » dans les deux sens, en sorte que nous courions dans cette tranchée pour échapper tantôt à une décharge, tantôt à l'autre. Quand nous entendions les départs, nous formions contre la terre un honteux amas de corps pantelants, qui attendaient la détente des explosions pour lâcher leur souffle, dénouer leurs entrailles et bondir plus loin. L'artillerie se joua de nous pendant une heure et nous obligea à nous rouler dans la boue. J'étais furieux qu'on nous contraignît à une telle posture, et, plusieurs fois, je ne « saluai » pas les obus. À la fin du tir, une fusée nous montra, sur les planches d'une feuillée en retrait du boyau, un sergent qui remontait lentement sa culotte. Il nous dit gaiement :

— Encore une qu'ils n'auront pas !

Son sang-froid nous donna une meilleure contenance.

Pourtant, au moment du rassemblement, je m'aperçus que tous les anciens avaient disparu et que le caporal ne s'en étonnait pas. Nous les retrouvâmes plus loin, et dans la cave, où certains dormaient déjà.

Une autre fois aussi, nous supportâmes un tir très violent. Tout l'après-midi, nous avions travaillé imprudemment dans une parallèle, en rejetant la terre sur le parapet. Le soleil venait de disparaître, il régnait sur le champ de bataille un calme d'angélus et nous attendions la section de relève en roulant des cigarettes. Les obus ravagèrent ce silence en un instant. Ils nous assaillirent à coups pressés, bien réglés sur nous, ne tombant pas à plus de cinquante mètres. Parfois si près qu'ils nous recouvraient de terre et que nous respirions leur fumée. Les hommes qui riaient ne furent plus qu'un gibier traqué, des animaux sans dignité dont la carcasse n'agissait que par l'instinct. Je vis mes camarades pâles, les yeux fous, se bousculer et s'amonceler pour ne pas être frappés seuls, secoués comme des pantins par les sursauts de la peur, étreignant le sol et s'y enfouissant le visage. Les éclatements étaient si continus que leur souffle chaud et âcre éleva la température de cet endroit et que nous transpirions d'une sueur qui se glaçait sur nous, mais nous ne savions plus si ce froid n'était pas de la chaleur. Nos nerfs se contractaient avec des brûlures d'entaille et plus d'un se crut blessé et ressentit, jusqu'au cœur, la déchirure terrible que sa chair imaginait à force de la redouter.

Dans cette tourmente, je fus soutenu par ma raison, qui d'ailleurs s'exerçait à faux. Je ne sais où j'avais pris cette théorie que les canons de campagne avaient une trajectoire très tendue. Dès lors, des obus nous arrivant de face ne pouvaient tomber dans la tranchée, et il ne s'agissait que de résister à leur fracas impressionnant. Cette sottise me tranquillisa et je souffris moins que les autres.

Enfin la relève arriva. Mais le tir nous poursuivit ; nous courions et je me trouvais le dernier dans la section. Des obus passèrent très bas, au-dessus de moi, et éclatèrent juste en avant. Au premier détour, je tombai sur deux hommes étendus dans leur sang qui avaient, pour appeler, ces visages d'enfants battus et suppliants qu'on voit aux êtres que le malheur vient de frapper, et j'enjambai en frissonnant leurs cris affreux. Ne pouvant rien pour eux, j'accélérai ma course pour les fuir. Devant les abris, on répétait leurs noms : Michard et Rigot, deux jeunes de notre classe, que nous connaissions. La guerre cessait d'être un jeu...

La nuit, nous étions fréquemment réveillés par un agent de liaison qui criait à l'entrée de notre cave : « Alerte ! Tout le monde dehors ! » On allumait la bougie, nous prenions nos équipements et nos fusils et nous gravissions à regret les escaliers, derrière notre caporal. Dehors, nous étions saisis dans une tornade de détonations. Nous débouchions dans le boyau central où grouillait une foule d'ombres en armes, attentives à ne pas se mélanger, qui s'appelaient et se dirigeaient vers les positions de soutien. L'air frais nous ranimait, ainsi que le claquement des balles, qui venaient par milliers s'aplatir contre les murailles et nous assourdissaient de leurs gifles sèches. Toutes les balles perdues de la fusillade allemande convergeaient vers les ruines, et, si nous étions sortis des tranchées, il ne fût rien resté de vivant de cette armée souterraine qui avait soudain peuplé la nuit. Devant nous, sur les lignes, les grenades crépitaient comme des étincelles de machine électrique. Les gros obus, qui ne s'annonçaient plus, éclataient au hasard, avec une flamme rouge, nous secouaient de leur souffle fétide, nous entouraient de jaillissements de métal et de pierres, qui entamaient parfois nos rangs. De longs hurlements humains dominaient, par instants, tous les bruits, se répercutaient en nous en ondes d'horreur et nous rappelaient, jusqu'à nous rendre flageolants, la lamentable faiblesse de notre chair, au milieu de ce volcan d'acier et de feu. Puis la saccade forcenée des mitrailleuses déchirait la voix des mourants, criblait la nuit, la découpait d'un pointillé de balles et de sons. On ne pouvait s'entendre qu'en criant, se distinguer qu'à la lumière boréale des fusées, avancer qu'en s'écrasant dans les boyaux gorgés d'hommes que cette angoisse étreignait : Était-ce une attaque ? Allait-on se battre ? Car ce secteur, dans les mois qui avaient précédé, s'était disputé jour et nuit à la grenade et au couteau, d'une barricade à l'autre, d'une maison à l'autre, d'une pièce à l'autre dans la même maison. Pas un mètre de terrain conquis qui n'eût été dallé d'un cadavre, pas un hectare qui n'eût coûté un bataillon. Est-ce que la boucherie recommençait ?

Nous atteignions enfin une tranchée, en avant du village, hors de la zone des obus, qui avait le calme d'une banlieue. Nos fusils chargés sur le parapet, en attendant l'ordre de nous accouder et de tirer, nous regardions la ligne de combat s'aviver de brusques flambées comme un foyer qu'on ranime. Nous nous demandions ce qu'il adviendrait de nous dans cette obscurité, comment nous pourrions distinguer des assaillants les nôtres qui reflueraient, et nous cherchions à imaginer des gestes de défense si, par hasard, tout à l'heure ils devenaient nécessaires. Les balles tissaient toujours leur trame sifflante, comme les mailles d'un filet aérien qu'on eût tendu sur nous, et nous baissions la tête. Peu à peu, nous sentions le froid et nous bâillions. Insensiblement, l'ombre recouvrait des coins de l'horizon, le ciel s'éteignait et les explosions devenaient rares. Nous rentrions.

Une fois, notre caporal me demanda :

— Tu n'as pas eu trop peur ?

— Oh ! répondit un ancien, j'étais derrière lui, il n'a pas arrêté de siffler.

C'était vrai. Je n'aime pas à être réveillé brusquement. Aussi apportais-je à ces alertes la mauvaise humeur d'un homme dont on choque les habitudes et qui refuse absolument de s'intéresser à un spectacle qu'il blâme. Mes sifflotements, qui avaient étonné l'ancien, exprimaient mon mépris pour cette guerre qui empêchait les gens de dormir et faisait tant de bruit pour si peu d'effets. La conviction que ma destinée ne pouvait avoir son terme sur un champ de bataille n'était pas encore ébranlée. Je n'avais pas encore pris la guerre (je pensais : *leur guerre*) au sérieux, la jugeant absurde dans ses manifestations, que j'avais prévues tout autres. Il y avait là trop de crasse, de poux, de corvées et d'excréments ; trop de destructions pour aboutir à quoi ? Trouvant cette affaire mal montée, je la boudais. Ma bouderie me rendait fort et me donnait une sorte de courage.

Le matin qui suivit la nuit de la relève, des camions nous débarquèrent dans un village inconnu où l'on nous répartit dans des granges pour dormir.

Nous croyions aller au repos. En réalité, on nous ramenait à l'arrière pour nous reformer et nous donner notre place dans l'échelonnement des troupes d'attaque.

Après deux jours, une étape nous rapprocha du front, qui tonnait sans arrêt. Dans un autre village, le capitaine nous lut une proclamation du G.Q.G. qui disait en substance que l'armée française attaquait l'armée allemande en deux points, Artois et Champagne, avec toutes ses divisions disponibles, tous ses canons, tout son matériel, et la certitude de tout emporter devant elle. Le commandant ne craignait pas de donner le chiffre, vrai ou faux, des masses que nous engagions, tant il était assuré que les Allemands seraient incapables d'y faire face.

Comme les vétérans murmuraient, le capitaine compléta en affirmant que l'objectif du premier jour était Douai, à vingt-cinq kilomètres dans les lignes ennemies, que notre division se trouvait là comme soutien d'artillerie et pour occuper le terrain conquis.

La perspective de sortir des tranchées et d'avancer en rase campagne, à travers les villes, de reprendre enfin la guerre traditionnelle, impériale, qu'on nous avait enseignée, avec ses coups de main heureux, ses butins, son imprévu, ses aubaines en belles filles, enchanta la classe 15. Mais les anciens nous opposèrent un visage fermé, sarcastique, et douchèrent notre enthousiasme.

— On les connaît leurs offensives à la graisse d'armes et leurs objectifs qu'ils ont rêvés dans les popotes d'état-major !

— Tu vas voir le beau bisenesse que c'est, une attaque !

— Tout ça veut dire qu'on va se faire casser la gueule une fois de plus !

Dans le cantonnement, un ancien éprouvait avec soin la résistance de ses bretelles. Il s'aperçut que je le regardais et m'expliqua :

— Ça t'épate, mon bleu, que je zyeute si attentivement mes bretelles ? Retiens ça : ta vieillesse future dépend de ce qui sert à courir. L'agilité est la première arme du fantassin conscient et organisé, quand les choses ne vont pas tout à fait de la manière que le général avait prévue – ce qui n'est pas rare, sans rien dire du mal du général qui fait ce qu'il peut, c'est-à-dire pas grand'chose. Tu penses que les Boches sont plus marioles que nous ? Y a du vrai. Mais nous ne le sommes pas plus qu'eux non plus. Un jour tu les couillonnes et le lendemain c'est toi qui es couillonné ! La guerre, c'est du hasard, une sacrée pagaille à laquelle personne n'a jamais rien compris. Il y a des cas où il vaut mieux en jouer un air, sans user ta salive en discours patriotiques. Suppose qu'il te tombe à l'improviste trois ou quatre Fritz militaristes sur le porte-pipe… (C'est pas parce que t'as l'air d'un honnête petit gars que ça ne t'arrivera pas !) Pendant que tu opères ta retraite stratégique, en vitesse, si tes boutons de culotte te lâchent et que ton froc te tombe sur les jambes, t'es proprement faisandé par les camarades de Berlin. Je dis pas qu'ils sont pas des bons types dans leur genre, mais c'est quand même pas bien sain de trop les fréquenter. Comme on parle pas le même patois, on risque de pas se comprendre si on est pressé… J'en reviens à ça : les lacets de souliers, les bretelles, les boutons de culotte, les ceintures, tout ce qui sert à amarrer tes fringues, c'est des ustensiles qu'il faut pas négliger !

On nous distribua des casques. Cette coiffure rigide nous déplut, parce qu'on ne pouvait en briser la visière, la façonner à sa guise et lui donner ce cachet personnel, genre *Bat d'Af,* avec une jugulaire tressée, qui était le comble de l'élégance aux armées. Sous le casque, on ne distinguait plus au premier coup d'œil les *mecs affranchis.* Mais les ordres étaient formels, on nous retira les képis. Beaucoup conservèrent le leur dans une musette, dans l'espoir de jours meilleurs, pour s'en coiffer à l'arrière et plaire aux femmes, des souillons de cabaret, dont la vue excitait un bataillon.

Le caporal désigna ensuite les grenadiers ou nettoyeurs de tranchées. J'en fis partie. Il nous tendit à chacun un grand couteau de cuisine à manche de bois blanc, destiné vraisemblablement aux entrailles allemandes. Je reçus le mien avec répulsion. J'avais la même répulsion pour les grenades. Appliquant à ces objets ma funeste habitude de raisonner, je me disais qu'un ouvrier travaillant aux pièces devait fatalement se tromper un jour ou l'autre sur la longueur de la mèche reliant l'amorce au détonateur et que je ferais non moins fatalement les frais de la distraction. En outre, j'étais mauvais lanceur. Je ne concevais comme arme propre que le revolver, avec lequel un tireur adroit a sa chance, qui évite d'en arriver au répugnant corps à corps avec un ennemi

dont l'odeur peut incommoder et qui est généralement avantagé par le poids (ces Germains sont plus
corpulents que nous), et par la barbarie qu'on lui
prête. Je savais bien que le Français passe pour être
nerveux et rageur. Mais c'est un on-dit et je ne
désirais pas en éprouver expérimentalement l'exac-
titude, ni me colleter avec le premier venu. Telles
étaient à peu près mes idées sur le combat d'homme
à homme. Elles ne cadraient pas absolument avec
les méthodes employées. De cela aussi j'en voulais à
la guerre.

Tandis que je considérais mon couteau, Poirier
me tira par la manche :

— Donne-moi ta place comme nettoyeur de tranchées ?

Ce Poirier était petit, rouge, massif et vantard, et
je le tenais peu en estime depuis que je l'avais surpris
la main plongée dans ma musette de vivres, très
allégée. Il m'avait répondu, sans se troubler : « C'est
plein de rats dans ce secteur ! » De plus, il portait
depuis quelques jours une belle paire de souliers de
repos, neufs, qui ressemblaient étrangement aux
miens, qui avaient disparu. Mais sa proposition
m'agréait. Je lui offrais mon couteau quand le caporal arriva. Je le mis au fait.

— Poirier voudrait être grenadier à ma place, et
justement je ne sais pas me servir des grenades.

— Non !

— Mais puisque Poirier a envie de faire ce travail
et qu'il me répugne !

— Eh bien, Poirier ne le fera pas et tu le feras !
J'ai des ordres.

— C'est juste, dis-je avec humeur, c'est militaire !

Pourtant notre caporal, un tout jeune Parisien, blond et gai, était un charmant garçon. Mais il avait beaucoup de mal à diriger notre escouade, une douzaine d'hommes, soit des nouveaux indisciplinés et impressionnables, soit de vieux Normands querelleurs et mécontents. Pour nous décider à marcher, il se plaçait toujours en tête, mais il perdait parfois en route une partie de son monde. La promptitude à se sauver caractérisait les anciens, résultait de leur expérience des choses de la guerre. Je crois qu'on avait recommandé aux gradés de choisir comme grenadiers des hommes éprouvés. Notre jeune chef prenait pour de la valeur militaire la curiosité que j'avais montrée lors de notre premier séjour aux tranchées, et il me jugeait plus sûr que Poirier qu'il connaissait bien. Il est vrai que celui-ci devait nous quitter, après trois jours d'attaque, sous prétexte d'aller au ravitaillement, et ne plus reparaître. Le bruit courut plus tard qu'on l'avait fusillé.

Le même soir, le 24 septembre, nous repartions pour le front. Il pleuvait.

V

La barricade

« Savary est un homme très bon pour des opérations secondaires, mais qui n'a pas assez d'expérience et de calcul pour être à la tête d'une si grande machine. Il n'entend rien à cette guerre.

Vous étiez à dix lieues de votre avant-garde ; le général Lasalle, qui la commande, était à cinq lieues de Burgos, de sorte que tout finissait par un colonel qui ne sait pas ce que l'on veut. Est-ce ainsi, Monsieur le maréchal, que vous m'avez vu faire la guerre ? »

NAPOLÉON

J'eus un étrange réveil le lendemain. Un monstre métallique me frôlait, menaçant de me broyer : je vis d'énormes bielles et je reçus un jet de vapeur. J'étais étendu sur le ballast d'une voie ferrée, un train blindé me passait à côté de la tête.

82

Je me souvins que j'avais quitté la colonne pendant la marche de nuit et terminé l'étape sur un fourgon. Arrivé après les autres, ne sachant où m'abriter, je m'étais couché sur la voie, sous un pont qui me protégeait de la pluie, sans penser qu'une locomotive pût venir jusque-là.

Échappé à ce danger, je regardai autour de moi. Mon bataillon occupait des abris dans le talus et je retrouvai facilement mon escouade.

La canonnade avait pris une ampleur extraordinaire ; de tous côtés rugissaient d'invisibles pièces et bientôt le train blindé nous étourdit. Des avions passaient très bas, tournoyant en dessous des nuages gris. Les « saucisses », avancées de plusieurs kilomètres, nous dominaient. Partout une grande agitation. L'attaque était déclenchée depuis des heures. Dans des villages, des chemins camouflés, se dissimulait la cavalerie prête à s'élancer. Franchissant le talus, je gagnai les bois environnants. Ils étaient pleins d'hommes, qui attendaient aussi leur tour de marcher. Décidément, nous étions en force. Mais il fallait laisser aux autres, là-bas, le temps de porter les premiers coups, d'ouvrir les brèches où l'armée s'engagerait. Du succès de nos frères d'armes dépendait notre propre sort.

La journée se passa dans une attente anxieuse, sans nouvelles. Des bruits circulèrent : l'attaque avançait, l'artillerie était attelée, pour suivre. Le soleil se montra quelques heures et se voila tristement. Notre ignorance nous désespérait et notre immobilité nous semblait de mauvais augure. Déjà, nous savions bien que nous n'irions pas à Douai si facilement.

On nous distribua des grenades du genre raquette : une boîte de fer-blanc fixée sur une plaque de bois, qu'on amorçait en tirant une ficelle, terminée par un anneau de rideau. Cet anneau échappait au clou qui le retenait et se balançait librement : une telle invention m'effraya et je refusai de toucher aux deux engins que me tendait le caporal. Il prit le parti de les assujettir lui-même au sommet de mon sac, sur la couverture.

Le soir, la pluie reprit. Nous doutions maintenant du succès. Enfin, nous nous portâmes en avant. Après le mont Saint-Éloi, le champ de bataille, noyé de brume et de fumées, dévalait devant nous en pente douce. On distinguait au loin des flammes rouges, et l'on entendait la rumeur terrible, trouée par les mitrailleuses diaboliques. C'était là que nous allions, inquiets et silencieux. La vue des blessés nous assombrit encore. Ils étaient couverts de boue, déséquipés comme des fuyards, blêmes, et nous voyions dans leurs regards cette lueur de folie qu'y avait mise la mort entrevue. Ils se retiraient par groupes gémissants, appuyés les uns sur les autres, et nous ne pouvions détacher les yeux de la tache blanche des pansements, traversée de sang par endroits. Le sang encore dégouttait d'eux, marquait leur piste. Puis passèrent des brancards silencieux, d'où pendaient des mains pâles et crispées. Quatre infirmiers transportaient sur leurs épaules un malheureux dont le bras était arraché, montrant les muscles à vif, effilochés. Il poussait des cris affreux, face au ciel fermé, de quoi faire honte à Dieu.

Le capitaine circula parmi nous :

— Du cran, les enfants ! Il paraît que le casque protège et a déjà sauvé la vie à beaucoup d'hommes.

C'était tout ce qu'il trouvait à nous dire ! Nous sûmes alors que l'attaque hésitait et qu'au fond du brouillard nous attendait un dur travail.

Peu après, des obus éclatèrent en avant de la colonne. On nous donna l'ordre de prendre les boyaux. En y sautant, un soldat poussa une plainte rauque. Nous entendîmes : « Foulé un pied ! » À côté de moi, quelqu'un remarqua : « Y en a qui savent y faire au bon moment ! »

L'avance devint très pénible. Le piétinement de milliers d'hommes avait transformé le sol en une pâte glissante, où l'on s'enlisait. Chaque pas devint un arrachement. Nous croisâmes aussi des unités qui retournaient vers l'arrière. Ces rencontres étaient un supplice, dans les boyaux trop étroits pour que deux hommes s'y tinssent de front. Or chacun était encore entouré de musettes qui l'élargissaient. Les deux colonnes s'enchevêtraient l'une dans l'autre et ne pouvant se détacher qu'en s'écrasant à chaque mètre. Les hommes exaspérés s'injuriaient, se frappaient même parce qu'ils souffraient. Le souvenir me revint de mes grenades et me donna une véritable terreur. Je transportais contre ma nuque deux explosions, dont le déclenchement ballottait au bout d'une ficelle. Il suffisait, dans cette bousculade, qu'un canon de fusil rencontrât l'un des maudits anneaux pour que s'accomplît le désastre. Je dus adopter une marche oblique, qui diminuait les chances d'accident, et surveillais les gestes de tout homme qui se débattait contre moi. Cependant que ma pensée, déchaînée, ricanante, me répétait sans arrêt : « Tu vas voir où va rouler ta tête tout à l'heure ! »

La nuit vint. Avec elle, comme toujours, on s'égara. Le front s'était un peu calmé. Les deux armées faisaient le bilan de cette première journée, et prenaient leurs dispositions pour le lendemain. Après deux ou trois heures de marche, on nous arrêta dans un chemin creux. Nous occupâmes de vieux abris, découverts en tâtonnant. Le mien était envahi par l'eau. Avant de m'y installer, j'avais démonté mon sac et jeté sur le parapet les deux grenades qui me donnaient tant d'inquiétude, en me disant que je trouverais bien d'autres engins sur la ligne de feu.

Nous commencions à dormir lorsqu'il fallut repartir. La nuit était très profonde, zébrée, dans le lointain, de fusées dont la lueur, qui n'arrivait pas jusqu'à nous, éclairait le ciel de funèbres halos. Nous débouchâmes sur une route encombrée de charrois confus. Nous croisâmes des tombereaux étranges, pleins de débris raidis qui se découpaient sur la nue et que nous reconnûmes en frissonnant : « Des macchabs ! » On retirait ainsi du front ceux du matin, les premières vagues de l'offensive irrésistible qui piétinait en avant de nous. On nettoyait le champ de bataille. Un loustic dit : « C'est bien organisé, la section des corbillards ! » Le chargement de chaque tombereau représentait le deuil de quinze familles.

Nous pénétrâmes dans un village en ruine. Ma section s'abrita dans une cave. Faute de place, nous nous tenions assis, serrés entre nos équipements, accoudés sur les sacs. Un sergent avait collé une bougie sur la poignée d'une baïonnette. La faible lumière donnait à nos visages une expression tragique. Un homme traduisit notre sentiment :

— Ça n'a pas l'air de marcher, cette attaque !

— Dis donc, répondit un autre, que c'est toujours la même c... !

— Frères, il faut mourir ! ricana un caporal blême.

— Ta gueule ! gronda la section.

Des hommes ronflaient, avec des sursauts et des cris, se débattaient contre les cauchemars moins terribles que la réalité. Dehors de gros obus commençaient d'arriver. Nous les écoutions tomber près de nous, s'acharner sur ce village blessé, le pilonner, le fracasser encore, disperser les dernières murailles, les dernières poutres, arroser de pierres les cheminements. Parfois leur souffle s'engouffrait, éteignait la bougie et l'explosion ébranlait tout. Dans le noir, nous faisions silence. Un sergent demandait : « Personne n'est touché ? – Non – Non – Personne ! » répondaient un à un les hommes des escaliers, remis de la secousse. On rallumait la bougie, sa flamme jaune nous isolait, atténuait les bruits de l'extérieur.

— C'est quand même malheureux que ces idiots nous fassent toujours faire la pause en plein marmitage !

— Ça manque jamais !

La voix d'un homme qui avait couru cria dans l'escalier : « Tenez-vous prêts ! »

— Où va-t-on ?

Mais l'agent de liaison galopait déjà plus loin, se penchait sur d'autres caves.

— Quelle heure ? demanda l'un des sergents.

— Trois heures...

— On ne dormira pas cette nuit.

Nous étions équipés, attendant une accalmie et un commandement. On attendit longtemps. Nous avions posé nos sacs, nous nous étions assis à nouveau. Les obus continuaient de pleuvoir. Soudain, dehors, frappant comme un obus sur notre somnolence, le cri brusque, impératif :

— En avant !

— En avant ! en avant ! répétèrent les sergents. Déblayez l'entrée.

La bougie disparut. Les hommes s'engagèrent dans les escaliers – pour refluer subitement.

— Attention ! cria le soldat qui se tenait sur les premières marches.

La rafale craqua tout près. L'entrée fut un rectangle rouge, aveuglant, devant nos yeux. La cave trembla. Les respirations haletaient.

— En avant ! Vite ! Vite !

On se jeta dehors en tombant, en s'accrochant, en criant. On se jeta dans la nuit froide, sifflante, dans la nuit en déflagration, la nuit pleine d'obstacles, d'embuscades, de tronçons et de clameurs, la nuit qui cachait l'inconnu et la mort, rôdeuse muette aux prunelles d'éclatements, cherchant ses proies terrifiées. Des êtres abandonnés, entamés, étendus quelque part, de notre régiment peut-être, hurlaient comme des chiens malades. Des caissons fous, ravitailleurs du tonnerre, passaient ventre à terre, culbutant, écrasant tout pour échapper. Nous courions de toutes nos forces, sur des jambes insuffisantes, surchargées, trop petites, trop faibles pour nous soustraire aux trajectoires instantanées. Nos sacs, nos musettes, nous serraient les poumons, nous tiraient en arrière, nous rejetaient dans la zone étincelante, brusquement surchauffée, du fracas. Et toujours ce fusil qui glisse de l'épaule, arme inutile, dérisoire, qui échappe et embarrasse ! Et toujours cette baïonnette qui entrave ! Nous courions, nous guidant sur un dos, les yeux dilatés mais prêts à se fermer pour ne pas voir le feu, à se fermer sur la pensée recroquevillée, qui refuse sa fonction, qui voudrait ne pas savoir, ne pas comprendre, qui est un poids mort pour la carcasse qui bondit, cravachée par les lanières tranchantes de l'acier, qui fuit le knout plombé rugissant à ses oreilles. Nous courions, le corps penché en avant, avec l'inclinaison préparée de la chute, qui doit être plus rapide que l'obus. Nous courions comme des brutes, non plus des soldats, mais déserteurs, dans le sens de l'ennemi, résonnant intérieurement de ce seul mot : *assez !* à travers les maisons titubantes, soulevées et retombant en poussière sur leurs assises.

Une salve, si directe qu'elle nous surprit debout, monta de la terre comme un volcan, nous rôtit la face, nous brûla les yeux, tailla dans notre colonne, comme dans la propre chair de chacun de nous.

La panique nous botta les fesses. Nous franchîmes

comme des tigres les trous d'obus fumants, dont les lèvres étaient des blessés, nous franchîmes les appels de nos frères, ces appels sortis des entrailles et qui touchent aux entrailles, nous franchîmes la pitié, l'honneur, la honte, nous rejetâmes tout ce qui est sentiment, tout ce qui élève l'homme, prétendent les moralistes – ces imposteurs qui ne sont pas sous les bombardements et exaltent le courage ! Nous fûmes lâches, le sachant, et ne pouvant être que cela. Le corps gouvernait, la peur commandait.

Nous courûmes plus fort que jamais, le cœur bourré de coups de poing par le sauve-qui-peut de nos organes, avec une telle accélération du sang qu'elle faisait crépiter devant nos yeux des étincelles pourpres, qu'elle nous hallucinait d'explosions nouvelles. Nous demandions : « Les boyaux ? Où sont les boyaux ? »

Des rafales nous encadrèrent encore, nous étouffèrent d'angoisse. Puis nous les distançâmes, nous nous éloignâmes du village.

Nous atteignîmes une large tranchée, à demi écroulée, une zone calme de la nuit, qui nous dérobait à la vigilance mortelle de l'ennemi. Nous nous laissâmes glisser à terre, complètement épuisés, pour épaissir encore l'ombre au-dessus de nous, comme des enfants qui se cachent. Nous entendions sauter les maisons à cinq cents mètres, ne comprenant pas comment nous avions pu nous sauver, accablés de l'horreur de ces bombardements contre lesquels il n'y a pas de défenses. Nous hésitions entre une inutile révolte et une résignation de bêtes à l'abattoir. Nous nous cramponnions de tout notre désir à cette accalmie, refusant de concevoir la suite de l'aventure, qui débutait seulement. D'autres hommes, à leur tour, accouraient. On percevait le bruit de leurs poumons. Nous attendions que nos poitrines eussent repris un rythme normal pour interroger, nous enquérir des manquants. Nous retardions le moment de les connaître, nous laissions l'obscurité combler les vides de notre effectif. Tout camarade tombé augmentait les possibilités de notre propre mort. Cependant le froid, qui nous pénétrait à travers nos vêtements imbibés d'eau, nous apaisa peu à peu. Cette nouvelle souffrance nous ranimait. Redevenant des hommes, nous envisagions tristement notre destinée.

Une question circula :

— Faites passer au capitaine : dix blessés à la 3e section, six à la 2e et une mitrailleuse hors d'usage.

L'ordre, toujours le même, suivit :

— En avant !

Nous hissâmes nos sacs et nous repartîmes courbés, plus las, avec moins de confiance. Des obus fouillaient la nuit et nous allions dans leur direction. Nous nous engageâmes sous ce nouveau tir. Les gros fusants, méthodiques et précis, éclataient de minute en minute, à vingt mètres au-dessus du boyau, et dispersaient sur nous leur gerbe furieuse. Chaque fois, nous plongions dans la boue et nous attendions, contractés, que la détonation fixât notre sort. Ensuite, nous nous lancions en avant. Quelques hommes furent encore touchés. Le bataillon défila devant eux et fut témoin de leur douleur. Mais ce n'était qu'un passage. Nous retrouvâmes plus loin la nuit calme et interminable, qui nous dérobait nous ne savions quels objectifs funestes. La fatigue, la lutte que le fantassin doit soutenir contre sa charge qui l'étreint et l'épuise nous empêchaient de penser. Nos dernières forces étaient concentrées dans les muscles des épaules et du cou. Ces boyaux ne finiraient donc pas ? Nous redoutions pourtant qu'ils prissent fin. Nous nous dirigions vers un but que nous n'étions pas pressés d'atteindre. Chaque mètre parcouru, chaque effort arraché à notre épuisement nous enfonçait plus profondément vers le danger, rapprochait de leur terme un grand nombre de destinées. Qui serait frappé ?

Il m'arriva pendant cette relève un accident insignifiant, auquel les circonstances donnèrent de l'importance et dont je souffris beaucoup. Tandis que nous traversions, par bonds haletants, le tir de harcèlement, ma jambière droite se déroula, traîna dans la boue, fut piétinée par le suivant, me fit trébucher. Il ne fallait pas songer à s'arrêter, à résister à la poussée de centaines d'hommes qui fuyaient éperdument les obus. Je dus continuer d'avancer, tenant ma jambière à la main, entravé comme un bétail. Au moindre sifflement, je tombai un genou en terre et profitai de l'explosion pour enrouler la bande précipitamment. Mais ce délai était trop court, et j'éprouvai cruellement qu'un homme qui n'est pas libre de ses mouvements se sent plus vulnérable. Cette situation incommode se prolongea longtemps, jusqu'à ce que nous fissions une vraie halte.

Nous n'avions plus de notions de l'heure, de la durée, ni de la distance. Nous marchions toujours dans ces boyaux indéfiniment pareils, dans la nuit sans issue, de plus en plus froide qui nous engourdissait. Nous ne sentions plus nos épaules meurtries. Nous n'avions même plus assez de lucidité pour imaginer, pour redouter quoi que ce fût...

L'aube se dégagea enfin de sa couverture de nuages gris et humides. Une aube livide et silencieuse, découvrant un désert terne et brumeux. Il flottait sur terre une étrange odeur, d'abord sucrée, écœurante, où l'on discernait ensuite les émanations plus riches d'une pourriture encore contenue – comme une sauce onctueuse révèle peu à peu la force de ses épices.

J'allais, penché sur le sol, privé de curiosité, toutes mes facultés absorbées par mon sac, mon fusil et mes cartouchières. J'évitais les flaques d'eau et les caillebotis branlants, qui augmentaient la difficulté de notre marche. Nous contournions des pare-éclats, nous changions de direction sans chercher à nous reconnaître, tous muets, espacés d'un mètre, sommeillant et nous jetant les uns dans les autres au moindre ralentissement. Les boyaux s'évasaient, de plus en plus ravagés.

Subitement, le soldat qui me précédait s'accroupit, se traîna sur les genoux pour passer sous un encombrement de matériaux. Je m'accroupis derrière lui. Quand il se releva, il démasqua un homme de cire, étendu sur le dos, qui ouvrait une bouche sans haleine, des yeux sans expression, un homme froid, raidi, qui avait dû se glisser sous cet illusoire abri de planches pour mourir. Je me trouvai brusquement nez à nez avec le premier cadavre récent que j'eusse vu de ma vie. Mon visage passa à quelques centimètres du sien, mon regard rencontra son effrayant regard vitreux, ma main toucha sa main glacée, assombrie par le sang qui s'était glacé dans ses veines. Il me sembla que ce mort, dans ce court tête-à-tête qu'il m'imposait, me reprochait sa mort et me menaçait de sa vengeance. Cette impression est l'une des plus horribles que j'ai rapportées du front.

Mais ce mort était comme le gardien d'un royaume de morts. Ce premier cadavre français précédait des centaines de cadavres français. La tranchée en était pleine. (Nous débouchions dans nos anciennes premières lignes, d'où était partie notre attaque de la veille.) Des cadavres dans toutes les postures, ayant subi toutes les mutilations, tous les déchirements et tous les supplices. Des cadavres entiers, sereins et corrects comme des saints de châsses ; des cadavres intacts, sans traces de blessure ; des cadavres barbouillés de sang, souillés et comme jetés à la curée de bêtes immondes ; des cadavres calmes, résignés, sans importance ; des cadavres terrifiants d'êtres qui s'étaient refusés à mourir, ceux-là, furieux, dressés, bombés, hagards, qui réclamaient la justice et qui maudissaient. Tous avec leur bouche tordue, leurs prunelles dépolies et leur teint de noyés. Et des fragments de cadavres, des lambeaux de corps et de vêtements, des organes, des membres dépareillés, des viandes humaines rouges et violettes, pareilles à des viandes de boucherie gâtées, des graisses jaunes et flasques, des os laissant fuir la moelle, des entrailles déroulées, comme des vers ignobles que nous écrasions en frémissant. Le corps de l'homme mort est un objet de dégoût insurmontable pour celui qui vit, et ce dégoût est bien la marque de l'anéantissement complet.

Pour échapper à tant d'horreur, je regardai la plaine. Horreur nouvelle, pire : la plaine était bleue[1].

La plaine était couverte des nôtres, mitraillés, butés le visage en terre, les fesses en l'air, indécents, grotesques comme des pantins, pitoyables comme des hommes, hélas ! Des champs de héros, des chargements pour les nocturnes tombereaux…

Une voix, dans le rang, formula cette pensée que nous taisions : « Qu'est-ce qu'ils ont pris ! » qui eut aussitôt en nous ce retentissement profond : « Qu'est-ce que nous allons prendre ! »

_____

1. Il y a là un effet de raccourci. Il est évident qu'un avion survolant le champ de bataille n'eût pas vu une plaine bleue, mais tachée de bleu. De même, l'expression « royaume de morts » qui précède peut paraître excessive à certains hommes froids, qui jugent à distance. Il faut comprendre l'état d'esprit d'un garçon qui se trouve subitement, après une nuit de fatigue et de dangers, environné de centaines de cadavres, et même de milliers, si l'on tient compte de ceux qui échappent à sa vue. Or ce garçon vient là en acteur… Un homme qui assiste de loin à un bombardement peut trouver le spectacle curieux, voire amusant. Avancez-le d'un kilomètre, placez-le dessous, sa façon de juger diffère étrangement. On ne devait donc pas s'étonner si l'émotion entraînait certaines déformations, mais se dire qu'aucune exagération, aucune invention, ne saurait dépasser en horreur la réalité. (Note de l'auteur.)

Aucune vie, aucune lumière, aucune couleur n'accrochait le regard et ne distrayait l'esprit. Il fallait suivre la tranchée, y chercher les cadavres, au moins pour les éviter. Je constate qu'on ne distinguait plus les vivants des morts. Nous avions rencontré quelques soldats immobiles, accoudés au parapet, que j'avais pris pour des veilleurs. Je vis qu'ils étaient tués également et qu'une légère inclinaison les avait maintenus droits contre le talus de la tranchée.

J'aperçus de loin le profil d'un petit homme barbu et chauve, assis sur la banquette de tir, qui semblait rire. C'était le premier visage détendu, réconfortant, que nous rencontrions, et j'allai vers lui avec reconnaissance, me demandant : « Qu'a-t-il à rire de la sorte ? » Il riait d'être mort ! Il avait la tête tranchée très nettement par le milieu. En le dépassant, je découvris, avec un mouvement de recul, qu'il manquait la moitié de ce visage hilare, l'autre profil[1]. La tête était complètement vide. La cervelle, qui avait roulé d'un bloc, était posée bien proprement à côté de lui – comme une pièce chez le tripier – près de sa main qui la désignait. Ce mort nous faisait une farce macabre. De là, peut-être, son rire posthume. Cette farce atteignit au comble de l'horreur lorsqu'un des nôtres poussa un cri étranglé et nous bouscula sauvagement pour fuir.

— Qu'est-ce qui te prend ?
— Je crois que c'est... mon frère !
— Regarde-le de près, bon Dieu !

------

1. Exact. (Note de l'auteur.)

— Je n'ose pas… murmura-t-il en disparaissant.

Une étendue plate, morne et sans échos se développait devant nous en tous sens, jusqu'à l'horizon pluvieux, chargé de nuages bas. Cette étendue n'était que bouleversement et marécage, uniformément grise, d'une désolation accablante. Nous savions que les armées, transies et sanglantes, se trouvaient quelque part dans cette vallée de cataclysme, mais rien ne décelait leur présence ni leurs positions respectives. On eût dit d'une terre stérile, récemment mise à nu par un déluge, qui se serait retiré en la semant d'épaves et de corps engloutis, après l'avoir recouverte d'une sombre vase. Le ciel obscur pesait sur nos têtes comme une pierre tombale. Tout nous rappelait que nous étions désignés pour un destin inexorable.

Nous finîmes par déboucher sur une sorte de place d'armes, aux voies très larges. Cet endroit avait dû être miné, bouleversé, puis réorganisé avec une grande quantité de sacs à terre. Marchant l'un derrière l'autre, nous ne nous étions pas regardés depuis la veille, et nous fûmes surpris de nous reconnaître, tellement nous avions changé. Nous étions aussi pâles que les cadavres qui nous environnaient, sales et fatigués, l'estomac tenaillé par la faim et secoués par les frissons glacés du matin. Je rencontrai Bertrand, qui appartenait à une autre unité. Sur son visage fripé et vieilli par les inquiétudes de la nuit, je reconnus les marques de ma propre angoisse. Sa vue me donna conscience de l'image que j'offrais. Il me glissa ces mots qui traduisaient l'effroi et l'étonnement de la jeune classe :

— C'est ça, la guerre ?

— Qu'est-ce qu'on fait là ? demandaient les hommes.

Personne ne savait. Les ordres manquaient. Nous étions abandonnés à travers ces terrains vagues, peuplés de morts, les uns ricanant et nous tenant sous la menace de leurs yeux glauques, les autres détournés, indifférents, qui semblaient dire : « Nous en avons fini. Arrangez-vous pour mourir à votre tour ! »

La jaune lumière d'un jour hésitant, comme frappé lui-même d'horreur, éclairait un champ de bataille inanimé, entièrement silencieux. Il semblait que tout, autour de nous, et jusqu'à l'infini, fût mort, et nous n'osions parler qu'à voix basse. Il semblait que nous avions atteint un lieu du monde qui tenait du rêve, dépassé toutes les bornes du réel et de l'espoir. L'avant et l'arrière se confondaient dans une désolation sans limites, pétris de la même boue d'argile délayée et grise. Nous étions comme échoués sur quelque banquise interplanétaire, entourée de nuées de soufre, dévastée par des tonnerres soudains. Nous rôdions dans les limbes maudits qui allaient, d'un instant à l'autre, se transformer en enfer.

Nos clairons qui sonnaient la charge déclenchèrent les machines de guerre.

Fusillade, grenades, gardiennes de l'espace, dressèrent leurs barrières mortelles, à la hauteur des ventres des soldats de France.

Les barrages s'abattirent sur nous, en rafales mêlées, percutantes et fusantes, d'obus de tous calibres. Le ciel en feu nous tomba sur le dos, nous serra la nuque, nous secoua d'un infernal roulis, nous tordit les entrailles de coliques sèches et aiguës. Notre cœur nous déchirait d'explosions internes, ébranlait les parois de notre thorax pour s'échapper. La terreur nous frappait de suffocations, comme une angine de poitrine. Et nous avions sur la langue, comme une amère hostie, notre âme, que nous ne voulions pas vomir, que nous ravalions avec des mouvements de déglutition qui nous contractaient la gorge.

Les clairons sonnaient un glas. Nous savions que devant nous, à quelques centaines de mètres, nos frères blêmes allaient s'offrir aux mitrailleuses acharnées. Nous savions que, eux tombés, puis d'autres, pareils à nous, aussi hantés par l'idée de vivre, de fuir, de ne pas souffrir, ce serait notre tour à nous, ne comptant pas plus qu'eux dans la masse des effectifs sacrifiés. Nous savions que le massacre s'accomplissait, que le sol se couvrait de nouveaux cadavres, aux gestes de naufragés.

Le tir nous avait surpris à un carrefour repéré. Nous nous glissâmes dans une sape russe pour nous abriter des éclats.

L'attaque s'apaisa vite. La canonnade décrut. Des cris nous arrivèrent, les terribles cris que nous connaissions déjà...

Nous demeurâmes dans cette sape trois jours et deux nuits.

Voyant qu'on nous y laissait, nous nous organisâmes. Dans ce boyau souterrain d'une vingtaine de mètres, nous étions vingt hommes, le menton sur les genoux, qui ne sortaient que pour satisfaire leurs besoins.

Plusieurs fois par jour, nous entendions les sinistres clairons et nous subissions les barrages. Le moindre obus eût crevé la mince couche de terre qui nous protégeait, mais nous avions empilé nos sacs, pour nous garantir de ce côté. Cette entrée était gardée par un mort enfoui à cet endroit. Il ne dépassait du sol que sa tête, comme si on l'eût enterré debout, et sa main, dont un doigt tendu dans notre direction semblait indiquer : c'est là ! Chaque fois que nous sortions en rampant, nous heurtions presque cette tête froide. Elle nous rappelait ce qui nous attendait dans ce chaos.

Nous ne recevions aucun ravitaillement. Nous mangeâmes nos vivres de réserve, et quelques hommes, qui allaient de nuit fouiller les sacs des morts, rapportèrent des biscuits et du chocolat. Mais nous étions dévorés par la soif. J'avais dans ma musette un flacon d'alcool de menthe. Il circulait avec défense d'en boire. Vingt bouches le suçaient pour s'humecter les lèvres, et il revenait vers moi. Ce fut notre seule boisson pendant ces trois jours. Quelques hommes pourtant burent de l'eau puisée dans les flaques où baignaient les cadavres.

Nous nous arrangeâmes aussi pour dormir et éviter les crampes. Chacun de nous, entre ses jambes écartées, fit place à son voisin. Nous étions disposés comme des rameurs. La nuit, toute la rangée s'inclinait en arrière et les ventres servaient d'oreiller aux têtes.

Cette sape devint un lieu tiède que nous n'osions quitter. Nous nous bercions de l'illusion qu'on nous avait oubliés et qu'aucun autre ordre ne viendrait plus nous trouver là. Mais l'ordre arriva le troisième jour. On partit dans la nuit.

Le matin, après des haltes et des hésitations, nous trouva sur des positions allemandes récemment conquises. Nous longeâmes de grands abris, qui retentissaient des cris des blessés qu'on y avait transportés, en attendant de pouvoir les acheminer vers l'arrière. Leur grand nombre retardait l'évacuation, les brancardiers ne suffisaient plus.

On nous laissa finalement dans un boyau, où nous n'avions que la ressource de nous tenir droits. Une pluie fine se mit à tomber et nous pénétra. La boue recouvrait nos pieds et les maintenait si fortement collés au sol que, pour les retirer, nous devions saisir une de nos jambes à deux mains. Nous nous réchauffions alternativement chaque jambe. Nous n'avions toujours pas de ravitaillement. Heureusement les obus ne tombaient guère dans ce coin.

Vers le soir, nous imaginâmes de creuser, avec nos pelles-bêches, de petites entailles dans le talus, juste de quoi nous engager les reins et nous empêcher de glisser. Devant ces niches, nous développâmes nos toiles de tente, tenues par des cartouches piquées dans la terre. Assis derrière ces toiles ruisselantes, serrés deux par deux, les pieds dans l'eau et grelottant, nous réussîmes à dormir quelques heures.

En pleine nuit nous fûmes alertés. Le cri que je redoutais retentit : « Les grenadiers en tête ! » Les Allemands devaient contre-attaquer. Mais la fusillade se calma avant que nous eussions atteint la ligne de combat.

Le lendemain, on nous porta encore en avant.

Nous prîmes position dans un boyau perpendiculaire aux lignes ennemies, fermé par une barricade de sacs à terre, à la limite de notre avance.

Nous étions plus sales, plus fatigués, plus pâles, plus silencieux que jamais. Nous comprenions que notre heure était proche.

Après ce que nous venions de voir, aucune illusion ne pouvait subsister. Dès qu'un bataillon était hors de combat, on faisait avancer le bataillon suivant pour attaquer, sur le même terrain couvert de nos blessés et de nos morts, après une préparation d'artillerie insuffisante, qui était plutôt pour l'ennemi un signal qu'une destruction. L'inutile victoire qui consistait à enlever un élément de tranchée allemande se payait d'un massacre des nôtres. Nous regardions les hommes bleus étendus entre les lignes. Nous savions que leur sacrifice avait été vain et que le nôtre, qui allait suivre, le serait également. Nous savions qu'il était absurde et criminel de lancer des hommes sur des fils de fer intacts, couvrant des machines qui crachaient des centaines de balles à la minute. Nous savions que d'invisibles mitrailleuses attendaient les cibles que nous serions, dès le parapet franchi, et nous abattraient comme un gibier. Seuls les assaillants se montraient à découvert, et ceux que nous attaquions, retranchés derrière leurs remparts de terre, nous empêcheraient d'aller jusqu'à eux, s'ils avaient un peu de sang-froid pendant trois minutes.

Quant à avancer profondément, tout espoir était perdu. Cette offensive, qui devait nous porter à vingt-cinq kilomètres au premier bond, tout enfoncer, avait péniblement gagné quelques centaines de mètres en huit jours. Il fallait que des officiers supérieurs justifiassent de leurs fonctions devant le pays par quelques lignes de communiqué qui sentissent la victoire. Nous n'étions plus là que pour acheter ces lignes de notre sang. Il ne s'agissait plus de stratégie, mais de politique.

Une chose encore nous faisait réfléchir. Parmi tous ces morts qui nous entouraient, on ne voyait presque pas d'Allemands. Il n'y avait pas équivalence de pertes : nos faibles gains de terrain étaient mensongers, puisque nous étions les seuls à mourir. Les troupes victorieuses sont celles qui tuent davantage, et nous étions les victimes. Ceci achevait de nous démoraliser. Depuis longtemps les soldats avaient perdu toute conviction. Ils perdaient maintenant la confiance. Assaillants, soi-disant vainqueurs, ils murmuraient : « *On nous fait tuer bêtement.* »

Témoin de ce désordre, de cette boucherie, je pensais : *bêtement* n'est pas assez dire. La Révolution guillotinait ses généraux incapables. C'était une excellente mesure. Des hommes qui ont institué les cours martiales, qui sont partisans d'une justice sommaire, ne devraient pas échapper à la sanction qu'ils appliquent aux autres. Une pareille menace les guérirait de leur orgueil olympien, ces manieurs du tonnerre, les ferait réfléchir sur eux-mêmes. Aucune dictature n'est comparable à la leur. Ils refusent tout droit de contrôle aux nations, aux familles, qui se sont, dans leur aveuglement, confiées à eux. Et nous qui voyons que leur grandeur est une imposture, que leur puissance est un danger, si nous disions la vérité, on nous fusillerait.

Telles étaient les idées qui nous hantaient à la veille d'attaquer. Courbés sous la pluie et les obus, les soldats blêmes ricanaient :

— Le moral est bon ! Les troupes sont fraîches !

Nous entrons en agonie.

L'attaque est certaine. Mais, comme il faut renoncer aux assauts de front qui n'avancent plus, on va progresser par les boyaux. Mon bataillon doit attaquer à la grenade les barricades allemandes. Grenadier, je marcherai dans les premiers.

Reste à connaître l'heure de l'attaque. Vers midi, on nous dit : « Ce sera pour ce soir ou pour la nuit. »

Des feuillées, qui sont surélevées, on aperçoit la ligne ennemie. La plaine, qui monte légèrement, est couronnée dans le lointain par un bois déchiqueté, le *bois de la Folie*, que le commandement se propose, paraît-il, d'occuper. Le bruit court que nous avons devant nous la garde impériale allemande et qu'elle nous recevra avec des balles explosives.

Que faire jusqu'au soir ? Je ne compte guère sur les grenades, que je ne sais pas manier. Je démonte mon fusil, je le nettoie avec soin, je le graisse et l'enveloppe d'un chiffon. Je vérifie aussi ma baïonnette. J'ignore comment on se bat dans un boyau, à la file indienne. Mais enfin le fusil est une arme, la seule que je connaisse, et il faut me préparer à défendre ma vie. Je ne compte pas non plus sur mon couteau.

Surtout, je ne dois pas penser… Que pourrais-je envisager ? Mourir ? *Je ne peux pas* l'envisager. Tuer ? C'est l'inconnu, et je n'ai aucune envie de tuer. La gloire ? On n'acquiert pas de gloire ici, il faut être plus en arrière. Avancer de cent, deux cents, trois cents mètres dans les positions allemandes ? J'ai trop vu que cela ne changerait rien aux événements. Je n'ai aucune haine, aucune ambition, aucun mobile. Pourtant, je dois attaquer…

Ma seule idée : passer à travers les tirs de balles, de grenades et d'obus, en réchapper, vainqueur ou vaincu. D'ailleurs : *être vainqueur, c'est vivre.* C'est aussi la seule idée de tous les hommes qui m'entourent.

Les anciens sont soucieux et grognent pour se rassurer. Ils refusent de prendre la garde, mais tous sont volontaires pour partir à l'arrière, à la recherche d'un ravitaillement.

Des rafales d'obus et de mitrailleuses balaient la plaine. Le soleil se montre un peu. Au loin, nous entendons encore des clairons, la fusillade, les barrages.

Nous voudrions suspendre la marche du temps. Pourtant le crépuscule envahit le champ de bataille, nous sépare les uns des autres, nous pénètre de froid… le froid de la mort…

Nous attendons.

Rien ne se précise.

Je m'accroupis dans un trou pour dormir. Autant ne pas savoir à l'avance !

Je me souviens que j'ai vingt ans, l'âge que chantent les poètes…

Je revois le jour. Dans la tranchée déserte, j'étire mes jambes ankylosées. Je me dirige vers l'abri de notre caporal.

— Alors, on n'attaque plus ?

— C'est remis à ce soir.

Allons ! Cette journée encore ne sera pas gaie !

Il est tôt. Le front est calme. Sur la plaine, couverte de brumes, traînent de longues plaintes déchirantes, s'élèvent des râles saccadés et rauques. Ce sont nos blessés étendus entre les lignes, qui appellent : « Venez me chercher… Camarades, frères, amis… Ne me laissez pas, je peux vivre encore… » On distingue des noms de femmes, les hurlements de ceux qui souffrent trop : « Achevez-moi ! », de ceux qui nous injurient : « Lâches ! lâches ! » Nous ne pouvons rien, que les plaindre, en frissonnant. Dans ces cris, nous reconnaissons les cris que nous portons en nous, qui sortiront de nous, ce soir peut-être... Il semble que les deux armées se soient tues pour écouter, et, dans leurs tranchées, doivent rougir de honte.

Je me replie dans mon trou, je m'entoure la tête pour ne plus entendre, tâcher de dormir.

On me réveille quelques heures plus tard. Des vivres viennent enfin d'arriver : un ragoût figé dans les bouteillons, du vin, du café froid, de l'alcool. L'escouade se rassemble autour de notre caporal qui fait la distribution. Je mange sans appétit et j'ai terminé le premier. Le caporal me tend une brassée de journaux :

— Lis-nous les nouvelles.

— Vas-y pour les bobards ! approuvent les autres en s'approchant pour ne rien perdre.

En premier lieu, le communiqué, assez confus, leur fait hocher la tête.

— On est bons pour passer l'hiver dans cette mouscaille !

Puis je parcours les colonnes signées de noms illustres, d'académiciens, de généraux en retraite, même de gens d'Église, et j'en détache ces rares, ces précieuses fleurs de prose :

« La valeur éducative de la guerre n'a jamais fait de doute pour quiconque est capable d'un peu d'observation... »

« Il était temps que la guerre vînt pour ressusciter, en France, le sens de l'idéal et du divin. »

« C'est encore une des surprises de cette guerre et l'une de ses merveilles, le rôle éclatant qu'y joue la poésie. »

Une interruption :

— Qu'est-ce qu'ils doivent toucher comme sous, ces gars-là, pour écrire ces c… !

Poursuivant, je comble l'auditoire :

« *Ô morts, que vous êtes vivants !* »

« *La gaieté règne dans les tranchées !* »

« *Je puis maintenant vous suivre à l'assaut : je puis constater la joie qui vous prend au moment de l'effort suprême, extase, transfert de l'âme, vol de l'esprit qui ne s'appartient plus.* »

Ils méditent un instant. Et Bougnou, le petit Bougnou, effacé et soumis, qui ne parle jamais, juge ces écrivains fameux et dit de sa voix de fille :

— Ah ! Les fumiers !

Dans l'après-midi, le caporal me tire par le bras :

— Tu viendras en corvée ce soir. On ira chercher des claies.

— Ah ! non, non ! Je marche déjà comme grenadier, je ne veux pas aller en corvée.

— Tais-toi donc, on coupera à l'attaque…

Cette assurance me calme. Je passe une assez bonne soirée.

Il fait nuit depuis longtemps quand nous partons. Nous sommes cinq. J'ai laissé mon fusil et mon sac dans un petit élément de tranchée où je les reprendrai, ne conservant qu'une musette et mon équipement. Nous marchons très vite dans les boyaux sombres, effondrés par les obus. Nous sommes pressés de gagner l'arrière où nous nous abriterons.

Malheureusement, l'humidité de ces derniers jours et les biscuits moisis m'ont redonné des coliques. Je dois plusieurs fois m'arrêter et faire attendre les autres, qui se plaignent, redoutant qu'un tir nous arrive dessus à l'improviste. Pour moi, ce n'est pas facile, dans l'obscurité, de trouver un endroit propice. Une fois, un homme qui se dresse brusquement prétend me chasser.

— Fous le camp d'ici ! C'est les feuillées du commandant.

Je réponds grossièrement à ce serviteur fidèle que nul commandant au monde ne saurait imposer le garde-à-vous à mes entrailles. Son nez et des borborygmes l'informent que je ne mens pas. Il disparaît.

Nous trouvons des claies dans un dépôt de matériel et nous préparons notre chargement. Puis, dans un renfoncement couvert, nous nous asseyons, bien serrés pour nous tenir chaud, et nous allumons des cigarettes.

Bientôt de gros obus tombent pas très loin et résonnent terriblement dans cet endroit désert. Nous nous enfonçons au plus profond de l'ombre et nous nous persuadons que notre abri est solide. Par-dessus tout, nous pensons à ce qui se prépare là-bas pour le bataillon. Il vaut encore mieux être ici.

D'ailleurs, le tir cesse. Le silence retombe. Nous ne parlons pas. Nous écoutons les bruits confus du front, au loin. Nous sommeillons. Nous laissons passer le temps. Nous avons l'impression d'être des déserteurs.

Le caporal nous dit : « Il faut quand même retourner. »

Nous repartons. Nous avançons péniblement avec ces claies d'osier, plus larges que les boyaux, qu'il faut transporter obliquement. Jamais, en temps normal, nous n'aurions voulu faire cette corvée. Mais nous croyons que nous sommes favorisés.

Nous rejoignons nos positions.

Tout le bataillon est dans le boyau, baïonnette au canon, dans le plus grand silence.

— Qu'est-ce que vous faites ?

— On va attaquer.

Ainsi l'attaque n'a pas eu lieu ! Le caporal dit :

— Faites passer au capitaine que les claies sont arrivées.

L'information chemine d'homme à homme. Je pense à mon fusil, à aller le chercher… un ordre arrive :

— Les hommes de corvée en tête. Laissez les claies.

C'est un comble ! Qu'est-ce que cela veut dire ? Il n'y a pas à discuter. Nous longeons le bataillon. Les hommes s'écartent pour nous laisser passer, avec une obligeance inhabituelle.

En bas de la barricade se tient notre capitaine, jugulaire au menton, le revolver dans la main. Il me montre des caisses :

— Prends des grenades.

— Mon capitaine, j'ignore leur fonctionnement.

C'est vrai. Ce sont des grenades cylindriques en fer-blanc, comme je n'en ai jamais vu. Il répond très sec :

— Pas d'explications !

En effet ! Je prends docilement cinq ou six grenades et les glisse dans ma musette. Il me montre la barricade.

— Saute !

Je vois une courte échelle. J'y grimpe. J'enjambe les sacs et me trouve au niveau de la plaine, au-dessus des tranchées. Des lueurs m'aveuglent. Fusées, obus. Des balles sifflent, me frôlent. Je me laisse tomber.

De l'autre côté de la barricade…

Un homme court devant moi. Je cours derrière lui.

En courant, courtes réflexions : « Donc, j'attaque en tête d'un bataillon. J'ai pour seule arme cinq grenades d'un modèle inconnu et je marche à la garde impériale allemande… » Mes idées ne vont pas plus loin. Je regrette mon fusil bien graissé.

D'autres hommes courent derrière moi. Il ne faut pas songer à m'arrêter, et je n'y songe pas. Les fusées se succèdent et nous éclairent. J'aperçois un fusil contre la paroi du boyau et m'en empare. Un vieux fusil français : culasse bloquée, baïonnette tordue et rouillée. Mieux que rien !

Je n'imagine pas du tout le combat, je n'ai aucun réflexe de soldat. Je me dis :

« Tout cela est idiot, absolument idiot ! » Et je cours, je cours comme si j'étais pressé.

Ai-je peur ? Ma raison a peur. Mais je ne la consulte pas.

Idiot, idiot !

Au pied de la deuxième barricade, quatre énergumènes percutent des grenades et les lancent, en hurlant pour s'exciter.

Ainsi, nous sommes cinq bougres qui attaquons l'armée allemande avec ces cylindres de fer-blanc ? Quelle histoire !

L'un des furieux me crie :

— Passe des grenades !

Je pense : « Bien volontiers ! » Je lui tends le contenu de ma musette.

— Encore !

L'homme de derrière me tend les siennes. Je transmets. D'autres grenades arrivent, de main en main.

Les quatre n'arrêtent pas de percuter, de lancer et de hurler... Ça ne pourra pas durer éternellement ?

Je suis soulevé, sourd, aveuglé par une fumée, traversé par une odeur aiguë. Des griffes me labourent, me déchirent. Je dois crier sans m'entendre.

Ma pensée jette cette lueur dans mon obscurité :
« Tes jambes sont arrachées ! » Pour un début…

Mon corps s'élance et court. L'explosion l'a
déclenché comme une machine. Derrière moi, on
crie : « Plus vite ! » sur un ton d'affolement et de
souffrance. Alors seulement je m'aperçois que je
cours.

Ma raison revient un peu, s'étonne, contrôle :
« Sur quoi cours-tu ? » Je crois courir sur des
tronçons de jambes… Elle ordonne : « Regarde ! »
Je m'arrête, dans le boyau où passent des hommes
que je ne vois pas. Ma main, qui a peur de rencontrer
quelque chose d'affreux, descend lentement le long
de mes membres : les cuisses, les mollets, les souliers.
J'ai mes deux souliers !… Alors mes jambes sont
entières ! Joie, mais joie incompréhensible. Pourtant
il m'est arrivé quelque chose, j'ai reçu un coup…

Ma raison poursuit : « Tu te sauves… As-tu le
droit de te sauver ? » Nouvelle inquiétude. Je ne sais
plus si je souffre, ni où. J'ausculte mon corps, je le
tâte dans l'ombre. Je rencontre ma main gauche qui
ne répond plus à ma pression, dont les doigts ne
peuvent serrer. Du poignet coule un liquide tiède.
« Bon ! je suis blessé, j'ai le droit de partir ! »

Cette constatation me calme et me rend aussitôt
le sentiment de la douleur. Je geins faiblement. Je
suis surtout étourdi et étonné.

Je retrouve la première barricade où l'on a fait
une brèche pour faciliter le passage. Le capitaine est
toujours là. Personne ne m'arrête. Les soldats de
mon bataillon, dont les baïonnettes brillent, tendent
leurs visages pâles et anxieux pour voir ce premier

blessé. Je reconnais des hommes de la classe 15, qui me disent :

— Veinard !

L'un se détache : Bertrand. Il me retire mon équipement et me demande :

— C'est grave ?

— Je n'en sais rien.

— Ça marche là-bas ?

— Je n'ai pas eu le temps de me rendre compte.

— Bonne chance !

— À toi aussi, mon vieux !

— Sois sûr que je préférerais être à ta place.

Leur inquiétude, leurs paroles me donnent conscience de ma fortune.

Il s'agit maintenant de gagner l'arrière, de ne pas me perdre dans les boyaux, d'échapper aux obus... Je répète : « Veinard. »

Peu à peu, je me refroidis. Mes jambes se raidissent et je boite du pied droit, qui me fait mal. J'avance péniblement, à travers le lacis des boyaux sombres et déserts. Ce secteur, dans lequel nous ne nous sommes déplacés que de nuit, m'est inconnu. La nuit encore le recouvre et l'étend à l'infini. Je n'ai qu'un indice, qui est de suivre les voies qui sont piétinées davantage, où ont passé le plus de troupes. Je me guide sur la nature du sol et m'applique à tourner le dos aux fusées qui indiquent l'avant. Je suis seul et mes forces diminuent.

À ma montre : trois heures du matin. Je trouve

un fusil brisé pour m'appuyer. Je suis de plus en plus fatigué, mais je sens que si je m'arrête, je ne pourrai repartir. J'ai la chance d'avoir quitté, le premier, le lieu de l'attaque, sans le secours des brancardiers. Il faut profiter de cette chance et éviter d'être pris sous les barrages. Justement l'artillerie donne au loin, sur les lignes.

Quatre heures. J'ignore toujours où je me trouve, où j'aboutirai et n'ai encore rencontré personne. Des obus tombent aux environs. Je m'engage dans un chemin creux. J'entends des pas, des voix, et je croise des corvées de ravitaillement. Les hommes m'offrent à boire, du café, de l'alcool, m'expliquent la direction à suivre pour atteindre le village et le poste de secours, situé à l'extrémité. Ils disent qu'il faut une heure pour s'y rendre.

Une heure pour eux, mais il me faut bien davantage. Dans le village, je quitte les boyaux et prends la route, pour gagner du temps. C'est un de ces villages du Pas-de-Calais, tout en longueur. Le décor est sinistre. Et voici les obus sur ma droite, les gros fusants qui craquent bas et les percutants qui font jaillir des pierres. S'ils arrivent jusqu'à moi, je ne pourrai ni me sauver ni m'abriter ; je vais comme un infirme. Là, j'ai vraiment peur, peur qu'on m'achève…

Une croix rouge. Je descends dans une cave. Le major me panse sommairement, s'étonne du nombre d'éclats que j'ai reçus, mais me rassure néanmoins. Le bas de ma capote est entièrement effrangé et mes jambières sont cisaillées. Je n'ai plus de force pour repartir. Un infirmier me porte sur son dos jusqu'au poste d'évacuation voisin. Le jour se lève. Il est plus de six heures.

Devant le poste d'évacuation se trouvent deux brancards, dont l'un est occupé. Je m'étends sur le second. J'éprouve immédiatement un bien-être et un sentiment de sécurité : le plus dur est fait, je n'ai plus qu'à me confier, on s'occupera de moi.

Un jeune prêtre, au visage sympathique, s'approche, se penche et nous demande avec cordialité si nous désirons quelque chose. Je lui demande une cigarette. Lorsqu'elle est allumée, je souris, pour remercier. Il ouvre les bras avec un geste un peu liturgique, et dit :

— Nos soldats sont admirables d'abnégation. Ils souffrent et ils ont encore le courage de rire !

Pendant qu'il va nous chercher à boire, l'autre blessé me glisse :

— Il est naïf, le ratichon ! Il voit pas qu'on rigole parce qu'on fout le camp !

On nous descend dans une cave encore vide qui est installée, avec des portants, pour recevoir trois rangées de brancards superposés. Je m'étonne d'être là, de mon extraordinaire aventure... Mais je suis très fatigué et je m'endors bientôt lourdement.

Quelques heures plus tard, à mon réveil, la cave est pleine de blessés qui crient. Toutes les couchettes sont prises. Leurs occupants épuisent la gamme des intonations de la douleur et du désespoir. Certains sentent venir la mort et luttent contre elle farouchement, avec des imprécations et des gestes frénétiques. D'autres au contraire laissent partir leur vie en un mince filet de fluide, avec des soupirs étouffés.

D'autres exhalent des gémissements rauques, réguliers, par quoi ils bercent leur souffrance. D'autres implorent pour qu'on les soulage ; d'autres pour qu'on les aide à en finir. D'autres appellent à leur secours des êtres que nous ne connaissons pas. D'autres, dans le délire, se battent toujours, poussent d'inhumains cris de guerre. D'autres nous prennent à témoin de leur misère et nous reprochent de ne rien faire pour eux. Quelques-uns invoquent Dieu ; quelques-uns s'en prennent à lui, l'injurient, le somment d'intervenir s'il est puissant.

À ma gauche, je reconnais le jeune sous-lieutenant qui commandait notre section. De sa bouche molle sort une plainte monotone et faible de petit enfant. Il agonise. C'était un brave garçon et tout le monde l'aimait.

La place manque. À terre sont affalés des malheureux, des blocs boueux surmontés d'un visage hagard, empreint de cette atroce soumission que donne la douleur. Ils ont le regard des chiens qui rampent devant le fouet. Ils soutiennent leurs membres brisés et psalmodient le chant lugubre monté des profondeurs de leur chair. L'un a une mâchoire fracassée qui pend et qu'il n'ose toucher. Le trou hideux de sa bouche, obstrué par une langue énorme, est une fontaine de sang épais. Un aveugle, muré derrière son bandeau, lève la tête vers le ciel, dans l'espoir de capter une faible lueur par le soupirail de ses orbites, et retombe tristement dans le noir de son cachot. Il sonde le vide autour de lui en tâtonnant, comme s'il explorait les parois visqueuses d'une basse-fosse. Un troisième a les deux mains emportées, ses deux mains de cultivateur ou d'ouvrier, ses machines, son gagne-pain, dont il disait probablement, pour prouver son indépendance : « Quand un homme a ses deux mains, il trouve partout du travail. » Elles lui manquent déjà pour souffrir, pour satisfaire ce besoin si naturel, si habituel, qui consiste à les porter à l'endroit douloureux, qu'elles serrent, afin de calmer. Elles lui manquent pour se tordre, se crisper et supplier. Celui-là ne pourra jamais plus *toucher*. Je réfléchis que c'est peut-être le plus précieux des sens.

On a apporté aussi un débris humain si monstrueux que tous, à sa vue, ont reculé, qu'il a étonné ces hommes que plus rien n'étonne. J'ai fermé les yeux : je n'ai que trop vu déjà, je veux pouvoir oublier plus tard. Cela, cet être, hurle dans un coin comme un dément. Notre chair soulevée nous suggère qu'il serait généreux, fraternel de l'achever.

L'artillerie allemande coupe la route ; les obus résonnent sourdement. On ne peut nous évacuer. Dehors, de nouveaux blessés arrivent constamment qui attendent sous la pluie, pour entrer, que nous devenions des cadavres. Les infirmiers sont débordés. Ils vont d'une couchette à l'autre surveiller les râles. Dès que ces râles ne sont plus que des balbutiements, qui indiquent que le moribond est au seuil du néant, on sort l'homme qui achèvera de mourir dehors, aussi bien, et l'on apporte à sa place un autre blessé qui a des chances de vivre. Le choix sans doute n'est pas toujours heureux, mais les infirmiers font pour le mieux, et tout dans la guerre est une loterie. On emporte de la sorte notre sous-lieutenant.

Tous ceux qu'on retire d'ici sont destinés à faire des macchabées, ces rebuts du champ de bataille qui n'apitoient plus personne. Les morts encombrent les vivants et épuisent leurs forces. Dans les périodes agitées on les laisse à l'abandon, jusqu'à ce qu'ils se rappellent à l'attention par l'odeur. Les fossoyeurs trouvent qu'ils sont vraiment trop nombreux et se plaignent de ce surcroît de travail qui empiète sur leurs nuits. Tout ce qui est mort est indifférent. S'attendrir serait s'affaiblir.

Un major pensif, surmené, et privé de moyens médicaux, circule à travers les rangées. Il réconforte comme il peut, avec des paroles bourrues, et montre ses galons aux plus crédules pour les persuader qu'ils s'en tireront. On devine sa lassitude ; il sent l'alcool dont il use pour se soutenir. Et il est tellement sillonné d'éclaboussures sanglantes que son sourire, qu'il voudrait doux et ferme, paraît cruel comme celui d'un bourreau.

La plupart des blessés portent le numéro de mon régiment, mais j'en fais partie depuis trop peu de temps pour les connaître, et beaucoup sont méconnaissables. Des bribes de conversation m'apprennent que l'attaque de la barricade a été très meurtrière. Elle a coûté plus de cent cinquante hommes. On a d'abord avancé, puis il a fallu reculer et revenir aux emplacements de départ. Les Allemands, qui sont moins épuisés que nous et se cramponnent aux positions de crête, ont contre-attaqué vigoureusement et profité de ce que nos flancs n'étaient pas couverts. J'étais curieux de connaître le résultat de cette action, à laquelle j'ai participé d'une manière si étrange. J'aimerais savoir aussi ce que sont devenus mes camarades de la classe 15 et ceux de mon escouade. Cette escouade, au sein de laquelle nous nous querellions fréquemment et qui rassemblait des individus si différents, si peu faits pour se comprendre, était pourtant une petite famille, et je serais peiné qu'il fût arrivé malheur à l'un deux, surtout à notre jeune caporal. Mais je suis très mal placé, au ras du sol, et n'aperçois que les blessés étendus contre la muraille. Ils sont trop éloignés, trop recueillis sur eux-mêmes pour que je les interroge. D'ailleurs mon désir d'apprendre est moins grand pourtant que mon désir de ne pas faire d'efforts.

Et moi ?

J'ai honte. J'ai honte parce que je souffre moins que certains hommes qui m'entourent et que j'occupe une place entière. J'ai honte, et aussi par comparaison, je suis, non pas fier, non pas heureux mais satisfait de mon destin. L'égoïsme, malgré tout, domine la pitié qui m'envahit parce que la douleur ne m'absorbe pas entièrement, comme les malheureux qui sont très gravement touchés. Je suis partagé entre ces deux sentiments : la gêne d'étaler une trop grande richesse devant des misérables et la supériorité un peu insolente des êtres que le sort a comblés. Mon corps, tourné vers l'espoir, vers la vie, se détourne des corps broyés ; l'animal, qui veut rester intact, me dit : « Réjouis-toi, tu es sauvé ! » Mais mon esprit est encore solidaire des pauvres hommes de la tranchée, dont j'étais ; il les aime et il les plaint. Les risques que nous avons courus ensemble, la peur qui nous a secoués, nous ont unis. Je ne suis pas encore détaché d'eux et leurs cris trouvent en moi un écho. Peut-être est-ce la vue des mutilations qui auraient pu me frapper qui m'émeut ? Notre pitié n'est-elle pas une méditation sur nous-même, à travers les autres ? Je ne sais. Ce qui doit m'excuser à leurs yeux, c'est que nous étions exposés aux mêmes coups, que ce qui les a atteints eût pu m'atteindre. Pourtant, immobile sous ma couverture, les yeux clos, je leur dissimule ma chance injuste.

J'ai aussi mes motifs d'inquiétude. Si je porte à plat sur mon dos, la blessure du thorax m'étouffe. Si je veux me tourner, il semble qu'on m'enfonce des poignards dans le corps. Il se pourrait que ma main, si pesante au bout de mon bras, ne retrouve jamais sa souplesse… Si je ne pensais que mes camarades sont encore là-bas derrière la barricade, les pieds dans les flaques d'eau, environnés de cadavres, et que leur vie est en jeu à chaque instant, je considérerais sans doute qu'un grand malheur m'est arrivé. Si j'avais subi pareille commotion ailleurs qu'à la guerre, on m'eût sans doute emporté évanoui. Ici, j'ai marché plus de trois heures pour trouver un poste de secours. Mais en somme mon sort n'est pas fixé, je ne serai rassuré que lorsque toute menace d'amputation sera écartée.

Avec le soir, les cris redoublent, le délire s'empare de nous. La température là-dedans est très élevée, l'atmosphère irrespirable, chargée de l'odeur fade du sang, des pansements souillés, des excréments. Je suis affaibli, la tête me tourne, il me semble que cette cave m'oppresse, me descend sur la poitrine...

La fièvre me prend, me secoue, m'hallucine. Elle dresse devant moi une barricade fulgurante, un bûcher où flamboient des hommes bleus et gris, qui ont des visages de cadavres ricanants, des mâchoires privées de gencives, comme le masque de Neuville-Saint-Vaast. Ils se lancent à la tête des grenades qui les couronnent d'explosions. Le nuage dissipé, à moitié décapités, sanguinolents, ils continuent de se battre avec acharnement. L'un a un œil qui pend. Pour ne pas perdre de temps, il tire la langue et le gobe. Un autre, un grand Allemand, a le dessus du crâne ouvert ; le cuir chevelu fait charnière et retient l'os qui ballotte comme un couvercle. Au moment où il manque de munitions, il plonge la main dans son crâne, en retire la cervelle et la jette à la figure d'un Français qu'elle enduit d'une bouillie répugnante. Le Français s'essuie, et, furieux, entrouvre sa capote. Il déroule ses intestins et leur fait un nœud coulant. Il lance ce lasso au cou de l'Allemand, lui met son pied contre la poitrine, et, penché en arrière, suspendu de tout son poids, l'étrangle avec ses boyaux. L'Allemand tire la langue. Le Français la tranche avec son couteau et la fixe à sa capote avec une épingle anglaise, comme une décoration. Puis arrive une femme qui allaite un enfant. Elle détache l'enfant de son sein, le pose au sommet de la barricade où il grésille. La femme se retire tristement, en gémissant : « Ah ! mon Dieu, comment cela est arrivé ! » Alors accourent les ordonnances. Ils placent dans un plat de campement l'enfant rôti à point, comme un cochon de lait, et emplissent de pleins seaux de sang, qu'ils emportent pour la popote du feld-maréchal, qui prend l'apéritif dans le lointain, en observant le champ de bataille avec des jumelles à prismes et en bâillant parce qu'il a faim. La barricade s'effondre, et il n'y a ni vainqueurs ni vaincus, parce qu'il ne reste que des cadavres.

Me voici en première ligne, dans un petit poste, armé d'une mitrailleuse. Soudain, un papillon noir, taché de rouge, voltige au-dessus des fils de fer. J'ai la consigne de tuer ce papillon. Je pose le doigt sur la détente et je le cherche dans le cran de mire. Tout à coup, je comprends cette chose terrible : ce papillon, c'est mon cœur. Affolé, j'appelle le sergent et je lui explique. Il me répond : « C'est l'ordre ! Tue-le ou tu seras fusillé ! » Alors, je ferme les yeux, et je passe des bandes, des bandes, pour tuer mon cœur... Le papillon vole toujours... Survient le général qui se met en colère : « Qui est-ce qui m'a foutu un conscrit aussi maladroit ! Moi, je le descends du premier coup ! » D'un étui de peau humaine, il tire un revolver tout en or. Il vise et il tue mon cœur... Je pleure... J'irai chercher le pauvre papillon noir, cette nuit, en rampant...

Et maintenant, je suis seul sur un brancard, entre les tranchées. Le soir tombe. Les armées s'éloignent et m'abandonnent. J'entends une sonnerie de clairon, des commandements, j'aperçois sur une route, là-bas, des troupes qui présentent les armes. D'une automobile à fanion descend un colonel. Je le reconnais malgré la distance : c'est celui qui m'a fait passer un examen sur le Champ-de-Mars, au dépôt... Il s'accroupit, craque une allumette et enflamme quelque chose près du sol. Puis il remonte dans sa voiture qui démarre rapidement. Encore un bruit d'armes, encore une sonnerie de clairons. Les sections se forment par quatre et s'éloignent à leur tour, sans se retourner. Je voudrais appeler, mais quelque chose m'obstrue la gorge. Me voici seul à nouveau et j'ai froid. Je pense aux rats qui grouillent sur la plaine et vont peut-être m'assaillir. Comment me défendrai-je ? Je n'ai aucune force et je suis attaché sur mon brancard. Je cherche du secours dans cette étendue morne et glacée... Je découvre une petite lueur, que je prends d'abord pour un ver luisant. Mais elle vient à ma rencontre, lentement, en ondulant sur la terre. Je la croyais à des kilomètres, et c'est seulement sa petitesse qui me donnait cette impression d'éloignement. En réalité, elle est proche et avance toujours. Qu'est-ce donc ? Subitement, tout se révèle ! Mes cheveux se dressent, je transpire d'horreur. Oui : ce colonel était mon ennemi depuis que je l'avais salué de la main gauche, par distraction. La lueur est une flamme qui court au bout de la mèche qu'il a allumée, de cette mèche qui vient de la route jusqu'à moi, qui me traverse la gorge ; qui m'empêche d'appeler. Et ma poitrine, mon ventre sont bourrés de cheddite, je le sais...

Le train sanitaire roulait depuis une heure, nous ramenant à l'intérieur. Dans le wagon à bestiaux aménagé avec des couchettes, nous étions douze blessés fiévreux, fatigués d'avoir attendu plusieurs jours déjà sur un brancard, de poste de secours en poste de secours. Quelques-uns étaient atteints sérieusement et souffraient cruellement.

Pris d'une inspiration soudaine, celui qui avait un éclat d'obus dans la hanche surmonta sa douleur, et nous annonça une ère nouvelle :

— Dites, les copains : *écoutez, on n'entend plus le canon !*

— Pour nous, lui répondit-on, la guerre est finie !

Il y a de cela un grand mois. Je le croyais aussi. J'en doute aujourd'hui.

VI

L'hôpital

« Il (Jésus-Christ) a révélé au monde
cette vérité que la patrie n'est pas
tout, et que l'homme est antérieur et
supérieur au citoyen. »

RENAN

Je suis étendu dans un lit d'hôpital et couvert de
pansements. À la tête de mon lit est accrochée une
feuille sur laquelle est figuré un corps humain, sur
ses deux faces. Une dizaine de points, à l'encre
rouge, indiquent les blessures de ce corps : mon
corps. Au poignet gauche, au thorax, aux jambes,
au pied droit. « Rien dans la tripe ni dans le buffet.
Bonne affaire ! » m'avait dit le petit major de la cave
de La Targette, où j'avais pu me traîner après l'attaque de la barricade. À côté du croquis, un dia-
gramme de température. En bas de la feuille, on lit :
« Entré : le 7 octobre 1915. Opéré : le 20 octobre.
Sorti :... » Je souhaite qu'on ne remplisse ce blanc
que le plus tard possible.

Sur ma table de nuit se trouvent des livres, des

cigarettes, des pastilles, de quoi écrire ; dans le tiroir, mon portefeuille, des lettres, mon couteau, mon stylo, ma plaque d'identité désormais inutile, et mon quart en aluminium que j'ai retrouvé dans une musette qui ne m'avait pas quitté. Bonne affaire, en effet ! Je suis bien. Je coupe à la campagne d'hiver, et la guerre va sûrement finir. Je suis heureux : j'ai sauvé ma peau...

La grenade m'avait criblé d'éclats. Heureusement, elle était en fer-blanc, tellement divisée par l'explosion que ces éclats n'avaient pas grande force. Presque tous sont demeurés à fleur de peau, et maintenant encore, après quelques semaines, si je presse fortement ces boutons qui me viennent dans le milieu du corps, ils suppurent une parcelle de métal très aiguë. Il doit en rester pas mal d'autres, car, en changeant de position, il m'arrive de sentir une brusque piqûre comme lorsqu'on s'assied sur une épingle. J'ai craint pendant longtemps que ces petits débris n'amènent de mauvais abcès. Mais l'ennui de montrer mes fesses aux infirmières m'a toujours retenu d'en parler. (Les fesses sont liées pour moi à l'idée de la femme et me semblent contraires à la virilité. Aussi, peut-être, un reste de ce préjugé guerrier, absurde aujourd'hui : un combattant ne doit pas être blessé dans le dos.) Je fais moi-même mes recherches, à tâtons sous les couvertures. Quand j'ai bien repéré avec le doigt une petite dureté, en me contorsionnant je l'examine dans ma glace. Ensuite, j'entreprends le curetage avec l'ongle ou une épingle. Cela m'occupe aux instants où je suis fatigué de lire ou de fumer, et mes voisins le trouvent naturel, s'occupant souvent eux-mêmes à des travaux semblables. D'ailleurs, nous n'avons plus rien à nous cacher de nos corps, ni de leurs besoins, et nous détournons notre attention de ceux qui sont découverts pour ne pas les gêner. Nous ne nous incommodons les uns les autres que par l'odeur, quelque discrétion que nous y puissions mettre.

J'ai retiré beaucoup d'éclats de mes jambes, le long des tibias, avec la pointe de mon couteau. J'estime en avoir reçu une quarantaine. Cependant mon corps ne porte que onze plaies sérieuses, mais pas graves. L'ennui est que les blessures sont réparties partout, qu'il faut m'envelopper presque entièrement, et que, le pus adhérant à la gaze, les plaies sont solidaires, de sorte qu'au moindre mouvement je ressens à chacune la petite déchirure du décollement. Et comme il y a un léger délai de transmission de l'une à l'autre, ma grimace est multipliée par plusieurs élancements successifs. Je remue donc le moins possible. Mais, à toujours demeurer sur le dos, j'ai pris de l'inflammation, et je dois, chaque jour, passer quelques heures sur le côté. Parfois, je réussis à m'asseoir. C'est une manœuvre que je prépare longuement, afin d'éviter une douleur trop vive qui me ferait retomber brusquement. D'ailleurs, j'ai tout mon temps. Je me lève même un peu, pendant qu'on refait mon lit.

J'ai « passé sur le billard », et n'en conserve pas un trop mauvais souvenir. Le major d'une ambulance du front avait sondé mes plaies et retiré à vif – ce fut sans agrément – les principaux éclats. Il m'en restait un dans le pied droit et un dans le poignet gauche, qui était venu se loger, sans les entamer, entre les tendons qui commandent les deux doigts du milieu de la main. Pour les extraire on décida de m'endormir. Or, je ne redoutais que de ne pas l'être, qu'on me traitât ici comme on avait fait là-bas. Après une journée de diète, on me transporta vers six heures à la salle d'opération, d'une blancheur, d'une nudité cruelles, éclairée d'une lampe à arc qui faisait briller les aciers de feux bleus et tranchants. On me mit nu au milieu de ce blanc, on m'offrit tendre et frissonnant aux durs instruments, comme pour un supplice, et tous les assistants dans leur blouse semblaient les bourreaux d'une froide inquisition. Le major me dit, tandis qu'on approchait déjà le tampon : « N'aie pas peur. Ouvre la bouche et respire profondément. » Ce que je fis volontiers, ne voulant pas être témoin de tortures qu'ils allaient infliger à mon corps.

L'anesthésie m'a donné nettement l'impression de la mort, et depuis je pense que la mort, le passage, ne doit pas être un instant si difficile qu'on le croit, s'il ne s'accompagne des douleurs qui sont le fait de la maladie. Il faut surmonter l'angoisse, prendre la résolution de s'anéantir. Sous l'action du chloroforme, on cesse rapidement de sentir son corps ; il n'existe plus. Toute la vie reflue dans le cerveau qui bourdonne. Le mien, jusqu'au moment où il s'évanouit à son tour, ne perdit pas sa lucidité. Libéré de toute pesanteur charnelle, je n'étais plus qu'un esprit, et j'eus la notion fugitive du pur esprit, de l'ange, petite flamme dansante, petite flamme d'allégresse. Je me disais : « Tu meurs ! » et : « Tu ne meurs pas sérieusement », et peut-être : « Après tout... » Je n'opposais aucune résistance à cette destruction grandissante. Puis ma pensée, lointaine veilleuse, ne jeta plus en moi qu'une lueur confuse, vacilla sur le clair-obscur de mon être, et je tombai dans la nuit, dans la mort, sans en avoir conscience.

Mon esprit ressuscita le premier. Je sentis aussitôt à mon bras une douleur de feu. Et j'entendis des voix dont je percevais le sens léger, mais comme dans une antichambre de moi-même, car le lourd sommeil m'enveloppait encore d'une trame serrée. Les voix disaient : « Il dort. En bas on a pas pu le réveiller. » Je n'avais qu'à entrouvrir les paupières, comme des volets au matin, pour leur montrer que mon âme vivante m'habitait. C'était un effort si grand que je fus un long temps avant de m'y décider. Enfin, je considérai les visages penchés sur moi, je les vis s'éclairer, et je refermai les yeux. Le chloroforme ne me laissait plus qu'une écœurante saveur qui venait expirer à mes lèvres en bulles fades. Et la fièvre m'enlaça de ses bras brûlants, me secoua de ses frissons glacés et me frappa les tempes de son martèlement.

Depuis quinze jours, je n'ai plus de température, et toute inquiétude a disparu relativement aux conséquences de mes blessures. Je ne conserverai que quelques cicatrices, qui témoigneront que j'ai bien couru la grande aventure de la guerre, et feront dire aux femmes plus tard, lorsque apaisées par la volupté, reconnaissantes et rêvant à demi, elles s'attendrissent : « Comme tu as dû souffrir mon chéri ! » et leur main délicate caressera, avec de douces inflexions, les endroits où autrefois avait pénétré le fer. Du moins, je le suppose...

À ma droite est couché le sergent Nègre, de Limoges, qui peut avoir trente-cinq ans. Une petite tête à peu près chauve, des yeux malicieux, une barbiche. Le type du sous-officier français de réserve : prompt à l'invective mais ne punissant pas, prenant sur lui de faire défiler son monde et de l'abriter, même contre les ordres s'il le juge nécessaire, serviable et blagueur. Lui aussi apprécie son sort, il est encore mieux partagé que moi sur la durée. Il a un trou dans le mollet ; la blessure ne présente rien de grave, mais un tendon est touché. Il faudra un traitement pour qu'il marche de nouveau normalement. Quand il descend de son lit, il sautille sur sa jambe valide et parcourt en chemise, en se tenant aux barreaux, la rangée placée contre les fenêtres, qui est la nôtre. Il s'arrête au chevet de chacun pour s'enquérir : « Eh bien, mon petit vieux, ça va ? Nous y sommes, cette fois, à l'hosto. Ça vaut mieux qu'une croix de guerre, tu peux me croire ! » À ceux qui souffrent, il dit, en pointant un doigt vers le nord, après un temps de silence comme pour écouter le canon : « Ils ne nous ont pas eus ! Pense aux beaux macchabs bien gonflés, mon fils, et remercie le dieu des armées ! » Pour les distraire de leur douleur, il crie : « Debout là-dedans ! Les volontaires pour la patrouille, à vos numéros ! Qui est-ce qui s'en ressent pour aller faire une brèche dans les fils de fer, avec une jolie cisaille ?... Ne vous bousculez pas, chacun à son tour ! »

Un jour que nous riions de ses contorsions à cloche-pied, il a expliqué : « La guerre m'a foutu la crampe. Ça m'est venu en voulant attraper la Gloire. Je lui ai couru après pendant quatorze mois, et la garce est allée trouver le général baron de Poculote, qui était justement en train d'organiser sa soixante-treizième dernière offensive avec des crayons de couleur, du papier calque et des mitrailleuses à écrire, dans son P.C. avancé de quarante kilomètres vers l'intérieur. Et sais-tu ce qu'il a répondu, quand on lui a annoncé que la Gloire s'apportait ? "J'aime pas qu'on me fasse attendre, scrongneugneu !" Voui, mon gars, comme je te le dis ! Tu connais pas les de Poculote ? Une sacrée souche, de la vieille noblesse d'épée, qu'ils prétendent. Tous étoilés dans la famille. Ça sait te manier les décisions et les contre-ordres, et la cavalerie, les tringlots, l'artillerie, le génie, les crapouillots, les avions, tout l'armement, quoi, et faire bousiller proprement la biffe à l'heure H, en quantité industrielle. La biffe boche, comme de juste ! Parce que le troupier français est indestructible, c'est bien connu à Perpignan... Premier principe militaire : un soldat français vaut deux soldats allemands. Deuxième principe militaire : les obstacles ça n'existe pas nom de Dieu ! Troisième principe militaire : un mort français représente dix morts allemands, pour le moins. Parce que les Allemands attaquent en formations serrées, pour ne pas se perdre en pays inconnu et se donner du courage ; tu n'as qu'à taper dedans, tu en descends tant que tu veux. Tous les journalistes te le diront. Tu es bien d'avis que ces mecs-là en savent plus long que toi, ver de terre, chair à canon, mutilé à la noix, et qu'on peut les croire ?

« Et puis, pauvre ignorant, je vais t'apprendre encore des tas de bonnes choses. Je les tiens de Poculote lui-même qui a renseigné devant moi un monsieur du Parlement, afin qu'il renseignât à son tour le pays, qui a besoin d'y voir clair.

« Primo, nous avons la baïonnette. Cette baïonnette, tu la mets au bout d'un lebel, tu mets un fantassin animé de la *furia* française. En face, tu disposes les Boches. Qu'est-ce qui arrive, immanquablement ? Les Boches foutent le camp ou font camarade. Pourquoi penses-tu qu'ils ont planté des barbelés devant leur ligne ? À cause de la baïonnette, dit de Poculote.

« Secundo, nous avons la boule de pain. Le héros français l'élève au-dessus de la tranchée, et crie d'un ton méprisant : "Fritz, tu veux bâfrer ?" Qu'est-ce qui arrive, immanquablement ? Fritz pose son flingue, salue ses copains et rapplique vers la boule, ventre à terre. Pourquoi penses-tu qu'ils ont planté des barbelés devant leurs lignes ? À cause de nos boules de pain, à seule fin qu'ils n'accourent pas tous au moment de la distribution en laissant leur kronprinz tout seul comme un… Nous serions propres si toute cette armée de crève-la-faim venait becqueter chez nous ! "Ce sont des goinfres, affirme

Poculote en buvant son bourgogne. Ils n'ont pas d'élévation morale : on les aura quand on voudra !"

« Enfin tertio, nous avons le 75, qui démolit tout en trois coups de cuillère à pot. Y a pas plus précis, ni plus rapide. Pourquoi penses-tu qu'ils ont fabriqué des 420 ? Pour contre-battre nos 75, ni plus ni moins. Seulement avec nos 75, on les baisera toujours. J'entends encore de Poculote : "Les armements caractérisent une race. Ils ont adopté l'artillerie lourde parce qu'ils ont l'esprit lourd, et nous l'artillerie légère parce que nous avons l'esprit léger. L'esprit, monsieur le ministre, domine la matière. Et la guerre, c'est le triomphe de l'esprit !" Retiens bien ça, mon pote : la guerre, c'est le triomphe de l'esprit ! »

Quand il entreprend le récit des hauts faits du général baron de Poculote, Nègre ne tarit plus. Le brillant officier supérieur est devenu une grande figure, un symbole, et nous sentons constamment sa présence parmi nous. Sa ferme tradition gouverne notre salle ; lorsque quelque mesure nous étonne et nous embarrasse, nous le consultons sur le pur dogme militaire. Ainsi, à la lecture du communiqué, quelqu'un demande :

— Mon général, comment faut-il interpréter « Rien à signaler sur l'ensemble du front » ?

— Le véritable esprit militaire interdit d'interpréter, répond le général par l'organe de Nègre. « Rien à signaler » doit être admis à la lettre par les bons patriotes et cette sobre formule s'entend clairement.

— Est-ce donc qu'il n'y aurait pas eu de morts ni de blessés ?

— Ni morts ni blessés ! hurle le général indigné. Quel est le coquin qui ose mettre en doute la capacité des chefs ? Que ressemblerait une guerre où il n'y aurait ni morts ni blessés ?

— Cependant, mon général, l'économie des vies humaines ?

— Taisez-vous, subordonné, la guerre ne se propose pas l'économie, mais la destruction des vies humaines, ne l'oubliez jamais. C'est une mission généreuse qui a pour but de nous délivrer de la barbarie. Rompez !

Il convient de préciser que le général n'apparaît ordinairement qu'après le départ des infirmières. Nous nous trouvons alors entre militaires, et le baron de Poculote peut s'exprimer en toute franchise, sans craindre que ses propos soient captés par des civils imbéciles, qu'il méprise profondément.

À ma gauche, c'est Diuré, un rouquin taché de son, au corps laiteux, qui souffre sans se plaindre, avec de rares et sourds gémissements. Phlegmon à la cuisse, à la suite d'une blessure qui s'est infectée. On a fait une longue entaille, fouillé jusqu'à l'os et sillonné de drains ; il est plein de tuyauteries comme une machine. Les draps levés, l'odeur de cette cuisse est pénible, pareille à une odeur de halle pendant l'été. Cependant il a le courage de se pencher sur cette fissure de sa chair décomposée, souillée de suppurations vertes. Il observe quand on le panse et semble s'intéresser aux lambeaux répugnants qu'on détache de lui. Il parle peu, on ne sait rien de sa vie.

Ensuite, Peignard, le plus grand hurleur de la salle. On lui a désossé une partie du pied, et ce pied mou, privé d'armature, tire sur la jambe, sur la hanche, gonfle l'aine et étend ses ramifications douloureuses, à travers le ventre, jusqu'au cœur. Parfois Peignard blêmit et étouffe. Le poids d'un simple drap sur son pied lui arrache des plaintes affreuses. Chaque soir, la fièvre le prend vers six heures. La bouche ouverte, la lèvre tremblante, il gémit faiblement et laisse couler un filet de salive sur sa couverture. Une heure plus tard commencent les grands cris : hou, hou, hou, la la… la la, des cris comme on entend les soirs de bataille, ces cris des hommes abandonnés. Au début, nous frissonnions, on le plaignait. Puis, une nuit, la lumière baissée, quelqu'un a dit, en se tournant lourdement, avec un soupir : « C'est quand même em… un copain comme ça ! » Notre silence a approuvé. Nous souffrons tous plus ou moins, et cela nous rend égoïstes. Peignard, lorsqu'il prend ses crises, ne ménage pas assez nos nerfs, il nous force à participer à sa douleur et nous attriste. Enfin, on lui administre une piqûre de morphine, qui l'assomme, et nous insistons pour qu'il ne l'attende pas, qu'on le soulage aux premiers hurlements.

Ensuite, Mouchetier, qui porte dans un linge ce qui reste de son avant-bras droit. Sa main disparue, jetée à la voirie depuis un mois, il la sent toujours. Des réseaux de son système nerveux se prolongent dans le vide, s'y crispent et lui retournent au cerveau une douleur obsédante. Souvent Mouchetier a le geste de frotter ce morceau de membre qui lui manque ; son autre main paraît le soutenir et le serrer pour arrêter les élancements. Pourtant il s'habitue lentement à son nouvel état. Il est parmi nous un blessé comme les autres, et l'infirmité ne sera sensible que lorsqu'il redeviendra civil. Mais il doit y penser. Il regarde parfois la main droite de ses camarades avec une sorte d'hypnose, ces mains rudes, mais agiles, si commodes, si utiles pour vivre. Avant la guerre, il était commis de perception. Cette profession, à laquelle il devra peut-être renoncer, lui a donné la hantise de l'écriture. Il collectionne les enveloppes, les bouts de lettre qui traînent, les étale sur un coin de table et rêve devant les caractères bien moulés et les paraphes. Furtivement, de sa main gauche inéduquée, il essaie de les reproduire au crayon. Ses poches sont pleines de feuilles couvertes de signes maladroits, comme des cahiers d'écolier.

Nous parlons souvent de la guerre. Tous ceux qui ne sont pas touchés sérieusement affirment qu'elle ne doit plus durer longtemps. Nous espérons moins un dénouement triomphal que la fin, qui nous rendra la sécurité. *Y retourner* est un programme qui nous glace d'horreur et nous refusons de l'envisager. L'avenir nous offre un délai, variable selon notre cas, qui comprend : la guérison à l'hôpital, la convalescence, la permission et un stage au dépôt. De quatre à six mois pour la plupart. Nous estimons que la durée de la guerre ne peut excéder ce délai et que le formidable bloc France-Angleterre-Russie-Italie-Belgique-Japon aura nécessairement raison des

Empires centraux, quelle que soit la valeur que nous, combattants, reconnaissions aux Allemands. L'offensive de printemps entraînera tout. À défaut d'une grande victoire, l'épuisement d'un clan terminera l'affaire, ou la lassitude générale.

Quelques-uns, au contraire, Mouchetier en tête, prétendent que « ça peut durer des années à la façon dont vont les choses, qu'il y aura encore des surprises » et apportent à le soutenir un acharnement qui étonne. Témoin l'autre jour de la discussion, j'ai soudain compris : tous les pessimistes étaient des mutilés. Il leur est trop cruel de penser qu'ils ont perdu un membre juste au dernier moment, qu'avec un peu de chance ils auraient pu revenir intacts. Ils préfèrent croire que la mutilation leur a non seulement assuré la vie, mais qu'elle leur épargnera des années de souffrance. J'ai communiqué mon observation à Nègre et aux moins malades. Depuis, quand on soulève la question, nous ne sommes plus aussi affirmatifs.

Pour nous départager, nous avons sollicité l'avis du général de Poculote, qui a répondu :

— « La lutte exalte les forces vives de la nation, elle porte notre pays au premier rang de l'humanité, nous ne devons pas souhaiter sa fin trop prompte. La France du XXe siècle est en train de s'illustrer. Réjouissons-nous-en et plaçons sa gloire plus haut que la mesquine considération de la vie ou de la mort de quelque cent mille soldats. C'est avec leur sang que s'écrivent ces pages inoubliables, leur sort n'est point triste ! »

— Y parle bien, ce bougre-là !

— C'est donc Mouchetier qui a raison, c'est pas près de finir !

Tournés vers les mutilés, qui sont toujours groupés, nous leur avons déclaré, avec un air d'envie : « Vous êtes les veinards, vous ! » Ils ont souri et un peu oublié leurs regrets. Et Bardot, campé sur ses béquilles, nous a répondu gentiment :

— On vous en souhaite autant quand vous y remonterez.

— Sûr, a appuyé un autre, vaut mieux revenir amoché que de ne pas revenir du tout !

Notre salle comptait trois cas inquiétants, il y a quelques jours encore, sur la trentaine de blessés que nous sommes. Il n'en reste que deux, et pas pour longtemps.

Le premier avait une perforation de l'intestin, on ne pouvait l'alimenter qu'artificiellement, et son ventre ouvert, où les conduits n'étaient plus étanches, répandait une odeur de latrines. Il a traîné et passé plusieurs fois sur la table d'opération. À distance, je n'apercevais de lui qu'un visage exsangue, de la teinte de vieux ivoires, et peu à peu ce visage s'est terni, couvert de poussière, grise, comme si on avait oublié de l'épousseter, et la barbe, puisant sa force dans le terreau d'une chair malsaine, l'envahissait rapidement, semblant chasser la vie, comme un lierre chasse la lumière d'une façade. Finalement, on l'a descendu au premier étage, dans une chambre réservée à ceux qu'il faut constamment surveiller. Le surlendemain, nous avons appris qu'il était mort.

Le second est un adjudant – nous a-t-on dit – qui traverse une crise d'albumine aiguë. L'analyse révèle un pourcentage mortel. L'homme est depuis deux jours complètement aveugle et se débat faiblement dans la nuit. Quelque chose veille encore en lui, comme la flamme d'un bec qu'on a baissée, mais l'esprit est parti. On ne s'arrête plus devant son lit ; la médecine a épuisé ses ressources et laisse à l'organisme le soin de faire un miracle. On va le descendre aussi. Il est probable qu'il passera sans transition du noir de cette agonie au noir du cercueil. Comme il n'a jamais parlé, nous n'avons pu nous lier avec lui, et sa disparition nous affectera moins que celle d'un camarade dont la voix nous était familière. Il s'agit d'un inconnu dont le nom figure quelque part sur des fiches, et il nous est aussi étranger qu'un cadavre que nous trouvions au détour de la tranchée. Enfin, il va mourir de maladie et la maladie nous inspire peu de pitié.

Le dernier est un petit Breton, très jeune, blessé sur tout un côté du corps, atteint de gangrène, dont on rogne constamment deux membres : un bras et une jambe. On le dispute à la pourriture par morceaux, de quinze à vingt centimètres chaque fois. En dix-huit jours, il a subi cinq opérations. La moitié du temps, il est sous l'action du chloroforme. On profite de cet état de torpeur pour le panser, en lui cachant ces raccourcissements successifs. Quand il est lucide, il ne se laisse pas approcher, car il sait qu'on ne le touche jamais que pour le faire souffrir. Il est complètement illettré et parle un patois incompréhensible, où l'on ne distingue que les injures grossières dont il accable les infirmières. Il pousse, lui aussi, à certaines heures, d'horribles cris. Mais personne ne murmure contre ces cris, parce que la situation du malheureux est effrayante, et le demeurera, même s'il guérit. Nous nous étonnons au contraire que ces cris soient si rares et que son corps ait tant de résistance.

Depuis quatre jours se trouve dans notre salle un blessé qu'on a amené un soir et installé dans un angle isolé. Il semblait très abattu et s'est tenu obstinément tourné contre le mur. Le premier jour, j'avais cru remarquer chez les infirmières un certain étonnement lorsqu'elles l'avaient questionné, et, les jours suivants, qu'elles lui parlaient sur un ton bizarre, où je discernais, moi qui les connais bien, une précautionneuse pitié, avec une nuance indéfinissable de supériorité. De la part de toutes, des coups d'œil furtifs et un attrait de curiosité. Pourtant l'homme ne se plaignait pas et mangeait normalement.

Tout à l'heure (je commence à faire quelques pas), je me suis dirigé sournoisement de son côté. Il ne m'a pas entendu venir et nos regards se sont rencontrés quand j'ai été tout près de lui. Je lui ai demandé :

— Rien de très grave, mon vieux ?

Il a hésité, puis brusquement :

— Moi ? Je ne suis plus un homme !

Comme je ne comprenais pas, il a soulevé sa couverture :

— Regarde !

Au bas de son ventre, j'ai vu la honteuse mutilation.

— J'aurais préféré n'importe quoi !

— Tu es marié ?

— Deux mois avant la guerre. Une bath petite
gosse...

Il m'a tendu la photographie, prise sous son tra-
versin, d'une jolie brune aux yeux vifs, au corsage
ferme. Il répétait : « N'importe quoi ! »

Je lui ai dit :

— Ne t'inquiète donc pas. Tu la feras encore
jouir, ta femme !

— Tu crois ?

— Certainement.

Je lui ai raconté ce que je savais sur les eunuques,
sur le plaisir qu'ils peuvent procurer aux pension-
naires des harems, je lui ai cité des cas d'ablation
volontaire. Il m'a saisi par la manche, et, sur le ton
dont on exige un serment :

— Tu en es sûr ?

— Tout à fait sûr. Je t'indiquerai un livre qui
traite ces questions.

Il regardait la photographie.

— Moi, à la rigueur... Mais, tu comprends, c'est
à cause d'elle...

Après un long silence, il m'a confié la somme de
ses réflexions :

— Les femmes, vois-tu, c'est avec *ça* qu'on les
tient !

Je n'ai révélé cela à personne, de crainte de
l'ennuyer. Il est certain que tous auraient pitié de
lui, mais c'est cette pitié justement qui serait terrible

142

et il a bien le temps de la subir. Pour le moment, le petit ton (je me l'explique maintenant) des infirmières suffit. Cette nuance, de leur part, m'étonne. Parmi elles, plusieurs jeunes filles *bien,* de bonne famille, certaines pieuses et probablement vierges ; elles sont pourtant sensibles à la chose. Devant un être incomplet, elles perdent cet air de soumission et de crainte, très discret, que les femmes ont devant l'homme. Leur attitude trop libre signifie : celui-ci n'est pas dangereux, la pire injure qu'une femme puisse nous adresser. Il a raison, le pauvre diable : *ça* est essentiel avec elles, toutes. Les prudes, qui en ont peur, y pensent autant que les voluptueuses, qui en ont besoin.

À huit heures du matin, en arrivant, l'infirmière-major vient droit à mon lit :

— Bonjour, Dartemont. Avez-vous passé une bonne nuit ? me demande-t-elle avec un aimable sourire mondain.

C'est pure gracieuseté : je ne suis pas en péril et mes nuits sont toujours bonnes.

À Nègre, à ma droite, elle dit, cordialement :

— Bonjour, Nègre ! avec un sourire affaibli – ce qui reste du mien.

À Diuré, à ma gauche :

— Ça va, Diuré ? sur le ton déjà de l'infirmière-major.

Ensuite, elle circule rapidement entre les rangées, en questionnant, non plus séparément, mais pour un

quartier : « Tout le monde va bien ? » et en distribuant de petits saluts autoritaires.

Cette nuance est importante. Elle signifie que j'ai
la faveur de l'infirmière-major qui est, pour nous
blessés, l'équivalent du colonel pour le soldat. Je n'ai
rien fait pour obtenir cette faveur qu'être moi-même,
sans concessions, en acceptant tous les risques de
cette sincérité qui, parfois, pour ces dames, dut être
choquante. Cela a réussi, j'ai plu. Il est juste de dire
que les infirmières retirent de moi plus d'agrément
que de beaucoup de mes camarades. J'étais entraîné
aux idées, et, comme je souffre peu, que je demeure
lucide, que je n'ai de goût ni pour la boisson ni pour
les cartes, j'entretiens avec elles de longues conversations qui me permettent de remettre toutes choses
au point – à ma manière. Je procède à une révision
de leurs valeurs, qui ne sont pas les miennes. Elles
ont des cervelles pleines de bonne volonté, qu'on a
garnies de tout un bric-à-brac de beaux sentiments
enrubannés, de bustes en sucre et de faux humains,
à croire que leurs mères les destinaient à voguer
toute la vie sur un lac bleu, la tête sur l'épaule du
compagnon fidèle… Je bouscule les étagères et je
brise quelques potiches de mauvais style. Mais je
sens qu'elles ne détestent pas ce qu'elles nomment
cynisme, paradoxe ou blasphème. Femmes, elles
aiment qu'on violente leur pensée, comme certaines
leur corps. Elles éprouvent à m'écouter un émoi
chaste, assez proche de l'autre, sans qu'elles s'en
doutent. Elles me soumettent leurs admirations avec
un peu d'inquiétude ; elles préparent chez elles, à
tête reposée, des questions qu'elles notent et me

144

posent le lendemain à l'improviste. Pour moi, qu'elles soignent, qu'elles tiennent à leur merci et emmaillotent chaque matin, après les lavages et les applications de teinture d'iode, je m'amuse le soir, libéré des servitudes de ma chair entamée, à reprendre barre sur elles, à redevenir, vis-à-vis de ces femmes, homme, et fort par le cerveau. Je ris à constater qu'un petit soldat d'infanterie – pas plus qu'une ordonnance de leur père – en apprend à des filles d'officiers supérieurs, qu'en somme elles l'admettent, et gentiment d'ailleurs. Ce qui rend plus sensible ce petit triomphe, c'est le souvenir de la profonde misère où je me trouvais, il y a quelques semaines, le peu de place que je tenais là-bas, dans une escouade, derrière un créneau, dans ces vallonnements infinis d'Artois, où un homme, avec sa personnalité, ses idées, l'acquis de son passé pour les vieux, les possibilités de son avenir pour les jeunes, n'était qu'une unité inconnue des énormes effectifs engagés, chaque jour décimés et reconstitués au moyen d'autres hommes aussi indifférents aux chefs... Un soldat, grain de l'inépuisable matière première des champs de bataille, guère plus qu'un cadavre, puisque destiné à le devenir au hasard du grand massacre anonyme... Et ici, à l'hôpital mixte n° 97, le blessé Dartemont, auquel l'infirmière-major a dit l'autre jour, en présence de quelques-unes de ces demoiselles : « Voici le foyer intellectuel de la salle. »

Hier, le dernier gardeur de troupeaux, le dernier terrassier, aux nerfs insensibles, d'une résistance physique supérieure, était plus apte que moi à la guerre, constituait avec ses muscles durs, sa poitrine large, une plus sûre frontière pour le pays, sur les dix mètres de terrain confiés à sa garde. Hier, le dernier voyou, avec son couteau à lame triangulaire, son flair de hyène pour les cadavres, était un meilleur attaquant, un ennemi plus dangereux pour le géant blond d'en face que l'obscur soldat Dartemont, homme de corvée à son tour (« comme les copains », et c'était justice), faible dans les marches, faible sous les rondins, inentraîné, méprisé des costauds avec son idiot bagage de collège et de facultés, les étonnant seulement parce qu'il leur distribuait sa gniole et ne chicanait pas sur la nourriture. Et aujourd'hui, causant pour dix jeunes femmes qui lui sourient et l'écoutent, et doivent dire, j'imagine, quand elles s'entretiennent entre elles de leurs blessés : « Il a une tête intéressante, ce garçon ! »

Le train sanitaire qui nous ramenait du front entra en gare vers neuf heures du matin, après trois jours d'un voyage rendu pénible par les cahots et la fièvre.

Pendant qu'on nous transportait à travers les voies et les quais, des civils nous regardaient curieusement et murmuraient : « Les pauvres enfants ! » Leur pitié me donna soudain le sentiment que ma blessure avait une signification, renouvelée de l'antique : « Ton sang a coulé pour le pays, tu es un héros ! » Mais je savais quel hésitant héros, contraint, et que j'étais simplement victime, ou bénéficiaire, d'un coup qui avait porté, qu'aucun geste de mon bras n'avait vengé ce coup, qu'aucun ennemi, de mon fait, n'était mort. Je n'aurais pas d'exploits à conter aux mères fanatiques et aux vieillards assemblés sur les remparts pour nous fêter, au retour de nos combats victorieux. J'étais un héros sans dépouilles ennemies, profitant de l'héroïsme des héros homicides. Peut-être en eus-je un peu de honte...

C'est en pénétrant dans un grand hall que la vue des infirmières en blanc, les unes jeunes, gaies et fraîches, les autres grisonnantes et maternelles, nous apprit que nous étions favorisés. Des femmes ! Des visages, des voix, des sourires de femmes autour de nous ! Ainsi, nous ne tombions pas dans un sinistre hôpital militaire...

Nous reçûmes notre affectation. Pour moi : la salle 11, au 3e étage, sous la direction de Mlle Nancey, infirmière-major. Chaque salle a son personnel et son chef ; l'hôpital compte douze salles et doit abriter de deux à trois cents malades.

Blessé depuis six jours, n'ayant pas quitté le dur brancard sur lequel je ne pouvais me tourner, le lit dans lequel on me coucha me fut d'une douceur infinie, et de me trouver dans un lieu clair et propre, dans des draps blancs, me procurait un étrange étonnement. Assuré enfin d'être sauvé, je relâchais les forces que j'avais contractées pour veiller sur moi et assurer ma sécurité pendant le transport, parmi nos convoyeurs indifférents, devenus insensibles à nos cris que trop de cris avaient précédés, et qui ne pouvaient trouver de repos, de liberté d'esprit, dont ils avaient besoin eux aussi, qu'en nous abandonnant à notre douleur, en nous oubliant, en nous laissant mourir parfois. Je cédai à la faiblesse qui me venait de tant de facilité et fermai les yeux, quand une jeune infirmière s'empara de moi.

Je n'étais pas lavé depuis que nous avions pris les tranchées, pour les attaques du 25 septembre. Sous sa gaine de pansements, des pieds aux épaules, mon corps était recouvert d'un mélange de crasse et de sang séché, et sous les gazes couraient encore les poux blanchâtres, qui éclatent sous l'ongle comme un bouton mou, avec une éclaboussure ignoble. La jeune fille m'adossa aux oreillers, posa une cuvette sur mon lit et me nettoya la figure. Je changeai de tête. Du masque hâve, tatoué d'horreur et de fatigue, que m'avaient donné vingt jours de combat, sortit mon vrai visage d'homme destiné à vivre, mon visage de l'arrière. Elle s'intéressa à ce nouveau visage qu'elle venait de décaper, rosé mais encore hébété, et me demanda :

— De quelle classe êtes-vous ?

— Classe 15.

— Que faisiez-vous avant la guerre ?

— Étudiant.

— Ah ! J'avais deux frères étudiants.

Elle me lava encore la main droite (la gauche était encore enveloppée) en la tenant dans les siennes, comme on fait aux enfants. L'eau de la cuvette était noire et fangeuse. Elle entraînait des boues d'Artois, cette glaise où nous plongeait le souffle des obus, qui nous avait revêtus d'écailles de mastic durci.

Je pensais en avoir fini, mais la jeune fille revint accompagnée d'une petite femme sèche et vive, qui me dit :

— On va vous transporter près des fenêtres.

— Je suis bien ici, répondis-je faiblement, et ne pensant qu'à dormir.

— Vous serez mieux là-bas, je vous assure.

Sans attendre, elle faisait signe aux porteurs. Je lui lançai un mauvais regard, et la trouvai déplaisante. Pourtant ce fut le premier bienfait de Mlle Nancey. Depuis, j'occupe cette place, la deuxième de la rangée contre les fenêtres qui donnent sur la cour d'honneur, non loin de la porte, qui est une très bonne place, j'en conviens. Je la dois à mon état civil que la jeune fille avait aussitôt communiqué à l'infirmière-major.

Je pus dormir.

Le lendemain matin.

— C'est pas mal ici, dit Nègre.

— C'est très bien !

Reposés, nous nous intéressons aux lieux et nous découvrons les gens. L'hôpital mixte n° 97 était avant la guerre un pensionnat religieux, l'institution Saint-Gilbert, et la salle 11 est installée dans un ancien dortoir. C'est une très longue pièce, éclairée de dix fenêtres de chaque côté, avec un renfoncement d'angle plus obscur, où les lits sont alignés à deux mètres d'intervalle. Au centre, des tables pour les repas ; dans un coin, les placards de pharmacie, les lavabos. La salle est peinte en jaune crème, très propre, ornée de bouquets dans des vases.

— En somme, reprend Nègre, ce sera confortable pour souffrir.

— Rien du tout. Et toi ?

— Peu.

Nous observons les infirmières, très affairées. (« La brune n'est pas mal. – La grande non plus. ») Elles font connaissance avec cette fournée de nouveaux malades, choisissent leurs têtes. Elles s'arrêtent au pied de chaque lit et s'interpellent un peu légèrement :

— Mademoiselle Jeanne, venez donc voir celui-ci. Ne trouvez-vous pas qu'il a l'air jeune ?

Le blessé tout embroussaillé, fiévreux, qui a perdu l'habitude de converser avec les femmes, s'il l'a jamais eue, se tasse dans son lit, rougit et répond bêtement à ces demoiselles dont les manières assurées lui imposent.

— On dirait qu'elles jouent à la poupée, ces petites !

Elles sont très gentilles et témoignent de beaucoup d'empressement. Néanmoins, on sent chez elles un ton distant qui marque que nous ne sommes pas du même milieu. Nous soigner constitue une contribution patriotique, un geste d'humanité à quoi elles condescendent, mais qui n'abolit pas la distance résultant d'éducations différentes. Elles conservent des préjugés de caste et parleraient autrement à des officiers. Nègre grogne :

— On va ressembler à des idiots ! On n'a pas encaissé des obus pour se laisser manœuvrer par des mômes du meilleur monde !

— Tu as raison. Il faut tout de suite y mettre ordre.

Justement, une infirmière passe. Je lui fais un signe d'appel. Une fois près de mon lit :

— Mademoiselle, je désirerais qu'on me procure du papier à lettres, des cigarettes et un journal. Pouvez-vous vous en charger ?

— Mais oui, monsieur. Ici, nous recevons *L'Écho de Paris.*

— Évidemment ! Mais je désire *L'Œuvre,* mademoiselle. Voulez-vous que je vous remette de l'argent ?

— Et moi, dit Nègre, du tabac pour la pipe et un crayon à encre.

Elle note, nous assure que nous aurons le tout à deux heures et va rejoindre ses amies, un peu étonnée.

Nègre se frotte les mains.

— Bon ! Bon ! Le général l'a toujours dit : « Offensive, offensive, offensive ! Prendre l'ascendant sur l'adversaire et le démoraliser. Offensive et offensive ! Un breveté de l'École de guerre qui connaît son affaire ne peut varier sur ce point. »

C'est ainsi que j'entends pour la première fois parler du fameux général baron de Poculote, ami intime du sergent Nègre, au point de l'avoir choisi pour confident. Cela m'amène à interroger mon voisin sur son passé. Je n'en obtiens rien de précis : « Tu sais, moi, j'ai fait des tas de trucs ! » Depuis, au hasard des conversations, j'ai découvert qu'il a voyagé à l'étranger, qu'il a été agent d'affaires, vendeur de différents produits, vaguement commerçant.

J'ai cru comprendre aussi qu'il avait recueilli des paris dans les cafés, et il semble très renseigné sur le trafic des stupéfiants et les mœurs du demi-monde... Au demeurant, un charmant compagnon, l'esprit plein de fantaisie et de connaissances inattendues.

Notre initiative a été signalée aux autres infirmières, qui nous observent de loin à leur tour, et, pendant les premiers jours, exception faite pour les soins à nous donner, évitent de nous approcher.

Nous avons vraiment pris contact quand j'ai demandé des livres. Entre gens qui aiment la lecture, on établit vite des repères. Les préférences provoquent les idées, qui donnent rapidement la mesure des opinions. Sur ma table, j'eus bientôt Rabelais, Montesquieu, Voltaire, Diderot, Vallès, Stendhal naturellement, du Maeterlinck, du Mirbeau, du France, etc., tous auteurs assez suspects pour des jeunes filles de la bourgeoisie, et je refusai, comme fades et conventionnels, les écrivains dont elles étaient nourries.

Une infirmière apprivoisée en amena une autre, et ainsi de suite. Les conversations commencèrent, je fus entouré et pressé de questions. On m'interrogea sur la guerre :

— Qu'avez-vous fait au front ?

— Rien qui mérite d'être rapporté si vous désirez des prouesses.

— Vous vous êtes bien battu ?

— Sincèrement, je l'ignore. Qu'appelez-vous se battre ?

— Vous étiez dans les tranchées… Vous avez tué des Allemands ?

— Pas que je sache.

— Enfin, vous en avez vu devant vous ?

— Jamais.

— Comment ! En première ligne ?

— Oui, en première ligne, je n'ai jamais vu d'Allemand vivant, armé, en face de moi. Je n'ai vu que des Allemands morts : le travail était fait. Je crois que j'aimais mieux ça… En tout cas, je ne peux vous dire comment je me serais conduit devant un grand Prussien féroce, et comment cela aurait tourné pour l'honneur national… Il y a des gestes qu'on ne prémédite pas, ou qu'on préméditerait inutilement.

— Mais alors qu'avez-vous fait à la guerre ?

— Ce qu'on m'a commandé, strictement. Je crains qu'il n'y ait là-dedans rien de très glorieux et qu'aucun des efforts qu'on m'a imposés n'ait été préjudiciable à l'ennemi. Je crains d'avoir usurpé la place que j'occupe ici et les soins que vous me donnez.

— Que vous êtes énervant ! Répondez donc. On vous demande ce que vous avez fait !

— Oui ?… Eh bien ! j'ai marché le jour et la nuit, sans savoir où j'allais. J'ai fait l'exercice, passé des revues, creusé des tranchées, transporté des fils de fer, des sacs à terre, veillé au créneau. J'ai eu faim sans avoir à manger, soif sans avoir à boire, sommeil sans pouvoir dormir, froid sans pouvoir me réchauffer, et des poux sans pouvoir toujours me gratter... Voilà !

— C'est tout ?

— Oui, c'est tout... Ou plutôt, non, ce n'est rien. Je vais vous dire la grande occupation de la guerre, la seule qui compte : J'AI EU PEUR.

J'ai dû dire quelque chose d'obscène, d'ignoble. Elles poussent un léger cri, indigné, et s'écartent. Je vois la répulsion sur leurs visages. Aux regards qu'elles échangent, je devine leurs pensées : « Quoi, un lâche ! Est-il possible que ce soit un Français ! » Mlle Bergniol (vingt et un ans, l'enthousiasme d'une enfant de Marie propagandiste, mais des hanches larges qui la prédisposent à la maternité, et la fille d'un colonel) me demande insolemment :

— Vous êtes *peureux,* Dartemont ?

C'est un mot très désagréable à recevoir en pleine figure, publiquement, de la part d'une jeune fille, en somme désirable. Depuis que le monde existe, des milliers et des milliers d'hommes se sont fait tuer à cause de ce mot prononcé par des femmes... Mais la question n'est pas de plaire à ces demoiselles avec quelques jolis mensonges claironnants, style correspondant de guerre et relation de faits d'armes. Il s'agit de la vérité, pas seulement de la mienne, de la nôtre, de la leur, à ceux qui y sont encore, les pauvres types. Je prends un temps pour m'imprégner de ce mot, de sa honte périmée, et l'accepter. Je lui réponds lentement, en la fixant :

— En effet, je suis peureux, mademoiselle. Cependant, je suis dans la bonne moyenne.

— Vous prétendez que les autres aussi avaient peur ?

— Oui.

— C'est la première fois que je l'entends dire et je l'admets difficilement : quand on a peur, on fuit.

Nègre, qui n'est pas sollicité, m'apporte spontanément un renfort, sous cette forme sentencieuse :

— L'homme qui fuit conserve sur le plus glorieux cadavre l'inestimable avantage de pouvoir encore courir !

Ce renfort est désastreux. Je sens qu'en ce moment notre situation ici est compromise, je sens monter chez ces femmes une de ces colères collectives, comparables à celle de la foule en 1914. J'interviens rapidement :

— Tranquillisez-vous, on ne fuit pas à la guerre. On ne peut pas...

— Ah ! on ne peut pas... Mais si on pouvait ?

Elles me regardent. Je fais le tour de leurs regards.

— Si on pouvait ?... *Tout le monde foutrait le camp !*

Aussitôt, Nègre déchaîné :

— Tous sans exception. Le Français, l'Allemand, l'Autrichien, le Belge, le Japonais, le Turc, l'Africain... Tous... Si on pouvait ? Vous parlez d'une offensive à l'envers, d'un sacré Charleroi dans toutes les directions, dans tous les pays, dans toutes les langues... Plus vite, en tête ! Tous, on vous dit, tous !

Mlle Bergniol, postée entre nos lits, comme un gendarme à un carrefour, veut arrêter cette déroute. Elle nous jette :

155

— Et les officiers ?... On a vu des généraux charger en tête de leur division !

— Oui, ça s'est dit... Ils ont marché une fois pour crâner, pour épater la galerie – ou, sans savoir, comme nous avons marché nous-mêmes le premier coup. Une fois mais pas deux ! Quand on a tâté des mitrailleuses en rase campagne, on ne ramène pas ses os devant ces engins pour le plaisir... Soyez assurées que si les généraux faisaient partie des vagues d'assaut, on n'attaquerait pas à la légère. Mais voilà, ils ont découvert l'échelonnement en profondeur, les bons vieillards agressifs ! C'est la plus belle découverte des états-majors !

— Ah ! c'est horrible ! dit Mlle Bergniol, pâle et ardente.

Elle nous fait peine, et nous jugeons que la discussion ne peut se prolonger davantage. Nègre retourne la situation :

— Ne vous frappez pas, mademoiselle, on exagère. Nous avons tous *vaillamment fait notre devoir.* Ce n'est pas si terrible maintenant que nous commençons d'avoir des *tranchées couvertes,* avec le confort moderne. Il manque encore le gaz pour la cuisine, mais nous avons déjà les gaz pour la gorge. Nous avons l'eau courante tous les jours de pluie, des édredons piqués d'étoiles la nuit, et quand le ravitaillement n'arrive pas, on s'en balance : on bouffe du Boche !

Il interpelle la salle :

— Pas, les copains, qu'on a bien rigolé à la guerre ?

— On a salement rigolé !

— C'est un truc qu'est marrant !

— Hé, Nègre, qu'est-ce qu'il dit, de Poculote ?

— Le général m'a dit : « Je sais bien pourquoi je vois de la tristesse dans tes yeux, petit soldat de France... Courage, nous y retournerons bientôt ensemble à la fourchette. Ah ! tu l'aimais ta baïonnette, petit soldat ! »

— Oui, à la baïonnette ! Vive *Rosalie* !

— Vive de Poculote !

— « Merci, mes enfants, merci. Soldats, vous me sentirez toujours derrière vous à l'heure des batailles, et vous me verrez toujours en avant, les bottes brillantes et les ors astiqués, à l'heure de la parade ! C'est entre nous à la vie à la mort ! »

— Oui, oui !

— « Soldats, je vous opposerai aux mitrailleuses et vous les détruirez ? »

— Les mitrailleuses, ça n'existe pas !

— « Soldats, je vous opposerai aux canons, et vous ferez taire les canons ? »

— On leur fermera la gueule !

— « Soldats, je vous lancerai contre les gardes impériales et vous réduirez les gardes impériales ? »

— En boulettes, en petits pâtés !

— « Soldats, rien ne vous résistera ? »

— Rien, général !

— « Soldats, soldats, je devine en vous l'impatience, je sens bouillonner votre sang généreux. Soldats, bientôt je ne pourrai plus vous retenir. Soldats, je le vois, vous voulez l'offensive ! »

— Oui, l'offensive ! En avant, en avant !

Un délire guerrier s'empare de la salle. Des bruits

imitent la saccade des mitrailleuses, les sifflements, les départs, les arrivées des obus. Des cris violents, de haine et de triomphe, évoquent la frénésie d'une attaque. Les projectiles volent, les tables de nuit claquent, et tous s'agitent avec une fureur joyeuse. Les infirmières se précipitent pour calmer ce bruit, empêcher qu'il ne trouble le repos des salles voisines.

Nègre a sorti une cuisse de ses couvertures et tient sa jambe en l'air. Et son pied, qu'il a coiffé d'un képi, caracole gracieusement dans l'espace, comme un général vainqueur à la tête de son armée.

Mlle Bergniol, grave, se penche près de moi :

— Dartemont, j'ai réfléchi depuis hier, et je crains de vous avoir offensé…

— Ne vous excusez pas, mademoiselle. J'ai réfléchi de mon côté que je n'aurais pas dû vous parler de la sorte. L'avant et l'arrière, je m'en rends compte, ne peuvent pas se comprendre.

— D'ailleurs, vous ne pensez pas absolument ce que vous avez dit, n'est-ce pas ?

— Je le pense absolument, et beaucoup le pensent avec moi.

— Pourtant, le devoir existe, on vous l'a enseigné.

— On m'a enseigné beaucoup de choses – comme à vous – parmi lesquelles je m'aperçois qu'il faut trier. La guerre n'est qu'une monstrueuse absurdité, dont il ne faut attendre ni amélioration ni grandeur.

— Dartemont, la Patrie !

— La Patrie ? Encore un mot autour duquel vous mettez, de loin, un certain idéal assez vague. Voulez-vous réfléchir à ce qu'est la patrie ? Ni plus ni moins qu'une réunion d'actionnaires, qu'une forme de la propriété, esprit bourgeois et vanité. Songez au nombre d'individus que vous refusez de fréquenter dans votre patrie, et vous verrez que les liens sont bien conventionnels... Je vous assure qu'aucun des hommes que j'ai vus tomber autour de moi n'est mort en pensant à la patrie, avec « la satisfaction du devoir accompli ». Bien peu, je crois, sont partis à la guerre avec l'idée du sacrifice, comme auraient dû le faire de vrais patriotes.

— Ce que vous dites est démoralisant !

— Ce qui est démoralisant, c'est la situation où l'on nous a placés, nous soldats. Moi-même, quand j'ai pensé mourir, j'ai envisagé la mort comme une amère dérision, puisque j'allais perdre la vie pour une erreur, une erreur des autres.

— Ce devait être atroce !

— Oh ! on peut mourir sans être dupe. Je n'avais pas, au fond, tellement peur de mourir : une balle au cœur ou en plein front... Je redoutais surtout la mutilation et ces agonies de plusieurs jours dont nous étions témoins.

— Mais, la liberté ?

— Ma liberté me suit. Elle est dans ma pensée ; Shakespeare m'est une patrie et Goethe m'en est une autre. Vous pourrez changer l'étiquette que je porte au front, vous ne changerez pas mon cerveau. C'est par mon cerveau que j'échappe aux lots, aux promiscuités, aux obligations que toute civilisation, toute collectivité m'imposera. Je me fais une patrie avec mes affinités, mes préférences, mes idées, et cela on ne peut me le prendre, et je peux même autour de moi le répandre. Je ne fréquente pas, dans la vie, des foules mais des individus. Avec cinquante individus choisis dans chaque nation, je composerai peut-être la société qui me donnera le plus de satisfactions. Mon premier bien est moi ; il vaut mieux l'exiler que le perdre, changer quelques habitudes que résilier mes fonctions d'homme. L'homme n'a qu'une patrie qui est la Terre.

— Ne croyez-vous pas, Dartemont, que ce sentiment de peur dont vous parliez hier a contribué à vous faire perdre tout idéal ?

— Ce terme de peur vous a choquée. Il ne figure pas dans l'histoire de France – et n'y figurera pas. Pourtant, je suis sûr maintenant qu'il y aurait sa place, comme dans toutes les histoires. Il me semble que chez moi les convictions domineraient la peur, et non la peur les convictions. Je mourrais très bien, je crois, dans un mouvement de passion. Mais la peur n'est pas honteuse : elle est la répulsion de notre corps, devant ce pour quoi il n'est pas fait. Peu y échappent. Nous pouvons bien en parler puisque cette répulsion nous l'avons souvent surmontée, puisque nous avons réussi à la dissimuler à ceux qui étaient près de nous et qui comme nous l'éprouvaient. Je connais des hommes qui ont pu me croire brave naturellement, auxquels j'ai caché mon drame.

Car notre souci, alors que notre corps était plaqué au sol comme une larve, que notre esprit en nous hurlait de détresse, était encore parfois d'affecter la bravoure, par une incompréhensible contradiction. Ce qui nous a tant épuisés, c'est justement cette lutte de notre esprit discipliné contre notre chair en révolte, notre chair étalée et geignante qu'il fallait rosser pour la remettre debout... Le courage conscient, mademoiselle, commence à la peur.

Tels sont les thèmes les plus fréquents de nos conversations. Ils nous conduisent fatalement à définir notre notion du bonheur, les ambitions, les buts de l'homme, les sommets de la pensée, et nous touchons à l'éternel. Nous remettons en question le vieux code humain, ce code établi pour des cerveaux interchangeables, pour la foule des cerveaux bêlants. Nous discutons chaque article de sa morale, qui a guidé l'interminable procession des petites âmes à travers les âges, les petites âmes indistinctes qui ont brillé comme des vers luisants, dans les ténèbres du monde, et se sont éteintes après une nuit de vie. Nous donnons aujourd'hui notre faible lueur, qui n'éclaire pas même en nous.

Au moyen de questions, je fais tomber mes interlocutrices dans les pièges de la logique, et je les laisse empêtrées dans des syllogismes qui ruinent leurs principes. Elles s'y débattent comme des mouches dans la toile de l'araignée, mais refusent de se rendre à la rigueur mathématique du raisonnement. Elles se dirigent avec les sentiments qu'une longue suite de générations, soumises aux dogmes, a incorporés à leur substance – des sentiments qu'elles tiennent d'une lignée de femmes, mères et ménagères, vives dans leurs premières années, et ensuite courbées par des tâches, usées par le quotidien de la vie, qui se signaient au front de l'eau des bénitiers pour s'exorciser de toute pensée.

Elles sont surprises de constater qu'au devoir, tel qu'elles l'entendent, on peut opposer d'autres devoirs, qu'il existe des idéals séditieux plus élevés que les leurs, plus vastes et qui seraient plus profitables à l'humanité.

Pourtant, Mlle Bergniol m'a déclaré :

— Je n'élèverai pas mes fils dans vos idées.

— Je le sais, mademoiselle. Vous qui pourriez être porteuse de flambeaux en même temps que porteuse d'êtres, vous ne transmettrez à vos fils que la vacillante chandelle que vous avez reçue, dont la cire coule et vous brûle les doigts. Ce sont ces chandelles qui ont mis le feu au monde au lieu de l'éclairer. Ce sont ces cierges d'aveugles qui, demain à nouveau, allumeront les brasiers où les fils de vos entrailles se consumeront. Et leur douleur ne sera que cendre, et, dans l'instant que leur sacrifice se consommera, ils le sauront et vous maudiront. Avec vos principes, si l'occasion s'en présente, à votre tour vous serez des mères inhumaines.

— Alors, Dartemont, vous niez les héros ?

— Le geste du héros est un paroxysme et nous n'en connaissons pas les causes. Au sommet de la peur, on voit des hommes devenir braves, d'une bravoure terrifiante parce qu'on la sait désespérée. Les héros purs sont aussi rares que les génies. Et si, pour obtenir un héros, il faut mettre en pièces dix mille hommes, passons-nous de héros. Car sachez que la mission à laquelle vous nous destinez, vous en seriez peut-être incapable. On ne peut répondre de sa tranquillité à mourir que devant la mort.

Lorsque Mlle Bergniol est partie, Nègre, qui a suivi notre conversation, me donne son opinion :

— Les tendres chéries ! Il leur faut un héros dans leur lit, un héros authentique, bien barbouillé de sang, pour les faire gueuler de plaisir !

— Elles ne savent pas…

— Elles ne savent rien, je te l'accorde. Les femmes – j'en ai connu beaucoup – sont en définitive des femelles, stupides et cruelles. Derrière leurs grimaces, elles ne sont que des ventres. Qu'auront-elles fait pendant la guerre ? Elles auront excité les hommes à se casser la figure. Et celui qui aura étripé beaucoup d'ennemis recevra en récompense l'amour d'une suave jeune fille bien-pensante. Ah ! les douces petites garces !

Tandis qu'il parle, je regarde évoluer ces dames, Mlle Bergniol se dépense activement, d'une manière méthodique, avec une gaieté grave ; on la sent mue par ce sentiment du devoir qu'elle défend. Mlle Heuzé est une grande fille, pas très jolie, un peu embarrassée dans son maintien, mais il y a de la bonté dans le dessin de sa grande bouche. Mlle Reignier est pleine de bonne volonté, maladroite, un peu bécasse, et déjà trop grasse ; elle fera, dans quelques années, « une bonne grosse mère » sans méchanceté. Chez Mme Bard, on devine, à sa nonchalance, au balancement de ses fortes hanches, des désirs, et son regard lourd de femme privée de mari s'attarde sur nos corps avec, semble-t-il, un peu de convoitise. J'évite de recevoir les soins de la grisonnante Mme Sabord, qui sont ceux d'une personne maniaque, aux doigts secs dont le toucher est désagréable. Mlles Barthe et Doré, l'une blonde et l'autre brune, aux yeux meurtris toutes les deux, se poursuivent, s'enlacent par la taille, se font dans la nuque des confidences qui provoquent leurs rires aigus, comparables à des chatouillements, des rires irritants pour les hommes. Leurs étreintes fraternelles ressemblent trop à des étirements voluptueux. Mlle Odet offre à chacun son sourire triste, ses paroles voilées et l'ardeur de ses yeux fiévreux. Trop pâle, trop mince, ses épaules frêles sont courbées par le poids de la vie à son début, et l'on comprend que cette vie, elle n'aura pas la force de la porter longtemps. Nous lui sommes reconnaissants de nous distribuer ce court avenir, de nous soigner alors qu'elle aurait besoin qu'on la soigne, et l'on ne peut moins faire que répondre par un sourire d'encouragement à son sourire où il y a du renoncement.

Je ne connais d'elles toutes que ces apparences et elles me suffisent. Je ne cherche pas quel motif les a amenées ici. Je me félicite simplement qu'elles s'y trouvent, puisqu'elles parent notre salle de fleurs, de leurs grâces variées, de leurs gestes flexibles, et qu'elles ont perdu leur petite morgue de bourgeoises s'adressant aux gens de l'office. Et même, je me donne le plaisir défendu qui consiste à surprendre sur leur visage une insensible rougeur, qu'elles cachent en se détournant, ou, dans leurs yeux, en y plongeant brusquement, la trace d'un souci inavouable et tendre, qui dérègle le battement de leur poitrine. Mais je m'arrête au seuil de ce trouble, comme un galant homme à la porte d'un boudoir.

Enfin, je me réjouis que nous soyons devenus très bons amis, que ces demoiselles (ce sont surtout les jeunes qui montrent de la curiosité) me consacrent une heure chaque jour. La grande rumeur de la guerre disparaît au murmure de leurs voix, peut-être mensonger, vide, mais doux, qui me replonge dans la vie de l'arrière à laquelle, par instants, il ne me semble pas possible que je sois rendu définitivement.

De temps à autre, la porte de notre salle s'ouvre sans bruit et une ombre noire surgit près d'un lit, qui laisse tomber sur le blessé un bredouillement de paroles doucereuses. C'est l'aumônier de l'hôpital, l'ancien directeur de l'institution Saint-Gilbert.

Certes, je respecte toutes les croyances (et parfois je les envie) mais je m'étonne toujours du glissement feutré de certains de ces gens, de leur sourire qui ne met pas en confiance, et qu'exerçant un ministère sacré et noble, s'ils sont convaincus, ils aient l'air de racoler, l'air de faire pst ! à une âme du fond d'une allée sordide. Cet aumônier est de ceux qui semblent supputer ce qu'il y a en vous d'ignoble pour vous en imposer – de ceux, sous les regards gênants desquels je me sens soudain plein de vices, et dont j'attends toujours qu'ils me disent : « Mon fils, venez me confier vos petites cochonneries… »

M. l'abbé Ravel s'est beaucoup intéressé à moi

dans les débuts, et je suppose que les infirmières, informées de mon éducation religieuse, m'avaient signalé à lui. Les jours qui ont suivi mon arrivée, il me visitait quotidiennement et me demandait de l'aller voir dès que je marcherais. J'éludais comme je pouvais.

Il réussit à m'arracher une promesse, d'une manière que je juge déloyale. Le soir de mon opération, me voyant affaibli, pas plus capable de résister qu'un mourant, il a insisté longuement, et, encore perdu dans les brumes du chloroforme, j'ai dit oui. Depuis, il arguait de cette promesse et ne cessait de répéter : « Je vous attends », avec une réprobation qui mettait la mauvaise foi de mon côté.

Si bien que je l'ai suivi la semaine dernière. Il m'a conduit dans sa chambre et s'est assis sur la chaise qui voisine avec le prie-dieu, où les pénitents s'agenouillent devant le Christ. Mais je connais de longtemps ce dispositif et cette manœuvre. Sur le prie-dieu, je me suis assis, moi aussi. Revenu de son étonnement, il m'a interrogé, d'ailleurs maladroitement.

— Eh bien, mon cher enfant, qu'avez-vous à me dire ?

— Mais rien, monsieur l'aumônier.

J'ai compris que je ne devais attendre de lui aucune conversation d'un ordre élevé et qu'il m'avait simplement attiré là pour me détrousser, par surprise, de mes péchés. Il doit traiter toutes les âmes avec une absolution, comme certains majors traitent tous les malades avec une purgation. Je l'ai laissé aller. Il m'a rappelé mon enfance chrétienne, et m'a demandé :

— Ne voulez-vous pas vous rapprocher de Dieu ? N'avez-vous pas quelques fautes à regretter ?

— Je n'ai plus de fautes. La plus grande, aux yeux de l'Église et des hommes, est de tuer son semblable. Et aujourd'hui l'Église me commande de tuer mes frères.

— Ils sont les ennemis de la Patrie.

— Ils sont cependant les fils du même Dieu. Et Dieu, ce père, préside à la lutte fratricide de ses propres enfants, et les victoires des deux camps, les *Te Deum* des deux armées lui sont également agréables. Et vous, juste, vous le priez pour qu'il ruine et anéantisse d'autres justes. Comment voulez-vous que je m'y reconnaisse ?

— Le mal ne vient pas de Dieu, mais des hommes.

— Dieu serait donc impuissant ?

— Ses desseins sont impénétrables.

— Dans l'armée aussi on a coutume de dire : « Il ne faut pas chercher à comprendre. » C'est un raisonnement de caporal.

— Mon enfant, je vous plains, car il est écrit : « *Le commencement de tout péché est l'orgueil : celui que l'orgueil saisit sera chargé de malédiction, et l'orgueil amènera sa ruine.* »

— Oui, je sais : « *Beati pauperes spiritu.* » C'est une manière de blasphème, puisqu'Il nous a créés à son image et à sa ressemblance !

Il s'est levé et m'a ouvert la porte. Nous n'avons plus échangé un mot. Dans ses yeux, au lieu de l'affliction qu'eût dû y mettre le spectacle de mon égarement, je n'ai vu qu'une flamme haineuse, la rage d'un homme qui vient de subir un échec cuisant pour son orgueil (lui aussi !). Je me demande quel rapport cette rage pouvait avoir avec le divin…

Pourtant j'aurais aimé que ce prêtre m'eût donné quelques paroles d'espoir, laissé entrevoir une possibilité de croyance, m'eût expliqué. Hélas ! les pauvres ministres de Dieu sont aussi murés que nous. Il faut croire comme les vieilles femmes, à figure de sorcière, qui marmonnent dans les églises, sous le nez des saints de bazar en plâtre peint. Dès que la raison s'élève, cherche un arc-en-ciel, elle bute sur le mystère, l'échappatoire. On lui conseille les cierges, les sous dans les troncs, les dizaines de chapelet et l'abrutissement.

Si le Fils de Dieu existe, c'est l'instant qu'il montre son cœur, alors que tant de cœurs saignent – ce cœur qui a tant aimé les hommes. C'est donc en pure perte, et son Père l'a donc sacrifié inutilement ? Le Dieu de miséricorde infinie ne peut être celui des plaines d'Artois. Le Dieu bon, le Dieu juste n'a pu autoriser qu'on fît en son nom une telle bouillie d'hommes, ne peut vouloir qu'une telle dévastation des corps et des esprits serve à sa gloire.

Dieu ? Allons, allons, le ciel est vide, vide comme un cadavre. Il n'y a dans le ciel que les obus et tous les engins mortels des hommes…

La guerre a tué Dieu, aussi !

Les infirmières s'absentent de midi à deux heures, après notre repas. Afin d'éviter la gêne que nous éprouvons à nous satisfaire devant elles, nous avons tous réglé les fonctions de notre corps de façon que, sauf imprévu, elles s'exercent pendant ces heures-là. Le soldat infirmier qui assure l'intérim ne fait que transporter des bassins. Ceux qui attendent leur tour regardent le plafond et fument activement pour chasser l'odeur. Quand la grosse presse a cessé et que nous ne risquons plus de prendre froid, on ouvre les fenêtres. Le soleil d'hiver pénètre dans la salle ; nous le faisons ruisseler entre nos mains pâles, nos mains soignées d'oisifs, qu'il teinte de rose en transparence.

On a donné à l'infirmier ce surnom cruel : *Caca*. Je sais que ce surnom l'affecte. Je le sais parce que j'ai connu André Charlet avant la guerre, à la faculté, où il était parmi les étudiants du groupe de tête, ceux qui ont des curiosités et des idées. Il publiait dans les jeunes revues des sonnets brillants, qui représentaient la vie comme un immense champ de conquêtes, une forêt divine et surprenante, où s'enfoncent les explorateurs d'élite et dont ils reviennent avec des fruits merveilleux, d'une saveur inconnue, des femmes d'une beauté étrange, et mille objets barbares d'une sauvagerie raffinée. À la mobilisation, il s'était engagé dans les premiers et avait été blessé gravement dans le courant de l'année suivante.

Je l'ai retrouvé ici, affaissé, sans ressort, et sale. Quelques mois de guerre l'ont ainsi métamorphosé, lui ont donné ce maintien fébrile, cette maigreur et cette peau jaune. Il en conserve une terreur folle qui se voit dans ses yeux. Pour ne pas quitter l'hôpital, il a accepté ce poste et ces besognes répugnantes. En étant Caca, il prolonge son séjour de trois mois, en vertu de je ne sais quelle décision militaire qui autorise les majors à s'adjoindre temporairement des aides. D'ailleurs, il sera vraisemblablement versé dans l'auxiliaire, sinon réformé. Mais il préfère ne passer devant une commission qu'en dernière ressource, car il doute que son organisme soit assez délabré pour qu'on l'exempte de retourner au feu. Il est le seul à en douter ; nous le croyons voué à la mort des tuberculeux, plus infaillible que les obus.

J'essaie de l'attirer, j'évoque nos années d'adolescence, nos camarades, notre gaieté, nos ambitions d'autrefois. Mais je ne parviens pas à l'intéresser. Il sourit faiblement et dit : « C'est fini ! »

Je lui réponds :

— Et la poésie, mon vieux ?

Il hausse les épaules, avec un geste vague : « La poésie, c'est comme la gloire ! » et s'en va parce qu'on l'appelle. Un instant après il repasse avec un bassin fumant, détourne son visage bouleversé de dégoût, et ricane : « Tiens, la poésie ! »

Parmi ses souvenirs de guerre, celui-ci est affreux :

— Dans l'Est, fin août. Notre bataillon attaque à la baïonnette. Tu n'as pas idée de l'imbécillité de ces attaques du début, de ce qu'elles représentaient comme massacre. Ce qui a dominé cette période, c'est certainement l'incurie de nos chefs – dont ils furent parfois victimes – formés avec ces principes :

l'infanterie reine des batailles et l'arme blanche. Ces gens-là ne se doutaient absolument pas des effets de l'armement moderne, canons et mitrailleuses, et leur grand dada était la manœuvre napoléonienne : rien de changé depuis Marengo ! Nous qui étions assaillis, au lieu de nous établir sur des positions solides, on nous éparpillait à découvert dans les plaines, revêtus de nos uniformes de cirque, et on nous lançait contre des forêts, à cinq cents mètres. Les Boches nous tiraient comme des lapins, et, au moment du corps à corps, se sauvaient, après nous avoir fait tout le mal possible. Enfin, ce jour-là, en laissant la moitié de notre effectif sur le terrain, on réussit à les déloger. Mais ces bandits ont eu une idée diabolique. Comme il soufflait un grand vent contre nous, ils ont mis le feu aux champs de blé dont nous les chassions... Là, j'ai vu l'enfer ! Quatre cents blessés, étendus sans mouvement, mordus et ressuscités par le feu, quatre cents blessés transformés en torches vivantes, courant sur des membres fracturés, gesticulant et criant comme des damnés. Leur chevelure qui flambait d'un coup, verticalement, leur mettait sur la tête une flamme de Saint-Esprit, et les cartouches explosaient dans leurs cartouchières. Nous sommes restés muets, ne songeant même pas à nous abriter, à regarder quatre cents des nôtres grésiller, se tordre et se rouler dans ce bûcher balayé par les mitrailleuses, sans pouvoir approcher. J'en ai vu un se dresser, devant la vague qui venait sur lui, et fusiller ses voisins pour leur épargner cette mort atroce. Alors, plusieurs, sur le point d'être atteints, se sont mis à crier : « Tirez, les copains, tuez-nous ! » et peut-être quelques-uns ont-ils eu ce monstrueux courage... Et Ypres ! Les combats de nuit à Ypres. On ne savait qui on tuait, qui vous tuait. Le colonel nous avait recommandé : « Mes enfants, soyez bons pour les prisonniers, *mais n'en faites pas.* » Ceux d'en face avaient certainement la même consigne.

— Bah ! le plus dur est passé, mon vieux. Nous nous retrouverons bientôt civils, et nous reprendrons nos occupations comme avant.

— Comme avant, non. Pour moi, ce n'est plus possible, la guerre m'a diminué. Tu m'as connu à la faculté, tu sais que mes camarades me désignaient comme un chef de notre génération, que nos maîtres m'accordaient leur confiance et que déjà des hommes de valeur m'avaient distingué. Je rêvais d'une carrière éclatante de conducteur d'hommes, au moins spirituellement, mais je croyais mon corps capable de servir ma pensée. J'ai vu que mon corps n'est qu'une loque, une chiffe, qu'il déserte et m'entraîne... Un type qui tremble ne peut pas être un chef.

— Mais nous avons tous tremblé !

— Plus ou moins. Tu as connu aussi Morlaix, cet imbécile qui vivait dans les brasseries, en compagnie de femmes frelatées, que la seule idée d'ouvrir un livre rendait malade, et pour lequel nous avions un profond mépris ? Il est déjà sous-lieutenant. Au front, il me dominait, il était extraordinaire de culot. Pour t'en donner une idée : à l'époque où les tranchées n'étaient pas encore continues, dans un nouveau secteur, nous revenions du ravitaillement par une nuit de brouillard. Impossible de rien distinguer à trois mètres. Naturellement, on s'égare et nous voilà à patauger dans un bas-fond, à tourner comme si on nous avait bandé les yeux, empêtrés de notre chargement de vivres, sans armes. Morlaix décide : « Allons tout droit, on verra bien ! » On marche, on marche sans rien dire… Un cri nous a figés : « *Wer da ?* » Nous avions donné en plein sur les sentinelles allemandes. Mon vieux, Morlaix portait une musette d'œufs durs. Sans hésiter, il en a balancé trois devant lui. Dans le noir, les Boches, entendant tomber ça, ont cru que c'étaient des grenades et se sont sauvés. Je n'aurais pas eu ce sang-froid…

— Tu as d'autres qualités. L'utilité momentanée d'une brute sur un champ de bataille ne prouve rien contre l'esprit, bien au contraire. Un homme qui crée vaut mieux qu'un homme qui tue.

— Je ne conçois pas qu'un homme soit incomplet, qu'il se montre inférieur dans certains compartiments du jeu. À la guerre, j'ai fait fiasco. Je ne pourrai l'oublier.

— Tu as fait ni plus ni moins que les autres. Ne t'accable pas.

— J'ai honte, quand j'y pense ! Au-dedans de moi, je me suis roulé dans mes gémissements, dans mes larmes de faible. Vois-tu, j'ai renié toutes les doctrines de ma jeunesse, Nietzsche, la force… Ah ! là là… Maintenant je suis bon à vider les pots de chambre et je ne serai qu'un employé.

C'est un curieux cas de dépression, et je crois que la maladie y est pour beaucoup.

Je lui ai vu faire une chose terrible. C'était au

moment où Diuré souffrait tant de sa cuisse. Un jour, sous prétexte de le soulager, Charlet a insisté pour lui changer son pansement. L'autre a fini par céder. L'opération terminée, j'ai vu Charlet porter la cuvette dans l'angle des lavabos, en retirer une gaze souillée et l'enfermer avec précaution dans une boîte en fer-blanc qu'il a glissée dans sa poche. Intrigué, je l'ai appelé un moment plus tard, pour lui demander :

— Dis donc, tu fais de la bactériologie maintenant ?

— Qu'est-ce que tu veux dire ?

— Qu'est-ce que tu as mis dans ta boîte, tout à l'heure ?

Il s'est troublé.

— Je ne comprends pas.

Puis, après réflexion :

— À toi, je peux dire, et je suis sûr que tu ne parleras pas. Tu te souviens de Richerand, qui était à l'école de chimie ?

— Un petit qui n'avait pas très bonne mine, il me semble ?

— C'est cela même. Je l'avais retrouvé au front. Nous étions très amis et avions échangé la promesse de nous porter secours en toutes circonstances. Cette promesse nous soutenait un peu. Il n'y a pas manqué. Il se tenait à mon côté quand j'ai été blessé. C'est lui qui m'a ligaturé et transporté au poste de secours, sous le tir de barrage, avec l'aide d'un soldat qu'il avait décidé à l'accompagner. Là, on a pu arrêter entièrement l'hémorragie, et Richerand m'a probablement sauvé la vie. Je lui suis d'autant plus

174

reconnaissant de son dévouement que je le savais plus impressionnable : un grand nerveux qui souffrait beaucoup de la guerre... Il vient de m'écrire (il est à l'Hartmann) : « On ne fait qu'attaquer. Sauvemoi. » Ce qui veut dire, comme je le connais : je suis à bout de forces, j'ai perdu tout espoir.

— Et alors ?

— Alors... D'ici, comment veux-tu que je lui vienne en aide ? Je cherche depuis hier, et ça presse...

Il s'est penché et m'a glissé :

— Je vais lui envoyer ça...

— Ça quoi ?

— Du pus de phlegmon. En se piquant avec, il a des chances d'être évacué.

Nous nous sommes tus longtemps. Je lui ai dit :

— Tu te rends compte de ce que tu vas faire ?

Il a laissé tomber ses bras et murmuré :

— Je n'ai pas le choix !

J'ai risqué ce suprême argument :

— Un homme quitte le front, un autre le remplace. En sauvant Richerand, tu condamnes un inconnu.

Il n'y avait pas pensé. Il m'a regardé en réfléchissant.

— Tant pis ! Richerand est mon ami. Vois-tu qu'il meure sans que j'aie rien tenté ? Je le crois capable de tout, dans un moment de dépression, je ne peux agir autrement.

Il m'a quitté brusquement, une main dans sa poche, tenant la boîte.

Le dénoncer ne me serait pas venu à l'esprit, pas

plus qu'à aucun de nos camarades. Il existe entre nous une solidarité formelle : dans la tranchée chacun doit faire son travail, mais nous considérons que chacun est libre de se tirer du front, que les moyens ne nous regardent pas, et nous félicitons celui qui y réussit. Pouvais-je même juger Charlet ? J'ai pensé à ces visages de condamnés que j'avais vus à certains soldats, saisis soudain d'un pressentiment funeste. Un homme sous le coup de cette hantise n'est plus capable de se protéger, de lutter pour sa conservation ; il va au-devant de la mort en somnambule... Pouvais-je juger Charlet ? Là d'où nous venons, on ne juge plus. On subit. Subir, c'est risquer sa vie ; ne pas subir, c'est la risquer aussi. Le geste de Charlet ? Simplement ceci : voilà à quoi nous a conduits notre profonde misère, voilà à quoi des hommes sont contraints de recourir quand ils défaillent. Nous ne pouvons pas blâmer : nous savons trop que la défaillance nous guette également.

On peut difficilement évaluer l'âge de Mlle Nancey. Probablement, entre trente-cinq et quarante. La figure sèche, les lèvres minces, le regard sans rêves et la voix tranchante, il lui manque tout ce qu'un homme recherche chez une femme, elle ne fournit à la mémoire aucun détail physique où se repérer. À la voir nerveuse, agile et faite pour commander, on se rend compte qu'à aucune époque elle ne dut avoir cette grâce hésitante, ces nuances d'aveu qui attirent et retiennent chez la plupart – que jamais elle n'a senti son cœur trop lourd et le besoin irraisonné d'en faire l'offrande timide. Elle est de ces femmes chez qui, la soupape de l'amour ne fonctionnant pas, l'activité s'utilise à des tâches cérébrales, des tâches d'homme. L'hôpital fournit à cette activité un excellent débouché. Mlle Nancey, infatigable, y rend de grands services, mène sa petite troupe d'infirmières avec décision, ne s'affole pas devant les plaies et ne s'attendrit pas devant les cris.

Le matin, elle guide le docteur pendant sa visite – un vieux brave homme de docteur civil, qui signe des papiers, surveille notre état et demande à ses confrères d'intervenir dans les cas graves. Il regarde distraitement les malades et interroge :

— Comment va celui-ci, mademoiselle ?

— Ça s'améliore, docteur. Il faut attendre.

Sans demander à contrôler, il passe au suivant :

— Le 12, docteur, c'est notre bras. Nous continuons les lavages. Mais le 23 nous inquiète et se plaint. Vous devriez le voir.

Parfois, elle déclare :

— Le 16 est cicatrisé. Nous allons le porter sortant.

Elle prépare la fiche, le docteur la vise et l'homme n'a plus qu'à s'en aller. Le stage complémentaire, les précieuses semaines de rabiot qu'un homme guéri peut encore couler ici, en toute sécurité, dépendent d'elle seule. Et malheur à qui lui déplaît ! Pour lui avoir déplu, Boutroux (une cuisse) est parti du jour au lendemain, et cependant la croûte de sa large blessure était récente, molle et soulevée encore par des infiltrations de pus. L'imbécile était rentré saoul, un soir de sortie, et avait fait du scandale. Grossier, il était déjà repéré. Aussi le matin suivant, malgré sa guérison incomplète, il filait. Cet éclat a abrégé son stage de trois bonnes semaines : le temps de se faire tuer vingt fois.

La menace de ce châtiment terrible, le départ prématuré, fait tenir tranquilles ceux qui seraient tentés de céder à leurs instincts. Nous savons par les journaux que les offensives d'Artois et de Champagne ont échoué définitivement, que les combats meurtriers de l'Hartmannswillerkopf, qui alimentent les communiqués, ne seront pas décisifs. La guerre ne peut prendre une nouvelle tournure avant le printemps. Il importe pour nous de gagner du temps. Ce temps sauveur, Mlle Nancey pourra nous en faire cadeau ou nous en priver. Cela contribue à son prestige.

La consigne est donc de « rester peinard ». Parmi les plus valides, beaucoup, pour s'attirer les faveurs de l'infirmière-major, emploient les moyens simples dont ils disposent ; ils se transforment en hommes de corvées et épargnent à ces demoiselles les gros travaux. Certains vont à la messe et se vantent que leur assiduité ne soit pas dictée par leurs sentiments. (Quelques-uns, naturellement, y assistent par conviction et nul ne s'en moque.) J'ai l'impression qu'ils se trompent, et je juge Mlle Nancey incapable de tomber dans le piège grossier de leur fausse piété et de les avantager.

Je l'ai dit : avec Mlle Nancey, nous sommes en très bons termes. Mieux, en coquetterie, en coquetterie d'estime. Elle a pour moi des attentions spéciales, me consulte sur une mesure projetée, me demande mon avis sur les événements.

Il y a aussi un petit fait. Juste en face de mon lit se trouve un coffre élevé, une sorte de placard. Lorsque Mlle Nancey vient passer un moment dans mon coin, elle s'assied sur ce coffre, d'un bond, en tournant, avec le plaisir évident de montrer sa légèreté. Son mouvement vif remonte sa jupe très haut et me découvre une étincelle de cuisse au-dessus du bas sombre. (Sa jambe est musclée, mais assez jolie : ce qu'elle a de mieux. Elle le sait certainement.) Une fois, mon regard portait par hasard sur cette cuisse quand Mlle Nancey m'a regardé. Je me suis détourné, avec embarras. Mais j'ai remarqué qu'elle s'asseyait toujours avec le même mouvement révélateur, et qu'elle me fixait ensuite sans aucune gêne. Or je crois qu'elle pourrait se découvrir moins… En somme, j'ai reçu la confidence de cette jambe pleine, à la peau blanche. Il serait impolitique désormais de ne pas la regarder – discrètement, mais avec sentiment. Marquer que je suis sensible, que j'apprécie.

Cela, en tout bien tout honneur, j'en suis persuadé. Je me souviens de cette parole d'une personne expérimentée : « Les femmes ont toutes des prétentions de femme et les plus vertueuses aiment à se persuader qu'elles peuvent tenter un homme. » Oui, Mlle Nancey cherche à donner du prix à sa vertu. Pourquoi lui refuser ce petit plaisir puisque la mienne n'en est pas menacée ?

Cette jambe est mon gage de durée à l'hôpital. Je peux tranquillement regarder les autres balayer.

Cela devait se produire. Je m'étonne que les transformations vraiment anormales qui s'étaient opérées en lui ne m'en aient pas donné l'intuition. Si accablé que soit moralement un homme jeune, une période vient vite où il se rétablit, et Charlet ne faisait que s'assombrir davantage.

Ses doigts crispés, les tics qui altéraient sa physionomie, sa démarche saccadée trahissaient son état d'énervement, à son entrée dans la salle, tout à l'heure. Cependant, il a commencé son service comme d'habitude, mais sans me dire bonjour.

Brusquement, vers une heure, il a surgi devant moi. Son visage était effrayant, de la couleur de la terre glaise, avec des plaques brunes et des yeux sertis de rouge. Il m'a mis son bras sous le nez :

— Sens, sens donc !

— Eh bien ?

Il poussait son bras avec violence, je me suis reculé.

— Ah ! tu sens ? Tu sens l'odeur ?

Il me tenait sous son regard flamboyant, furieux, dont je ne pouvais me détourner. Il m'a dit, en rapprochant son visage du mien à le toucher, ces paroles incroyables :

— *Je suis une merde.*

— Voyons, Charlet, tu es fou !

— Mais sens donc !

Plus encore que sa colère, cette bave qui lui coulait de la bouche m'a fait peur. Heureusement, quelqu'un l'a réclamé :

— Pst, Caca !

Il a bondi et s'est dirigé vers Peignard en gesticulant sauvagement :

— Je m'appelle Merde, vous entendez, et je ne supporterai pas vos grossièretés !

J'ai compris qu'il déraillait et j'ai craint aussitôt pour les blessés si fragiles : Peignard avec son pied, Diuré avec ses drains, le malheureux Breton. J'ai appelé les hommes valides, qui sont venus l'entourer pendant qu'on allait chercher du secours. En pleine crise, il tentait de s'échapper et criait :

— Je vous domine, crapules ! Tous les hommes sont tributaires de moi ! Je suis la vérité, le maître du monde !

Enfin, trois gaillards sont montés des sous-sols et l'ont entraîné.

Charlet !

Voici la dernière vision que j'ai conservée de lui dans le civil. En 14, une nuit du début de l'été, sous les marronniers de la place où nous nous rassemblions chaque soir. Devant nous, les cygnes blancs, de leur nage silencieuse, moiraient l'eau sombre des bassins, où se balançaient des lumières, tombées d'une terrasse brillante. Un orchestre assourdi nous berçait de son rythme. Et Charlet debout, tête nue, mince et élégant, sûr de soi, un peu gâté même par des succès précoces, déclamait ses propres vers. J'ai encore ses intonations dans l'oreille et me souviens de ce passage :

L'air est chargé ce soir du parfum des bosquets,
Où dort si calmement, sous un rayon de lune,
Son corps très blanc roulé dans l'écharpe très brune
De ses cheveux, où je murmure mes secrets
L'impérieuse Impératrice de mon cœur.

Et maintenant, il est fou, à vingt-deux ans. Et sa folie a pris la forme la plus basse qu'on puisse imaginer !

On visite nos pansements chaque matin. Mon tour arrive généralement vers neuf heures. Une infirmière s'avance avec son attirail thérapeutique, et un sourire plein de courage (il ne lui en coûte rien). Elle s'empare de moi, enlève les épingles, déroule les bandes et détache les gazes collées avec de petites secousses, qui tirent sur les lèvres des plaies, lesquelles entraînent à leur suite mon corps entier qui se refuse à la rupture brusque, et me tirent aussi de légers cris que je suis mécontent de laisser échapper. Les plaies sont lavées au permanganate et reçoivent ensuite une application de teinture d'iode ou de crayon de nitrate d'argent. L'un et l'autre se valent et me procurent la même agréable sensation d'un fer rouge qu'on enfoncerait dans ma chair, et je m'étonne toujours de ne pas voir monter une fumée, de n'être pas incommodé par une odeur de roussi. La multiplicité des plaies prolonge mon supplice. Les lavages ne sont pas encore terminés que plusieurs emplacements de mon corps, déjà humectés d'iode, sont comme posés sur des grils, et je me tords, tel un hérétique luttant pour ne pas abjurer sa foi. Ma foi ici est de montrer une décence devant la douleur. On garde pour la fin le plus mauvais : la blessure du thorax, en dessous de l'omoplate. Quand je sens la menace du badigeon, je me tasse, la respiration coupée, comme si un obus piquait. Mais ce n'est qu'une main rose qui hésite et écrase soudain cruellement, dans l'entaille de mon dos, la chique de coton qui m'imprègne de sa salive brune, jusqu'au poumon, semble-t-il. Je reçois mon coup de lance au cœur.

J'en ai pour une bonne heure de cuisson à petit feu.

Certains jours, où je me vois sur le point de flancher, je me révolte. Je camoufle mes cris en paroles violentes. Et j'ai bonne envie de gifler l'infirmière sereine : une femme qui me fait souffrir !

C'est le mauvais moment de la journée ; il me gâte mon séjour et ternit mes réveils, qu'il suit de peu. Mais, quand mes douleurs ont cessé, le délai jusqu'au prochain pansement me semble très éloigné. J'atteins au point culminant de ma paix, qui va en décroissant jusqu'au lendemain matin.

Aller à l'hôpital, il n'y a guère plus d'un an, était une parole terrible. Elle suggérait, plus encore que celle de la souffrance, l'idée ignominieuse de la déchéance. Les bourgeois n'allaient pas à l'hôpital, réservé aux ouvriers, aux filles-mères, et à ces malheureux qui avaient dilapidé leur fortune, qui avaient « tout mangé », et par cela même méritaient les pires châtiments, aux déclassés enfin. Et les familles annonçaient aux dissipateurs, aux enfants prodigues : « Tu finiras à l'hôpital ! », c'est-à-dire misérable, seul et dans la honte. Et moi-même, regardant les façades de deuil des hôpitaux, leurs tristes couloirs, les maigres convois qui en sortaient, je pensais confusément à des léproseries.

Voici que l'hôpital est devenu une terre promise. Il représente pour des millions d'hommes le suprême espoir, et ses misères et ses douleurs, et les navrants spectacles qu'il présente sont pourtant le plus grand bonheur qu'un soldat puisse entrevoir. Autrefois, celui qu'on descendait de la voiture d'ambulance s'attristait en franchissant ce seuil et se sentait menacé. Aujourd'hui, celui qu'on transporte sur un brancard croit recevoir du gardien, avec sa fiche d'entrée, un brevet de vie. Et si un major supérieur, muni de pouvoirs divins, passait devant les lits et proposait à chacun de lui restituer ses membres en disant : « Lève-toi et marche ! », il est probable que Peignard, Mouchetier, et tous ceux qui sont en lambeaux, après avoir réfléchi aux risques que leur ferait courir cette nouvelle intégrité, aux sueurs glacées de l'appréhension qui torture les êtres sains et forts, répondraient : « Ne faites pas le miracle ! »

Pour moi, qui ai eu la chance d'attraper la « bonne blessure », ce gros lot des champs de bataille, je me trouve à l'hôpital comme un homme qui passerait son hiver dans le Midi. Lorsque j'ai acquitté ma dette de souffrance chaque matin (le prix de ma pension), je me fais vraiment l'effet d'être en villégiature, et la présence des infirmières fraîches et gracieuses, les égards de Mlle Nancey complètent l'illusion. Qu'ai-je à faire d'autre que manger, fumer et lire ? Quand la lecture me fatigue, je m'abandonne à cet état d'extrême lassitude qui résulte d'un trop grand repos, je me repose encore de ce repos... Je tapote ma faiblesse comme des coussins, et m'y carre confortablement aux épaules. Je jouis de n'avoir plus à agir, de ce droit, que je tiens d'une grenade, d'être veule. Et je ne déteste pas les frissons de cette fièvre légère que donne le lit, à la longue.

Ainsi faible, les yeux fermés, je rêve. Mais je ne rêve pas de l'avenir, très incertain. Isolé derrière mes paupières baissées, j'entends résonner au fond de mes oreilles le grand bourdonnement de la guerre, comme le murmure de l'océan au fond d'un coquillage. Je pense malgré moi à cette suite d'aventures surprenantes qui m'ont conduit ici et me laissent encore de l'étonnement.

VII

La convalescence

Mes plaies étant cicatrisées, le moment est venu où j'ai dû quitter les infirmières de cette salle 11 de l'institution Saint-Gilbert, dans laquelle j'ai passé les meilleures journées de ma vie de soldat. Mlle Nancey m'a recommandé : « Écrivez-nous. Nous aimons suivre nos blessés après qu'ils nous ont quittés. Et s'il vous arrive malheur une seconde fois, venez nous retrouver. » Nègre m'a dit simplement, avec une gravité inaccoutumée : « Tâche de sauver tes os ! »

Nous reconnaissons le bruit de la boîte aux lettres dans l'allée, et peu après une clef tourne dans la serrure. Notre père arrive pour le repas du soir. Il demande à ma sœur, en s'essuyant les pieds sur le paillasson, comme d'habitude :

— Est-ce que ton frère est arrivé ?

Je m'avance dans le corridor. Il me dit :

— Te voilà ! Nous avions reçu ta lettre et nous t'attendions d'un jour à l'autre.

Nous nous embrassons, un peu rituellement : un baiser d'essai. Il doit se demander : est-ce que la guerre l'a changé ? Nos rapports ont toujours été froids. Mon père attendait mieux de moi, et j'attendais aussi mieux de lui. Il ne me trouvait pas assez docile à ses conseils, mais j'estimais que le résultat auquel il avait atteint, avec sa fameuse expérience, me donnait le droit d'être méfiant. Il a sans doute sa façon de m'aimer ; malheureusement, ses manifestations, lorsque j'étais enfant, n'ont jamais été très probantes, et je suis resté sur cette impression ancienne. Si l'on veut, nous ne nous comprenons pas. Pour qu'un père et un fils se comprennent, comblent ce quart de siècle qui les sépare, il faut que le père mette beaucoup du sien. Tel n'a pas été le cas. En 1914, nous étions à peu près brouillés. Mais, à l'occasion de la guerre, nous avons étendu jusqu'à la famille l'union nationale. Les dangers que j'allais courir en faisaient une affaire de convenances. Et je reviens, après treize mois d'absence et une blessure, avec les meilleures dispositions, encore qu'assez sceptique sur les possibilités de notre accord parfait.

Nous nous asseyons à table, chacun à son ancienne place, et j'observe que rien ici n'est changé. Mon père me questionne :

— Tu es bien remis ?

— Ça va !

— En effet, tu as bonne mine. Cette vie t'a développé.

Il me regarde à la dérobée, et je me rends compte, à la façon dont sa main pétrit son pain, que quelque chose lui déplaît. J'en suis vite informé :

— Comment t'es-tu arrangé pour n'avoir pas un seul galon ?

— Je n'y tiens pas, dis-je pour couper court.

— Encore une de tes idées !

Quand mon père fait allusion à ce qu'il appelle mes idées, c'est toujours mauvais signe. Mais il tient à la sienne et poursuit :

— Les fils de Charpentier, à peu près de ton âge, sont l'un sergent et l'autre adjudant, et leur père en est fier.

— Il n'y a pas de quoi !

— Oh ! naturellement, tu es au-dessus de ça !... Ah ! on peut dire que tu ne t'es jamais forcé pour faire plaisir à personne !

Ma sœur, qui craint une discussion où nous ne céderions ni l'un ni l'autre, intervient et détourne la conversation. Ils s'entretiennent, en dehors de moi, de la marche de la maison, de leurs amis, d'invitations, de visites, que sais-je... Ils ont les mêmes petits soucis qu'en 1914, et il me semble, à les entendre, que je les ai quittés hier. Ils n'ont pas l'air de se douter de ce qui se passe à quelques centaines de kilomètres. Et mon père prétend que l'égoïsme est de mon côté ! Cela n'a d'ailleurs aucune importance. Je suis ici pour sept jours – en cantonnement d'alerte. Mais ces êtres pour qui je me bats (car enfin, ce n'est pas pour moi !) me sont comme étrangers.

Ils ne sont même pas curieux de la guerre. Mon père ne saurait condescendre à m'interroger : ce serait reconnaître qu'un fils peut en savoir plus que son père sur certains points. Cette chose lui paraît

188

inimaginable, tellement elle choque ses habitudes d'autorité.

Mon père m'a donné rendez-vous dans l'après-midi. Je le trouve à l'heure indiquée, et je marche à son côté, dans la rue encombrée, où les étalages, qui ruissellent de lumière électrique, animent un décor d'avant-guerre que j'avais oublié. Depuis que je ne l'ai pas vu, il a un peu vieilli, et je suis maintenant nettement plus grand que lui. Nous arrivons à ce stade où le père, diminué par l'âge, se tasse, où le fils grandit et s'affirme. Longtemps, à mes yeux, il a appartenu à ce monde inaccessible des grandes personnes, détentrices des privilèges et de toute sagesse, longtemps je me suis senti sous sa domination. Aujourd'hui, j'ai une vie propre qui lui échappe. Il a des ménagements pour cette personnalité qu'il voit se développer et que ma taille impose, et j'ai une sorte d'indulgence, assez indifférente, pour son humeur injuste, depuis que je m'en libère. Nos forces s'équilibrant, nous sommes cordiaux l'un pour l'autre. Mais nous nous éloignons plus que jamais.

Mon père me mène à la brasserie où il rencontre chaque soir ses amis. Dans la grande salle d'un établissement du centre, un coin leur est réservé, avec la protection du gérant, et ils y passent une partie de leurs après-midi. Ce sont des hommes de soixante ans, des commerçants et des industriels. Certains ont cet air consterné que donnent la malchance et la vie à son déclin, et certains autres au contraire étalent sur leurs traits cette satisfaction des gens qui ont réussi dans leurs affaires. Ils se connaissent depuis vingt et trente ans. Ils jouissent ici de leurs loisirs, loin des soucis, des aigreurs domestiques, et vivent sur un vieux fond de souvenirs et de plaisanteries qu'ils exhument de leur jeunesse. Ils sont habitués les uns aux autres et respectent leurs manies, ce qui est une condition essentielle pour pouvoir vieillir confortablement en compagnie.

À notre arrivée, ils lèvent la tête. Mon père leur dit, en serrant des mains :

— Je vous présente mon grand fils qui arrive de l'hôpital après sa blessure.

Ces hommes importants interrompent leur partie de cartes et me saluent cordialement :

— Très bien ! Bravo, jeune homme !

— Nos félicitations pour votre courage !

— Dis donc, Dartemont, c'est un gaillard !

Ils se taisent, ne sachant plus quels encouragements m'adresser. La guerre se démode, commence à entrer dans les mœurs. On voit constamment des militaires débarquer en permission, on a l'impression qu'il ne leur arrive jamais aucun mal. D'ailleurs, je ne suis que soldat, et la situation de mon père n'est guère florissante. Ces messieurs sont bien bons de m'avoir marqué tant d'intérêt !

Ils reprennent leur jeu : « Qui a coupé ? » Mon père se mêle à eux. Je demeure seul à un bout de table, en face d'un vieux monsieur qui mâche méthodiquement du gruyère en l'arrosant de bière. Il me considère longuement et je devine, à son air soucieux, qu'il prépare une phrase. Enfin, il me demande, avec un sourire engageant :

— Vous avez de bons moments là-haut ?

Suffoqué, je regarde ce vieux cornichon blafard. Mais je lui réponds vite, suavement :

— Oh ! oui, monsieur...

Son visage s'épanouit. Je sens qu'il va s'écrier : « Ah ! ces sacrés poilus ! »

Alors j'ajoute :

— ... On s'amuse bien : *tous les soirs nous enterrons nos copains !*

Son sourire fait marche arrière et son compliment l'étouffe. Il attrape précipitamment son verre et s'y enfonce le nez. De saisissement, il aiguille mal sa bière, qui prend la direction des poumons. Cela se termine par un gargouillis et un petit jet de cachalot qu'il lance en l'air et qui vient retomber sur son ventre, où il cascade en perles mousseuses.

Je m'enquiers férocement :

— Ça a passé de travers ?

Il est tout secoué de poussées internes et de grondements catarrheux. Au-dessus de son mouchoir, je ne vois plus que ses yeux jaunes, qui pleurent. Derrière mon front, hypocritement attristé, ma pensée entame une sauvage, une vengeresse danse du scalp.

Nous partons bientôt. Je sais ce que va dire l'homme au gruyère, dès que nous aurons franchi la porte :

— Dites donc : le fils de Dartemont est une espèce de révolté ? Il a mauvais genre, ce garçon, vous savez !

— Je crois en effet que Dartemont n'en a guère de satisfactions !

— Pas de galon, pas de décoration, après un an de guerre, c'est suspect !

Ils hocheront la tête, pour exprimer : « Chacun a ses croix ! » et commanderont un demi bien frais pour se ragaillardir. Et l'un proposera : « Êtes-vous libres ce soir ? Nous pourrions dîner dans un petit coin… » Entre hommes, ils s'offriront une petite débauche. Et si une belle fille passe dans les environs, mon Dieu ! ils l'inviteront à leur table : elles sont tellement seules ces petites en ce moment ! Évidemment, ils appréhendent un peu les lendemains de ces fêtes : la goutte, la piqûre au foie… Mais tant pis ! Il ne faut pas s'écouter : tout le monde souffre aujourd'hui !

À la guerre comme à la guerre, n'est-ce pas ?

Je dispose de sept jours pour me payer du plaisir, m'en gorger, m'en approvisionner pour plusieurs mois. Ce sera peut-être le dernier plaisir que j'aurai pris, peut-être que le dernier souvenir que j'emporterai de la vie se rapportera à ces sept jours. Ne perdons pas de temps, mettons-nous en quête du plaisir, dépistons-le et emparons-nous-en.

Mais, qu'est-ce que le plaisir ? Dressons la liste des plaisirs possibles. Des repas ? Non, ils ne peuvent qu'accompagner le plaisir, l'assaisonner. Des spectacles ? Non plus. Ils sont vides et faux en regard de la réalité qui m'attend. Les joies de la famille ? Une mère peut-être pourrait m'attacher, me deviner, mais j'ai perdu la mienne très jeune. Des amis ? Certes, j'aimerais revoir mes amis, échanger avec eux des impressions en suivant nos anciens trajets. Mais mes amis (j'en avais trois véritables) sont dispersés sur le front ; l'un a été blessé en Champagne peu de temps après moi. Des plaisirs de vanité ? Il paraît que cela existe. Je ne sais où l'on prend cette sorte de plaisir. Dans les salons probablement, mais je n'y ai pas accès et ne me soucie pas d'y pénétrer.

Alors, le plaisir du cœur ? C'est un terme trop romanesque. Disons : une femme. J'en connaissais bien quelques-unes, à divers titres. Mais elles étaient jeunes et peu libres. La difficulté est d'abord de les rencontrer, puis de ranimer leurs sentiments que je n'ai pas entretenus, car elles parlaient de sentiments éternels, définitifs, et, à vingt ans, pris dans la guerre, je ne pouvais signer un pacte sentimental qui engageât tout l'avenir. J'ai agi imprudemment, comme il arrive souvent lorsqu'on veut être de trop bonne foi. Ces amoureuses possibles ont dû disposer de leur cœur dans un autre sens. Un cœur de femme ne peut rester longtemps inoccupé. Plus les cœurs sont jeunes, plus ils sont exigeants et se croient des droits. Or je n'ai rien voulu promettre. Ne promettant rien, et étant loin, je crains d'avoir tout perdu. L'amour est une transaction, au moins de sentiments dans les cas les plus rares : on aime pour recevoir. Absent, je ne pouvais rien donner. Et maintenant, je ne peux donner que sept journées d'un soldat d'infanterie, dont la vie est menacée, dont la carrière n'est pas ébauchée, et dont le cœur, il faut l'avouer, n'est pas sûr. Quelle femme en voudrait ? Pour accepter ce don, il faudrait du moins qu'elle m'ait connu autrefois, qu'elle ait conservé de moi une image différente de celle que je lui propose dans cet uniforme piteux qui me vient de l'hôpital.

Reste le plaisir qui s'achète, de moindre qualité, mais du plaisir pourtant si l'on peut s'offrir l'article de luxe. Malheureusement, j'ai très peu d'argent, de quoi acquérir du plaisir à bas prix, du plaisir de pauvre, écœurant comme une cuisine de gargote. Il me faudrait sept jours d'opulence et je n'ai devant moi que sept jours d'économie.

Je me confie au hasard, je sors.

Je me rends directement aux endroits où j'étais certain, avant la guerre, de trouver des camarades, je regarde dans les cafés, je remonte plusieurs fois les mêmes rues. Tout ce qui me rendait ce pays familier a disparu, ma ville ne me reconnaît pas et je m'y sens isolé. J'avais autrefois, dans un vêtement de mon choix, une certaine assurance que l'uniforme m'a retirée. Les femmes se tournent naturellement vers ce qui est brillant et élégant : les officiers, et ces employés d'état-major, de centres militaires, aux tenues fantaisie, qui présentent des garanties de durée. Je n'oserai pas aborder une femme ! Pour les soldats, il existe les filles à soldats, tout le monde le sait…

Je tourne dans la ville, désœuvré, et sans grand espoir. Je commence à comprendre que la vie ici a pris un rythme nouveau, dont nous sommes exclus, et qui ne laisse pas de place pour une de ces aventures dont j'avais rêvé. Les femmes sont belles, ont l'air plus décidé qu'autrefois, et ne portent pas sur leur visage la trace de chagrins secrets. Où sont donc les amantes que la guerre a désespérées ?

J'ai l'adresse de l'une de ces jeunes filles que je fréquentais en 1914. Je décide d'aller me poster dans les environs de sa demeure pour la voir sortir ou rentrer. C'est assez chanceux, mais je n'ai pas de meilleur moyen de l'atteindre.

J'ai rencontré Germaine D... hier soir, qui était mon cinquième jour de permission. Il était temps ! Je me tenais le long des vitrines d'une rue obscure où je sais qu'elle avait l'habitude de passer. Un bec de gaz l'a éclairée subitement. Malgré ses vêtements d'une coupe nouvelle, j'ai reconnu son pas ou son balancement, quelque chose qui m'indiquait avec certitude que c'était elle. J'ai regardé s'avancer son visage d'étrangère, qui ne me savait pas là, un visage fermé et pensif, qui me devenait distinct en se rapprochant. Je me suis élancé dans la lumière. Elle a fait un écart indigné – puis elle a rougi : elle m'avait reconnu à son tour. Sans m'adresser de reproches, sans manifester de surprise excessive, elle m'a très simplement promis son après-midi d'aujourd'hui. Peut-être même la reverrai-je demain – mais : « Pas longtemps, nous avons du monde à la maison, et je ne fais pas ce que je veux. »

Je l'ai conduite dans un pied-à-terre qu'on m'avait indiqué. Elle a eu la gentillesse de ne pas regarder cet appartement de fortune, de ne pas relever ce qu'il avait de suspect et de trop anonyme. Elle a eu la gentillesse, malgré mes négligences, d'être résolument consentante, avec cet air d'abandon et de plaisir (enfin !) des femmes sensuelles, qui sont reconnaissantes de ce qu'elles éprouvent. Elle a eu l'adresse, en mêlant les souvenirs au présent, de rétablir tout de suite entre nous une intimité qui ne fut pas gênée, une intimité qui abolissait une année de séparation et qui reprenait naturellement le ton de nos anciens rendez-vous. Elle a eu la générosité de ne rien distraire de ce temps précieux pour se plaindre de mon silence. Elle m'a accepté tel quel et m'a vu comme autrefois. C'est cela surtout que je cherchais : un être pour qui je ne fusse plus soldat. Elle est partie avec mes fleurs à son manteau, dont elle m'a dit : « Je suis très fière de ma décoration ! »

Je dois à cette charmante Germaine sans coquetterie la meilleure joie de ma permission : quelques heures d'oubli passées en sa compagnie. Désormais, je lui écrirai.

Les pires bouleversements sont impuissants à changer le caractère des êtres. Cette permission de sept jours m'a prouvé que l'humeur systématique de mon père ne désarmerait jamais, quelle que fût la nature de mes occupations. Que puis-je de plus, aujourd'hui, qu'être soldat ? Est-ce que, ainsi, je ne donne pas entière satisfaction à l'opinion publique, et ne rehausse pas l'éclat de ma famille ?

196

Il est juste de dire que je suis un héros mécontent. Consulté sur les événements, j'ai l'habitude funeste, insociable, de les montrer tels qu'ils me sont apparus. Ce goût de la vérité est incompatible avec les usages policés. Les milieux où l'on m'a reçu et fêté attendaient de moi que je justifiasse leur quiétude par mon optimisme, que je montrasse ce mépris pour l'ennemi, les dangers et les fatigues, cette bonne humeur, cet esprit d'entreprise qui sont légendaires et caractérisent le troupier français, tel qu'on le voit sur les almanachs, coquet et souriant sous la mitraille. Les gens de l'arrière aiment à se représenter la guerre comme une fameuse aventure, propre à distraire les jeunes hommes, une aventure qui comporte bien quelques risques, mais compensés par des joies : la gloire, des bonnes fortunes, l'absence de soucis. Cette conception commode tranquillise les consciences, légitime les profits, et permet de dire en outre : « notre cœur souffre », en se tenant les pieds au chaud. Je crois peu à ces cœurs qui ressentent profondément la souffrance des autres. Il faudrait qu'ils fussent d'une matière bien rare. On ne souffre véritablement que dans sa chair, et dans la chair de sa chair on souffre déjà beaucoup moins, exception faite pour quelques natures particulièrement sensibles.

J'ai bien senti qu'il eût été poli, lorsqu'on m'offrait un excellent repas dans une maison luxueuse, de mettre tout le monde à l'aise en déclarant que nous faisions notre affaire de la victoire et que tout là-haut se passait très gaiement. Moyennant quoi, on m'eût versé un second verre de cognac, offert un second cigare, en me disant sur ce ton d'indulgence qu'on a pour les soldats : « Voyons, un poilu comme toi ! Tu n'en fumes pas de pareils dans les tranchées, ne te gêne donc pas ! » Autrement dit : on ne te refuse rien, tu vois !

Mais je n'ai pas relaté d'exploits dont les Allemands eussent fait tous les frais, j'ai glacé les conversations les plus habiles. Je me suis conduit en individu mal élevé, je me suis rendu insupportable, et l'on me voit partir sans regrets.

Mon père, ce soir, a tenu à m'accompagner à la gare. Nous n'avons pas grand'chose à nous dire. Nous nous promenons sur le quai, en attendant le train, dans les courants d'air. Mon père craint les courants d'air, il a relevé le col de son pardessus et je le vois impatient. Je lui dis :

— Pars donc. À quoi bon prendre froid pour quelques minutes qui ne changeront rien !

— Mais non, mais non ! répond-il brusquement, de l'air d'un homme décidé à donner l'exemple, à aller jusqu'au bout de son devoir, quoi qu'il doive lui en coûter.

Nous échangeons quelques paroles sans importance, et j'observe qu'il regarde fréquemment l'horloge, sans y paraître. Mon départ tombe mal. Je sais que si mon père me quitte bientôt, en sautant dans un tramway, il pourra encore retrouver ses amis à la brasserie : le vendredi est leur jour de réunion. Il y pense sans doute. Naturellement, je ne pourrais faire

198

allusion à cette réunion sans le fâcher. Nous sommes côte à côte, mais nos pensées sont très éloignées. Un père et un fils ? Oui, sans doute. Mais surtout : un homme de l'avant et un homme de l'arrière… Toute la guerre nous sépare, la guerre que je connais et qu'il ignore.

Enfin, le train arrive, un de ces trains sordides et hurlants de soldats. Je conseille à nouveau à mon père de partir, sous prétexte qu'il me faut le temps de m'installer. Il accepte un compromis :

— Oui, en effet, tu seras mieux avec tes camarades !

Nous nous embrassons. Il reste encore un instant devant moi, indécis. Sa main qui pianote dans le vide m'indique que quelque chose lui tient au cœur. Il me le glisse :

— Tâche donc d'attraper un bout de galon !

— Je tâcherai ! fais-je, conciliant.

— Allons, adieu, à bientôt, j'espère… Et ne sois pas imprudent là-haut ! fait-il assez froidement.

Nous nous embrassons encore. Il me quitte en se détournant et s'éloigne rapidement. Peut-être pour cacher son émotion…

Avant de s'engager dans les escaliers du passage souterrain, il m'adresse un dernier geste d'adieu, un geste aérien, très vif : le geste d'un homme libre…

Je suis seul sur le quai, devant le train. Je suis seul, avec ma musette qui contient des vivres pour deux jours, mon bidon, ma couverture, mon porte-feuille sur la poitrine avec un peu d'argent, ma montre au poignet gauche, mon couteau dans la poche droite de mon pantalon, retenu par une chaîne, mes ciseaux de poche – tout mon bien... Je n'ai rien oublié.

Je vois la ville, énorme et calme, qui s'endort – la ville peuplée de gens qui ne sont pas au danger, de gens heureux et de jeunes femmes fraîches et élégantes, qui ne sont pas pour les soldats. Je distingue des traînées lumineuses qui situent les grandes artères du centre où l'on s'amuse comme s'il ne se passait rien d'anormal.

La locomotive lâche la vapeur, j'entends des sifflets. Alors je monte précipitamment dans le train, au hasard. Le wagon m'envoie à la figure son haleine chaude et ignoble, son haleine d'ivrogne. J'enjambe des corps et mon installation provoque des grognements. Je rentre dans la guerre...

EMBUSQUÉ

« Le soldat ne sent pas qu'il soit
connu, il meurt obscur et dans la
foule, il vivait de même à la vérité,
mais il vivait ; et c'est l'une des
sources du défaut de courage dans
les conditions basses et serviles. »

La Bruyère

I

Secteurs calmes

— Dix-huit degrés, me crie Baboin.

Je réponds : « Vingt-cinq pas. » Nous notons les chiffres sur une feuille de papier, puis nous contournons un pare-éclats. Je compte mes enjambées jusqu'au prochain coude et je fiche en terre ma canne, sur laquelle est noué un fil rouge. Baboin regarde à travers le viseur de carton assujetti à sa boussole et me donne le nombre de degrés de dérivation par rapport au nord ; je lui indique la distance. Nous levons le plan du secteur. Ce travail de tout repos nous occupe l'après-midi, quand nous sommes libres, et nous avons l'intention de le faire durer le plus possible.

Baboin, agent voyer dans le civil, est l'ordonnance du lieutenant qui commande la compagnie. C'est un homme petit, barbu, court sur jambes, paisible et méticuleux, qui a accepté cette sorte de domesticité pour échapper aux inconvénients de la première ligne. Il se tient au P.C. de son chef, auprès duquel il assume à peu près la charge de femme de ménage : balayer, vider les eaux sales, réchauffer la nourriture, nettoyer la vaisselle, s'occuper du linge et de l'entretien des vêtements. Il s'éloigne rarement de l'abri et sort peu s'il n'y est contraint. Il n'a pas d'autre fierté que son écriture, fine et lente, qui reproduit très exactement les modèles de calligraphie. Cette écriture indique une soumission naturelle et un manque d'imagination qui répondent bien à son caractère ; il a pour les consignes un respect de fonctionnaire. Il m'a expliqué son point de vue, qui est d'un sage, encore que je me sente incapable d'une sagesse qui me ferait remplir un rôle comme le sien : « Ici il s'agit de ne pas faire le malin et d'en revenir. » J'ai sensiblement le même programme, mais je sais que chez moi ce programme peut être compromis à l'improviste par une saute d'humeur, qu'une mesure blessante me ferait vite perdre patience, dût ma vie en être menacée. Cependant je ne blâme pas le moyen que Baboin a choisi. Il ne semble pas y voir de déchéance, ou le cache soigneusement. J'apprécie son amitié qui a la qualité d'être égale et qui se manifeste par des dons en nature, café et tabac, dont il est toujours approvisionné copieusement par les cuisines. Il m'a pris en estime parce que je lui demande des conseils professionnels.

J'ai eu la chance, dès mon retour au front, de trouver un emploi, que je dois à mon état civil, qui m'avait déjà valu l'attention des infirmières à l'hôpital. Je le dois aussi à l'état squelettique de la compagnie où je fus versé. Notre renfort est venu boucher les vides d'un régiment qui redescendait de Verdun, très éprouvé. Pour reconstituer l'armature des unités, on a puisé dans les nouveaux arrivants, en se guidant sur les indications des livrets matricules. Le lieutenant m'a fait appeler, pour contrôler que ma tête correspondait bien à ma profession, et m'a nommé agent de liaison.

La fonction d'agent de liaison est bien supérieure à celle de soldat d'escouade, qui est « le dernier des métiers ». L'ambition de tous les hommes est de se tirer de l'escouade. Il n'y a que deux moyens : un grade ou un emploi. Au milieu de 1916, il est trop tard pour entreprendre une carrière de gradé, et cette carrière ne pourrait être prompte que dans les unités d'attaque, où les cadres sont vite décimés. Dans de telles unités, les grades subalternes ne diminuent pas les dangers et offrent peu d'avantages. Ensuite, nous sommes tous des soldats provisoires, des civils, et, quel que soit le grade auquel nous aurons atteint, nous sommes décidés à retourner chez nous, la guerre finie, prochainement nous l'espérons. L'ambition qui pouvait pousser un sergent de 1800 nous est interdite : les maréchaux ne sortent plus du rang. Cette guerre ne distingue et n'élève personne parmi ceux qui risquent, elle ne paie pas. Pour ces raisons, les emplois sont généralement plus recherchés que les grades. On estime qu'un cuisinier a une meilleure place qu'un chef de bataillon, dans un grand nombre de cas, et qu'un commandant de compagnie peut envier un secrétaire du colonel. Un homme qui part à la division est considéré comme sauvé définitivement. Il peut être tué, mais accidentellement, par fatalité, comme des gens de l'intérieur se font écraser ou sont victimes d'une secousse sismique. Le problème pour les soldats est de s'éloigner des lignes, du créneau, de se soustraire à la garde, aux grenades, aux balles, aux obus, de remonter des échelons vers l'arrière. On s'éloigne, on s'abrite un peu, en devenant téléphoniste, signalisateur, colombophile, cycliste, observateur, secrétaire, cuisinier, interprète, brancardier, pionnier, etc. Tous ceux qui remplissent ces emplois, ou *filons*, sont nommés par les hommes du petit poste des *embusqués*. Dès que l'on quitte la première ligne, on appartient à la catégorie des embusqués, dont les ramifications s'étendent jusqu'au ministère de la Guerre et au Grand Quartier Général. Dès qu'on est embusqué, on redoute de retomber à l'escouade.

Je suis donc, dans une certaine mesure, un embusqué. Ainsi, sauf événement exceptionnel, les combats à la grenade ne seront plus mon fait. Je m'en félicite, car mon début malheureux de l'an dernier m'a définitivement dégoûté de ces sortes de conflits.

Nous sommes quatre agents de liaison (un par section), toujours à la disposition du commandant de compagnie, soit pour l'accompagner, soit pour communiquer ses ordres aux premières lignes et en rapporter des renseignements. Je suis en outre secrétaire et topographe à l'occasion. Ce supplément de travail m'a fait dispenser des corvées.

Chaque soir, vers six heures, je me rends au P.C. du chef de bataillon, pour y prendre copie du rapport sur le cahier de la compagnie. Il me faut vingt minutes de marche dans des lieux déserts.

Je reviens lentement, plus tard, par un chemin charmant qui se nomme le *boyau de la Faucheuse*. Ce nom n'a rien de fatal et lui vient d'un instrument agricole à demi enfoui dans la terre. Le boyau étant peu profond, d'un côté on découvre une grande prairie parsemée de fleurs sauvages et l'on respire là, au mois de juin, une fraîche odeur de campagne. Le grand air des montagnes fait onduler les herbes, comme des moissons du temps de paix. À l'horizon, le soleil tombe sur les sombres forêts de sapins, comme une montgolfière en flammes un soir de vacances. De l'autre côté, c'est le décor de la guerre apaisée, mais qui peut renaître et assassiner traîtreusement, comme une sentinelle surprise, le calme bucolique du couchant et couronner de feu nos positions. Cette menace ajoute à la gravité du crépuscule.

Nous occupons, dans les Vosges, un secteur de repos où l'on s'est beaucoup battu, il y a plusieurs mois, pour la possession des crêtes qui nous sont restées. Cette lutte a donné au terrain un aspect tragique, avec ses entassements de choses déchiquetées et le mystère de ses abris effondrés, silencieux comme des nécropoles, humides et obscurs comme des catacombes. Pourtant, les hommes s'apaisant, la végétation a reconquis le sol, l'a recouvert de ses lianes, de ses tiges, de ses pistils et de ses couleurs, a développé sur lui une nappe de parfums qui ont chassé l'odeur des cadavres, a ramené son cortège d'insectes, de papillons, d'oiseaux, de lézards qui s'ébattent à travers ce champ de bataille, maintenant débonnaire.

Le long des boyaux, des herbes inclinées nous frôlent le visage et je connais sur la droite du secteur, en retrait des lignes, un endroit où personne ne fréquente, qui est un amoncellement de verdures éclatantes. Le vent y murmure dans le feuillage des grands arbres intacts et une source pure y cascade joyeusement sur les pierres, avant de se perdre dans les taillis. C'est là que je vis les heures que je dérobe à la guerre.

Dans la vallée, une route relie les tranchées allemandes et les nôtres, distantes de trois cents mètres, une jolie route campagnarde, bordée de minces platanes et recouverte des feuilles du dernier automne, une route interdite sous peine de mort.

Cette route déserte a un grand charme, et si les hommes ne s'y aventurent pas, leur pensée s'y promène. Le matin, lorsqu'elle se dégage du brouillard, les cultivateurs qui sont au créneau doivent attendre les claquements de fouet des attelages partant au labour. Le soir, on dirait l'avenue abandonnée d'un mystérieux château et l'on se demande quelles ombres désuètes vont y rôder au crépuscule. Ce qui rend cette route si saisissante, c'est qu'elle ne mène nulle part, sinon à l'irréel, à des lieux de repos qui n'existent plus que dans la mémoire. Entre les deux armées, cette route chimérique est une allée silencieuse pour la rêverie.

J'ai découvert, à un carrefour désolé, un christ en fer, rongé de rouille pareille à du sang séché. Sur le socle de pierre griffé par les balles, une main maladroite a écrit : « *À évacuer sur l'intérieur.* » Je crois qu'il ne faut voir là aucun blasphème, aucune allusion à la divinité du sujet. Le combattant a voulu exprimer que l'homme en croix avait déjà payé sa dette et n'avait plus rien à faire au front. Ou peut-être a-t-il voulu symboliser que, pour avoir droit à l'évacuation, il fallait avoir souffert, à son exemple, dans tous ses membres, dans son corps et dans son cœur.

Notre première ligne passe en bas de la montagne dont nous tenons les versants. Les P.C. de compagnie et du bataillon sont échelonnés sur le plateau. Une compagnie de réserve est cantonnée en arrière dans la forêt. Nous dominons partout les tranchées allemandes, qui contournent les ruines du village de Launois. Notre secteur, très étendu, est confié à la garde de sentinelles, espacées de cinquante à cent mètres, que les sections détachent pour se couvrir latéralement. Nous recevons très peu de projectiles. Une fois par semaine, quatre pièces allemandes nous envoient une trentaine d'obus en tir d'arrosage. La distribution finie, nous avons la certitude d'être tranquilles pour huit jours. Nos tirs sont plus fantaisistes. De nos secondes lignes, serpentant en corniche, je vois parfois nos rafales de 75 entamer les talus allemands ou éclater dans la campagne. Mais, de part et d'autre, il y a peu d'acharnement ; les artilleurs font de simples démonstrations, parce qu'il est d'usage à la guerre de tirer le canon. Il faut néanmoins éviter de recevoir un mauvais coup : « Ces idiots-là seraient foutus de te bousiller en rigolant ! » Et nous avons dernièrement failli être victimes de notre coquetterie à mépriser ces tirs périodiques : un

77 a éclaté dans la paroi du boyau, à trois mètres de notre groupe.

Pour l'infanterie, elle se garde de troubler un secteur aussi paisible, aussi agréablement champêtre. Les provocations ne viendront pas de notre part, si des ordres de l'arrière ne nous imposent pas l'agressivité. Tout se borne à un fastidieux service de garde, assez relâché le jour, plus rigoureux de nuit. Nous avons pris nos habitudes dans ce secteur et nous ne demandons qu'à y rester.

Tous les deux jours, le cycliste descend s'approvisionner à Saint-Dié. Le lendemain, il fait le tour des abris, avec un attirail de colporteur dans ses musettes, distribue les lacets, les pipes, les glaces, les peignes, les savons, les dentifrices, le papier à lettres, les cartes postales, le tabac et inscrit de nouvelles commandes, en commerçant ponctuel.

Chaque fraction détache vers la cantine un homme constellé de bidons qui revient, après trois heures de marche, avec trente ou quarante kilos de vin en bandoulière. Ce camarade dévoué est généralement un ivrogne, et l'on peut être sûr que de généreux prélèvements l'ont dédommagé de sa peine. « Ici on peut tenir ! » déclarent les hommes.

Mon service me donne une grande liberté. Le matin, je dors tard, ayant veillé, et je viens seulement de terminer ma toilette, dans une gamelle, lorsque la soupe arrive. L'après-midi, je pars avec Baboin. Le soir, de retour du bataillon, je travaille dans l'abri du lieutenant à établir le plan du secteur, en utilisant nos documents. Vers onze heures, je prends ma canne, un revolver, mon masque, et je vais faire le tour des tranchées, pour voir s'il n'y a rien de nouveau et ramasser les comptes rendus de la journée. Si des grenades éclatent devant nous, ou si les mitrailleuses tirent (elles prennent d'enfilade certains boyaux d'accès), je réveille un camarade. Si la nuit est calme – le plus souvent –, je marche seul. Je longe les premières lignes, je réponds aux sentinelles, qui reconnaissent mon pas et ma voix dans l'obscurité, et j'échange quelques mots avec elles. Lorsque je ne suis pas pressé, il m'arrive de tenir compagnie à l'un ou à l'autre pendant un moment. Debout sur la banquette, le buste dehors, nous regardons la nuit, nous écoutons les bruits. Je m'entretiens avec les chefs de section, qui attendent mon passage à heure fixe. Une heure plus tard, je réveille notre commandant de compagnie, un instituteur, qui traite ses hommes avec cordialité et son entourage avec une nuance de camaraderie : « Rien à signaler, mon lieutenant ! – C'est tranquille vers la 3e section ? – Absolument tranquille ! » Les jours de pluie, je fais chauffer un reste de café sur la lampe à alcool de Baboin. Je dis bonsoir à l'observateur, qui veille à dix mètres de là, et je regagne notre abri où mes trois camarades ronflent.

Une nuit, je suis réveillé en sursaut, on me secoue brutalement. Je grogne, les yeux fermés. Une voix tremblante de colère me dit :

— Grouille-toi, bon Dieu !

C'est la voix de Beaucierge, l'agent de liaison de la 1re section, un brave garçon, fruste et gai, qui n'a pas l'habitude de me parler sur ce ton. Je demande, vexé :

— Ça te prend souvent ?

— Les Boches sont en première ligne... Faut qu'on aille voir.

Quoi ?... Je m'explique : sa voix ne tremble pas de colère, mais d'émotion. Encore obscurci par le sommeil, je m'équipe machinalement, sans parler. Dehors, la nuit me met une fraîcheur aux tempes et aux paupières. On n'entend aucun bruit de combat. Est-ce que l'ennemi serait déjà installé chez nous ?

— Où sont-ils les Boches ?

— On ne sait pas. Faut aller voir.

— Qui a dit d'aller voir ?

— Le lieutenant.

Sale affaire ! Je me souviens de la barricade d'Artois. Je glisse des grenades dans mes poches, je serre ma jugulaire, j'arme mon pistolet, que je garde à la main... Qui marchera en tête ?

— Tu connais mieux les boyaux, prétexte Beaucierge.

Derrière moi, je l'entends manœuvrer la culasse de son fusil, qu'il tient au bout du bras, en tirailleur.

— Qu'est-ce que tu fais ?

— J'ai mis une balle dedans.

— Ah ! non, mon vieux, j'ai pas envie de recevoir ta balle dans les fesses ! Ou alors passe devant...

Il préfère retirer la cartouche. J'avance lentement, pour me donner le temps de la réflexion : nous avons le choix entre trois chemins pour gagner les premières lignes. Finalement, je décide :

— Nous allons prendre par le boyau couvert.

C'est un boyau souterrain, coffré, un ancien ouvrage allemand qui descend la pente et aboutit à l'abri du chef de la 2e section. Nous pourrons, au moindre doute, jeter un rayon de lampe électrique qui précisera la situation. Nous allons sans bruit, inquiets. Le silence de cette nuit est plus terrible qu'une lutte à la grenade, qui nous indiquerait où se trouve le danger. Subitement, le boyau couvert s'ouvre devant nous comme une trappe. Nous descendons quelques marches, nous perdons le ciel qui nous guidait, nous nous enfonçons dans le noir. Nous tenons une main à plat sur la paroi, en avant-garde, nous posons nos pieds l'un après l'autre, ne leur confiant le poids du corps que lorsqu'ils sont bien fermes à terre. Il y a une cinquantaine de mètres pour aller jusqu'au coude ; ensuite le boyau pique tout droit. Il nous faut un temps infini pour franchir cette distance. Nous n'entendons que nos respirations et nos cœurs. Beaucierge (toujours maladroit, cet animal !) heurte quelque chose avec son fusil. Le choc nous coupe le souffle et nous immobilise pendant une minute : de l'obscurité peut jaillir le feu.

Nous voilà au tournant... Là, au fond, à soixante mètres, brille une faible lumière, et nous distinguons une rumeur de voix. Quelles voix ? De la main, j'arrête mon compagnon.

— On va crier.

— Si c'est les Boches ?

— On le saura. Tu veux pas aller te fourrer dessus ?

À mon appel, on répond : « Qui va là ? »

— France !

Bientôt, le faisceau de ma lampe éclaire un homme de chez nous. Ouf... Soulagés, nous courons à lui. Dans l'abri, tous sont alertés.

— Alors, où sont les Boches ?

— Ils sont repartis.

On nous apprend que trois Allemands ont sauté dans notre tranchée et assailli une sentinelle isolée qui, bien que surprise, a crié pour jeter l'alarme. Heureusement, un peu à droite, veillait Chassignole, qui ne s'étonne pas facilement. C'est ce Chassignole qui prétend que l'humidité a gâté les grenades et que la moitié n'éclate pas. Après les avoir percutées, il les porte à son oreille, pour s'assurer que la mèche fuse bien à l'intérieur : un moyen de contrôle à se faire emporter la tête ! Si on lui en montre l'imprudence, il répond : « Y a cinq secondes, t'as bien le temps ! » Donc Chassignole est accouru, en lançant ses fameuses grenades, son arme favorite. Les assaillants ont pris peur, regagné précipitamment le talus et disparu dans la nuit.

Dans un coin de l'abri, nous voyons l'homme de garde, encore tout hébété d'un coup de crosse de revolver qui lui a entamé le cuir chevelu. On le félicite d'avoir crié et de ne pas s'être laissé enlever. On convient que l'affaire était bien montée, aurait pu réussir, et que les Allemands avaient trouvé le point faible de notre dispositif. Il est probable que leurs patrouilleurs, depuis plusieurs nuits, observaient les mouvements de nos relèves. D'ailleurs, nous sommes imprudents ; les sentinelles font du bruit et allument leur cigarette sans précautions. Toujours se cacher ne convient guère à notre tempérament.

C'est le seul événement qui ait troublé le secteur depuis un mois. Maintenant, nos hommes patrouillent aussi en avant des lignes.

Nous avons décidé de fêter le 14 Juillet. Les troupes ont déjà reçu de la République un cigare, une orange et une bouteille de vin mousseux pour quatre hommes, mais nous souhaiterions mieux que ces maigres agapes. Le lieutenant a imaginé d'organiser, cette nuit, un feu d'artifice avec des fusées éclairantes ; il a renoncé aux fusées de couleur, de crainte d'alerter l'artillerie. On a fait choix d'un emplacement bien en vue, dans une tranchée abandonnée, et les agents de liaison ont prévenu les sections, afin qu'elles jouissent du spectacle et se tiennent prêtes, pour le cas où l'ennemi réagirait. Au fond, il s'agit moins d'une manifestation patriotique que de rompre pour quelques instants la monotonie de notre vie.

Un peu à l'avance, le lieutenant quitte son abri, escorté de sa liaison, de son ordonnance, des fourriers et des observateurs. Douze fusées sont disposées en demi-cercle contre le parapet. À dix heures exactement nous y mettons le feu. Les fusées sifflent, montent et allument dans le ciel douze ampoules

tremblantes, qui animent un dôme de clarté blafarde.
Quelques fusées nous répondent des lignes. Nous
regardons avec étonnement un paysage lunaire, tout
nouveau, et nous crions, après avoir compté jusqu'à
trois : « Vive la France ! » Mais nos cris se perdent
dans le cirque des montagnes massées dans l'ombre
et ne reçoivent aucun écho. Les fusées meurent, et
notre joie artificielle s'éteint avec elles. Les tranchées
allemandes sont muettes, le silence et l'obscurité
recouvrent la terre. Nous sommes déçus. La fête est
finie…

Dans ce secteur, nous sommes envahis par la
paperasserie. Les gens de l'arrière nous criblent de
notes, et il ne se passe pas de jour que la compagnie
ne doive fournir au bataillon des états urgents,
relatifs aux vivres de réserve, aux stocks de munitions, à l'habillement, aux spécialistes aptes à tel ou
tel emploi, aux pères de tant d'enfants, etc. Si bien
que la liaison est continuellement en course pour des
bêtises.

Je connais ainsi tous les hommes, et tous les
hommes me connaissent, me questionnent sur ce qui
se passe à l'arrière : l'agent de liaison est encore
agent d'information. Les chefs de section eux-
mêmes, qui ne peuvent pas quitter la première ligne,
ont pour moi des égards, et parfois je les aide dans
la rédaction de leurs rapports. Mais je profite surtout
de ces tournées, où le temps ne nous est pas mesuré,
pour m'arrêter dans les abris et écouter parler les

hommes. Les unités, grossies de renforts successifs, se composent de soldats venus de tous les coins du pays et du front, le plus grand nombre ayant déjà été blessé et ayant appartenu à d'autres régiments. Tous ont des souvenirs. Par leurs récits, je connais la guerre sous ses différents aspects, car leurs conversations roulent souvent sur la guerre, qui les a rassemblés et à laquelle ils sont mêlés depuis deux ans.

Il est naturellement beaucoup question de Verdun, où l'emploi de l'artillerie, l'entassement des moyens de destruction ont atteint une intensité inconnue, et tous s'accordent à dire que dans cet enfer on était fou. En m'aidant de leurs récits, souvent confus, je reconstitue l'épopée du régiment dans ce secteur terrible. C'est une épopée honteuse, si on la juge aux résultats, comme feraient des historiens. Mais un soldat juge avec son expérience du feu et sait que la conduite d'une unité résulte généralement de la situation où on l'a placée, en dehors de toute considération touchant la valeur des combattants. Voici ce que j'ai compris.

Le régiment fut engagé en avril dernier, en avant de Malancourt, une position en saillant, une position « en l'air », manquant de liaison sur les côtés, et fut maintenu sur cette position, malgré les avis des chefs de bataillon qui en avaient signalé le peu de solidité, sous un tir de destruction accablant. Au moment de l'action, deux bataillons firent bien face à l'attaque, mais ils furent tournés, enveloppés par des masses surgies de la fumée des obus et faits prisonniers, à peu près en entier. Des éléments de soutien purent seuls se replier à temps, et parmi eux un capitaine ambitieux. Ce chef habile, qui ne manquait pas de sang-froid dans la présentation des faits, réfléchit qu'aucune mission officielle ne viendrait enquêter sur les lieux. Son rapport transforma notre défaite accidentelle en un récit de défense à outrance, relata le sacrifice de mille hommes cramponnés au terrain, s'ensevelissant sous les ruines. Cette version, si conforme à l'enseignement militaire, fut adoptée d'emblée par le colonel, qui la transmit à la division en l'amplifiant encore. Car il est admis, par une étrange aberration, que la diminution des effectifs prouve le courage de celui qui les commande – en vertu de cet axiome hiérarchique que la valeur des chefs fait celle des soldats, axiome qui n'a pas de réciproque. Le colonel publia une décision où il exaltait la beauté du sacrifice et se disait fier de commander à d'aussi vaillantes troupes. Le régiment allait donc quitter Verdun, couvert de gloire, lorsqu'un avion allemand eut le mauvais goût de lancer dans nos lignes des imprimés, dans lesquels le commandement ennemi se vantait de son succès de Malancourt et donnait la liste des prisonniers de cette journée, soit plusieurs centaines d'hommes, tant officiers que soldats, tous du régiment. Nul doute n'était possible : le sacrifice n'avait pas été consommé. D'apprendre que ces hommes qu'on pleurait encore étaient vivants indigna le colonel, qui publia une contre-décision furieuse et flétrissante.

Cette reddition de deux bataillons surpris a jeté la suspicion sur un régiment qu'on avait eu le tort d'égarer sur des positions intenables. Comme il fallait des responsables, les états-majors incriminèrent les disparus, qui n'étaient plus là pour se justifier. On rappela que le régiment était du Midi, et l'on fit état contre lui de vieux griefs absurdes qui avaient eu cours au début de la guerre. Cette déconsidération militaire l'a fait classer dans les unités suspectes, manquant de solidité au feu. Elle nous vaut un stage prolongé dans les Vosges, exilés de l'honneur. Le colonel, qui voit son avancement compromis, s'en plaint amèrement. Mais les hommes s'en réjouissent ouvertement et ne sont pas pressés de regagner une « cote » qui est souvent fatale.

Les rescapés, qui ont tous un lourd passé de dangers et d'émotions surhumaines, parlent de Verdun avec une terreur spéciale. Ils disent qu'à leur retour ils sont restés plusieurs jours avant de pouvoir manger normalement, tellement leur estomac était serré, tellement ils avaient pris le dégoût de tout. Ils n'ont conservé de là-bas aucun souvenir qui ne soit d'épouvante et d'égarement. Sauf un, qui les déride infailliblement. Ils citent un carrefour de l'arrière-front, où ils ont vu trois gendarmes pendus à un arbre par les coloniaux qui avaient passé par là. Voilà le seul souvenir gai qu'ils aient rapporté de Verdun ! L'idée ne les effleure pas que les gendarmes soient des hommes comme eux. La haine du gendarme, si traditionnelle chez nous, est encore accrue, à la guerre, du mépris – ou de l'envie – que les soldats ressentent pour les non-combattants. Or, non seulement les gendarmes ne se battent pas, mais ils obligent les autres à le faire. Ils forment, en arrière des lignes, un réseau de gardes-chiourmes qui nous rejette dans le bagne de la guerre. On dit aussi que, pendant la retraite de 1914, ils ont tué des traînards qui n'avaient plus la force de marcher. Le supplice de quelques gendarmes réjouit et venge les hommes des travaux forcés. Tous sentent ainsi, et je n'ai vu aucun soldat manifester de la pitié pour les trois pendus. Il est certain que cet exploit spécial a plus fait pour la réputation des coloniaux qu'une action d'éclat. Qui sait s'il n'a pas rendu service au commandement en faisant rire l'armée de Verdun ? C'est immoral évidemment. Alors, voici l'occasion de placer le mot fameux, qui a déjà couvert bien d'autres immoralités : *C'est la guerre !*

Un sergent qui vient d'arriver me donne une autre vision de Verdun. Il raconte un fait d'armes :

« J'étais sergent grenadier. Nous prenons position, un soir, au flanc d'une pente bouleversée. Plus trace de fils de fer, des trous d'obus, emplacement des Boches inconnu. À peine établis, le commandant Moricault, un vieux gueulard, me fait appeler. Je le trouve dans son gourbi, avec sa pipe. Il me dit, en me tendant un quart de gniole : "Te v'là, Simon ! J'ai besoin de toi. Bois un coup !"

« Il déplie son plan. "Tu es là, toi. Là, à côté, c'est Permezel (un autre sous-off). Bon ! Là, tu vois, là ? Une mitrailleuse boche qui nous gêne. Tu vas te mettre d'accord avec Permezel. Tu arriveras de front avec tes lascars, lui arrivera par la droite avec les siens. À minuit, vous me foutez la mitrailleuse en l'air. Compris ? – Compris, mon commandant !"

« Y avait pas à discuter avec le vieux ! Je vais trouver Permezel, je lui explique le coup, on s'entend et on règle nos montres. Je choisis pour m'accompagner trois zèbres avec qui j'avais l'habitude de travailler : Rondin, un grand malabar, Cartouchier, un mineur du Nord, et Zigg, un as au couteau. Comme armes, grenades, rigolos et surins. On avance en se traînant, en sautant d'un trou à l'autre, en observant à la lueur des fusées. Heureusement, le bruit du bombardement nous aidait. De plus en plus lentement, à mesure qu'on s'éloignait des nôtres. Cela dure bien une heure. Tout d'un coup, Zigg me prend le bras et me fait signe. Je passe la tête tout doucement, et je vois deux casques, à six mètres peut-être, deux têtes de Boches. Mon vieux, les yeux dans les yeux, sans piper ! On s'est renfoncés dans nos trous, sans se quitter du regard. Fallait pas hésiter ! J'ai dit oui aux autres, et un seul geste, hop ! On leur a sauté sur le paletot. Ils étaient trois Boches. Deux se sauvent, on poisse le troisième. Ce cochon se débat avec son fusil, se roule à terre. Rondin l'attrape, lui fait péter cinq ou six coups de godasse dans les côtes pour le calmer, et on déménage en vitesse jusqu'à l'abri du commandant. Là on voit notre Fritz, un jeune, équipé à neuf, le portrait un peu endommagé par les jetons de Rondin. Le père Moricault l'interroge en allemand, il ne veut rien chiquer. Le capitaine adjudant-major se lève, lui applique son revolver sur la tempe. Mon vieux, il est devenu blanc, et il a tout dit : ils étaient derrière la crête et devaient attaquer à quatre heures du matin. Ça nous a sauvé la mise. Les mitrailleuses n'ont pas cessé de passer des bandes et, à quatre heures moins dix, ont accéléré la danse.

— Les Boches n'ont pas attaqué ?

— Pas à quatre heures mais à neuf. On était esquintés, on dormait à moitié. Juste le père Moricault s'amenait avec sa canne, sa pipe et sa grande gueule. C'est lui qui a jeté l'alarme, et il a empoigné une mitrailleuse. Il avait pas la trouille, le vieux ! Les Boches grouillaient à soixante mètres, et ils faisaient vite.

— Ils ne sont pas arrivés ?

— Pas possible. Il y a eu six mitrailleuses en action tout de suite. Contre les mitrailleuses, rien à faire !... Là, vraiment, j'en ai vu descendre !

— Pas tant que moi, dit le sergent mitrailleur qui nous écoute. Pendant la rase campagne, j'étais aux zouaves. Une fois, nous étions trois mitrailleuses embusquées derrière des troncs d'arbres, à la lisière d'une forêt, sur une petite hauteur. Nous avons tiré jusqu'à la gauche sur des bataillons qui débouchaient à quatre cents mètres. Un coup de surprise. C'était effrayant. Les Boches, affolés, ne pouvaient pas se dégager de notre barrage, les corps s'entassaient les uns sur les autres. Nos servants tremblaient et voulaient se sauver. *Nous avons pris peur à force de tuer !...* J'ai jamais vu un pareil massacre. Nous avions trois Saint-Étienne qui crachaient six cents balles à la minute. Tu juges !

— Mais, dis-je au sergent grenadier, curieux d'avoir ses impressions, quand vous avez vu les Boches à six mètres dans le trou d'obus, comment avez-vous décidé de leur sauter dessus ?

— Le geste, je te dis, ça a suffi. On connaissait trop le bisenesse. Pendant que les Boches se tâtaient, on démarrait. C'est le plus culotté qui fait peur à l'autre, celui qui a le plus peur est foutu. Faut pas réfléchir dans ces cas-là. La guerre, c'est du bluff ! »

Avant de passer à Verdun, le régiment a tenu longtemps le secteur de F..., si dangereux que les unités alternaient en ligne de trois jours en trois jours. Les hommes affirment que pendant ces trois jours ils ne prenaient pratiquement aucun repos, à cause de la grande quantité d'engins de tranchées qui écrasaient les positions. Les torpilles et les crapouillots sont des projectiles sournois, qui provoquent un ébranlement terrible, dû à leur charge considérable d'explosif. Ils ne sont pas précédés du sifflement de l'obus, qui prévient. Le seul moyen de s'en préserver est de les découvrir dans le ciel, après le faible coup de départ, et de repérer à peu près leur point de chute pour se sauver. La nuit, c'est une hantise qui rend ce procédé de combat le plus démoralisant de tous. Enfin les torpilles imposent de gros efforts de terrassement, pour remettre en état les tranchées effondrées, et les enfouissements d'hommes sont fréquents. Les nerfs sont soumis à une dure épreuve. À la longue, la dépression rend les combattants capables de tout. Les soldats ne font pas de mystère qu'à F... il y eut des mutilations volontaires. Beaucoup de blessures étaient si suspectes qu'un major féroce se faisait réserver des cadavres, sur lesquels il expérimentait les effets des projectiles tirés à courte distance, afin de reconnaître ces effets sur les blessés qu'on lui amenait. Ce major fit passer quelques hommes en conseil de guerre pour pieds gelés. Les mêmes soldats qui avouent les mutilations jugent cette mesure inique, et estiment que les pieds gelés, dans la boue glacée, étaient un accident involontaire.

Le moyen le plus simple d'attraper une bonne blessure était, au début, d'appliquer sa main contre un créneau repéré. On en avait usé en différents endroits. Mais les balles dans la main, gauche surtout, très rapidement, ne furent plus admises. Un autre moyen consiste à armer une grenade et à tenir sa main derrière un pare-éclats : l'avant-bras est arraché. Il paraît que des hommes y ont eu recours. On ne saurait nier que pour consommer cette lâcheté il ne faille un certain courage et un terrible désespoir. Le désespoir, dans les secteurs agités, peut inspirer les décisions les plus absurdes ; on m'a certifié qu'à Verdun des combattants s'étaient suicidés, par peur de mourir atrocement. On raconte tout bas qu'à F… encore d'anciens bataillonnaires blessaient leurs camarades. Ils polissaient de petits éclats d'obus pour les remettre à neuf, les glissaient dans une cartouche dont ils avaient retiré la balle et les logeait dans une jambe, à une place convenue d'avance. Ils se faisaient payer et gagnaient de l'argent avec cette louche industrie. Il est certain que j'ai parfois entendu des soldats souhaiter l'amputation d'un membre pour se tirer du front. En général, les hommes rudes redoutent la mort, mais acceptent la douleur et la mutilation. Ceux qui sont plus sensibles, au contraire, ont moins peur de la mort que des formes qu'elle prend ici, des angoisses et des souffrances qui la précèdent.

Les soldats parlent de ces choses simplement, sans approuver ni blâmer, parce que la guerre les a habitués à trouver naturel ce qui est monstrueux. À leur sens, la suprême injustice est que l'on dispose de leur vie sans les consulter, qu'on les ait amenés ici avec des mensonges. Cette injustice légalisée rend caduques toutes les morales et ils estiment que les conventions édictées par les gens de l'arrière, en ce qui concerne l'honneur, le courage, la beauté d'une attitude, ne peuvent les concerner, eux, gens de l'avant. La zone des obus a ses lois, dont ils sont seuls juges. Ils déclarent sans vergogne : « On est là parce qu'on ne peut pas faire autrement ! » Ils sentent qu'ils sont les manœuvres de la guerre, et ils savent que les bénéfices ne profitent jamais qu'au patron. Les dividendes iront aux généraux, aux hommes politiques, aux usiniers. Les héros retourneront à la charrue et à l'établi, gueux comme devant. Ce terme de héros les fait rigoler amèrement. Entre eux, ils s'appellent les *bonhommes,* c'est-à-dire de pauvres types, ni belliqueux ni agressifs, qui marchent, qui tuent, sans savoir pourquoi. Les bonhommes, c'est-à-dire la lamentable, boueuse, gémissante et sanglante confrérie des P.C.D.F., comme ils se désignent aussi ironiquement. Enfin, la chair à canon. « Aspirant macchab », dit Chassignole.

Ils envisagent le formidable conflit avec une logique simple. Voici une parole qui en donne une idée. J'étais allé demander un renseignement à une sentinelle jusqu'au petit poste. Il pleuvait beaucoup.

L'homme était planté dans la boue et ruisselait. Il grommela :

— Ça finira donc jamais, c'te saloperie !

— Mais si, mon vieux, ça ne peut pas durer toujours.

— Ah ! bon Dieu !... si on mettait le père Joffre là dans mon trou, et le vieux Hindenburg en face, avec tous les mecs à brassard, ça serait vite tassé leur guerre !

Au fond, ce raisonnement n'est pas si simpliste qu'il y paraît. Il est même lourd de vérité humaine, de cette vérité que les poilus expriment encore de cette manière : *C'est toujours les mêmes qui se font tuer !*

La notion du devoir varie avec les échelons, les grades et les dangers. Entre soldats, elle se ramène à une simple solidarité d'homme à homme, dans le trou d'obus ou la tranchée, une solidarité qui n'envisage pas l'ensemble ni le but des opérations, ne s'inspire pas de ce qu'on est convenu d'appeler l'idéal, mais des nécessités du moment. Telle, elle suscite des dévouements et des hommes risquent leur vie pour secourir des camarades. À mesure qu'on retourne vers l'arrière, la notion du devoir se sépare du risque. Dans les grades très élevés, elle devient toute théorique, pur jeu de l'intelligence. Elle s'allie au souci des responsabilités, de la réputation et de l'avancement, elle confond le succès personnel avec le succès national, qui s'opposent chez le combattant. Elle s'exerce autant contre les subordonnés que contre l'ennemi. Une certaine compréhension du devoir, chez les hommes tout-puissants, dont aucune sensibilité ne tempère les doctrines, peut entraîner des abus odieux, tant militaires que disciplinaires. N'est-ce pas une décision glacée à la Robespierre, celle de ce général N..., que m'a rapportée un caporal téléphoniste assis devant son standard ?

Il venait de distribuer des communications, l'écouteur aux oreilles, et je l'interrogeais sur le fonctionnement de ses appareils.

— Est-ce que tu peux entendre ?

— À un poste central, oui. Je n'ai qu'à disposer mes fiches d'une certaine manière.

— Tu n'as jamais capté des conversations curieuses, pouvant jeter des aperçus sur la guerre ?

— Au téléphone, ce sont des individus plus que les événements qui se révèlent. Les ordres importants, sauf urgence, sont transmis par l'écrit... Tiens, je me souviens d'une conversation brève, mais tragique. Ceci s'est passé dans l'automne de 14, lorsque j'étais téléphoniste de division, avant d'avoir été évacué. Il faut te dire d'abord qu'un soldat avait été traduit en conseil de guerre. Ce soldat s'était présenté au fourrier, pour lui demander un pantalon en remplacement du sien, déchiré. Les effets manquaient. Le fourrier lui tend le pantalon d'un mort, encore taché de sang. Haut-le-cœur du type, bien naturel. Le fourrier dit : « Je vous ordonne ! » L'autre refuse. Un officier qui arrive exige que le fourrier porte le motif : refus d'obéissance. Conseil de guerre immédiatement... Maintenant, mon coup de téléphone. Le colonel du régiment du prévenu me demande le général. Je le lui donne et j'écoute

227

machinalement : « Ici, colonel X... Mon général, le conseil de guerre a rendu son jugement dans l'affaire que vous savez, mais je tiens à vous consulter, parce qu'il me semble qu'il y avait des circonstances atténuantes... Le conseil de guerre a décidé de la peine de mort. La peine de mort, ne trouvez-vous pas que c'est véritablement trop dur, qu'il y aurait peut-être lieu de réviser ?... » Écoute la réponse du général : « *Oui, en effet c'est dur, c'est très dur...* (Un silence, le temps de compter jusqu'à quinze.) *Alors l'exécution pour demain matin, prenez vos dispositions.* » Pas un mot de plus.

— On l'a fusillé ?

— On l'a fusillé !

Je sais bien que le général N... n'avait en vue que l'intérêt du pays, le maintien de la discipline, la force de l'armée, qu'il a agi au nom des plus grands principes. Mais, lorsqu'il réfléchit qu'au nom des mêmes principes, avec le même rigorisme inhumain, la même certitude, le même chef prendra des décisions militaires équivalentes, concernant des milliers d'individus, celui qui est ici, le soldat, ne peut s'empêcher de trembler !

Il existe à la compagnie un homme de Vauquois, le fameux secteur de la guerre de mines. Il raconte qu'il y fut témoin, en 1915, d'une attaque par liquides enflammés qui devait nous permettre d'enlever cette crête disputée. On avait fait venir les pompiers de Paris pour monter l'affaire. Des réservoirs étaient installés dans un ravin, et des canalisations placées dans les boyaux alimentaient les lances. L'entreprise eût peut-être réussi sans l'entêtement du général S..., qui imposa au capitaine des pompiers d'attaquer, un jour où le vent n'était pas sûr. Tout alla bien au début. Les Allemands en flammes fuyaient épouvantés. Mais une saute de vent retourna contre nous les liquides, et notre secteur, à son tour, flamba. L'installation, qui avait coûté beaucoup de soins, fut détruite, et la crête ne fut pas emportée ce jour-là.

Ce même homme, nommé Martin, raconte encore que sa compagnie était commandée par un jeune lieutenant, ancien saint-cyrien, trépané, auquel manquaient les doigts des deux mains, qui était revenu au front comme volontaire. La mère de cet officier, qui était de famille riche, envoyait chaque semaine un gros colis de vivres pour les soldats de son fils. Cette conduite a vivement impressionné Martin, qui déclare :

— On peut pas dire. Il y a quand même des chics types – qui en ont dans le ventre !

— C'est sûr, approuve un autre, y a des mecs convaincus.

— Mon vieux, dit un troisième, c'est les gars les plus dangereux. Sans eux, on serait pas là. Ils en ont aussi en Bochie, tu peux croire !

— C'est ben probable !

— C'est pas pareil ! Les officiers boches sont plus salauds avec les bonhommes.

— On y dit, mais ça doit ben être comme chez nous, i-z-ont de tout !

— Chez nous, c'est pas tant qu'ils soient salauds. Mais, comme louftingues, on est fadés !

— Tu te souviens du commandant qu'on avait en

temps de paix à Besançon, un vieux qu'était complètement frappé ? Comment donc qu'y s'appelait, c't'idiot ? Giffard, oui, Giffard. Il venait laver son linge à la caserne avec nous. Et, quand il était en colère contre son cheval, il le faisait coucher à la salle de police, je blague pas, à la salle de police. Tu peux demander à Rochat. Tu parles d'un abruti, ce commandant-là !

— Moi, la plus belle vache que j'aie connue, c'était un capitaine qu'avait toujours dans sa poche un truc pour mesurer la longueur de tes tifs. Fallait pas qu'y soient plus hauts que ça ! Dans une autre poche, il avait une petite tondeuse. Y t'en refilait un coup en travers du blair, *illico*, pendant que tu présentais arme. Une fois que t'avais un sentier sur le crâne, t'étais ben obligé d'aller chez le coiffeur.

— Pour moi, le plus fort, c'est le père Floconnet, le commandant qu'on avait en Champagne. Y passait son temps à faire la chasse aux colombins. Les poilus allaient tous poser culotte dans un sentier, à la sortie du village, et le vieux manquait jamais de venir rôder par là, tous les matins. Il avait inventé un truc énorme. Avec sa canne ferrée, y piquait tous les papiers et les apportait à l'adjudant : « Tenez, qu'y disait, triez-moi ça et foutez quatre jours à chacun de ces salopards ! » Comme les poilus se torchaient avec des enveloppes, ils étaient tous chocolat ! Mais on l'a possédé. À la fin on préparait des enveloppes exprès avec l'adresse du vieux.

— Vous avez pas entendu parler de Tapioca, le juteux… ?

Un débat qui prend cette tournure est interminable. Chacun apporte sa contribution d'anecdotes, et la vie de caserne en fournit un grand nombre. Il est même curieux de constater combien ces souvenirs, qu'on croirait périmés, occupent de place dans les conversations du front. Les poilus aiment à rappeler le temps de leur instruction (devenu par comparaison « le bon temps ») et le reproche qu'ils adressent à leurs camarades des jeunes classes, volontiers indisciplinés, est le suivant : « On voit bien que tu n'as pas fait l'*active* ! » D'ailleurs, les souvenirs sont le plus souvent grossiers. Non qu'ils les choisissent tels ; mais ils n'en ont pas d'autres. L'état militaire leur a toujours offert plus de trivialité que de noblesse, et ils seraient bien embarrassés de se choisir un idéal entre le caporal et l'adjudant, qui sont des oppresseurs, pas toujours méchants, mais d'autant plus absurdes qu'ils sont plus ignorants. Quant aux officiers, à part ceux des lignes qui partagent dans une certaine mesure leurs dangers, ils sont restés des personnages dont les lubies sont fréquentes, redoutables et de droit divin.

Dans les Vosges toujours, nous occupons un nouveau secteur, plus sévère que l'ancien, en haut d'une montagne dont nous tenons aussi les crêtes. Dans toute cette région, on s'est disputé les sommets, qui donnent des vues étendues, et les montagnes couvertes de sapins portent des plaques de pelade qui sont la trace des bombardements. Les noms de ces montagnes ont tous figuré au communiqué : Hartmann, Sudel, Linge, Metzeral, La Fontenelle, Reischaker, etc. Nous dominons la vallée de Sainte-Marie-aux-Mines.

L'état-major du bataillon et la compagnie de réserve sont cantonnés à contre-pente, dans des camps en bordure de la route qui monte de la vallée française. Les compagnies de ligne tiennent deux secteurs voisins, l'un au point culminant de la montagne, l'autre qui suit les courbes descendantes du terrain et s'éloigne du côté allemand. Ce second secteur, le nôtre, est plus dangereux parce que la position manque de profondeur. Une attaque qui avancerait de cent cinquante mètres nous rejetterait dans le ravin auquel nous sommes adossés. Au fond de ce ravin, nous serions pris sous les tirs d'enfilade des mitrailleuses, et aucune position de repli n'est organisée sur l'autre pente. Heureusement le secteur est calme. Mais, en cas de surprise, notre situation serait des plus précaires.

Le terrain a été bouleversé des centaines de fois par les torpilles. De la forêt ne subsistent que quelques troncs d'arbres, comme de forts piquets dont le bois est éclaté. Nous nous sommes installés tant bien que mal. Les sections disposent de quelques sapes en première ligne. Derrière, les abris sont rares, peu solides et inconfortables. D'une façon générale, nos abris sont toujours inférieurs aux abris allemands. C'est probablement une conséquence de l'esprit d'offensive. Nos troupes ont toujours considéré qu'elles tenaient les tranchées provisoirement et qu'il était inutile d'y faire de gros travaux.

J'ai repris mes rondes de nuit, qui sont émouvantes parce que la ligne allemande est très rapprochée de la nôtre : de vingt à trente mètres. À un certain endroit, l'intervalle est de huit mètres seulement. Ce voisinage empêche d'établir des défenses artificielles solides. Je me trouve donc, avec l'espacement des sentinelles, seul dans la nuit, plus près des Allemands que des Français. Les veilleurs d'en face m'entendent marcher, et je peux, à tout instant, être arrêté par des hommes postés sur le parapet, qui n'auraient que le bras à étendre pour me saisir. Je tiens devant moi un revolver armé et j'ai deux grenades dans mes poches. L'assurance que me confèrent ces armes est tout à fait illusoire ; elles ne me seraient d'aucun secours contre plusieurs agresseurs, confondus avec l'ombre, pouvant en quelques bonds regagner leurs tranchées et m'entraîner, avant que les nôtres aient le temps d'intervenir. D'ailleurs, le front de la compagnie est gardé par huit postes de sentinelles doubles, soit seize hommes, sur une longueur de cinq à six cents mètres. Avant d'accourir, ils devraient d'abord alerter leurs camarades, toujours longs à se mettre en action au sortir du sommeil.

Par les nuits très noires, où je me conduis au toucher, j'ai parfois des arrêts brusques du cœur, lorsque quelque chose craque que je ne peux distinguer. La nuit déforme les choses, les grandit, leur prête un aspect poignant ou menaçant ; le moindre souffle d'air les anime d'une vie humaine. Les objets ont des silhouettes d'ennemis, je devine partout des respirations retenues, des yeux dilatés qui m'observent, des mains crispées sur des détentes ; j'attends à chaque seconde l'aveuglante rayure de feu d'une arme. On peut me tuer pour le seul plaisir de tuer. Dans ce secteur que je connais cependant bien, j'hésite et me demande constamment si je ne suis pas égaré, tellement ce qui m'environne est saisissant, changeant, du domaine du rêve. Une distance que j'ai parcourue la veille sans y prendre garde, dure le lendemain un temps infini, au point que j'en arrive à redouter que nos lignes ne soient vides. Mais je ne suis pas là pour avoir des peurs d'enfant : je me tourne en ridicule pour me rassurer... Je découvre enfin nos sentinelles et je plonge dans un abri souterrain, tiède, où clignote une bougie, où résonnent les râles des dormeurs. Je réveille le chef de section qui signe mon papier et me remet les siens ; nous échangeons quelques mots, et me voici à nouveau devant le piège de l'ombre muette. Je me lance dans les ténèbres. Je fais résonner mon pas, je siffle un air de marche à la face des Allemands, afin que cette résolution impressionne un ennemi qui serait embusqué. Je m'annonce avant d'arriver à l'endroit où les lignes se touchent presque : *je le fais à l'influence...* Tout ce bruit, dans mon esprit, doit signifier pour les ennemis qui sont là, à quelques mètres : ceux qui s'avancent n'ont pas peur, il ne ferait pas bon les attaquer. Je pense que le bruit me multiplie, fait nombre...

De retour au P.C., le lieutenant m'accueille simplement, sans paraître se douter que je viens de livrer une bataille terrible aux spectres de la nuit, à ceux de mon imagination, et que, dans ma poitrine, retentit encore le gong de mon cœur... Moi-même, rentré, je souris comme au retour d'une promenade. Mais, un jour, je peux très bien disparaître. Chacune de ces tournées est une aventure sans éclat et je ne dois pourtant qu'à la bonne volonté des Allemands d'en revenir. Mais je n'envisage pas sérieusement l'éventualité de ma mort. Enfin, quand la nuit est belle, éclairée par le projecteur de la lune, sentinelle vigilante et amie, cette ronde a un certain charme, au flanc des montagnes hautaines et silencieuses.

Au fond, nous ne faisons ici qu'une petite guerre, une guerre de convention, réglée de part et d'autre par des accords tacites, et il ne faut pas trop la prendre au sérieux, s'en vanter. Nous essuyons de rares rafales d'obus, tirés d'une crête dominante où les Allemands ont leurs pièces. Le bruit des détonations roule dans les vallées, et cette avalanche de sons va se heurter à la lointaine paroi d'une montagne, qui la renvoie à une autre, jusqu'à ce qu'elle s'effrite entièrement. Nous recevons aussi quelques grenades à main et à fusil, auxquelles nous répondons mollement, avec le désir de ne pas envenimer les choses. Sur des positions si rapprochées, si étroites, l'activité deviendrait vite très meurtrière. Or nous ne prenons jamais l'initiative de l'activité. Le régiment fait son travail honnêtement, mais se garde du zèle comme de la peste. À d'autres les prouesses !

Quelques-uns de nos avions nous survolent parfois. Ils sont d'un ancien modèle, déplorablement lent, dit « cage à poules ». Ils nous font pitié, et nous avons l'impression que les Allemands doivent rire en regardant ces vieux appareils, qui semblent dater des premiers meetings d'aviation.

En somme, ce front est gardé par un réseau de troupes extrêmement mince. Cet espacement des unités permet la concentration des divisions sur les secteurs actifs. Ici, on se fie à l'enchevêtrement et à l'élévation des montagnes, qui rendraient difficile une action de grande envergure. Nous sommes là pour surveiller ces défenses naturelles.

Vers cinq heures du soir, une série d'explosions violentes ébranle le secteur, ces explosions prolongées, ces déchirements de métal qui caractérisent les torpilles. La danse commence ! Immédiatement, le bombardement prend la cadence accélérée du pilonnage, les détonations ne forment plus qu'un roulement dominé, à intervalles réguliers, par le bruit d'écroulement des gros projectiles, qui font chanceler la montagne. Notre artillerie de tranchée riposte aussitôt. Nous saisissons nos armes en hâte, nous fuyons le P.C., l'éperon étroit où nous craignons d'être cernés. Il faut passer aux premières décharges, avant qu'il soit trop tard, que l'amorce du boyau ne soit coupée. Sur nos traces, la section de réserve, qui vient de grimper une pente pour nous rejoindre, se bouscule en haletant, avec des cris et des cliquetis d'armes. Nous courons sous les sifflements, dans la fumée jaune, environnés d'éclats énormes, qui s'abattent comme des haches, et s'enfoncent autour de nous. Pendant trente mètres, la tranchée a une chaleur d'étuve. Puis nous respirons un air plus frais, notre nuque s'allège du poids menaçant des couperets, nos yeux reconnaissent le jour. Nous sommes dans le boyau d'accès.

À mesure que ce boyau s'enfonce vers l'arrière, en longeant le flanc du contrefort, la montagne s'élève et nous protège d'un épais talus, où les arbres sont encore serrés. Nous sommes maintenant une quarantaine d'hommes groupés autour du lieutenant, à trois cents mètres de nos positions, dans une zone à peu près abritée. Des obus nous cherchent, mais ils éclatent au-dessus de nous ou tombent au fond du ravin. Il faudrait un coup malheureux pour qu'ils nous atteignent dans cet angle mort. Nous n'avons qu'à attendre patiemment.

Les sections de ligne ont la consigne de se replier latéralement aux premiers coups, en serrant sur les compagnies voisines. Nous ne nous occupons pas d'elles, et il serait insensé de vouloir assurer une liaison en ce moment. Chaque fraction agit pour son propre compte, en se conformant aux dispositions arrêtées d'avance. Ces bombardements rendant le secteur intenable, le commandement a jugé préférable de l'abandonner entièrement, quitte à le reconquérir après l'action par une contre-attaque. Mais nous savons qu'il s'agit de la simple incursion d'un groupe d'ennemis, cherchant à faire des prisonniers. Pris sous le feu et trouvant les tranchées désertes, ils rentreront chez eux.

Nous écoutons le bombardement. Les fortes explosions nous secouent jusqu'ici. Des obus qui passent trop bas nous font baisser. Un nuage de fumée nous dérobe les positions, et, malgré notre relative sécurité, nous sommes inquiets.

Après une heure, nous percevons nettement des trous dans le roulement. L'intensité du feu diminue, hésite et faiblit rapidement. Des rafales encore. Puis c'est le silence. Le crépuscule arrive. La section de réserve se forme en ordre de combat et avance prudemment. Elle ne rencontre personne. Nous regagnons le P.C. en franchissant plusieurs éboulements.

Aussitôt les agents de liaison partent aux informations, chacun à sa section. Le secteur est méconnaissable. Les boyaux sont coupés, je dois marcher plusieurs fois sur les parapets. En approchant de la première ligne, j'appelle les miens, pour ne pas me tromper. J'arrive à l'abri d'extrême droite de la compagnie, dont l'entrée fait face aux Allemands, et je descends par la mauvaise échelle. Je trouve quelques hommes avec le sergent.

— Alors, rien de grave ?

— Regarde ! dit le sergent.

Je vois dans un coin de la sape, à terre, une forme étendue, un corps comme cassé. Une jambe doit être désarticulée au bassin, car elle est complètement retournée. Le pantalon est déchiré et découvre la cuisse pâle, presque sectionnée, qui n'a pas même saigné. L'autre jambe aussi est entamée.

— Qui ?

— Sorlin.

Sorlin, oui, je connais : ce jeune de la classe 16 qui me souriait toujours au passage, pendant mes rondes... Je me penche un peu. Ses yeux sont fermés, mais sa bouche, sa bouche qui appelait, est ouverte et tordue. Ce jeune visage qui était toujours gai a une expression de terreur. J'entends le sergent, un homme de quarante ans :

— Un bon petit gars, dans cet état ! Quelle honte, cette guerre !

Je lui demande sottement :

— Il n'y a pas d'autre malheur ?

— Tu trouves peut-être que ce n'est pas assez ! répond-il avec colère.

Je sens ces hommes consternés, et que la tristesse les rend haineux. Je pense à ce qu'ils ont enduré tout à l'heure, à leurs angoisses sous le bombardement, alors que j'étais là-bas dans le boyau, à l'abri...

— Voyons, sergent, je trouve que c'est trop, vous le savez bien. Mais il faut que j'aille rendre compte, on m'attend. Je vais vous envoyer les brancardiers.

Au P.C., les autres agents de liaison arrivent également. Il y a deux morts et quatre blessés à la section du centre. Rien à la section gauche. Dans le secteur calme, c'est un soir de guerre, un soir de deuil. Sous la dictée du lieutenant, je prépare les comptes rendus pour le bataillon. Dehors, les brancardiers demandent où sont les blessés. On les guide, dans la nuit.

Plus tard, je fais ma ronde. Ce ne sont partout que mamelons de terre molle. Tout le monde est sur les parapets et travaille. La tranchée, à peu près nivelée, est jalonnée par une ligne de terrassiers, qui ont posé à côté d'eux leur fusil. À vingt mètres de nous tintent d'autres pelles, et l'on distingue très bien des ombres penchées sur le sol. Les Allemands travaillent de leur côté, cette partie du front n'est qu'un chantier.

Autant par curiosité que par bravade, avec un sergent nous dépassons les travailleurs de plusieurs mètres. Une ombre allemande se met à tousser avec insistance, pour nous indiquer que nous trichons, que nous allons franchir les limites de la neutralité. Nous toussons aussi pour rassurer ce vigilant gardien, et nous revenons vers les nôtres. Ces ennemis qu'aucun retranchement ne sépare, auxquels il suffirait de bondir pour surprendre leurs adversaires, respectent la trêve. C'est loyauté ? N'est-ce pas plutôt égal désir, dans les deux camps, de ne pas se battre ?

Environ deux fois par mois, nos secteurs sont ravagés par des coups de main. L'artillerie et les canons de tranchée, en concentrant leurs feux sur un espace très réduit, obtiennent une densité qui les rend écrasants. La consommation de projectiles atteint plusieurs milliers en deux heures. À la faveur de l'affolement, couverts par la fumée, des détachements pénètrent dans les lignes adverses, avec mission de ramener des prisonniers. Lors de notre premier coup de main, nous avons pris cinq Allemands. Depuis, toutes nos tentatives ont échoué ; il est probable que l'ennemi a adopté notre méthode d'évacuation, la seule prudente, et qui économise des vies, car les unités qu'on maintiendrait sur les positions seraient anéanties. Les Allemands n'ont jamais capturé aucun des nôtres.

Une troupe, dite « groupe franc », d'une cinquantaine d'hommes, tous volontaires, sous le commandement d'un sous-lieutenant, est spécialisée dans ces petites attaques. Ces hommes vivent à part dans la forêt, exempts de tous travaux. Ils descendent fréquemment à mi-chemin de la vallée, où se trouve une auberge tenue par trois femmes, connue sous ce nom *Les six Fesses*. Cette auberge retentit de leurs disputes, de leurs querelles avec les artilleurs, qui se terminent souvent par des coups de revolver ou de couteau, lorsqu'ils sont ivres. On ferme les yeux sur leurs exploits, à cause de leur mission dangereuse. On comprend qu'un bon guerrier doit être un peu bandit.

Entre les coups de main, le secteur somnole. Aussi les premières torpilles sont-elles toujours le signal d'une action. On les attend une heure ou deux avant la tombée de la nuit. Chaque fois, parmi les veilleurs chargés de signaler l'apparition de l'ennemi, il y a des victimes.

Un général à l'air martial, conduit par un agent de liaison du bataillon, tombe au P.C. à l'improviste, en déclarant : « Je viens un peu visiter votre secteur. » Le lieutenant répond, en m'adressant un clin d'œil :

— Bien, mon général, nous allons prendre par la gauche.

Je me précipite pour informer la première section ; l'avertissement se transmettra ensuite le long de la ligne. Cette mission remplie, j'attends qu'ils me rejoignent. En marchant, le général questionne le lieutenant sur l'activité des Allemands, les positions qu'on découvre en dessous de nous, la consommation des projectiles, etc. Subitement, il s'arrête près d'une sentinelle et lui demande :

— Si le Boche attaque, mon ami, que faites-vous ?

Dans un secteur comme celui-ci, où l'on a du temps à consacrer aux règlements intérieurs, tous les cas sont prévus et font l'objet de consignes spéciales, qu'on ne cesse de répéter aux soldats : tirer deux coups de fusil, lancer trois grenades, actionner les Klaxon, etc.

Mais l'homme se trouble, croit voir de l'étonnement ou de la sévérité sur le visage de cet inspecteur imposant. Il estime qu'il faut se décider vite, puisqu'il s'agit d'une attaque, et répond avec une énergie désespérée :

— Ben, tiens, je me dém… !

Le lieutenant est navré. Le général, qui a de l'esprit, l'entraîne et le console :

— Évidemment, ce ne sont pas précisément les termes du Grand Quartier… Mais ça se ramène à ça !… L'essentiel est qu'il se dém… bien !

Je me trouve maintenant à l'arrière de notre petite colonne. Nous remontons vers la section de droite. Deux détonations au loin, sur la gauche : deux départs. Est-ce pour nous ? Trois secondes d'attente. Deux sifflements. C'est bien pour nous ! Ran ! Ran ! Attention aux éclats… Réflexe : des 77.

— Ils n'ont pas tapé loin !

— Je vous porte la guigne, dit le général, avec un sourire trop détaché pour n'être pas un peu affecté.

— Nous avons bien l'habitude, mon…

Deux autres ! Des gros… Nous plongeons. Rrran !

Rrran ! 105 fusants. Les shrapnells claquent autour de nous. Deux nuages noirs sur nos têtes.

— Mon général, il faut presser, c'est le coin dangereux…

— Faites, faites, lieutenant !

Deux 77 encore. Nous accélérons le plus possible, et il n'est plus question d'inspection.

Nous venons de contourner un poste de veilleurs. Une rafale s'annonce. Mais j'ai le temps d'entendre une voix (parbleu, c'est Chassignole !) qui crie derrière moi, dans l'entrée de l'abri :

— Ohé, les gars ! Elle est passée, l'étoile filante !

Il est deux heures de l'après-midi. Nous sommes dans le boyau, près du P.C., inoccupés. Nous entendons une faible détonation en avant de nous. On n'y accorde guère d'attention : il tombe toujours, de-ci de-là, quelques projectiles.

Peu après arrive un homme essoufflé qui demande les brancardiers.

— Un blessé ?

— Oui, une grenade à fusil.

— Bien du mal ?

— Les deux pieds presque emportés. Il était aux feuillées, la grenade est arrivée en plein dedans.

C'est la détonation que nous avons entendue. Les brancardiers reviennent, posent le brancard au milieu du boyau et entrent dans l'abri pour qu'on leur remette une fiche.

Nous reconnaissons Petitjean, un gentil garçon, modeste et serviable. Il est très pâle, mais il n'a pas une plainte. De ses pieds, grossièrement pansés, le sang filtre et coule avec une rapidité effrayante. Malgré moi, je compare ce qu'il en perd à la contenance du corps, au temps qu'il faut pour se rendre au poste de secours… Nous sommes trois autour de lui, qui craignons en nous approchant d'être cruels, de lui montrer notre intégrité qu'il vient de perdre probablement pour toujours, et nous craignons aussi, en nous détournant, de sembler indifférents, de le rejeter dans la solitude de ceux qui sont condamnés. Son silence surtout nous embarrasse : comment plaindre un être qui ne fait pas appel à notre pitié ? Ses yeux regardent fixement le ciel et en reçoivent un léger reflet qui les nuance en bleu pâle, comme une porcelaine délicate. Puis il les ferme, il s'isole dans son malheur qui le sépare de nous. Pressent-il le désastre qui l'atteint ? La bouche se crispe sous la petite moustache, et les mains, sur la poitrine, sont nouées avec une force qui les fait rougir et trembler. On l'emmène sans que nous osions lui adresser la parole, et le lieutenant, qui est sorti de l'abri pour lui serrer la main, demeure immobile à côté de nous et se tait également.

Il fait un clair soleil d'octobre, et nous jouissions de la dernière tiédeur de l'année avant ce coup malheureux. On ne peut s'abandonner à aucune joie, la guerre est toujours là.

244

Au petit matin, une sentinelle du fond de la vallée est tirée de sa rêverie par un bruit de pas dans le boyau. Elle se tourne et voit un Allemand devant elle. Son premier mouvement est de fuir. Mais l'Allemand lève un bras et dit : « *Kamerad !* » Il est sans armes, son petit calot sur la tête, un paquet sous l'autre bras. La sentinelle, mal revenue de son émotion et qui craint un piège, appelle l'escouade. On fouille les environs sans rien découvrir de suspect : l'homme est décidément seul. On l'amène au lieutenant. Mais personne ne sait assez d'allemand pour interroger ce curieux prisonnier qui nous tombe du ciel. C'est un petit homme chétif, au visage terne, au sourire trop fraternel. Ses paupières battent rapidement sur des petits yeux qui se dérobent, et il semble très satisfait. Il serre toujours son paquet sous son bras. Avec Beaucierge, nous sommes chargés de le conduire au bataillon. Dans le boyau, il trotte entre nous. Je lui pose des questions sommaires :

— *Krieg fertig ?*

— *Ja, ja !*

— *Du bist zufrieden ?*

— *Ja, ja !*

— Tu les avais à la retourne, vieux frère ? dit Beaucierge, en lui assénant une tape cordiale qui le fait chanceler.

— *Ja, ja !*

— Il a pas l'air bilieux, ce chrétien ! estime mon camarade.

— *Ja, ja !*

— On te parle pas, choucroute !

Notre arrivée est un beau succès. Le bruit court que la 9ᵉ compagnie a fait un prisonnier. Les soldats se précipitent hors des baraques et forment la haie, le long de la grande rue de ce village enfoui sous les rondins. Au bataillon, la surprise n'est pas moins vive. On se presse dans le bureau, et les poilus se massent à la porte. Le commandant paraît et envoie chercher l'officier des crapouillots pour servir d'interprète. L'Allemand, jugeant que ses affaires prennent une bonne tournure, relâche son garde-à-vous rigide, se répand en protestations et distribue son sourire international. À l'officier qui vient d'arriver, il explique son histoire avec des gestes précipités, une sorte de boniment de prestidigitateur.

C'est un ancien auxiliaire qu'on a dirigé sur le front la semaine dernière. Le lendemain de son affectation a eu lieu notre coup de main : une de nos bombes a tué quatre de ses camarades à ses côtés, à l'entrée d'un abri, et il raconte que les effets de notre bombardement étaient affreux. Il a tout de suite jugé que la guerre ne lui convenait pas et pris la décision de s'en exempter le plus rapidement possible. Il n'attendait que l'occasion et avait préparé sa fuite, comme en témoigne son inséparable paquet, qu'il déficelle pour nous montrer une paire de bottes neuves, des chaussettes, un matériel très complet de coiffeur (c'est son métier), une chemise et une boîte de marmelade. Cette nuit, étant de garde, il a quitté son poste, gagné nos lignes en rampant et sauté dans un espace vide de nos tranchées, au risque de se faire tuer par les siens et par les nôtres. Il dit que la guerre est mauvaise et quête notre approbation. Les officiers partis, on ne la lui ménage pas. Des hommes courent aux cuisines et en rapportent du café, du pain, de la viande, du fromage. On regarde manger le déserteur avec sympathie.

— Il casse bien la croûte !

— *Gut ?* dis-je.

— *Gut, gut !* répond-il, la bouche pleine.

— *In Deutschland nicht gut essen ?*

— *In Deutschland... Krrr !*

Il a le geste de serrer sa ceinture.

— Il est rigolo, ce Boche !

Car on ne saurait appeler un Allemand que Boche. Ce terme n'est pas méprisant dans l'esprit des hommes, il est simplement commode, bref et amusant.

Nous profitons de notre mission, avec Beaucierge, pour aller prendre quelque chose aux cuisines. Les cuisines sont le forum des unités ; les soldats-citoyens y discutent de la chose publique et prennent connaissance des nouvelles qui arrivent par le ravitaillement. Pendant qu'un cuisinier, sordide et jovial, nous prépare une grillade, nous écoutons les commentaires. Il est naturellement question du déserteur. L'opinion qui prévaut est celle-ci :

— Il est moins c... que nous, ce client-là !

Les hommes hochent la tête. Mais la désertion est un grand inconnu...

Les relèves ont toujours lieu la nuit.

Le bataillon remonte au secteur, après une quinzaine de repos que nous avons passée au village de Laveline, dans la vallée. L'ascension demande plusieurs heures de marche très pénible, parce que la pente est rapide et que les hommes portent le chargement complet. La nuit profonde, obscurcie encore par les sapins, nous dérobe la route, et nous zigzaguons. Malgré le froid, nous transpirons.

Un sifflement strident déchire la nuit comme un taffetas, le vent d'un projectile nous incline comme des épis, la menace aérienne nous met le cœur au point mort. Une lueur quelque part, comme un éclair. Un tonnerre retentit, dégringole dans les ravins et va se fracasser au fond de la vallée. Puis un autre, puis d'autres, coup sur coup. Des gerbes de feu illuminent des fûts de sapins. Des masses furieuses, irrésistibles, comme des express lancés, tombent du ciel, nous cernent, nous affolent. Une tempête de sons nous assourdit. Nous courons contre la pente qui nous brise les jambes, avec un thorax trop étroit pour les poumons dilatés, qui appellent l'air par la valve étroite de la gorge. Et toujours ces ratés du cœur, ces vertiges, cette fuite du sang qui fait le vide dans les artères, après l'afflux torrentiel. Et les flammes qui crèvent les rétines en transparence, à travers les paupières fermées... Nous fuyons, pêle-mêle.

Cela cesse brusquement. Les unités mélangées se laissent tomber à terre pour respirer. La nuit se referme et nous protège, le silence nous réconforte.

Alors, dans mon coin, on entend une voix empreinte d'une indignation risible, qui gémit :

— C'est honteux d'exposer ainsi des hommes de quarante ans, des pères de famille !

— Tiens, voilà un pépère qui se déclare inapte à faire un cadavre ! gouaille un Parisien, avec son accent de faubourg.

— Tais-toi, morveux !

— T'as assez forniqué dans ta vie, grand-père ! Passe la main…

— Tu ne sais pas ce que tu dis, gamin ! Il s'agit de nos femmes…

— Laisse donc ta femme tranquille ! Elle avait soupé de ta cafetière, elle se fera consoler par les petits jeunes. C'est les vieux qui doivent clamecer les premiers, tout le monde le sait !

— On doit sauvegarder la vie de l'homme qui a fondé un foyer. Tu n'es pas marié, blanc-bec ? Tu es un inutile !

— Et moi, veux-tu que je te dise ce que tu es ? Un vieux vicieux ! Tu voudrais faire bien tranquillement des enfants à ta femme, pendant que les copains se font ébrécher la tirelire… Va donc, hé, sadique !

— Sadique ! fait l'autre stupéfait. Écoutez-moi ce jeune voyou !

— Parfaitement, un sadique ! Heureusement qu'il y a une justice et que tu es cocu !

— Petite saloperie ! bégaie le vieux.

On l'entend se lever. Mais il se heurte à des corps qui le repoussent. Le Parisien s'est sauvé. Sa voix arrive de loin :

— Te plains pas, vieux trognon. Ça porte bonheur !

Ce dialogue a chassé le souvenir de l'alerte. Nous repartons. On apprend qu'il y a eu des victimes à l'arrière de la colonne.

Au camp, les abris solides sont en petit nombre et tous occupés par l'état-major du bataillon et les officiers. La compagnie de réserve est répartie dans deux baraques Adrian, aménagées avec des couchettes individuelles. Les hommes s'y tiennent une partie de la journée, car le séjour ici est considéré comme un repos, et n'assurent que les corvées de nettoyage ou de ravitaillement en munitions.

Dernièrement, nous étions groupés dans un coin, les quatre agents de liaison et le cycliste. Chacun était étendu sur sa paillasse et fumait, sauf Beaucierge qui se livrait à des plaisanteries de mauvais goût pour passer le temps et provoquait le cycliste en combat singulier. Celui-ci s'en débarrassait en le menaçant de lui couper tout ravitaillement personnel. Plus loin, les poilus jouaient aux cartes en buvant, ou dormaient.

Un coup de feu claqua, à quelques mètres, suivi de hurlements. Un soldat considérait stupidement son browning fumant. C'est toujours la même histoire avec les pistolets automatiques. Ceux qui en sont possesseurs les portent chargés et ne pensent jamais, lorsqu'ils veulent les démonter, à retirer la balle du canon. Cet oubli occasionne des accidents.

250

On se dirigea vers le blessé, qui criait toujours et désignait sa jambe. Pendant qu'on allait chercher du secours, on commença de lui retirer son pantalon. Le maladroit fut injurié copieusement.

Le jeune médecin auxiliaire arriva, se pencha sur la cuisse et dit en riant :

— Veux-tu bien ne plus gueuler ! Tu ne vois donc pas que c'est le filon !

Le blessé se tut instantanément et son visage s'éclaira. Le major palpa la jambe :

— Je ne te fais pas mal ? Là non plus ?

— Non !

— Ça vaut de l'or une blessure comme ça ! Et en dormant ! Tu vas tirer trois mois à l'arrière !

Le blessé sourit, tout le monde sourit. Le pansement terminé, on appela l'homme au pistolet. Sa victime lui serra la main, le remercia, et partit sur un brancard, en recevant les félicitations du camp.

Depuis, le maladroit tire gloire de sa maladresse. On l'entend dire : « C'est moi que j'ai fait évacuer Pigeonneau ! » Et même : « Le jour que j'ai sauvé la vie à Pigeonneau… »

L'hiver est venu et s'annonce très rude.

D'abord, des bises coupantes avaient balayé le flanc des montagnes, et les premières gelées avaient suivi. Un matin, nous nous sommes réveillés dans un étrange silence, lourd et feutré, et la lumière du jour parvenait dans nos baraques avec un éclat spécial. La neige était tombée pendant la nuit et recouvrait tout. Elle reliait les branches des sapins de couches épaisses à forme d'ogives. Nous vivons désormais dans une froide forêt gothique, où fument nos huttes d'Esquimaux.

J'ai rejoint le front depuis plus de six mois, lorsque nous apprenons deux nouvelles importantes, qui peuvent changer mon destin : la compagnie va être détachée à un autre bataillon et notre lieutenant nous quitte.

II

30 degrés de froid

> « Un soldat déteste plus son lieute-
> nant que le lieutenant de l'armée
> ennemie. »
>
> Maurice BARRÈS[1]

Le nouveau commandant de compagnie est le
capitaine Bovin, bien connu au régiment.

Ce capitaine exerçait depuis longtemps les fonctions d'officier adjoint au colonel, et, dans ces fonctions, il était redouté, surtout des autres officiers et
des gens en place. Car, pour les hommes des lignes,
ils ne craignent plus rien de personne, en vertu de
cette constatation : « On ne peut pas nous mettre
plus en avant ! » On m'avait dépeint le capitaine
Bovin comme une sorte d'éminence grise, distribuant à son gré la faveur et le blâme : ici, le blâme
est souvent sanctionné par la mort… Lui déplaire
c'était compromettre son avancement, sinon sa vie,

---

1. Cette citation est extraite de *Leurs figures*. Il s'agit donc
bien du Barrès évolué, lorrain et nationaliste.

et on lui déplaisait facilement avec de la fantaisie, de la jeunesse, et fatalement avec de l'indépendance. On lui reprochait encore, étant maître de distribuer les récompenses, de s'être plusieurs fois attribué des citations élogieuses, notamment à Verdun, où il s'était tenu à l'arrière avec l'officier de détail ; étant administrateur et échappant au péril grâce à ses papiers, d'avoir abusé de ces papiers contre ceux qui étaient au péril.

Mais sa faveur vient d'avoir un terme. Un nouveau colonel est à la tête du régiment ; il a estimé qu'un capitaine qui brigue les galons de commandant devait avoir commandé en ligne.

Le capitaine Bovin n'est inférieur à sa réputation ni par son aspect ni par les mesures que nous lui voyons prendre. C'est un homme d'une cinquantaine d'années, de grande taille, qui a le teint des gens malades du foie, des dents jaunes, un sourire cruel de Maure et des yeux de Chinois, barbu, grisonnant, de marche lente et grave, il affecte un air d'austérité hypocrite. Je le crois médiocre, tracassier, sans générosité : une mentalité de chef de bureau, combinée à celle d'un adjudant de caserne, avec pleins pouvoirs sur cent cinquante hommes. Antipathique au premier coup d'œil et aimant à faire peur. Aimant, ce qui est plus grave et toujours d'un mauvais signe, la bassesse chez les subordonnés. Enfin, nous avons tous considéré que son arrivée était un malheur pour la compagnie. Son ordonnance eut aussitôt l'air de nous espionner.

Mes rapports avec un tel homme ne pouvaient manquer d'être fâcheux et de tourner à mon désavantage. Il m'a fait lever le plan du secteur, ce qui m'a pris une dizaine de jours, qui ont été un supplice. Par une température de 20 degrés de froid, j'ai dû arpenter des boyaux abandonnés, avec de la neige jusqu'aux genoux, stationner sur le terrain pour prendre les dérivations et noter les chiffres. Mes souliers gelaient à mes pieds. Le plan terminé, le capitaine m'a renvoyé en ligne. Je suis retombé à l'escouade.

Le secteur est situé à environ mille mètres d'altitude. Notre compagnie est en liaison avec l'autre bataillon, au sommet de la montagne, dont nous tenons une partie de la pente. Les positions se composent d'une seule ligne de tranchées, bien protégée par des fils de fer. Le long de cette ligne, tous les cent cinquante mètres, de courts boyaux conduisent à des blockhaus en saillant, qui sont des nids de résistance. Une porte grillagée isole chaque fortin, de manière que la garnison puisse s'enfermer dans ses retranchements, au cas où elle serait prise à revers par des éléments ennemis infiltrés chez nous. C'est d'ailleurs un système de défense fragile, bon pour un secteur tranquille. Nous sommes en lisière de forêt. La route vient presque jusqu'à la tranchée, et, au bord de cette route, en retrait de nos postes, sont établis les abris du commandant de compagnie, des fourriers, etc., dissimulés par les arbres. En réalité, l'arrière de la position, insuffisamment organisée, deviendrait intenable sous les bombardements. Mais notre seul ennemi sérieux est le froid.

Nous occupons le dernier poste de gauche de la compagnie. C'est un abri étroit, creusé au niveau de la tranchée et recouvert de plusieurs rangées de rondins en surélévation. Son aménagement comprend un bat-flanc, un poêle en tôle et un petit banc. Nous y vivons à cinq : quatre hommes et un caporal. Devant cet abri se tiennent les veilleurs, sur une sorte d'estrade, protégée par des gabionnades qui laissent dépasser le haut du buste. Le jour, la sentinelle se tient dans le boyau. La garde constitue notre principal service, un service très dur. Du crépuscule à l'aube, nous devons assurer quatorze heures de garde, en sentinelle double, soit sept heures par équipe. Toutes les deux heures notre sommeil est coupé.

La température a encore baissé. Elle oscille, la nuit, entre − 25 et − 30 degrés. Les veilleurs entretiennent le feu dans l'abri, mais le poêle ne marche qu'en étant constamment rouge. Ainsi, nous passons sans transition de la température intérieure, 25 degrés de chaleur, à la température extérieure, pour nous immobiliser dans le boyau, à l'affût d'un ennemi qui ne peut venir et ne pense, lui aussi, qu'à se chauffer. Et comme nous devons, en première ligne, dormir vêtus et équipés, nous supportons cette saute de cinquante degrés, sans autre protection supplémentaire que la couverture que nous tenons serrée contre nous.

On ne peut endurer cette torture pendant deux heures, et l'exiguïté de notre poste d'observation nous interdit la marche, qui nous empêcherait de nous refroidir. Entre sentinelles, nous nous partageons la garde par demi-heures. Chacun à tour de rôle veille et se chauffe. Une sonnette, commandée de l'extérieur par un fil de fer, résonne dans l'abri pour appeler du secours.

Nous luttons contre le froid comme nous pouvons. La bise nous larde, nous taillade de ses tranchants d'acier. Notre calot nous protège les oreilles et le front, un cache-nez nous entoure le bas du visage, nous ne découvrons que nos yeux, dont la cornée est glacée, qui enregistrent des images floues, comme si nous les tenions sous l'eau. Sur cet édifice de chiffons est juché notre casque, comme un toit de tôle branlant, et, par-dessus encore, parfois, la couverture qui retombe sur nos épaules, formant guérite. On nous a munis de bottes montantes en caoutchouc, avec chaussons de feutre. Mais ces bottes sont malsaines, conservent l'humidité de la transpiration et provoquent des chutes sur la neige glissante. J'ai trouvé un autre moyen de défense, moins efficace mais suffisant, à condition de sautiller sur place de temps à autre. Je conserve mes souliers et je glisse mes jambes dans des sacs à terre, que j'attache au genou. Avec d'autres sacs, dont j'ai décousu le fond, je me suis confectionné des cuissards. Cet équipement a l'avantage de donner une meilleure adhérence sur la glace ; il permet de courir, et je sais que courir est de première nécessité pour un combattant, qui doit toujours envisager de se replier rapidement. Aux mains, je porte trois paires de gants superposées.

La longueur des nuits est inimaginable. Les craquements du gel font un bruit de cisailles dans les fils de fer, dont nous ne nous inquiétons plus. Nous veillons sur nous, sur des secteurs de notre corps qui se figent comme si nos artères charriaient des glaçons. L'immobilité nous tient chaud traîtreusement, nous enveloppe d'une dangereuse ouate d'inertie, et il faut un effort de volonté pour recourir aux mouvements, qui agitent le froid, avant de ranimer les flambées de notre sang. Nous voyons paraître les premières lueurs du jour comme une délivrance.

Vers sept heures du matin, nous recevons du café, du vin gelé qui tinte dans les bidons et des boules de pain durcies, qu'on ne pourrait entamer qu'à la hache. Nous posons ces boules sur le poêle où elles mollissent en rendant de l'eau. Nous nous jetons avec avidité sur ce pain tiède, dont la mie est pareille à une éponge. Et nous buvons à petites gorgées un café bouillant qui vient de chauffer dans nos quarts. Après une nuit d'hivernage, de pôle, ce café qui nous brûle, c'est de la vie que nous avalons.

Le capitaine Bovin a vite donné sa mesure. Sur cette montagne où les Allemands nous laissent en repos, il a multiplié les mesures qui ne peuvent qu'augmenter nos souffrances, sans aucun bénéfice militaire. Profitant de cette passivité que la température impose aux combattants, il a transformé le secteur en caserne. Il nous accable de travaux qui ne sont pas urgents, ne tient aucun compte de notre fatigue et nous prive du peu de temps libre que nous laisserait un service déjà très chargé.

Plusieurs fois par semaine, au milieu de la nuit, il alerte la compagnie. Tous les hommes doivent se tenir dans les boyaux et attendre son inspection. Il nous impose ainsi deux heures de froid supplémentaires. Ces alertes ne sont d'aucune utilité. La plupart des hommes sont maintenant de vieux soldats, qui savent mieux que le capitaine comment défendre un petit poste. D'ailleurs, nous avons le sentiment que les obus calmeraient vite son zèle, et nous attendons de nous trouver dans un secteur agité pour lui faire sentir en quelle estime nous le tenons. Les hommes respectent un chef dont la sévérité s'exerce dans les circonstances graves et qui paie de sa personne, mais ils méprisent profondément celui qui les persécute sans avoir fait ses preuves.

Dans la journée, le capitaine ordonne des travaux, sous prétexte que nous ne devons pas être inoccupés : entretien de boyaux, fosses à creuser, nettoyages de toute espèce que la neige recouvre bientôt. Il a aussi imaginé d'envoyer des détachements à l'exercice, à l'arrière, ce qui ne s'est jamais vu.

Les nécessités du chauffage suffisent à nous occuper pendant l'après-midi. Nous consommons beaucoup de bois. Il faut chaque jour abattre un sapin dans la forêt et le transporter par morceaux jusqu'à l'abri. Là, il faut encore scier ces morceaux et les débiter en bûches, à la hache, avant de les empiler à l'intérieur. Continuellement occupés, nous manquons de sommeil, car nous ne pouvons dormir longuement entre nos tours de garde.

Notre pire ennemi est notre capitaine. Nous le redoutons plus que les patrouilleurs allemands, et, pendant la nuit, nous sommes plus attentifs aux bruits de l'arrière qu'à ceux de l'avant. Il a obtenu, avec sa tyrannie, ce résultat stupide, que nous détournons notre attention des gens d'en face pour la reporter dans notre propre camp. Deux veilleurs qui se chauffaient, d'accord avec leurs camarades, ont été traduits en conseil de guerre pour abandon de poste devant l'ennemi, et des sous-officiers ont été cassés pour des motifs futiles. Si bien que nous avons organisé un système d'avertisseurs pour nous protéger de notre chef. Dès qu'il apparaît quelque part, sa présence est signalée par un réseau de ficelles, dissimulées dans les fils de fer, qui relient les postes et agitent des boîtes de singe. En outre, les garnisons de la pente arrosent chaque soir le boyau, afin d'augmenter la couche de glace qui rend dangereux l'accès des blockhaus. Nous sommes les premiers à souffrir de cette mesure, mais l'effet que nous cherchions a été atteint. Pendant une ronde, le capitaine a fait une lourde chute sur les reins et a dû regagner son P.C. soutenu par ses agents de liaison. Une fusillade aérienne, une sorte de fantasia, a fêté cette nouvelle. Depuis, le tyran ne se montre plus dans notre région. Mais il se venge en ne nous laissant aucun répit.

Une sourde haine gronde contre cet homme qui devrait nous aider à supporter nos misères et nous fait plus souffrir que l'ennemi. Les soldats le tueraient plus volontiers qu'un Allemand – avec plus de raisons, pensent-ils.

Je vis comme une bête, une bête qui a faim, puis qui est fatiguée. Jamais je ne me suis senti si abruti, si vide de pensées, et je comprends que l'accablement physique, qui ne laisse pas aux êtres le temps de réfléchir, qui les réduit à ne plus éprouver que des besoins élémentaires, soit un sûr moyen de domination. Je comprends que les esclaves se soumettent si aisément, car il ne leur reste plus de forces disponibles pour la révolte, ni l'imagination pour la concevoir, ni l'énergie pour la concerter. Je comprends cette sagesse des oppresseurs, qui retirent à ceux qu'ils exploitent l'usage de leur cerveau, en les courbant sous des tâches qui épuisent. Je me sens parfois au bord de cet envoûtement que donnent la lassitude et la monotonie, au bord de cette passivité animale qui accepte tout, au bord de la soumission, qui est la destruction de l'individu. Ce qui est en moi qui juge s'émousse, admet et capitule. L'habitude, le jeu des disciplines se passent de mon consentement et m'incorporent au troupeau. Je deviens un vrai soldat d'infanterie, l'intelligence « sur la couture du pantalon », exécuteur de corvées et fragment d'effectif. Tout le monde me commande, du caporal au général, a ce droit, qui est total et sans appel, et peut me rayer de la liste des vivants. Dans le champ des activités humaines, la mienne se dépense à creuser une feuillée ou à porter des troncs d'arbres. Pourrais-je dire à un sous-officier qu'il m'en coûte plus qu'à d'autres ? Ce serait inutile, car il risquerait de ne pas me comprendre, ce serait imprudent parce qu'il en abuserait. Le capitaine Bovin l'avait certainement deviné et il m'a placé ici. (Aussi est-ce le seul homme devant qui je pioche avec un air d'allégresse.)

Et, d'abord, je dois me mêler, m'identifier à ceux dont je partage la vie, auxquels je suis lié par le pacte de l'instinct de conservation. Je dois redevenir homme des cavernes et contribuer à l'assouvissement des appétits de ma horde. Je dois piocher, scier, porter, nettoyer, réchauffer, donner au corps toute l'importance. Comment expliquer à mes camarades que, dans le conflit qui oppose le corps à l'esprit, celui-ci, chez moi, l'a généralement emporté ? L'esprit, qui est privilège, m'est retiré ; l'esprit n'est pas à l'alignement, nuit au confort de l'escouade. Les richesses spirituelles sont trustées par les états-majors, qui les répartissent en obus sur la racaille humaine.

Cependant, la nuit, devant la neige qui brille à l'infini sous un clair de lune éclatant, comme une aurore boréale, il m'arrive de penser que là, seul devant mon rempart de glace, je veille sur le pays endormi, qu'il me doit une partie de sa sécurité, que ma poitrine est sa frontière, et d'en éprouver une petite fierté conforme aux traditions de l'arrière. Pour user les heures, j'expérimente des mobiles nobles, je m'essaie aux joies du pur patriotisme. Mais je me rends compte d'avance qu'une rafale bien ajustée me dégoûterait d'une attitude si belle.

Il est certain que si un Allemand venait m'attaquer, je ferais mon possible pour le tuer. Afin qu'il ne me tue pas d'abord ; ensuite parce que j'ai la responsabilité de quatre hommes qui sont dans le blockhaus, confiés à moi, et qu'en ne tirant pas je pourrais les exposer à un danger. Je suis lié à cette escouade de cultivateurs qui rudoient ma paresse physique. C'est une solidarité de compagnons de chaîne.

Mais si, dans le jour, je tenais au bout de mon fusil, à cent cinquante mètres, un Allemand sans défense, qui ne se doute pas que je l'aperçois, très probablement je ne tirerais pas. Il me semble impossible de tuer ainsi, de sang-froid, commodément accoudé, en prenant bien le temps de viser, de tuer avec préméditation, sans réflexe qui décide de mon geste.

Heureusement, il est tellement peu question de tuer que nous ne prenons même pas la peine de dissimuler la lueur de notre cigarette. Nous risquons peut-être une balle. Mais il y a, dans ce défi de fumer à découvert, quelque chose qui nous venge de la terrible morsure du froid.

Redevenu homme de la tranchée, je comprends cette sorte de fatalisme auquel s'abandonnent mes camarades, dans cette guerre sans fantaisie, sans changements, sans paysages nouveaux, cette guerre de factionnaires et de terrassiers, cette guerre de souffrances obscures dans la crasse et la boue, la guerre sans limites ni répit, où l'on n'agit pas, où l'on ne se défend même pas, où l'on attend l'obus aveugle. Je comprends ce que représentent, pour celui qui n'a jamais quitté le créneau, ces deux années écoulées, les centaines de nuits de garde, les milliers d'heures éternelles, face à l'ombre. Je comprends qu'ils aient renoncé à se poser des questions. Et même je m'étonne que ce bétail, où je suis confondu, ait encore tant de résistance à opposer à la mort.

En revenant du ravitaillement, je passe par le sommet de la position, le corps penché, un bouteillon à chaque bras, une musette en bandoulière. Dans un boyau, je croise un sous-officier. Nous nous gênons, je lève la tête. Oh…

— Nègre !

— Mon fils !

Après les exclamations de joie, mon ancien voisin de lit à l'hôpital me raconte qu'il appartient également au régiment depuis deux mois, en qualité de sergent observateur auprès du colonel. Mais il était détaché au 1er bataillon, ce qui explique pourquoi je ne l'avais encore jamais rencontré.

— À propos, comment va notre cher Poculote ?

— Très bien, je te remercie.

— Et qu'annonce-t-il ?

— Chut ! Le général est devenu très circonspect. Mais, entre nous, je crois qu'il projette une grosse affaire.

— Alors, toujours l'offensive ?

— Plus que jamais ! Nous préparons Austerlitz.

— Qu'attend-on ?

— Le soleil. Il faut patienter jusqu'au printemps.

— Et provisoirement ?

— Provisoirement, le général s'occupe du relèvement de la solde des sous-officiers. Il compte beaucoup sur cette mesure pour le maintien du moral, partant de ce principe qu'une usine a son plein rendement lorsque les contremaîtres sont bien payés.

— Et les ouvriers ?

— Ils sont beaucoup moins intéressants. Le baron devient véritablement un grand politique et un profond penseur !

— Et toi, que fais-tu ?

— J'observe. J'observe d'abord les endroits où tombent les obus, afin de ne pas y porter mes pieds. La sagesse enseigne : aide-toi, le ciel t'aidera. Aide-toi veut dire : planque-toi. Tu comprends que la guerre m'intéresse trop vivement pour que je ne veuille pas la voir jusqu'à la fin... Ensuite, dans les périodes calmes, j'observe à la lorgnette ce que font les Barbares.

— Nègre, je voudrais te poser une question qui me tourmente toujours. Que penses-tu du courage ?

— Tu en es encore là ! Cette question est définitivement cataloguée. Les spécialistes s'en sont occupés dans le silence du cabinet. Sache-le donc : le Français est courageux naturellement, et il est le seul. Les techniciens ont prouvé que pour mener l'Allemand au combat il faut lui faire absorber de l'éther. Ce courage artificiel n'est pas du courage. Et toi que deviens-tu ?

— Moi ? Entre nous : j'en bave !

Je demande à Nègre de me faire désigner comme observateur. Il promet d'essayer et de revenir me voir.

Après deux mois de blockhaus, on nous relève, comme le froid diminue. Nous quittons presque à regret ces sommets où notre vie a été si dure, mais où nous n'étions guère au danger. Dans la vallée, nous apprenons que le capitaine Bovin est évacué pour maladie. Les hommes ricanent :

— Il a peur de venir dans un secteur où ça barde ! Règle générale : si tu vois un salaud qui fait du service à l'arrière, tu peux être sûr qu'il se dégonfle au rifle.

Un jeune lieutenant de réserve, souriant et cordial, du nom de Larcher, vient prendre le commandement de la 9e. Nous retournons à notre ancien secteur et nous trouvons le bataillon au repos dans un village, en bas de la montagne.

L'adjudant de bataillon, que j'ai connu étant agent de liaison, me fait affecter à l'état-major du commandant, en qualité de secrétaire-topographe. Je suis à nouveau sauvé de l'escouade, à nouveau embusqué.

Nous remontons bientôt en ligne. Cette fois, je demeure au camp de la forêt, dans des abris confortables recouverts de rondins. Nos fenêtres donnent sur une clairière en haut de laquelle s'amorcent les boyaux conduisant aux positions. Mes occupations sont celles d'un employé de bureau : transcrire les ordres en plusieurs exemplaires, établir les comptes rendus pour le colonel, tenir les plans à jour.

Des semaines passent dans le calme, troublé seulement par les coups de main habituels. Pendant deux heures, la montagne est secouée, la crête se désagrège sous l'avalanche des torpilles, nos batteries rugissent, les gorges résonnent et des obus longs viennent éclater dans nos parages. Le soir, nous rédigeons les états de pertes en hommes et en matériel. Nous apprenons ainsi des morts, un peu distraitement, comme des secrétaires de mairie enregistrent des décès.

Le froid diminue. Le soleil reprend de la force. La neige fond, la forêt s'assombrit, on patauge. Des contingents d'oiseaux s'installent dans les branches et chantent, des brindilles vertes percent la terre. La venue du printemps nous réjouit et nous inquiète secrètement. Le printemps annonce la reprise des grands combats. Il présage des hécatombes nouvelles. Nous ne croyons plus guère aux victoires décisives, et nous savons que les offensives sont généralement plus meurtrières pour les assaillants que pour les défenseurs. Les occasions de mort demeurent notre grand souci.

Cependant, en ligne, où je vais parfois noter sur le papier un détail de notre organisation, les veilleurs sont plus gais parce qu'ils souffrent moins. Ils se tiennent à l'entrée des gourbis, plaisantent, vivent dans le présent, par crainte d'envisager l'avenir. Ils jouent aux cartes ou aux bouchons avec des sous. Ils fument beaucoup et ne se séparent pas de leur bidon, leur ami.

III

Le Chemin des Dames

> « L'homme dans le combat est un être
> chez lequel l'instinct de conservation
> domine à un moment tous les senti-
> ments. La discipline a pour but de domi-
> ner, elle, cet instinct par une terreur plus
> grande.
> L'homme s'ingénie à pouvoir tuer sans
> courir le danger de l'être. Sa bravoure
> est le sentiment de sa force, et elle n'est
> point absolue ; devant plus fort, sans
> vergogne, il fuit. »

Lieutenant-colonel ARDANT DU PICQ

Nous sommes dans Fismes, ville maudite, qui a
l'aspect hostile et triste des grands centres industriels. C'est un centre de l'industrie de la guerre,
entouré de voies ferrées, de quais de débarquement,
de camps de Marocains, d'escadrilles, un centre où
convergent les interminables convois, les artilleries,
les ambulances, etc. De longs troupeaux d'hommes
font penser à des rentrées d'usines, que fendent les
automobiles des généraux, ces maîtres de forges. Les

forges rougeoient devant nous, sur les crêtes, et leurs enclumes retentissent, durement frappées par les lourds marteaux broyeurs de chair.

Les cantonnements sont dans un état de saleté ignoble, mais ils n'abritent, pendant un jour ou deux, que des passants, des sacrifiés, pour lesquels il n'est plus besoin d'avoir des ménagements. De simples parcs à cheptel. Nous sommes dans Fismes, la ville de l'agonie.

Nous sommes dans Fismes, la ville des suprêmes débauches. Tous les rez-de-chaussée sont les épiceries qui débordent sur la voie. Nous n'avons jamais vu de telles pyramides de charcuteries appétissantes, de boîtes aux étiquettes dorées, un tel choix de vins, d'alcools, de fruits. Peu d'objets : ici on n'achète pas ce qui dure. Mais partout de la boisson et de la nourriture. Les mercantis nous traitent comme des chiens et nous annoncent les prix d'un air de défi. Nous n'avons jamais payé aussi cher et les soldats murmurent. Les vendeurs leur lancent un regard froid, implacable, qui signifie : à quoi vous servira votre argent si vous n'en revenez pas ? C'est vrai ! Une détonation plus forte décide les plus économes ; ils se chargent les bras et tendent leurs billets.

Buvons donc, bouffons donc ! À en crever…

Puisqu'il faut crever !

J'arrête dans la rue un sous-officier d'artillerie que j'ai connu civil. C'est un grand garçon calme, un peu plus âgé que moi, avec un regard limpide d'enfant.

Autrefois, je ne l'ai jamais vu en colère, ni même indigné. Il semble ne pas avoir changé. Dans un café où nous nous sommes attablés, je le questionne. Il me dit qu'il est observateur détaché près de l'infanterie et qu'il vit dans les tranchées avec les fantassins. Je lui demande :

— Connais-tu le secteur ?

— Que trop ! J'y ai fait les attaques du 16 avril.

— À quel endroit ?

— En face, devant Troyon. J'ai pris le départ avec les troupes noires, la fameuse armée de Mangin.

— Est-il vrai que cette armée ait été massacrée ?

— Tu sais ce que c'est. Chacun ne voit que son coin. Mais dans le mien ce fut la boucherie. Je peux en parler, je faisais partie des vagues d'assaut aux côtés du colonel J... Du bataillon avec lequel nous marchions, il a dû revenir une vingtaine d'hommes.

— Comment expliquer notre échec ?

— D'une façon bien simple : les Boches nous attendaient. Tu sais qu'on préparait l'attaque depuis plusieurs mois, qu'elle n'était un mystère pour personne ?

— C'est exact. Dans les Vosges, on annonçait que nous montions quelque chose de formidable dans l'Aisne, que Nivelle était décidé à enfoncer le front avec son artillerie. En somme, l'attaque en force, sans se cacher.

— Alors, tu penses ! Les Boches aussi avaient de l'artillerie et des divisions. Ils les ont amenées. Pendant que nous établissions des routes, des pistes, des dépôts de munitions, ils installaient des tourelles blindées pour leurs mitrailleuses, ils construisaient des retranchements, des souterrains et des blockhaus en béton, ils plantaient de nouveaux réseaux. Ils ont eu tout le temps d'organiser leur traquenard. Le jour où nos vagues ont débouché, ils ont tapé dans le tas. En deux heures, notre offensive a été arrêtée net. En deux heures, nous avions de cinquante mille à cent mille hommes hors de combat. On ne saura jamais le nombre exact.

— Et toi, là-dedans ?

— J'ai attendu en ligne plus d'une semaine le jour de l'attaque. Les grottes et les pays des environs, Creutes marocaines, Paissy, Pargnan, etc., étaient bourrés de troupes. De beaux canons lourds tout neufs étaient venus prendre position dans le ravin, à trois cents mètres des tranchées. Partout des hommes, de l'artillerie, des charrois, une foire. Les Boches laissaient faire, mais leurs avions, qui volaient très bas, repéraient tranquillement ce mouvement, nos pièces, nos dépôts, nos points de concentration… Le 16 avril, à sept heures du matin, nous passons le parapet. Aucune résistance au départ, les premières lignes vides devant nous. Nous franchissons le reste du plateau et nous descendons dans le ravin allemand. Les Boches avaient évacué et s'étaient retranchés dans leurs deuxièmes lignes intactes, sur les crêtes suivantes. Ils ont laissé nos vagues dévaler la pente, s'engager à fond. Alors ils ont déclenché leurs barrages, artillerie et mitrailleuses. La grande offensive Nivelle s'est brisée là, à moins d'un kilomètre de son point de départ, sans avoir seulement pris contact avec l'ennemi.

— Comment vous êtes-vous repliés ?

— À la nuit.

— Toute la journée vous avez encaissé ?

— Pas moyen de faire autrement. Ceux qui n'étaient pas démolis s'étaient terrés dans les trous d'obus, pour échapper aux balles. Il ne fallait pas bouger. Nous étions littéralement venus nous fourrer en plein milieu d'un champ de tir.

— Que disait le colonel J... ?

— Il n'en menait pas large ! Il avait envoyé plusieurs fois des nègres vers l'arrière pour demander du renfort, mais n'avait revu personne. Puis nous avons entendu des grenades, les Boches devaient contre-attaquer dans les environs. Le colonel m'a demandé : « Vous connaissez le secteur ? – Assez mal, mon colonel. – Tant pis ! vous allez porter ce pli au général. » Il me donne un grand nègre pour m'accompagner. Mais il fallait traverser ce barrage d'enfer. On s'est traîné de trou en trou, en rampant, en sautant par-dessus les cadavres...

— Beaucoup de cadavres ?

— Alignés, entassés ! Il n'y a qu'une expression pour traduire : *on marchait dans la viande...* Enfin je réussis à gagner le plateau sans autre dommage que mon équipement sectionné par une balle ; je perds mon revolver, mon masque, mes jumelles... Sur le plateau, nous filons par les boyaux au P.C. de la division, dans une grotte du ravin de Troyon. La grotte était pleine d'officiers, et ils s'engueulaient tous, de frousse. C'en était rigolo ! Je tends mon papier, ils le lisent et ils se mettent à m'engueuler aussi : « D'abord, d'où venez-vous ? Où étiez-vous ?

– Avec le colonel J..., mon général. – C'est faux ! Le colonel J... est prisonnier depuis neuf heures du matin... » Des types affolés ! « Mais non, mon général, je viens de quitter le colonel, qui craint d'être cerné et m'envoie vous demander des renforts. – Quels renforts ? Je n'ai plus d'hommes... – Il reste quelques territoriaux, dit un autre. – Nous allons voir... » J'attends, une heure peut-être... Enfin un capitaine s'avance vers moi, l'air soupçonneux : « Vous êtes sûr de retrouver le colonel J... ? – Je crois, mon capitaine. – Dans ce cas, vous allez conduire le détachement qui attend à la porte. » Dehors, commandés par un adjudant, je trouve une quarantaine de territoriaux, au visage décomposé, chargés de caisses de grenades. Voilà tous ces pauvres bougres à m'injurier : « Salaud d'artilleur, espèce de c... ! Tu pouvais pas te taire ! Qu'est-ce que tu veux qu'on aille faire là-bas ? C'est pas notre place, des hommes de notre âge... » La pagaïe, quoi ! Je leur dis : « Si vous ne voulez pas venir, restez. Mais il faut que je retourne. » Leur adjudant décide : « Passe devant. Je resterai derrière pour les faire marcher. » Je suis reparti sous le bombardement, en tête des quarante pépères, plus morts que vifs, qui gémissaient et s'arrêtaient tous les vingt mètres pour délibérer. Nous sommes arrivés à la nuit, au moment de nous replier.

— Vous avez laissé vos pertes sur le terrain ?

— Bien entendu. Nous étions quelques centaines de survivants, et il y avait des milliers de blessés et de morts.

— Et ensuite ?

— Rien, fini ! Les Boches ont repris leurs anciennes positions, sans résistance de notre part. S'ils avaient attaqué sérieusement à leur tour, ils nous chassaient du Chemin des Dames, ça ne fait aucun doute. Ils se sont contentés de nous marmiter dur.

— Un vrai désastre ?

— Tu peux le dire. Une affaire honteuse, une entreprise à ruiner l'armée française.

— À ton avis, c'est ce désastre qui a provoqué les mutineries ?

— Sans aucun doute. Tu connais la passivité des hommes. Ils ont tous marre de la guerre depuis longtemps, mais ils marchent. Pour que les troupes se soient révoltées, il faut qu'on les ait poussées à bout.

— On a parlé de traîtres ?

— Je ne peux rien dire là-dessus, je te raconte ce que j'ai vu. Il a couru, comme toujours, une infinité de bruits contradictoires. Il me semble que tout s'explique très simplement. Quand on a voulu les faire attaquer de nouveau, les poilus se sont sentis perdus, jetés à la boucherie par des incapables qui s'entêtaient. La chair à canon s'est révoltée, parce qu'elle avait trop pataugé dans les flaques de sang et qu'elle ne voyait pas d'autre moyen de se sauver. La provocation est venue des chefs, de certains chefs. Songe qu'on a fusillé de pauvres gens, qui avaient supporté déjà des années de misère, et qu'on n'a pas jugé un seul général. Il fallait chercher

274

dans les états-majors les responsables de la révolte, qui était la conséquence du massacre.

— On a vaguement raconté que les hommes politiques avaient entravé l'action militaire et que nous aurions pu réussir ?

— Non, non et non ! On ergotera tant qu'on voudra, mais un fait subsiste : la journée du 16 avril a coûté quatre-vingt mille hommes à l'armée française. Après une pareille saignée, il ne pouvait plus être question d'aller loin. La doctrine des fous furieux, j'en ai vu les effets de trop près !

— Tout cela n'est pas encourageant !

— Tu n'en es plus à croire que la guerre soit une occupation où l'intelligence ait beaucoup de part ? Tu serais le seul...

— D'accord. Seulement nous montons au Chemin des Dames...

— Ne te frappe pas. Regarde, je suis bien revenu. Bois encore un coup !

Au cantonnement, je discute avec deux agents de liaison de la durée du stage que nous allons faire en ligne. Arrive un cycliste qui a des renseignements tout frais, glanés un peu partout. Il déclare :

— Ce n'est pas une question de temps, ni d'attaque à réussir. Pour être relevées, il faut que les unités aient au moins 50 % de pertes.

Cette information nous porte un coup. La moitié de pertes ! Je pense à ceci : nous sommes là quatre hommes, dont aucun n'a plus de vingt-cinq ans.

Deux doivent mourir. Lesquels ? Malgré moi, je cherche sur les autres des signes de fatalité, ces indices qui annoncent les êtres marqués pour un destin tragique. J'imagine leurs visages cireux, ternis, je choisis dans notre groupe deux camarades pour en faire des cadavres...

Sans doute ce raisonnement peut être faux, en fait, et nous pouvons revenir tous les quatre. Mais, à s'en tenir aux chiffres, il est exact.

Depuis cette conversation, je ne peux me trouver en présence d'un homme de notre unité, sans me poser cette question : lui ou moi ? Si je veux vivre, il faut que je le condamne résolument, que je tue en pensée mon frère d'armes...

C'est ce qu'on appelle *la guerre d'usure.*

Nous y allons.

Le régiment traverse Fismes une dernière fois, musique en tête, au pas cadencé. Parade macabre devant des civils qui ont bien l'habitude et ne restent ici que pour gagner de l'argent.

Soudain : « Présentez... armes ! Tête droite ! » Sur un tertre se tient un général aux jambes vernies, le regard intrépide, la main au képi. Une chose me frappe dans cette main : le pouce en dessous, le geste de l'empereur dans l'arène antique...

« *Ave*, vieux ! *Morituri te salutant.* »

Nous nous rapprochons des éclatements. À l'entrée du village d'Euilly, il faut franchir un canal sur un pont de bois, entouré de débris qui sont la trace des bombardements. Nous passons le Styx.

À la sortie du village, la route est pleine d'entonnoirs dont les plus récents se distinguent à la couleur de la terre. Nous sommes sous la menace d'un tir qui peut en une seconde crouler sur nous. Il n'y a rien d'autre à faire qu'à avancer rapidement. Nous croisons des ambulances Ford, conduites par des Américains ; elles grincent, ferraillent, et il semble qu'elles vont verser. Des plaintes en sortent. Les bâches, soulevées par les cahots, découvrent des blessés livides, aux pansements tachés de sang.

Une accalmie nous permet d'atteindre sans dommage le pied d'une grande falaise, une ondulation avancée du Chemin des Dames. Le commandant arrête le bataillon pour se repérer. Mais des passants nous crient de ne pas rester là. Nous attaquons la pente, penchés sous nos charges, nous aidant des mains aux endroits où la piste est glissante.

À vingt mètres du sommet, nous trouvons l'entrée de grottes immenses, où plusieurs bataillons pourraient se loger. À peine les derniers hommes rentrés, le bombardement déferle furieusement au-dessus de nous et en bas. Il était temps.

Nous attendons dans cette caverne de brigands notre tour de monter aux tranchées. Les obus sifflent devant les issues, le jour et la nuit.

Deux heures du matin.

Accoudé sur une tablette, devant une bougie, je veille au fond de l'abri. Nous avons fait la relève tout à l'heure. Le P.C. du bataillon est installé dans une sape très longue, une étroite galerie, coupée de deux angles droits, à dix mètres sous terre. Dans cette sape s'abritent aussi des sections de réserve. Tout le monde dort, moins les guetteurs des issues, et moi, qui suis séparé d'eux par les détours, les escaliers et les paquets de soldats étendus à terre, enchevêtrés les uns dans les autres, repliés, couverts d'ombre, immobiles comme des morts. La sape contient une centaine d'hommes, sur lesquels il faudrait marcher pour passer. Je sens sur moi le poids de ces hommes, de leur confiance, qui me donne une impression de solitude. Quelques-uns dans le sommeil se débattent lourdement, ont des sursauts nerveux, des cris d'angoisse qui me font tressaillir.

Mon esprit, qui vit faiblement, qui veille sur ces esprits éteints, médite : nous sommes au Chemin des Dames. Sur un plan je lis des noms connus : Cerny, Ailles, Craonne, noms terribles… J'étudie notre position. Nos premières lignes se trouvent, au plus, à cent mètres en avant de nous, et derrière, nous n'avons pas cinquante mètres de recul avant le ravin, dans lequel les Allemands tentent de nous rejeter. En bas de ce ravin, c'est la plaine à perte de vue, une plaine si bouleversée, si désolée, qu'on dirait une mer de sable (je l'ai regardée en venant reconnaître le P.C.). L'ennemi a déclenché dernièrement de fortes attaques pour s'assurer définitivement la chaîne des plateaux, et ces attaques ont progressé.

Au point que nous défendons, il nous reste cent trente mètres de profondeur pour nous cramponner aux crêtes. Nous sommes à la merci d'une grosse action bien conduite. Ici, au fond de l'abri, si la première ligne lâche, nous serons impuissants – avec cinquante marches à monter – pris ou asphyxiés par les grenades. La situation n'est pas gaie...

Trois heures... Calme absolu...

Je reçois sur la tête un coup de canne plombée qui me fait vibrer les tympans, qui provoque ce désarroi interne que je connais trop. Un souffle brutal me gifle, éteint la bougie et me plonge dans une obscurité de tombeau. Le pilonnage s'abat, creuse sur nous avec fureur, fait craquer les charpentes de la sape. Je cherche des allumettes, je rallume la bougie, avec des tremblements d'alcoolique. Là-haut, c'est l'écrasement. Le bombardement atteint une intensité inouïe, prend une cadence de mitrailleuse, régulière, comme une sourdine sur laquelle se détachent les explosions profondes des gros projectiles, à fusées retardées, qui nous cherchent sous la terre.

Mes camarades, protégés par l'épais talus qui amortit les sons, dorment toujours, harassés, en soldats qui dorment partout. J'écoute, j'attends. Je leur laisse encore un peu d'inconscience, je supporte seul l'angoisse. La violence du tir annonce certainement une attaque. Comment les sections de ligne peuvent-elles tenir ?... Il faudra se battre. Se battre ? J'arme mon pistolet automatique.

Une forte détonation fait encore vaciller la flamme. Puis des cris affolés m'arrivent, du fond de l'ombre : « Les gaz ! les gaz ! » Alors je secoue ceux qui m'entourent : les gaz ! Nous mettons les masques. Les museaux de cochon nous rendent monstrueux et grotesques. Nous sommes surtout pitoyables, la tête penchée sur la poitrine. Maintenant, cent hommes, dans cette fosse, écoutent la destruction s'accomplir au-dessus d'eux, en eux, écoutent les suggestions de la peur qui corrode les nerfs. Est-ce cette fois, dans un instant, que nous allons mourir, comme on meurt au front, déchiré ?

D'autres voix nous arrivent :

— Faites passer qu'une entrée est effondrée !

La torpille a enfoui les deux guetteurs. L'horreur commence...

— Quels guetteurs ?

Nous attendons leurs noms, comme des numéros d'une loterie funèbre. Il faut qu'on travaille immédiatement à dégager les corps.

Le commandant occupe une niche latérale, une petite cabine souterraine qu'il partage avec son ordonnance. On l'entend demander :

— Qu'est-ce qui se passe ?

— On ne sait pas, mon commandant.

— Envoyez les agents de liaison.

Des hommes se reculent brusquement, se dissimulent, des hommes qui tremblent. L'adjudant se fâche :

— La liaison, allons vite !

Les mêmes hommes reparaissent, avec des visages affreux.

— Allez aux compagnies, par deux.

— On va sûrement se faire démolir !

— Attendez près de l'entrée que ça se calme un peu, leur glisse-t-il.

Ils vont se poster.

Les mitrailleuses !... Les mitrailleuses crachent. Le bruit des terribles machines domine tous les autres, taille dans le bombardement... Nous nous taisons, le cœur serré : c'est maintenant que la partie se joue...

— Est-ce que les agents de liaison sont rentrés ?

— Pas encore, mon commandant.

— Envoyez-en d'autres !

— Il est fou !

Deux hommes blêmes s'éloignent lentement, voûtés. L'adjudant lève le doigt, tend l'oreille :

— On dirait que ça se tasse ?

Oui... en effet. Le bombardement diminue. Les rafales succèdent au roulement. Mais, dans ce secteur inconnu, nous ne pouvons rien en conclure.

Une dégringolade dans les escaliers. Deux agents de liaison reviennent, ruisselants de sueur, les yeux vagues. Ils renseignent le commandant :

— Les Boches sont sortis devant la 9e. On les a arrêtés.

— Est-ce que les compagnies ont beaucoup de mal ?

— Encore assez, mon commandant. Plusieurs obus dans la tranchée. On demande les brancardiers.

— Larcher n'est pas touché ?

— Non, mon commandant. Il dit qu'il n'y a pas de danger pour le moment et que si les Boches reviennent, on les recevra.

Sauvés, pour cette fois ! Les états de pertes nous

parviennent : onze hommes hors de combat à la 9ᵉ et sept à la 10ᵉ.

Vers neuf heures, profitant d'un répit, le capitaine adjudant-major va visiter le secteur. En son absence, le bombardement reprend. On le ramène blessé, gravement, semble-t-il. Le major du bataillon vient le panser, et on l'emporte. La série noire continue… Nous restons avec le commandant. De ses mesures dépendra notre sort. Son attitude dans les secteurs calmes était plus que prudente, elle faisait sourire. C'est peut-être un bien : il ne nous engagera pas dans des actions téméraires.

Le bombardement roule toujours, au ralenti.

Cette deuxième nuit, j'ai dû aller au ravitaillement, à la pointe du ravin de Troyon, et je reviens avec un chargement de boules de pain dans une toile de tente. Une grappe de torpilles nous surprend juste devant l'entrée de l'abri. À la lueur d'une fusée, nous reconnaissons Frondet, de garde, qui fait un signe de croix au moment des explosions, comme une vieille femme pendant l'orage. En se précipitant dans les escaliers, mes camarades rient. Je pense : « Prie, intercède, raccroche-toi comme tu peux, pauvre vieux ! » Frondet, âgé de trente-trois ans, est un homme bien élevé qui occupait à l'étranger un poste important dans l'industrie, et il a conservé ici ses bonnes manières. Il souffre sans se plaindre de la promiscuité qu'impose la guerre et de la grossièreté de ses compagnons. Mais sa piété, qui est connue, ne le sauve pas de la peur. Certains jours, il ressemble à un vieillard. Il a ce visage raviné, ces yeux tristes, ce sourire désespéré de ceux que ronge une idée fixe. Lorsque la peur devient chronique, elle fait de l'individu une sorte de monomane. Les soldats appellent cet état le cafard. En réalité, c'est une neurasthénie consécutive à un surmenage nerveux. Beaucoup d'hommes, sans le savoir, sont des malades, et leur fébrilité les pousse aussi bien au refus d'obéissance, aux abandons de poste, qu'aux témérités funestes. Certains actes de courage n'ont pas d'autre origine.

Frondet, lui, se cramponne à la foi, à la prière, mais j'ai souvent compris, à la poignante humilité de son regard, qu'il n'en retirait pas un réconfort suffisant. Je le plains secrètement.

Nous vivons depuis deux jours serrés les uns contre les autres, dans cette fosse où l'air est vicié par les respirations, les sueurs refroidies, qui sent l'aigre et l'urine.

Plusieurs fois par jour se déclenchent des bombardements furieux, sans cause apparente. Leur menace pèse sur nous et nous empêche d'être jamais tranquilles. Nous redoutons toujours une attaque, d'être obligés de sortir pour soutenir une lutte désespérée, d'entendre crier en allemand aux issues ou éclater des grenades dans les escaliers. Nous ne voyons rien, nous dépendons absolument des compagnies qui se battent devant nous.

Les Allemands ne se sont plus montrés. Mais, à la moindre inquiétude, sur ce front où les combattants sont nerveux, sur leurs gardes, les lignes demandent l'artillerie, qui crache à la première fusée et enflamme aussitôt une zone étendue. L'alerte se propage comme une traînée de poudre. En quelques minutes, l'éruption recouvre une partie des plateaux. Il n'y a jamais de calme absolu, les torpilles ne cessent jamais leur travail sourd, si funeste pour les nerfs, et tombent un peu partout. Le nombre des victimes augmente.

Le commandant n'a même pas reconnu son secteur et ne sort pas de sa cabine. À l'exception de l'adjudant qui prend ses ordres, personne ne l'a vu. Il se soulage dans un bouteillon, que l'ordonnance va vider sur le parapet. On lui prépare ses repas sur une lampe à alcool, et il doit passer la majeure partie de son temps étendu sur sa couchette. Il a perdu toute dignité, il ne sauve même plus les apparences. Nous savons trop ce qui se passe en nous pour le juger très cruellement, mais nous sommes indignés parce qu'il expose inutilement sa liaison. Il dépêche les coureurs deux par deux sous les obus et lance les équipes les unes à la suite des autres, sans donner aux premières le temps d'accomplir leur mission. Ces hommes ne peuvent rapporter aucun renseignement important, et les chefs d'unité seraient les premiers à demander du secours s'ils en avaient besoin. Nous avons le sentiment que notre commandant, tombé au-dessous de ses fonctions, nous ferait tous tuer stupidement, que la peur le rend fou, sans lui retirer les droits qu'il tient de ses galons. Nous estimons que notre bataillon n'a plus de chef, ce qui achève de nous désorienter. Heureusement, nous connaissons la valeur, le cran des trois commandants de compagnie, qui savent juger une situation et se tiennent debout, au milieu de leurs hommes, dans la tranchée. Les lieutenants Larcher, de la 9e, et Marennes, de la 10e, âgés tous deux d'environ vingt-six ans, rivalisent d'intrépidité. Le premier est toujours à l'endroit le plus exposé de son secteur. Le second, rapportent les coureurs, s'assied sur le parapet pour observer les positions allemandes. Quant au capitaine Antonelli, de la 11e, il a dans l'action des colères rouges, qui le porteraient certainement au premier rang d'une contre-attaque, et, plus âgé que les deux autres, il ne voudrait pas se montrer inférieur. Tous les trois sont capables de se faire tuer plutôt que de rendre leur tranchée et animent leurs hommes. Ils suppléent à l'insuffisance du chef de bataillon, reçoivent ses ordres avec mépris et se concertent sur les mesures à prendre. Nous comptons sur eux.

On a découvert, dans une sape de première ligne, les cadavres de quelques hommes du bataillon que nous avons relevé. On suppose que ces hommes sont morts d'asphyxie, après avoir respiré des gaz.

J'ai entre les mains un petit Kodak de poche, trouvé sur l'un d'eux. J'ai envie de le conserver parce que cet appareil appartenait au sous-lieutenant F. V... (dont j'apprends ainsi la mort), que j'avais un peu connu à la faculté où il préparait une licence de lettres. Mais je réfléchis que mon geste serait mal interprété. Je remets le Kodak sur le tas des dépouilles, bien que je doute qu'il arrive aux parents. D'autres auront peut-être moins de scrupules, sans l'excuse du souvenir.

Plus tard, je glisse l'appareil sous les autres objets. Non qu'il me fasse encore envie. Mais il me rappelle son propriétaire. F. V... donnait les plus belles espérances, et cette mort est poignante parce qu'elle a frappé, à cent mètres d'ici, un être qui me reliait à l'avant-guerre. La mort de ceux que nous avons connus dans la guerre, pour triste qu'elle soit, n'a pas la même signification, les mêmes résonances.

Notre artillerie lourde procède à des tirs méthodiques de destruction, à raison d'un obus toutes les cinq minutes. Elle « tape trop court » : 155 et 220 tombent dans nos lignes à peu près invariablement. Un sergent est projeté en l'air, nous avons des blessés. Il y a tout lieu de croire que pendant les bombardements nous recevons les obus des nôtres. Des hommes accourent constamment, en injuriant, pour demander qu'on fasse allonger le tir. Nous multiplions les messages et les signaux. Rien n'y fait. Un sous-lieutenant vient nous trouver, indigné :

— C'est honteux ! Où sont les officiers d'artillerie lourde ? On n'en a jamais vu aucun, et nous ne pouvons rien faire de plus.

— C'est une belle bande de dégueulasses ! Ils ont peur de salir leurs bottes ! Leurs peaux ne sont pas plus précieuses que les nôtres !

Il repart, avec des larmes de rage. Le tir continue, régulier, stupide, accablant. Cette épreuve, au moins, devrait être épargnée aux hommes de la tranchée.

Une douleur bizarre me réveille.

Je suis couché, les jambes repliées, dans un étroit renfoncement, sous une planchette qui soutient des papiers, des cartes, des équipements. Je suis couché dans l'ombre, oublié, sur une pile de sacs à terre qui se trouvaient là.

J'ai cette première notion, instantanée : le bombardement gronde furieusement. La seconde me vient de la douleur, qui se localise et m'épouvante. Mais ce n'est rien… pas d'affolement… ça va passer. Pourtant je dois me rendre à l'évidence : *j'ai des coliques*. Il va falloir que je sorte. Sortir ?… Là-haut, c'est infernal. L'abri est secoué par les lames de fond des gros projectiles et craque, comme un vaisseau dans la tempête. La rumeur du feu roulant arrive par bouffées… Je ne peux pas sortir !

C'est un drame obscur, un drame ridicule, où il y va peut-être de ma vie… Mes entrailles fermentent, se gonflent, exercent des poussées qui vont faire céder les muscles. Mon corps me trahit… Allons, il faut y aller !… Là-haut ?… Je pense aux feuillées, près de l'issue où tombent les torpilles. J'imagine la nuit stridente, aveuglante, les jaillissements de feu, les souffles rauques qu'on perçoit un dixième de seconde avant la flamme… Je ne peux pas, je ne peux pas y aller ! Voyons, on ne se fait pas tuer pour une colique, on la maîtrise. Non, ce serait trop bête !

Seul, les genoux remontés, les mains serrées sur le ventre, les yeux fermés, je lutte de toutes mes forces, surhumainement. Je me tords, je transpire et j'étouffe mes plaintes. Je n'ai jamais rien enduré de pire. Et cela se prolonge… Tiendrai-je ? Je dois, je veux tenir…

« Mais, vas-y donc ! » Je me vois revenir simplement, la chose faite, revenir délivré, intact et fier, comme après une action d'éclat (n'en serait-ce pas une ?). Je me vois, le visage calme, la chair apaisée, pensant : il suffisait d'oser… « Mais tu sais bien que tu n'iras pas ? » Non, je n'irai pas…

Ce bombardement ne finira donc jamais…

Je faiblis. Les ceintures musculaires se distendent, les soupapes vont sauter. Mes articulations sont nouées par l'effort, comme par une crise de rhumatismes. Je ne peux plus rester là !

Je me dégage lentement, je me soulève, je traverse cette crypte lugubre, le corps plié en deux, soutenant ce ventre de plomb qui fait fléchir mes jambes, tâtant les parois et cherchant un espace, entre les hommes étendus, pour poser mes pieds. Je m'arrête plusieurs fois, trépignant sur place, pour résister à un assaut plus violent.

Après la partie centrale, lorsqu'on a tourné à droite, s'amorce une longue pente qui remonte à la surface. J'aspire de l'air plus frais, mais âcre, et les éclatements deviennent plus secs. On distingue le glouglou des 210 qui vont au loin et les accélérations de chute de ceux qui tombent au ravin. De brèves rafales de mitrailleuses. De faibles grésillements qui doivent provenir des grenades. Le bélier des torpilles et leurs lentes explosions de mines dans une carrière…

Brusquement, une lueur, qui semble tomber d'un soupirail, illumine l'abri et indique l'entrée, la fin du tunnel à quinze mètres. Puis c'est une lumière de clair de lune étrange, le temps d'une fusée. Cette vision me fige, dans l'ombre, et je m'interroge comme un patient à la porte du dentiste. Il me semble que je vais mieux. Oui, je vais mieux, j'ai bien fait de marcher… Mais les tiraillements reprennent. J'avance encore un peu et je me heurte, dans le noir, aux deux guetteurs, qui sont rentrés pour s'abriter.

— Où vas-tu ?

— Aux feuillées.

— C'est pas le moment d'aller poser culotte ! T'as qu'à écouter. Ça bille toujours dans ce coin.

— Oui… tu crois ?

Je m'accroupis sur une caisse. Les lueurs si proches me donnent des forces nouvelles pour résister. Les veilleurs poursuivent :

— Tu peux être sûr que les Boches ont repéré l'endroit sur les photos d'avion. Qu'est-ce qu'ils balancent, les vaches ! Même que c'est idiot de laisser des bonhommes dehors, attendu qu'on voit rien. Ça éclate partout, tu sais plus où sont les premières lignes.

Les arrivées se font plus distinctes, clairsemées. Je vais tenter ma chance.

— Prépare-toi, me disent les autres. Faut faire vite !

Je sors, dégrafé, penché. Je trouve la planche et je m'affale, les yeux fermés. Toutes mes facultés sont dans mes oreilles, chargées de déceler le péril, de trier les sons.

Vououououou... Je bondis, la culotte aux mains, jusqu'à l'entrée. La torpille s'écrase tout près, la bourrasque siffle au-dessus de moi, les éclats s'incrustent dans la terre.

— Pas touché ? crient les guetteurs, inquiets.

— Non, dis-je en rentrant.

— Tu parles si ça vous la coupe ! C'est malheureux qu'on soit même pas tranquille pour ça !

Il faut que je retourne... J'attends encore. La nuit perd de sa clarté, de sa sonorité. Le fracas s'espace, se répartit. Profitons-en. La deuxième station est plus prolongée, aucun projectile ne me trouble.

Je regagne l'abri et je reste avec les guetteurs, épuisé, me préparant à subir une nouvelle atteinte du mal sournois. J'ai le corps vide et faible, la fraîcheur du matin me fait grelotter. Je viens de souffrir sans utilité, ridiculement. Les autres se plaignent :

— Est-ce qu'ils vont nous laisser encore longtemps ici ?

Encore longtemps, je le crains. C'est-à-dire quelques jours. Mais les jours sont interminables dans ce secteur de condamnés à mort, qui ne peuvent être graciés que par le hasard.

La colère de l'artillerie ne fait que croître. Jour et nuit, nous n'avons plus guère de repos moral. Jour et nuit, les pioches forcenées creusent sur nous, toujours plus profondément. Jour et nuit, les projectiles s'acharnent sur ce lambeau de terrain que nous devons défendre. Nous comprenons qu'une attaque se prépare, qu'il faut un dénouement à cette fureur. Nous comprenons que deux états-majors ont entamé sur ces plateaux une lutte qui met en jeu leur vanité et leur réputation militaire, que de cette conquête dépendent l'avancement de l'un et la disgrâce de l'autre, que cet acharnement, qui n'est que désespoir chez les soldats, est calcul ambitieux de quelques généraux allemands, qui mesurent chaque jour sur une carte combien de centimètres les séparent encore de cet objectif qu'ils se sont vantés d'atteindre, qu'ils sont indignés des piétinements que nous leur imposons et les imputent au manque de valeur de leurs troupes. Nous comprenons qu'il faut, de part et d'autre, des morts et des morts pour que celui qui a pris l'initiative de la bataille s'effraie des pertes et cesse sa poussée. Mais nous savons qu'il faut vraiment beaucoup de victimes pour effrayer un général, et celui qui s'obstine en face de nous n'est pas encore près de renoncer.

Les grandes offensives du front, partout calmées, laissent disponible une énorme quantité de matériel qui rend très meurtrières les actions locales. Depuis Verdun, le pilonnage par l'artillerie est devenu la méthode courante. La moindre attaque est précédée d'un écrasement qui a pour but de niveler les défenses adverses, de décimer et terroriser les garnisons. Quand ces tirs sont bien réglés, des hommes n'en réchappent que parce qu'il est impossible de piquer partout des obus. Ceux qui sont épargnés sont frappés d'une sorte de folie.

Je ne connais pas d'effet moral comparable à celui que provoque le bombardement dans le fond d'un abri. La sécurité s'y paie d'un ébranlement, d'une usure des nerfs qui sont terribles. Je ne connais rien de plus déprimant que ce martelage sourd qui vous traque sous terre, qui vous tient enfoui dans une galerie puante qui peut devenir votre tombe. Il faut, pour remonter à la surface, un effort dont la volonté devient incapable si l'on n'a pas surmonté cette appréhension dès le début. Il faut lutter contre la peur aux premiers symptômes, sinon elle vous envoûte, on est perdu, entraîné dans une débâcle que l'imagination précipite avec ses inventions effrayantes. Les centres nerveux, une fois détraqués, commandent à contretemps et trahiraient même l'instinct de conservation par leurs décisions absurdes. Le comble de l'horreur, qui ajoute à cette dépression, c'est que la peur laisse à l'homme la faculté de se juger. Il se voit au dernier degré de l'ignominie et ne peut se relever, se justifier à ses propres yeux.

J'en suis là...

J'ai roulé au fond du gouffre de moi-même, au fond des oubliettes où se cache le plus secret de l'âme, et c'est un cloaque immonde, une ténèbre gluante. Voilà ce que j'étais sans le savoir, ce que je suis : un type qui a peur, une peur insurmontable, une peur à implorer, qui l'écrase... Il faudrait, pour que je sorte, qu'on me chasse avec des coups. Mais j'accepterais, je crois, de mourir ici pour qu'on ne m'oblige pas à monter les marches... J'ai peur au point de ne plus tenir à la vie. D'ailleurs je me méprise. Je comptais sur mon estime pour me soutenir et je l'ai perdue. Comment pourrais-je encore montrer de l'assurance, sachant ce que je sais sur moi, me mettre en évidence, briller, après ce que j'ai découvert ? Je tromperai peut-être les autres, mais je saurai bien que je mens et cette comédie m'écœure. Je pense à Charlet qui m'inspirait de la pitié à l'hôpital. Je suis tombé aussi bas que lui.

Je ne mange plus, j'ai l'estomac serré et tout me répugne. Je bois seulement du café et je fume. Je ne sais plus, dans cette nuit perpétuelle, comment s'écoulent les jours. Je demeure devant ma planchette, penché sur des papiers ; j'écris, je dessine et je veille une partie des nuits pour assurer une permanence. Des hommes passent et me bousculent, que j'aime mieux ne pas voir, et des blessés crient dans le coin où on les dépose provisoirement. Je m'absorbe dans des tâches vaines. Mais je n'écoute que les obus, et mon tremblement intérieur répond au grand tremblement du Chemin des Dames.

Je crois que si j'avais assez de volonté pour sortir et traverser un barrage, cela me délivrerait de cette hantise, comme un vaccin très dangereux immunise pour un temps ceux qui le supportent. Mais je n'ai pas cette volonté, et si je la sentais en moi, je ne serais pas si accablé. Puis ce serait à refaire chaque jour.

J'ai même interrompu les fonctions de mon corps : je ne suis plus obligé d'aller aux feuillées. Je passe mes heures de repos dans mon encoignure, dissimulé aux regards, à écouter les bruits du dehors, et je reçois dans la poitrine tous les chocs du bombardement. J'ai honte de cette bête malade, de cette bête vautrée que je suis devenu, mais tous les ressorts sont brisés. J'ai une peur abjecte. C'est à me cracher dessus.

J'ai trouvé une bouteille vide sous les sacs à terre de ma couche, un litre avec son bouchon, et ma lâcheté s'en est réjouie. Périodiquement, je me tourne sur le flanc et je pisse dans la bouteille, à petits coups, afin que personne ne surprenne mon manège inavouable. Mon souci dans la journée est de vider lentement l'urine, de la faire absorber à la terre. Ah ! je suis un salaud !

La mort serait préférable à ce dégradant supplice… Oui, si cela devait durer encore longtemps, j'aimerais mieux mourir.

Mon esprit me torture :

« Tu es aussi lâche que le commandant !

— Mais je ne suis pas commandant…

— Et si tu l'étais ?

— L'amour-propre l'emporterait, je crois.

— Et ton amour-propre de soldat, qu'en fais-tu ?

— Je ne l'ai pas engagé librement. Et je ne suis pas tenu à l'exemple.

— Et ta dignité, chien ?

— Pourquoi, pourquoi toutes ces questions ?

— Parce que la guerre est dans ces questions, dans ce conflit intérieur. Plus tu es apte à penser, plus tu dois souffrir ! »

À la misère physique s'ajoute la misère morale, qui mine l'homme et le diminue : « Choisis entre l'avilissement et les obus. »

Il faut subir les deux...

« Confidentiel.

Pièces jointes : un ordre d'opérations et un plan.

Le colonel Bail, commandant le 903ᵉ R.I., au chef de bataillon Tranquard, commandant le 3ᵉ bataillon du 903ᵉ.

Le chef de bataillon Tranquard prendra immédiatement ses dispositions pour attaquer. Deux compagnies participeront à l'attaque. La compagnie de réserve sera massée dans la tranchée de Franconie, prête à renforcer les troupes d'assaut.

Objectif : la tranchée des Casques, du point A au point B, indiqués sur le plan.

Heure H : 5 heures 15.

Les unités devront être en place à 4 heures 30. La préparation d'artillerie commencera à 5 heures.

Le chef de bataillon Tranquard se conformera aux mesures précisées dans l'ordre d'opérations, en ce qui concerne les liaisons latérales, les signaux, le ravitaillement en munitions, l'évacuation des blessés, etc. Mais il prendra toutes mesures que pourraient lui imposer la nature du terrain ou des circonstances spé-

ciales, mesures qu'il jugera de nature à contribuer au succès de l'opération.

Le chef de bataillon Tranquard tiendra le colonel au courant de ses préparatifs et lui confirmera à 4 heures 30, au moyen des signaux convenus, que son unité est prête pour l'action.

Le colonel commandant le 903ᵉ R.I.

Signé : Bail. »

Et de la main du colonel : « *Il s'agit d'emporter le morceau, la D.I. y tient absolument. Je compte sur le 3ᵉ bataillon.* »

Il est dix heures du soir. Penchés, nous lisons par-dessus l'épaule de l'adjudant le sinistre papier que le commandant vient de lui communiquer.

L'arrêt de mort, l'arrêt de mort pour beaucoup... Nous nous regardons, et nos regards avouent notre détresse. Nous n'avons pas le courage de dire un mot. Les agents de liaison se retirent, chargés de la tragique nouvelle.

Bientôt cette nouvelle court le long du souterrain, éveille les dormeurs, anime l'ombre de chuchotements, redresse les corps étendus, qui ont des sursauts de moribonds.

— On attaque !

Puis, c'est un lourd silence. Les hommes retombent dans l'immobilité, se réfugient dans le noir pour grimacer.

Chacun demeure stupide, assommé, la gorge serrée par le nœud coulant de l'angoisse : on attaque ! Chacun s'isole avec ses pressentiments, son désespoir, rassure, contraint sa chair indignée, révoltée, lutte contre les visions hideuses, contre les cadavres… La funèbre veillée commence.

— Vite, les ordres !

J'écris. J'écris ce que me dicte l'adjudant, des mots qui préparent le massacre de mes camarades, le mien peut-être. Il me semble que je deviens complice de cette décision. Je calque aussi plusieurs plans pour les commandants de compagnie, sur lesquels je trace un trait de crayon rouge qui délimite l'objectif. Comme un officier d'état-major… Mais moi, je suis pris dans l'affaire…

Les ordres partent. Plus rien ne m'occupe l'esprit. J'envisage l'heure H. Pour nous aussi la journée sera dure, il faudra sans doute se porter en avant.

On va attaquer : on va mourir. Donnerais-je ma vie pour la tranchée des Casques ? Non ! Et les autres ? Non plus ! Et cependant des dizaines d'hommes vont donner leur vie, de force. Des centaines d'hommes, qui voudraient tant ne pas se battre, vont attaquer.

Nous n'avons plus d'illusions sur le combat… Un seul espoir me soutient : peut-être ne serai-je pas obligé de me battre, un espoir honteux, un espoir d'homme !

Je réussis à dormir un peu.

L'adjudant de bataillon nous rassemble, et nous devinons à son air gêné qu'il s'agit d'une chose grave.

— La liaison marche ! déclare-t-il rapidement.

— T'es pas fou ! répond un de ses compatriotes qui le tutoie.

— Le commandant l'a décidé.

— Quel salaud ! À quoi ça servira ?

— On marche tous ?

— Non, une moitié marchera avec les compagnies. L'autre moitié restera ici pour porter les ordres. Combien êtes-vous ?

— Non compris les signalisateurs, les cyclistes et ordonnances, nous sommes huit hommes disponibles.

— Qui veut marcher avec les compagnies ?

Personne ne répond. L'adjudant nous partage alors en deux groupes. Mais au moment de désigner, de condamner, il sent huit regards braqués sur lui. Il baisse la tête, il ne peut prendre de décision.

— Voulez-vous qu'on tire au sort ?

Il n'y a rien à dire à cela. Nous acceptons. Il découpe deux bouts de papier, d'inégale longueur, et les cache derrière son dos.

— Qu'est-ce qu'on décide ? Le court monte en ligne, le long reste ici. Ça va ?

— Oui.

Il présente à Frondet les deux minces feuilles pliées qui dépassent de son poing serré. Nous fixons tous ce poing qui renferme nos destinées, quatre vies. Frondet avance la main, hésite...

L'explosion d'une torpille, qui tombe sur l'abri, couche la flamme de la bougie. Nous tressaillons. Frondet se recule brusquement :

— Tire, toi ! me dit-il.

J'arrache un papier que ceux de mon groupe

considèrent stupidement : c'est le court. En ouvrant la main, l'adjudant nous le confirme. Il y a un instant pénible pour tous.

— Eh bien, la question est réglée ! dis-je avec un air aussi indifférent que possible et ce petit sourire qui veut signifier : ça m'est tellement égal !

Les gagnants s'éloignent, par pudeur. Afin de ne pas être témoins de nos pauvres efforts pour conserver une attitude ferme. Afin de ne pas nous donner le spectacle cruel de leur satisfaction.

Mes trois camarades sont Frondet, Ricci et Pasquino. Je devine qu'ils ont contre moi du ressentiment parce que j'ai tiré le mauvais numéro. Je « crâne » encore une fois, pour eux autant que pour l'adjudant qui observe notre contenance :

— Vous verrez que tout se passera bien. On en est déjà revenu, hein !

Personne n'est dupe de cette assurance, et je vais m'accroupir dans mon coin pour penser à moi, pour défaillir à mon aise.

Il est trois heures du matin. Nous n'allons pas tarder à quitter l'abri. Je m'occupe de mon équipement, de mettre le maximum de chances de mon côté. Je sais que la liberté de mouvement est d'une extrême importance. Puisque nous sommes en été, je décide de laisser ici ma capote et ma seconde musette. Je marcherai avec ma musette de vivres, mon bidon plein de café, mon masque et mon pistolet. Le pistolet est la meilleure arme pour le combat rapproché. Le mien contient sept balles et j'ai un chargeur de rechange dans ma poche gauche. Affronter un Allemand ne m'effraie pas énormément : c'est un duel où l'adresse et la ruse participent. Mais le bombardement, le tir de barrage, les mitrailleuses...

Au besoin, je prendrai des grenades dans la tranchée. Je n'aime pas les grenades. Cependant...

Mais il n'est pas possible que cette chose ait lieu !... Ah ! mon paquet de pansements...

Maintenant, autour de moi, les hommes s'équipent également, avec des exclamations violentes, dans un cliquetis d'objets et d'armes.

Soudain, le commandement, venu on ne sait d'où, qui transforme en une réalité immédiate cette hantise qui nous fait horreur, et abolit les derniers délais :

— Dehors !

Frondet se trouve à mon côté, très pâle ; nous devons marcher ensemble. Le rang nous prend et nous entraîne, avec une force irrésistible de foule. En montant les escaliers, je bute de la jambe droite dans une caisse de grenades. J'ai une hésitation, un arrêt, provoqué par la douleur.

— Alors, quoi, t'as la chiasse ! gronde une voix derrière moi, et on me pousse avec cette brutalité qui vient de la révolte et donne aux soldats une apparence de courage.

Cette grossièreté me cingle. Je réponds :

— Ta gueule, imbécile !

La dispute me fait du bien, la colère me stimule un peu.

Dehors.

La nuit finissante est encore illuminée par des fusées, des lueurs glacées qui nous éblouissent et nous laissent ensuite dans un trouble chaos. Notre attention est occupée par la marche, l'action. L'habitude est si forte, l'esclavage si bien organisé que nous allons en bon ordre, docilement, au seul endroit du monde où nous voudrions ne pas aller, avec une précipitation machinale.

Nous atteignons rapidement la première ligne. Frondet et moi, nous allons nous présenter au lieutenant Larcher qui commande la 9e. Du fond de son abri, il nous répond :

— Restez là, dans la tranchée, avec ma liaison.

Le petit jour paraît, éclaire tristement ces champs silencieux, ternes et ravagés, où tout est destruction et pourriture, éclaire ces hommes livides et mornes, couverts de haillons boueux et sanglants, qui frissonnent au froid du matin, au froid de leur âme, ces attaquants épouvantés qui supplient le temps de s'arrêter.

Nous buvons de l'eau-de-vie, fade au goût comme du sang, brûlante à l'estomac comme un acide. C'est un infect chloroforme pour nous anesthésier l'esprit, qui subit le supplice de l'appréhension, en attendant le supplice des corps, l'autopsie à vif, les bistouris ébréchés de la fonte.

4 heures 40. Ces minutes qui précèdent le bombardement sont les dernières de la vie pour beaucoup d'entre nous. Nous redoutons, en nous regardant, de deviner déjà les victimes. Dans quelques instants, des hommes seront déchirés, étendus, seront des macchabs, objets hideux ou indifférents, semés dans les trous d'obus, piétinés, dont on vide les poches et

qu'on enfouit hâtivement. Pourtant, nous voulons vivre...

Un de mes voisins nous tend des cigarettes, insiste pour que nous vidions le paquet. Nous voulons refuser :

— Et toi ? Gardes-en !

Il nous répond obstinément, avec des hoquets de mourant :

— Je serai bousillé !

— T'as tout du ballot !

Nous prenons les cigarettes que nous fumons fébrilement, avant l'inévitable. Toute retraite nous est coupée.

Quelques torpilles éclatent en arrière de nous. Des mitrailleuses crépitent, des balles claquent dans le parapet que nous devons franchir.

Notre avenir est devant nous, sur ce sol labouré et stérile où nous allons courir, la poitrine, le ventre offerts...

Nous attendons l'heure H, qu'on nous mette en croix, abandonnés de Dieu, condamnés par les hommes.

Déserter ! Il n'est plus temps...

« Je suis blessé ! »

L'obus vient d'éclater là, à ma droite. J'ai reçu à la tête un coup qui me laisse étourdi. J'ai retiré ensanglantée la main que j'avais portée à ma figure, et je n'ose me rendre compte de l'importance du désastre. Je dois avoir un trou dans la joue...

Je suis entouré de sifflements, d'éclatements, de fumée. Des soldats me bousculent en hurlant, la folie dans les yeux, et je vois une traînée de sang. Mais je ne pense qu'à moi, à mon malheur, la tête penchée en avant, les mains contre le talus, dans la posture d'un homme qui vomit. Je ne ressens pas de douleur.

Quelque chose se détache de moi et tombe à mes pieds : un morceau de chair rouge et flasque. Est-ce de ma chair ? Ma main remonte avec horreur, hésite, commence par le cou, le maxillaire... Je serre les dents, je sens jouer les muscles... Rien. Alors je comprends : l'obus a déchiqueté un homme et m'a appliqué sur la joue ce cataplasme humain. Je frissonne de dégoût. Je crache sur ma main et l'essuie à ma tunique. Je crache sur mon mouchoir et je frotte mon visage gluant.

Les artilleries tonnent, écrasent, éventrent, terrifient. Tout rugit, jaillit et tangue. L'azur a disparu. Nous sommes au centre d'un remous monstrueux, des pans de ciel s'abattent et nous recouvrent de gravats, des comètes s'entrechoquent et s'émiettent avec des lueurs de court-circuit. Nous sommes pris dans une fin du monde. La terre est un immeuble en flammes dont on a muré les issues. Nous allons rôtir dans cet incendie...

Le corps geint, bave et se souille de honte. La pensée s'humilie, implore les puissances cruelles, les forces démoniaques. Le cerveau hagard tinte faiblement. Nous sommes des vers qui se tordent pour échapper à la bêche.

Toutes les déchéances sont consommées, acceptées. Être homme est le comble de l'horreur.

Qu'on me laisse fuir, déshonoré, vil, mais fuir, fuir... Suis-je encore moi ? Est-ce moi cette gélatine, cette flaque humaine ? Est-ce que je vis ?

— Attention, on va sortir !

Les hommes blêmes, privés de raison, se redressent un peu, ajustent leur baïonnette au fusil. Les sous-officiers s'arrachent des recommandations de la gorge, comme des sanglots.

— Frondet !

Mon camarade claque des dents, ignoble : ma propre image ! Le lieutenant Larcher est au milieu de nous, crispé, cramponné à son grade, à son amour-propre. Il grimpe sur la banquette de tir, montre en main, se tourne :

— Attention, les gars, on y va...

Les secondes suprêmes, avant le saut dans le vide, avant le bûcher.

— En avant !

La ligne ondule, les hommes se hissent. Nous répétons le cri : « En avant ! » de toutes nos forces, comme un appel au secours. Nous nous jetons derrière notre cri, dans le sauve-qui-peut de l'attaque...

Debout sur la plaine.

L'impression d'être soudain nu, l'impression qu'il n'y a plus de protection.

Une immensité grondante, un océan sombre aux vagues de terre et de feu, des nuées chimiques qui suffoquent. Au travers, des objets usuels, familiers, un fusil, une gamelle, des cartouchières, un piquet, d'une présence inexplicable dans cette zone irréelle.

Notre vie à pile ou face ! Une sorte d'inconscience. La pensée cesse de fonctionner, de comprendre. L'âme se sépare du corps, l'accompagne comme un ange gardien impuissant, qui pleure. Le corps paraît suspendu par une ficelle, comme un pantin. Rétracté, il se hâte et trébuche sur ses petites jambes molles. Les yeux ne distinguent que les détails immédiats du terrain et l'action de courir absorbe les facultés.

Des hommes tombent, s'ouvrent, se divisent, s'éparpillent en morceaux. Des éclats nous manquent, des souffles tièdes nous dominent. On entend les chocs des coups sur *les autres,* leurs cris étranglés. Chacun pour soi. Nous courons, cernés. La peur agit maintenant comme un ressort, décuple les moyens de la bête, la rend insensible.

Une mitrailleuse fait son bruit exaspérant sur la gauche. Où aller ? En avant ! Là est le salut. Nous attaquons pour conquérir un abri. La machine humaine est déclenchée, elle ne s'arrêtera que broyée.

Quelques instants de folie.

Au ras du sol, nous voyons des flammes, des fusils, des hommes. La vue des hommes nous soulève de colère. Notre peur, en cet instant, se transforme en haine, en désir de tuer.

— Les Boches ! Les Boches !

Nous arrivons. Les Allemands gesticulent. Ils quittent leur tranchée et se sauvent obliquement vers un boyau. Quelques acharnés tirent encore. J'en aperçois un, menaçant.

— Vache ! J'aurai ta peau !

Des bonds de tigre, une souplesse, une précision de gestes admirables. Je saute dans la tranchée à côté de l'Allemand, qui me fait face. Il lève un bras, ou deux, je ne sais pas, ni dans quelle intention. Mon corps lancé plonge, casque en avant, avec une force irrésistible, dans le ventre de l'homme gris qui tombe à la renverse. Sur ce ventre encore, je saute, talons joints, de tout mon poids. Cela fléchit, cède sous moi, comme une bête qu'on écrase. Alors seulement, je pense à mon revolver...

Devant moi, un second Allemand, béant de peur, les mains ouvertes à hauteur d'épaules. Bien ! Il se rend, laissons-le tranquille. Je n'aurais peut-être pas dû faire de mal à l'autre, mais il m'a visé quand j'étais encore à vingt mètres, l'idiot ! Et tout s'est passé tellement vite !

Je fixe le prisonnier, ma rage subitement calmée, ne sachant que faire. À ce moment, une baïonnette, lancée violemment de la plaine, lui traverse la gorge, s'enfonce dans la paroi du boyau, la crosse du fusil portant sur le parapet. Un de nos hommes suit l'arme. L'Allemand reste suspendu, genoux fléchis, la bouche ouverte, la langue pendante, barrant la tranchée. C'est affreux. Celui que j'ai piétiné pousse des grognements. Je l'enjambe, sans le regarder, et me sauve plus loin.

Notre vague a envahi la tranchée en hurlant. Les poilus sont pareils à des fauves en cage. Le grand Chassignole crie :

— Là, y a de l'homme ! On peut s'expliquer !

Un autre me prend par le bras, m'entraîne et me dit fièrement, en me montrant un cadavre :

— Regarde *le mien* !

C'est la réaction. L'excès d'angoisse nous a donné

cette joie féroce. La peur nous a rendus cruels. Nous avions besoin de tuer pour nous rassurer et nous venger. Pourtant, les Allemands qui ont échappé aux premiers coups s'en tireront indemnes. Nous ne pouvons nous acharner sur ces ennemis désarmés. On s'occupe de les rassembler. D'une sape, où ils ont pensé mourir, il en sort une vingtaine qui bredouille : « *Kamerad !* » Nous remarquons leur teint vert d'hommes épouvantés, et terne de gens mal nourris, leurs regards fuyants d'animaux habitués aux mauvais traitements, leur soumission excessive. Les nôtres les bousculent un peu, sans méchanceté maintenant, avec un orgueil étonné de vainqueurs. Naturellement, on les fouille. Nous éprouvons un peu de mépris pour ces ennemis lamentables, un mépris qui les protège :

— C'est tout ça, les Boches !

— Qu'est-ce qu'on les a possédés !

Les poilus se pressent, se lancent à la recherche d'un butin, pour calmer leur surexcitation. Nous nous attendions à plus de résistance et notre fureur devient subitement sans objet.

Le lieutenant Larcher passe dans la tranchée et donne des ordres aux sergents :

— Installez immédiatement des créneaux et postez des veilleurs. Il faut se préparer à recevoir la contre-attaque.

— Y peuvent toujours y venir, ces c...-là !

Le succès nous a donné de l'assurance, une grande force. Nous nous sentons une extraordinaire élasticité, qui vient de notre désir de vivre, et la volonté farouche de nous défendre. Vraiment, là, en plein jour, le sang bien chaud, nous ne craignons pas d'autres hommes.

Notre artillerie tape terriblement en avant de nous, pour annihiler les réactions de l'ennemi. L'artillerie allemande n'a pas raccourci son tir et continue de pilonner nos positions de départ. Nous sommes dans une zone calme. Nous en profitons pour nous organiser. Notre ardeur tombe peu à peu, notre courage se dissipe comme une torpeur d'ivrogne, l'inquiétude revient pour l'avenir. Les hommes réclament la relève, puisqu'ils ont fait ce qu'on attendait d'eux. Nous espérons qu'à la nuit on nous retirera d'ici. Mais, avant la nuit, il peut se passer bien des choses.

Les artilleries fatiguées ont à peu près cessé leur feu et l'ennemi ne s'est pas montré. Nous profitons de l'accalmie pour conduire les prisonniers à l'arrière. Nous sommes quatre pour en encadrer une cinquantaine, qui n'opposent aucune résistance et semblent, au contraire, très satisfaits de ce dénouement, très pressés d'être définitivement à l'abri. Aucun boyau ne relie la tranchée conquise à nos positions. Nous devons prendre la plaine, en vue des Allemands, mais nous sommes protégés par les leurs sur lesquels ils ne tireront pas. Cette sécurité nous permet de regarder autour de nous.

Sur cette terre encore fumante, des nôtres, qui ont repris conscience de la réalité avec la douleur, sont étendus et poussent leurs plaintes animales. Ils appellent pour qu'on ne les laisse pas mourir seuls, sur ce plateau que le soleil baigne maintenant de ses rayons tièdes, qui luisent joyeusement pour les hommes intacts et heureux. Mais on ne pourra les secourir qu'à la nuit. Les moins atteints se traînent sur leurs membres brisés avec cette énergie désespérée que donnent l'horreur du champ de bataille et le manque de secours. L'un, dans un trou d'obus, achève de trancher avec son couteau les derniers lambeaux de chair retenant son pied, qui l'entravait en s'accrochant aux aspérités du sol. Nous l'emmenons. Ceux qui sont gravement touchés ont les mains crispées sur la déchirure par où s'écoule leur vie en une fontaine de sang, repassent leur destinée derrière leurs yeux clos et se débattent dans la brume envahissante de l'agonie. D'autres enfin sont aplatis, calmés, sans importance : morts, de simples plaques d'identité qu'on détachera de leur poignet pour en dresser des listes. Nous voyons aussi des membres épars, un bras, une jambe, qui ont l'inertie des objets. Une tête ricanante a roulé. Nous cherchons machinalement un corps pour l'y raccorder en pensée.

À vingt mètres de notre tranchée, nous faisons signe aux prisonniers de relever quelques blessés, qu'ils transportent. Ceux-là du moins seront sauvés s'il leur reste assez de vie. Des obus commencent à éclater de nouveau dans nos parages.

Au P.C. règnent l'agitation, la confusion des moments graves. C'est un va-et-vient d'agents de liaison, de brancardiers et d'officiers, un échange de nouvelles contradictoires, fatales ou brillantes, qui ont leur origine dans un mot, qu'un homme affolé a jeté en courant et que l'inquiétude générale a aussitôt déformé et grossi. La sape est envahie par une unité de renfort, détachée d'un autre bataillon, que la crainte d'intervenir dans la bataille rend très bruyante. Nous nous frayons un passage dans cette cohue. On nous lance l'interrogation qu'on adresse toujours à ceux qui viennent du dehors :

— Beaucoup de casse ?

Nous arrivons jusqu'à l'adjudant auquel nous remettons le compte rendu du lieutenant Larcher et l'état de pertes : le quart de l'effectif. Nous reconnaissons la voix du commandant, qui n'a pas quitté sa niche ; il téléphone notre succès, *son* succès. Nous retrouvons nos camarades. Ils nous apprennent la mort de Ricci, et nous voyons dans un coin Pasquino, tout hébété, qu'une commotion a rendu muet. Il pleure nerveusement, se tire du larynx des sons voilés de mirliton, avec de grands gestes qui décrivent l'épouvante, comme un idiot.

Nous demandons à conduire nous-mêmes les Allemands jusqu'au colonel. On nous l'accorde. Avec Frondet, nous ressortons rapidement, en entraînant Pasquino qui restera au poste de secours. Après avoir confié les blessés aux brancardiers, nous prenons le grand boyau de la contre-pente. Des torpilles arrivent sur le plateau et des éclats sifflent au-dessus de nous. Les prisonniers s'aplatissent et se bousculent avec des exclamations gutturales. Nous les contraignons à marcher posément. Nous ne voulons pas avoir peur devant eux, d'autant moins que nous envions leur sort : ils ont fini leur guerre et seront mieux nourris chez nous qu'ils ne l'étaient chez eux. D'ailleurs, nous nous savons dans un angle mort, et peu vulnérables.

Les rafales se multiplient. Des 210 battent méthodiquement le ravin et les voies d'accès ; l'ennemi veut couper nos communications.

Enfin, nous atteignons le P.C. du colonel. Nous faisons rentrer les prisonniers dans la grotte, où ils sont aussitôt environnés de curieux, et nous allons prévenir un gradé de leur arrivée. Puis nous nous hâtons de disparaître, afin qu'on ne nous confie pas une mission qui nous obligerait à repartir immédiatement sous le bombardement qui s'intensifie. Nous avons l'intention de gagner du temps, le plus de temps possible.

Nous trouvons le coin où campent les cyclistes, les ordonnances et les cuisiniers de l'état-major. Ils nous interrogent, nous font boire et manger, nous tendent des cigarettes ; ils nous comblent de soins pour racheter la sécurité dont ils bénéficient. Près d'eux, nous nous engourdissons. Nous écoutons les obus qui font un bruit lointain au-dessus de la voûte épaisse qui nous protège : remonter là-haut nous effraie horriblement. Deux heures se passent en hésitations, dans l'attente d'une éclaircie, et, plusieurs fois, arrivés près de la sortie, nous reculons. La grotte est encombrée d'hommes comme nous, qui ont trouvé ici un abri et retardent le moment de s'exposer encore. On les reconnaît à leur air inquiet.

Cependant expire le délai au-delà duquel nous n'aurions plus aucune excuse. Brusquement, nous nous jetons dehors, vers l'avant, en courant.

— Ça cogne dur !

Le feu roulant vient de s'abattre à la surface du sol, nous traque au fond de la sape du bataillon, fait craquer les jointures de l'abri et le traverse de courants d'air chaud qui sentent la poudre. Les bougies s'éteignent, les voix tremblent. Puis le bombardement nous impose silence, domine tout, dévaste... Les Allemands vont probablement contre-attaquer...

Avec Frondet, nous sommes dissimulés dans un recoin obscur, loin de l'adjudant, confondus avec les hommes de la compagnie. Nous nous cachons, nous ne voulons pas qu'on nous découvre, et, si nous entendons appeler, nous ne répondrons pas. C'est assez ! Nous avons assez fait aujourd'hui. Nous ne voulons plus sortir, traverser le plateau sous les barrages, compter sur un nouveau miracle pour sauver notre vie. Nous dissimulons nos visages, nous faisons semblant de dormir. Mais nous écoutons de toutes nos forces, avec désespoir, avec terreur, ce qui se passe au-dessus de nous – malades ! Là-haut, c'est une charge de troupeaux d'éléphants qui piétinent et qui broient. Les obus sont maîtres. Nous avons peur, peur...

« Alors, toujours, toujours... On ne réchappera pas ! »

Un écrasement sur une issue. Des blessés hurlent, hurlent…

L'adjudant a trop tardé à passer les consignes. Les compagnies sont relevées depuis longtemps lorsque nous quittons le P.C. du bataillon, et c'est l'heure où l'artillerie s'anime.

Heureusement, la clarté de la nuit favorise notre marche. Nous sommes une quinzaine d'hommes, toute la liaison, qui se hâte le plus possible. Nous entendons des détonations dans la plaine, nos batteries commencent à donner, les Allemands ne vont pas tarder à riposter.

Le boyau débouche au fond du ravin et l'on prend une route qui conduit au carrefour de la *Ferme mal bâtie,* un mauvais coin. Les explosions se multiplient et la nuit est sillonnée de sifflements très doux, qui s'éloignent.

— Les 75 en mettent un coup !

Nous marchons silencieusement. La brume qui traîne dans l'étroite vallée atténue les sons. Cependant, je suis attentif aux trajectoires tendues autour de nous. Je distingue bientôt des sifflements suspects : des arrivées qui se terminent par le bruit mou des obus à gaz. Personne ne s'en doute encore, et, si je l'annonçais, on se moquerait. Mais je me tiens sur mes gardes.

— Couchez-vous !

Nous nous jetons dans le fossé. Des wagonnets aériens déraillent et laissent tomber leur chargement d'explosifs. Le ravin résonne, les éclats tranchent la nuit. D'autres convois de 150 entrent en gare et culbutent. Le carrefour où nous devons passer est un volcan. Il faut attendre. Les miaulements des obus à gaz se glissent dans les interstices du fracas.

Silence. Des secondes de silence, une, deux minutes de silence... Nous nous lançons dans ce silence comme sur une passerelle qui menace de se rompre. Notre respiration a de la peine à nous suivre, commence à rester en arrière, avec des plaintes rauques.

Le carrefour, la ferme, l'odeur de poudre, les trous d'obus frais et fumants...

— En plein sur la route !

— Restons pas là !

En cet instant, si le chef de la batterie ennemie commandait feu, nous serions tués. Nous nous engageons en courant sur la route qui longe l'arrière des positions et conduit au canal. Les obus s'écrasent sournoisement à notre droite.

— Dans le champ !

Nous sautons en contrebas. Les 150 arrivent au sol en même temps que nous, en direction de la ferme. Les explosions sont suivies de cris.

— Tout le monde est là ?

— Oui, oui, oui... Un, deux, trois, quatre, cinq... quatorze !

Bon ! Les hommes touchés ne sont pas de chez nous – que les autres se débrouillent...

— On a passé juste !

— Attention !

Les deux secondes d'angoisse, de contraction qui précèdent la mort possible. Les tonnerres nous frôlent, s'éparpillent. Contact : le cœur, la respiration reprennent.

— Attention !

Le souffle des monstres nous plaque au sol, les déflagrations nous aspirent le cerveau, nous vident la tête.

— Ah ! m... alors !

— C'est malheureux de se faire amocher à cause d'un idiot. Il y a longtemps qu'on devr...

— Attention !

La rafale, rouge, gicle tout près.

— Aaaaaaaaa... Je suis blessé...

— Qui ?

— C'est Gérard, répond une voix.

Vououou... Rrrran... Rrrran-Rrrrran...

— Encore !

Rrrrran-rrrrran-rrrran... Rrrrrran...

— On va se faire bigorner, foutons le camp, bon Dieu !

— Oui, oui, barrons-nous !

— Gérard peut marcher ?

— Oui.

La course éperdue, la fuite, coupée de chutes, quand les obus arrivent. Nous sommes cernés par les détonations, à découvert sur la route. Tzine ! Un éclat frappe sur un casque... Plus de pensées : courir. Toute la volonté dans les poumons.

Ss-vrrraouf... La lueur terrible... Ça y est, cette fois !... Moi, moi !... Je n'ai rien... Mais il y a sûrement de la casse !… Trois secondes de méditation individuelle. Puis une voix changée, inconnue :

— Arrêtez, arrêtez !

— Des blessés ?

— Oui, devant moi !

— Qui ?

— Je ne sais pas !

— Regarde, bordel de Dieu !

— Qui a une lampe ?

— Moi !

J'éclaire, je m'avance, j'inonde le sol. Horrible ! Un corps étendu, une tête fracassée, à moitié vide, de la cervelle comme une mousse rose.

— Un mort !

— Pas de blessés ?

— Non.

— En avant, en avant !

Tout ce que le corps peut donner. Nous ne nous couchons même plus. Les rafales nous enlèvent comme des coups de fouet. Nous courons, nous courons, les veines battantes, les rétines teintées de rouge par l'effort, jusqu'à épuisement.

— Halte !

Nous avons distancé le bombardement. Allongés, nous reprenons des forces.

Zzziou-flac… Zzziou-flac… Zzziou-zzzziou-flac-flac… Les obus à gaz se rapprochent, et les 150 semblent revenir aussi. Nous repartons. La route descend légèrement. Le bas-fond est recouvert d'une brume inquiétante, qui sent mauvais.

— Les masques !

Ils rendent notre marche très pénible. Une buée obscurcit les verres, nous respirons avec une extrême difficulté un air chaud et rare, et notre allure se ralentit.

Vououououou... Les percutants reprennent, nous encadrent. Nous arrachons les masques et nous nous sauvons en aspirant le brouillard empoisonné. Mais ce n'est qu'un passage. La route remonte et la brume se dissipe. Les obus s'espacent enfin.

Les plus chargés commencent à traîner. Le danger s'éloigne. Nous nous couchons contre un talus élevé qui nous protège des derniers éclats.

— Ah ! dis, tu parles d'une relève moche !

Nous répondons par des rires nerveux, des rires d'aliénés. À propos, et le mort ?

— Parmentier !

Parmentier, oui, Parmentier ! Pauvre type !

Les rires reprennent, malgré nous...

Au petit jour, nous débouchons dans un village. Gérard, dont la blessure à l'épaule ne semble pas grave, nous quitte pour se rendre au poste de secours. Puis l'adjudant s'éloigne, à la recherche du commandant et des brancardiers. Nous restons sur la place, près d'une fontaine.

— On la pile ! dit Mourier, l'agent de liaison mitrailleur, je vais tâcher de dégoter une roulante.

— Tu trouveras peau de balle !

— C'est ben rare !

Il part. À peine a-t-il fait quelques pas, les mains dans les poches, qu'il croise un officier de gendarmerie à cheval. Il ne daigne pas le regarder.

— Alors, on ne salue plus ? crie l'officier en cabrant sa bête.

Nous entendons Mourier, furieux, qui répond, avant de se jeter dans un pâté de maisons en ruine :

— D'ousqu'on vient, on salue que les morts !

IV

Dans l'Aisne

« Une vie sans examen n'est pas une vie. »

SOCRATE

Nous avons passé un grand mois en déplacements.

À l'état-major du bataillon, nous jouissons du privilège de laisser nos sacs sur les voitures du train de combat. Quelques-uns même, dont je suis, ont remplacé leur fusil par un pistolet ; ils se sont délivrés du même coup de la baïonnette et des cartouchières. Cette tenue n'est pas réglementaire, mais on nous la tolère, et nous serions bien en peine de retrouver chacun notre fusil, mystérieusement disparu. Nous avons probablement une part de responsabilité dans cette disparition, mais c'est un point qu'on n'éclaircira jamais. Après des années de guerre, notre conviction est faite : le fusil ne sert à rien à des gens comme nous, dont le rôle est de galoper dans les boyaux et le constant souci d'éviter les rencontres inopinées avec l'ennemi. Il a, par contre, des inconvénients sérieux : les soins que réclament sa culasse et son canon, son poids, son glissement sur l'épaule. Quelques-uns encore sont armés d'un mousqueton, instrument assez commode qui se porte en bandoulière. La façon dont nous nous sommes procuré des armes à notre goût demeure obscure. En somme, nous avons adapté notre armement « aux nécessités de la guerre moderne », laquelle consiste à échapper aux engins, et notre choix résulte de l'expérience. C'est à de telles décisions qu'on reconnaît cette initiative tant vantée du soldat français, par quoi il supplée aux insuffisances du règlement concernant les armées en campagne.

Ainsi équipés à notre fantaisie, les musettes au côté, la couverture en sautoir, et la canne à la main, les marches deviennent pour nous du tourisme. Ceux qui s'intéressent au paysage ont le plaisir de découvrir de vastes panoramas, un tournant de route pittoresque, un lac profond et pur dans la cuvette d'une vallée, des pâturages d'un vert de balustrade peinte à neuf, les lisières de bouleaux qui égaient un parc, une vieille demeure aux fers forgés rouillés, aux volets branlants, mais qui conserve de la noblesse dans sa décrépitude, comme une grande dame dans le malheur. Les matins sont délicieux, teintés d'une vapeur bleue, et, lorsque la brume en se dissipant découvre les lointains, ils rosissent. Des clochers aigus étincellent soudain et le coq, en haut, se chauffe au soleil. Tous, nous avons la surprise du nouveau cantonnement où nous coucherons le soir, d'un village à explorer, dont il faut découvrir les ressources en épiceries, en bistrots, en paille, en bois, et en femmes si l'on s'attarde. Mais les femmes sont rares et les innombrables convoitises dont elles sont l'objet se gênent les unes les autres. L'excès des désirs protège leur vertu, dont les heureux bénéficiaires sont le plus souvent des hommes des services de l'arrière qui ont pris leurs quartiers dans le village.

Nous formons un petit détachement, en tête du bataillon, derrière le commandant à cheval, précédé lui-même des cyclistes. La route s'ouvre devant nous, vide et claire. Dans la traversée des agglomérations, c'est nous qui apercevons les premiers une belle fille qui paraît sur un seuil. Mes camarades, presque tous méridionaux, la saluent de cette exclamation où il faut mettre l'accent : *Vé, dé viannde !* qui dit clairement que leurs aspirations ne concernent pas l'âme de cette enfant.

Derrière nous, les hommes des compagnies peinent sous les sacs, les fusils-mitrailleurs et les cartouchières pleines. Ils demandent aux chansons de route l'oubli de leur fatigue. Le régiment ayant son recrutement à Nice, Toulon, Marseille, etc., a conservé ses traditions locales, malgré l'incorporation d'éléments nouveaux venus de tous les coins du pays. Un chant est particulièrement en faveur. Il célèbre les charmes d'une certaine Thérèsina, accueillante au pauvre monde. Un couplet loue chaque partie de son corps magnifique. On a gardé pour la fin le meilleur morceau, qui est à peu près celui que les connaisseurs apprécient dans la volaille. Les voix s'enflent alors, se multiplient, et la chanson se termine sur cette apothéose :

Bella c... nassa,
Quà Thérèsina,
Bella c... nassa,
Bella c... nassa,
Per faré l'amoré.
Thérèsina, mia bella,
Per faré l'amoré.
Thérèsina, mia bella,
Per fa-ré l'a-mo-ré !

L'évocation de la charmante Thérèsina, mi-niçoise et mi-italienne, nous a aidés à franchir bien des rampes, bien des étapes pénibles, comme si la possession de cette Vénus militaire eût dû récompenser nos efforts.

Les soldats du Midi sont très démonstratifs. Pendant les pauses, aux abords des cantonnements, ils s'interpellent d'une fraction à l'autre et s'injurient amicalement dans leur patois coloré. On entend :

— *Oh ! Barrachini, commen ti va, lou miô amiqué ?*
— *Ta mâre la pétan ! Qué fas aqui ?*
— *Lou capitani ma couyonna fan dé pute !*
— *Vaï, vaï, bravé, bayou-mi ouna cigaréta !*
— *Qué bâo pitchine qué fas !*[1]

---

1. Oh ! Barrachini, comment vas-tu, mon ami ?
Ta mère la p... ! Que fais-tu là ?
Le capitaine m'a c..., l'enfant de p... !
Va, brave, donne-moi une cigarette !
Quel beau petit tu fais !

En ligne, où l'on craint que les Allemands ne captent au microphone nos communications téléphoniques, ce patois sert de langage chiffré. Je me souviens d'avoir entendu notre adjudant annoncer ainsi un bombardement sur notre secteur :

— *Lou Proussiane nous mondata bi bomba !*

Je ne comprends pas tout. Mais j'aime cette langue sonore, qui rappelle les contrées de soleil, leur optimisme et leur nonchalance, et donne aux récits une saveur particulière. J'ai parfois l'impression, dans un baraquement, de me trouver mêlé à des peuplades exotiques. Ces gens ressentent dans le Nord une impression d'exil et déclarent : « On est venus se battre pour les autres. Ce n'est pas notre pays qui était attaqué. » Ils appellent leur pays les bords de la Méditerranée, et ne sont pas inquiets pour leurs frontières. Ils s'étonnent qu'on puisse se disputer avec acharnement des régions froides, couvertes de neige et de brouillards pendant six mois.

Pourtant ils font comme les autres ce métier de soldats qu'on nous impose – avec plus de bruit et de jurons simplement. Ce sont des êtres avec lesquels les rapports sont faciles.

La division mutilée est allée se refaire du sang sur les routes et dans les coins tranquilles. Les survivants ont rapporté du Chemin des Dames une série d'anecdotes qu'ils embellissent et transforment peu à peu en faits d'armes. Tout danger imminent étant écarté, les plus simples oublient leurs tremblements, leurs désespoirs et montrent une fierté naïve. Les pauvres hommes qui étaient blêmes sous les obus, et le redeviendront au premier engagement, forgent la légende, préparent Homère, sans voir que leur vanité, qui n'a d'autre aliment que la guerre, va rejoindre les traditions d'héroïsme et de beaux combats chevaleresques, dont ils se moquent si souvent. Si on leur demandait : « Tu as eu peur ? », beaucoup n'en conviendraient pas. À l'arrière, ils reparlent du courage, ils sont dupes de ce hochet, ils aiment à étonner les civils par le récit des horreurs dont ils furent témoins, en exagérant leur sang-froid. Ils s'abandonnent à la joie d'avoir échappé aux massacres, ne veulent pas penser que d'autres se préparent, que cette vie qu'ils ont sauvée des derniers combats sera de nouveau compromise. Ils vivent dans l'heure présente, ils mangent et ils boivent. Ils se trompent par ces mots :

— Faut pas s'en faire !

On a distribué les récompenses, avec les injustices coutumières. Des hommes comme les lieutenants Larcher et Marennes, par exemple, auxquels le bataillon a dû sa solidité, ont été à peine distingués. Lorsqu'un bataillon s'est bien conduit, on décore d'abord son chef, et, s'il ne désigne pas lui-même parmi ses subordonnés ceux qui ont du mérite, l'échelon supérieur les ignore. Or, le commandant Tranquard nous avait quittés dès notre premier repos, sans prendre congé de personne ni mettre ordre aux affaires de son unité, « comme un péteux », a-t-on dit. Les hommes de l'avant se battent sans témoins, sans arbitres pour enregistrer les coups, dans une grande confusion. Ils sont seuls à pouvoir se décerner l'estime. C'est ce qui rend tant de proclamations ridicules et tant de distinctions honteuses. Nous connaissons les réputations usurpées, qui ont cependant cours à l'arrière. Cette égalité dans les honneurs et cette inégalité dans les dangers discréditent les croix. Quant aux chevrons, ils sont vite devenus des attributs ridicules, dont nous avons depuis longtemps débarrassé nos manches. Ils ne présentent plus d'intérêt que pour les gens qui vivent dans les villes de la zone des armées et veulent faire illusion en permission. Pour nous, le front c'est la tranchée.

Nous nous sommes promenés dans les Vosges. Nous avons revu les forêts solennelles et les cols silencieux. Nous avons poussé jusqu'à la Schlucht, face à Munster. Au pied du grand Hohneck, au sommet couvert de neige qui avait résisté à l'été, nous habitions des baraquements isolés. Dans cette vallée d'ennui, nous n'étions troublés que par les obus de batteries contre avions, qui retombaient sur nous. Quelques vainqueurs des dernières actions ont été ainsi blessés bêtement.

Après l'offensive de Pétain, nous sommes revenus au Chemin des Dames, enfin conquis, dans la région de Vauxaillon, à gauche du moulin de Laffaux. En raison de notre avance, le secteur n'était pas encore organisé. Des sentiers conduisaient au P.C. du bataillon, installé dans une petite maison à flanc de coteau, et la liaison s'abritait dans des ruines.

Je couchais, en compagnie de Frondet, dans un

étroit couloir où nous voisinions avec un 150 non éclaté qui avait traversé le mur. On accédait aux premières lignes par une grande route. Dans la plaine, nous découvrions un village masqué par des arbres, et les positions allemandes étaient disséminées dans la campagne intacte et grasse.

Ne recevant d'obus qu'aux cuisines, à l'heure des distributions, nous occupions nos loisirs à visiter les anciennes positions ennemies, bouleversées par un bombardement de plusieurs jours. Sur le *Mont des Singes,* on trouvait une quantité de cadavres allemands, violacés, gonflés, en état de décomposition avancée. Grimaçants et terribles, hideux, ils étaient livrés aux vers qui leur sortaient des narines, de la bouche, comme une bouillie qu'ils auraient vomie en mourant. Les orbites déjà rongées, leurs mains sombres, devenues toutes petites, crispées sur la terre, ils attendaient la sépulture. Malgré l'odeur, les soldats les plus hardis, les plus âpres au gain les fouillaient encore, mais vainement. Ces malheureux avaient été retournés une première fois par leurs vainqueurs, comme l'attestaient leurs tuniques ouvertes et leurs poches pendantes ; tous les trophées avaient disparu. Il n'entrait d'ailleurs, dans ce pillage de leurs dépouilles, aucune haine, mais l'appétit de butin, traditionnel à la guerre, au point d'en être le mobile véritable, ne peut se satisfaire que sur les morts, dans des occasions bien rares.

Ces cadavres nous prouvèrent du moins que l'ennemi subissait aussi des pertes considérables, et nous n'avions pas eu souvent les moyens de le contrôler. Puis on signala leur présence au service

sanitaire, et nous cessâmes d'aller voir ces conquérants pourrissants, aux doublures vides.

Nous voici dans un autre secteur, et il semble,
cette fois, que ce soit pour longtemps.

À notre droite, se trouve le petit village de Coucy,
surmonté d'un château massif aux tours rondes. À
notre gauche, commence l'armée anglaise qui tient
le secteur de Barisis. Le bataillon de réserve occupe
une vaste grotte, une « creute », dont les entrées
s'amorcent à contre-pente, au flanc d'un plateau. À
nos pieds, une vallée, des champs, une forêt, et, en
arrière, un canal. Nous alternons en ligne, entre deux
secteurs qui ne sont pas dévastés, mais recouverts
d'herbes sauvages.

Les soldats ont repris leurs fonctions monotones :
veilleurs et terrassiers. De plus en plus, on espace
les hommes, on tire le maximum des effectifs, on
multiplie les heures de garde. Alors que certains
régiments ne montent aux tranchées que pour attaquer et n'y séjournent pas, le nôtre ne les quitte
guère que pour se déplacer. En général, nos pertes
sont plus faibles, mais le travail des hommes est
fatigant. Après deux semaines de première ligne, les
bataillons reviennent à la position de réserve qui
tient lieu de repos. La nuit, des détachements partent en corvée, mais le jour, les hommes demeurent
dans la grotte à peu près désœuvrés et passent le
temps à jouer aux cartes, à ciseler des douilles
d'obus, à dormir, à coudre ou à écrire.

Les jours s'écoulent, égaux, dans l'ennui. Les obus font toujours quelques victimes. Les communiqués n'annoncent rien de saillant et nous comprenons que la guerre n'a pas de raison de cesser.

Le matin, le sol est durci, une mince écaille de glace recouvre les flaques d'eau, et les feuilles des arbres, tombées depuis longtemps, craquent sous nos pas. L'hiver est venu, il faut s'organiser pour le passer le mieux possible. « Encore un hiver ! » disent les hommes avec désespoir. Ils font le bilan de ces quatre années de guerre. Ils ont vu mourir beaucoup de camarades, ils ont failli mourir eux-mêmes plusieurs fois, et cependant les Alliés n'ont pas encore réussi une grande opération qui ait ébranlé la ligne ennemie ou libéré une portion importante du territoire. Les combats de 1915 n'ont donné que des avantages locaux, payés trop chèrement, sans portée stratégique. À Verdun, nous nous sommes défendus, la Somme n'a pas abouti, et notre offensive d'avril dernier a été une action criminelle que toute l'armée a condamnée. Nous suivions de loin la révolte de nos frères, et, de cœur, nous étions avec eux : les mutineries furent une protestation humaine. On nous a trop demandé, on a fait de notre sacrifice un trop mauvais usage. Nous comprenons que c'est la docilité des masses qui rend de telles horreurs possibles, notre docilité... Nous sommes dans l'ignorance des plans d'opérations, mais nous sommes témoins des batailles et nous pouvons juger.

L'avenir paraît sans issue. Chaque jour, des hommes tombent. Chaque jour, la conviction de notre chance diminue. Il existe encore dans les sections quelques anciens qui sont là depuis le début, qui ont à peine quitté le front. Quelques-uns se croient immunisés, invulnérables, mais ils sont rares. La plupart, au contraire, estiment que cette chance qui les a préservés finira par tourner. Plus un homme a échappé de fois, plus il a le sentiment que son tour approche. Lorsqu'il considère les dangers passés, il est pris d'une terreur rétrospective, comme celui qui pâlit après avoir frôlé un accident grave. Nous avons tous un capital de chance (nous voulons le croire), à force d'y puiser il n'en restera rien. Sans doute il n'y a pas de loi et tout repose sur des probabilités. Mais, devant l'injustice de la fatalité, nous nous raccrochons à notre étoile, nous nous réfugions dans un optimisme absurde, et nous devons oublier qu'il est absurde, sous peine de souffrir. Nous avons bien vu qu'il n'y a pas de prédestination, mais nous n'avons cependant pas d'autre soutien que cette idée.

Tout ici est concerté pour tuer. La terre est prête pour nous recevoir, les coups sont prêts pour nous atteindre, les points de chute sont fixés dans le temps et dans l'espace, comme sont fixés les trajets de notre destinée qui nous conduira infailliblement au lieu de la rencontre. Et cependant nous voulons vivre et notre force morale s'emploie uniquement à imposer silence à la raison. Nous savons bien que la mort n'immortalise pas un être dans la mémoire des vivants, elle le raye simplement.

Les matins roses, les crépuscules silencieux, les midis chauds sont des pièges. La joie nous est tendue comme une embuscade. Parce qu'il se sent gonflé de plénitude physique, un homme passe la tête par-dessus la tranchée, et une balle le tue. Un bombardement de plusieurs heures ne fera que quelques victimes, et un seul obus, tiré par désœuvrement, par distraction, tombe au milieu d'une section et l'anéantit. Un soldat est redescendu de Verdun, après des jours de cauchemar, et, à l'exercice, une grenade éclate dans sa main, lui arrache le bras, lui ouvre la poitrine.

L'horreur de la guerre est dans cette inquiétude qui nous ronge. Son horreur est dans la durée, dans la répétition incessante des dangers. La guerre est une menace perpétuelle. « Nous ne savons ni l'heure ni l'endroit. » Mais nous savons que l'endroit existe et que l'heure viendra. Il est insensé d'espérer que nous échapperons toujours.

C'est pourquoi il est terrible de penser. C'est pourquoi les hommes les plus frustes, les plus illogiques sont les plus forts. Je ne parle pas des chefs : ils jouent un rôle, ils tiennent l'engagement qu'ils ont contracté. Ils ont des satisfactions de vanité et plus de confort (et certains faiblissent pourtant). Mais les soldats ! J'ai remarqué que les plus courageux sont les plus dépourvus d'imagination et de sensibilité. Cela s'explique. Si les hommes du petit poste n'avaient pas été habitués, par la vie déjà, à la résignation, à l'obéissance passive des misérables, ils fuiraient. Et si les défenseurs du petit poste étaient tous des nerveux et des intellectuels, très vite la guerre ne serait plus possible.

Ceux de l'avant sont des dupes. Ils s'en doutent. Mais leur impuissance à penser longuement, leur habitude d'être la foule et de suivre, les maintiennent ici. L'homme du créneau est pris entre deux forces. En face, l'armée ennemie. Derrière lui, le barrage des gendarmes, l'enchaînement des hiérarchies et des ambitions, soutenus par la poussée morale du pays, qui vit sur une conception de la guerre vieille d'un siècle, et crie : « Jusqu'au bout ! » De l'autre côté, l'arrière répond : « *Nach Paris !* » Entre ces deux forces, le soldat, qu'il soit Français ou Allemand, ne peut ni avancer ni reculer. Aussi, ce cri qui monte parfois des tranchées allemandes : « *Kamerad Franzose !* » est probablement sincère. Fritz est plus près du poilu que de son feld-maréchal. Et le poilu est plus près de Fritz, en raison de la commune misère, que des gens de Compiègne. Nos uniformes diffèrent, mais nous sommes tous des prolétaires du devoir et de l'honneur, des mineurs qui travaillent dans des puits concurrents, mais avant tout des mineurs, avec le même salaire, et qui risquent les mêmes coups de grisou.

Il arrive que, par un jour calme où le soleil brille, deux combattants ennemis, au même endroit, au même instant, passent la tête au-dessus de la tranchée et s'aperçoivent, à trente mètres. Le soldat bleu et le soldat gris s'assurent prudemment de leur loyauté mutuelle, puis ils esquissent un sourire et se regardent avec étonnement, comme pour se demander : « Qu'est-ce qu'on f... là ? » C'est la question que se posent les deux armées.

Dans un coin de secteur des Vosges, une section vivait en bonne intelligence avec l'ennemi. Chaque clan vaquait à ses occupations sans se cacher et saluait cordialement le clan adverse. Tout le monde prenait l'air librement et les projectiles consistaient en boules de pain et en paquets de tabac. Une ou deux fois par jour, un Allemand annonçait : « *Offizier !* » pour signaler une ronde de ses chefs. Cela voulait dire : « Attention ! nous allons peut-être nous trouver dans l'obligation de vous envoyer quelques grenades. » Ils prévinrent même d'un coup de main et l'information fut reconnue exacte. Puis la chose s'ébruita. L'arrière prescrivit une enquête. On parla de trahison, de conseil de guerre, et des sous-officiers furent cassés. On semblait craindre que les soldats se missent d'accord pour terminer la guerre, à la barbe des généraux. Il paraît que ce dénouement eût été monstrueux.

Il ne faut pas que la haine s'apaise. Tel est l'ordre. Malgré tout, la nôtre manque de flamme...

« 16 février 1918.

« ... Depuis vingt-quatre heures les Boches se sont montrés très agressifs. Ils avaient imprudemment projeté de nous ravir quelques hommes. Pour préparer ce mauvais coup, ils nous ont copieusement bombardés. La nuit dernière d'abord, ce qui était maladroit, car ils nous ont mis de mauvaise humeur en nous obligeant à nous lever. Ils ont repris ce matin et ont tenté tout à l'heure une opération qui a échoué. Nous n'avons même pas vu le bout de leur nez. Nous cultivons devant nos lignes des plants de barbelés très touffus. Il est probable que cette végétation artificielle a arrêté les maraudeurs. D'ailleurs, notre artillerie leur a rendu leurs politesses avec une bonne grâce et une générosité toutes françaises.

« Ce soir, les gens d'en face semblent avoir renoncé à leurs noirs desseins. Ils doivent commencer à comprendre que la route de Paris est très accidentée, et que, pour s'y rendre, ils eussent mieux fait d'emprunter un itinéraire Cook que la voix romaine des conquérants.

« Il y a eu un peu de casse. Les démolisseurs de cathédrales nous ont effondré un abri. Par bonheur, il était vide. Nous ajouterons cela encore à la facture.

« Avant-hier, on leur a descendu un avion. Nous avons suivi les péripéties du combat, commencé très haut et dont les derniers coups se sont échangés à cent cinquante mètres au-dessus de nous. Notre appareil de chasse, tournant autour du biplace allemand, l'a contraint d'atterrir dans nos lignes, l'observateur tué et le pilote blessé. Des hommes se sont précipités, qui nous ont ramené le mauvais archange sur une civière. Le commandant l'a interrogé sans en tirer grand'chose. On lui avait retiré ses bottes pour le panser et l'un de ses pieds était nu. Nous avons surtout remarqué ce pied très propre, aux ongles soigneusement coupés. Il nous a inspiré du respect pour ce vaincu aux ailes brisées : nous pensions à nos pieds noirs de fantassins… Suppose une laveuse de vaisselle comparant ses mains gercées aux mains précieuses d'une duchesse !

« Il est vrai que les Allemands avaient aussi abattu l'un des nôtres, la semaine dernière. Mais ils s'y étaient mis à cinq, lâchement. Notre monoplace, aveuglé par le soleil, s'était laissé surprendre au sommet du ciel par une escadrille entière. Il avait d'abord combattu pour forcer le cercle qui l'étreignait, puis s'était jeté en bas des nuages afin d'échapper. L'escadrille avait piqué à sa suite, les six avions rejoignant la terre à 200 à l'heure. Derrière le Spad, qui perdait sa vitesse, cinq biplaces allemands se relayaient pour le mitrailler. Ils nous ont survolés à trois cents mètres. Les oiseaux de proie ont tué la libellule. L'avion clair est descendu verticalement, comme un plongeur insensé tombant d'un tremplin, les bras étendus. Il s'est écrasé derrière un petit bois, à un kilomètre de nous. Pendant quelques secondes, le cœur serré, nous avons été précipités dans le vide avec lui. Ces combats aériens ont quelque chose de surnaturel pour nous, qui sommes des terriens aux jambes lourdes, écaillées de boue.

« Que te dire encore ? J'ai exécuté récemment un travail de menuiserie. Il s'agissait de m'installer une couchette. Entreprise difficile parce que nous manquons d'outils. J'ai couru la moitié du secteur pour trouver un mauvais marteau, une scie ébréchée, des bouts de planche et quelques clous. Pourtant, je suis assez content de mon assemblage bien qu'il soit d'une solidité relative. Je dois mon repos à mes œuvres. Note que je dors très bien sur la terre ou sur une table. Mais je n'avais pas trouvé de superficie à ma dimension, et le treillage est quand même plus confortable pour un long séjour.

« Nous avons un beau temps, encore froid, un vrai temps de promenade. Quand on monte sur la crête qui nous protège, on découvre des collines, des bois, des routes dans la vallée – au loin, la tache brillante d'un étang, des ruines crénelées, mille choses. C'est joli. On a envie de descendre là-bas par le chemin où l'herbe pousse. Mais le chemin est interdit et la vallée mortelle. Les Boches seraient capables de tuer un paisible flâneur. On se le tient pour dit. Nous sommes de vieux guerriers rusés, on ne nous a pas la peau si facilement.

« Nous ne savons rien des opérations qui se préparent. Nous mangeons des confitures et nous fumons du tabac anglais que les cyclistes achètent à nos voisins. Notre ravitaillement est la grande préoccupation. Actuellement, mon objectif immédiat est un pantalon neuf – peut-être deux chemises et des chaussettes. Je prépare mon coup de main. J'éviterai probablement le fourrier et je tenterai une manœuvre enveloppante sur le garde-magasin. Je compte entamer l'affaire après une sérieuse préparation, telle qu'un bidon de deux litres… »

J'écris à ma sœur. Il n'y a rien de vrai là-dedans, de profondément vrai. C'est le côté extérieur, pittoresque de la guerre que je décris, une guerre d'amateurs à laquelle je ne serais pas mêlé. Pourquoi ce ton de dilettante, cette fausse assurance qui est à l'opposé de nos vraies pensées ? Parce qu'ils ne peuvent pas comprendre. Nous rédigeons pour l'arrière une correspondance pleine de mensonges convenus, de mensonges qui « font bien ». Nous leur racontons *leur* guerre, celle qui leur donnera satisfaction, et nous gardons la nôtre secrète. Nous savons que nos lettres sont destinées à être lues au café, entre pères, qui se disent : « Nos sacrés bougres ne s'en font pas !

– Bah ! Ils ont la meilleure part. Si nous avions leur âge… » À toutes les concessions que nous avons déjà consenties à la guerre, nous ajoutons celle de notre sincérité. Notre sacrifice ne pouvant être estimé à son prix, nous alimentons la légende, en ricanant. Moi comme les autres, et les autres comme moi…

Un soir du début de mars, déjà chaud.

Nous tenons le secteur de droite du régiment. Le P.C. du bataillon est situé au bord d'un ravin sauvage, au fond duquel fument nos cuisines. Un peu au-dessus commence le plateau où sont établies les lignes, à environ mille mètres en avant. Dans ce lieu triste et nu, la vue est limitée par trois pentes arides. Cependant, à gauche, nous avons une échappée sur un vallon moins sévère. Le matin, les arbres y frissonnent sous un vent frais qui suit la plaine, et la brume légère, traversée de soleil, se nuance de rose comme un tulle sur une chair de femme. Des collines d'une élévation mesurée forment les lointains, qui s'organisent harmonieusement avec cette sobriété et cette émotion que l'on trouve chez les paysagistes de la campagne française.

Tout est calme, comme d'habitude. Nous attendons la fin de cette journée semblable aux autres, dans le grand désœuvrement de la guerre, coupé de petites besognes matérielles. Nous avons un bon abri, assez spacieux et clair, solide, qui se prolonge sous la terre. Nous sommes sereins, en sécurité devant notre caverne.

Brusquement, dans ce calme éclate une artillerie déchaînée, avec tous ses moyens. Malgré l'éloignement, nous ressentons les secousses des torpilles. Aux premières rafales, nous reconnaissons la cadence forcenée des grands-jours. Immédiatement, des obus sifflent très bas. Ils ont manqué la crête et vont exploser en face. Le ravin s'emplit de nuages noirs. De gros fusants se déchirent et obscurcissent le ciel. On ne peut s'y tromper : c'est une préparation de coup de main ou d'attaque, d'autant plus dangereuse que notre position ne comprend guère, après les longs boyaux d'accès, qu'une première ligne où les garnisons sont très espacées.

Nous sommes graves. Nous ne pensions pas à la guerre, et il faut l'envisager avec tous ses risques. Des hommes vont mourir, des hommes peut-être sont déjà morts, et nous sommes tous menacés. Nous nous équipons nerveusement afin d'être prêts à toute éventualité. L'âme n'est pas si docile que le corps, et son trouble se reflète sur nos visages.

Notre petit groupe n'est pas au complet. Dans les secteurs tranquilles, nous nous éloignons volontiers sous différents prétextes. Nous ignorons où sont les autres.

Le chef de bataillon envoie deux agents de liaison alerter les réserves à l'arrière. Ils partent par l'extrémité supérieure du ravin. Deux autres vont au colonel. Faudra-t-il aller vers l'avant ? Cela seul importe.

Notre artillerie entre en action. Voici les jappements des 75. Les trajectoires se précipitent, se poursuivent, l'air est plein de sillages furieux. Le fracas s'amplifie.

Le commandant appelle l'adjudant qui revient aussitôt.

— La liaison aux compagnies.

Deux hommes prennent le boyau qui mène à la compagnie de droite. Mais c'est la gauche surtout que le bombardement semble écraser... Il ne reste plus qu'un seul agent de liaison, et l'on n'envoie jamais un coureur seul sous les obus. L'adjudant hésite... À ce moment, nous voyons un homme traverser le ravin en courant, gravir la pente et bientôt il apparaît, couvert de sueur, essoufflé. C'est Aillod, de la 11ᵉ. Il pousse ce soupir qui signifie : « Sauvé ! » Mais l'adjudant le nomme :

— Tu vas aller à la 9ᵉ avec Julien.

— Alors, c'est toujours les mêmes ! répond-il faiblement, devant moi.

Je remarque l'expression de son visage où la terreur succède à la joie, et je rencontre son regard de chien qui attend les coups, d'homme qu'on désigne pour la mort. Ce regard me fait honte. Je crie, sans réfléchir, parce que c'est injuste, en effet :

— J'y vais !

Je vois le regard se ranimer, me remercier. Je vois l'étonnement de l'adjudant :

— Bon, va !

Je connais le secteur que j'ai parcouru pour vérifier les plans. Je m'élance et Julien me suit... Nous avons vingt minutes de marche, avec les détours, pour atteindre le P.C. de la compagnie de gauche, à l'extrémité de notre front.

Tout de suite, nous débouchons sur le plateau, agité par les remous souterrains. Les éclatements prennent une intensité plus brutale, plus sonore. Devant nous, c'est un déferlement d'acier, un rempart de fumée comme si un puits de pétrole avait pris feu. Nous piquons là-dessus, poussés par cette force, l'ordre qu'on nous a donné, aussi parfaitement prisonniers de la discipline que si nous avions des menottes aux mains.

Je me rends compte de ce que j'ai fait : je suis volontaire, j'ai demandé à traverser cette avalanche… C'est de la folie ! Personne n'est plus volontaire depuis longtemps, personne ne veut prendre vis-à-vis de soi-même la responsabilité de ce qui arrivera, empiéter sur le hasard, s'exposer à regretter d'avoir été frappé.

Il se passe en moi quelque chose d'étrange. Mon caractère est tel que je pousse toujours la logique aux dernières limites, que j'accepte mes actes dans toutes leurs conséquences, que j'envisage le pire. Or je me suis engagé dans cette aventure par simple réflexe, sans prendre le temps de réfléchir. Mais il est trop tard pour revenir en arrière. J'irai où j'ai promis d'aller.

Nous entrons dans la zone tiède et chaotique. Les obus s'écrasent près de nous, les éclaboussures de métal rejaillissent, les déplacements d'air nous heurtent et nous font chanceler. Derrière moi, je devine par instants le souffle court de Julien, comme celui d'un caniche qui trotte après la voiture de son maître. Cet essoufflement n'est pas dû à la rapidité de la marche, mais à cette oppression que donne l'angoisse. Je sais que ces pilonnages de surprise sont brefs mais d'une grande violence. Pendant une heure, c'est Verdun, le Chemin des Dames, ce que nous pouvons imaginer de plus implacable. Et nous voici dessous. Il faut prendre un parti moral ou m'effondrer honteusement. Je sens la peur qui afflue, j'entends ses gémissements, je sais qu'elle va me poser sur la figure son masque livide, me faire haleter comme un gibier qui fuit devant la meute...

La logique me dicte : être volontaire, c'est accepter tous les risques de la guerre, *accepter de mourir*... J'ai besoin de ce consentement pour poursuivre, besoin de cet accord entre ma volonté et mon action...

— Alors, tu acceptes ?

— Eh bien ! oui.

— Le sacrifice total ?

— Oui, oui, que cela finisse !

Ce garçon mince et blond, au corps blanc, exactement proportionné (les jambes un soupçon trop lourdes, à mon gré), ce garçon de vingt-deux ans, qui en paraît seize, ce soldat au visage de collégien, au front encore pur de toute ride, au sourire moqueur, dit-on (comment ne pas se moquer ?), aux yeux qui regardent au fond des êtres (je connais bien mon mécanisme, je l'ai assez démonté), Jean Dartemont enfin, va mourir, ce soir de mars 1918, parce qu'un homme a dit : « C'est toujours les mêmes qui sont exposés », parce que dans le regard de cet homme, avec lequel il ne pourrait avoir une conversation d'une heure qui fût de son goût, il a rencontré une lueur insoutenable, un éclair de reproche, aussitôt éteint par l'habitude de se soumettre...

D'un pas allongé de fantassin agile, Jean Dartemont va se faire tuer sur ce plateau de l'Aisne, et il n'appelle à son secours ni l'idée de devoir ni Dieu. Pour Dieu, il ne peut l'aimer sans aimer les obus qu'il en reçoit, ce qui lui paraît absurde. S'il s'adresse à lui, c'est confusément : « Je donne le maximum de ce que je peux donner, et tu sais ce qu'il m'en coûte. Si tu es juste, juge. Si tu ne l'es pas, je n'ai rien à attendre de toi ! »

Il va se faire tuer, ce garçon, parce qu'il estime que c'est inévitable, simplement pour l'estime de soi. Depuis qu'il a commencé de penser, il n'a envisagé la vie qu'en vue d'une réussite. Il ne savait pas exactement laquelle, sinon que cette réussite devait être inséparable d'une réussite intérieure, celle-là sanctionnée par lui. Une telle conception n'admet pas d'affronter la mort fermement sans avoir l'*intention* de mourir.

En cet instant, il l'a. L'esprit s'est rendu maître du corps, et le corps ne renâcle plus pour marcher au supplice.

Je lis clairement en moi parce que, depuis des années, j'ai souvent agité ces questions. Les réponses étaient prêtes pour le jour où je serais réduit à la dernière extrémité. C'est le moment de me tenir aux principes que je me suis donnés.

Je vais assister à ma mort. Une seule chose me choque : le sentiment de pitié que la mort inspire aux vivants. Ils considèrent un cadavre comme une dépouille de vaincu. Je me serai fait tuer dans une petite affaire locale, qui ne figurera même pas au communiqué, bêtement, au coin d'un boyau. On dira : « Dartemont, c'était un type qui aurait peut-être fait quelque chose, mais il n'a pas eu de chance ! » La terre recouvrira mon corps et le temps mon souvenir. Ils ne sauront pas ce qui s'est passé en moi au dernier moment, que je suis mort volontairement, en vainqueur de moi-même – le seul genre de victoire qui me fût précieux. Mais je suis bien habitué à me passer de l'opinion des autres. Qu'importe ce qu'on racontera !

Il me reste à faire face à la douleur, que j'appréhende. Je recherche les plus fortes douleurs que j'aie supportées : des névralgies, une typhoïde, un bras cassé, dont je ne peux retrouver les sensations. La douleur n'est rien dans le temps, sa durée est courte. Cela va débuter par l'étourdissement du choc. Puis la chair poussera ses hurlements dramatiques. Une heure, deux heures… Si c'est insupportable, j'y mettrai un terme avec le pistolet que je tiens armé à la main. Mais du moins la tête aura cette lucidité : « Je m'y attendais. » On ne lira pas dans mon regard cette épouvante affreuse qu'on voit chez ceux qui sont frappés par surprise, qui n'avaient pas préalablement consenti.

Mon esprit imagine si intensément ce qui va se passer que je suis déjà blessé en marchant, que mon ventre est ouvert, que ma poitrine est enfoncée, que chaque coup qui m'épargne entre pourtant dans ma chair, taille, déchire et brûle. Le sacrifice se consomme. Le coup que j'attends, d'une seconde à l'autre, ne pourra être pire. Il ne sera que le dernier coup, le coup de grâce…

— Restons là ! crie Julien dans mon dos.

Je l'avais oublié. Je me retourne, j'aperçois son

visage défait. Il me montre une tranchée, qui coupe le boyau pris d'enfilade par les projectiles.

— Restons là un moment.

— Reste si tu veux, je continue, dis-je avec un peu de cruauté.

Je n'ai plus de raison de m'abriter puisque ma décision est prise. Mais le moindre arrêt, la moindre hésitation pourrait m'affaiblir. Or, je ne veux pas tout remettre en question. D'ailleurs, ce que propose Julien est une stupidité, suggérée par la crainte d'aller plus loin. Nous ne serions guère protégés dans une petite tranchée déserte où je ne connais pas un seul abri.

Je reprends ma marche, et il me suit à nouveau sans rien dire. Vraiment, je n'ai pas peur. Nous trouvons le boyau coupé ; je franchis le talus sans hâte, à peine courbé, lorsque je me trouve au niveau de la plaine. Je jette machinalement un coup d'œil sur la prairie éventrée. Un obus jaillit sur ma droite, ma rétine capte la lueur rouge au centre de la boule noire de la déflagration.

Nous approchons du secteur de la compagnie. Je suis encore indemne, mais je ne quitte pas mon idée : mourir. Je bannis l'espoir qui cherche à s'insinuer. Avec l'espoir d'en réchapper reparaîtrait le désir de fuir. Mon esprit continue de m'offrir aux éclats, d'attendre le coup qui m'assommera. Je répète : se faire casser la gueule ! Ce terme familier convient très bien à mon cas, il diminue l'importance de la chose.

Nous débouchons dans la première ligne, nous prenons à gauche. Les écrasements se confondent, les sifflements des deux artilleries, ceux des éclats et des obus se mêlent. Sous un fort bombardement, on distingue à peine les arrivées. Je m'étonne que cette fureur se disperse au-dessus de nous sans effet. La tranchée est déserte sur un long parcours.

Nous découvrons enfin un petit groupe d'hommes serrés contre le parapet. Un veilleur regarde furtivement la plaine. Ils nous crient :

— On a vu les Boches là-bas !

C'est justement là que nous allons. Tant pis ! Notre mission est d'atteindre le lieutenant, de rapporter des renseignements. Continuons !

Nous contournons quelques pare-éclats. Soudain, je me trouve en présence d'un revolver à barillet : français. Le lieutenant, avec une escorte, vient voir ce qui s'est passé. Nous l'informons que ses hommes sont toujours à leur poste. Il fait demi-tour et nous entraîne. Sur deux cents mètres, la position a été très remuée par le tir d'encagement, destiné à isoler le point que l'ennemi voulait attaquer. Passé ce point, nous nous éloignons du danger. Bientôt nous arrivons au P.C., nous descendons dans l'abri.

— Attendez, dit le lieutenant, que ça soit terminé.

La vie m'est rendue !

De retour au bataillon, on m'accueille ainsi :

— Qu'est-ce qui t'a pris ?

— On s'est dit : Dartemont veut décrocher une citation.

Mais je l'ai, ma citation ! Je me la suis décernée, et je me fiche bien de celle de l'armée, qui sanctionne les circonstances et ignore les mobiles.

Dans l'attitude de mes camarades, il y a de l'étonnement et quelque chose qui ressemble à un blâme, quelque chose qui sous-entend : il connaît les trucs ! Ils ne peuvent admettre que j'aie marché gratuitement. Mon geste leur semble inexplicable, et ils lui cherchent une explication d'intérêt. Si je confiais à Aillod que c'est à cause de lui que je viens de risquer ma vie, alors que ma fonction me protégeait, je l'étonnerais certainement. On n'a pas, à la guerre, de motif sentimental ! Et, si je leur confiais la décision que j'ai prise tout à l'heure sous les obus, si je leur confiais d'où je reviens intérieurement, ils ne me croiraient pas. Combien ont envisagé la mort résolument ? Je n'ai rien gagné à suivre cette impulsion qui m'a entraîné. Mais c'est pour moi que j'ai agi. Je suis assez content de ce mouvement irréfléchi et de la façon dont j'ai accepté mes responsabilités.

Nous recevons les états de pertes. Les blessés arrivent sur les civières et leurs plaintes attristent le crépuscule. On amène aussi un cadavre allemand qui était demeuré sur le front de la compagnie et qu'on a découvert dans les herbes. Les Allemands sont vraiment venus jusqu'à nos lignes, et ce cadavre est la preuve de notre victoire. On ne trouve sur lui aucun papier, aucun numéro de régiment. Les ennemis dissimulent toujours l'identité de leurs patrouilleurs afin de ne pas révéler l'emplacement de leurs divisions.

De bonne heure, je vais m'étendre sur ma couchette dans l'ombre. Je réfléchis sur les événements de cette soirée. Ainsi, pour être courageux, je dispose de ce moyen bien simple : accepter la mort. Je me souviens qu'une fois déjà, en Artois, alors qu'il était question de déboucher devant les mitrailleuses, je m'étais fait à cette idée pendant quelques heures. Puis les ordres avaient changé.

Ceux qui marchent, et c'est le plus grand nombre, en disant : « Il ne m'arrivera rien » sont absurdes. Cette conviction ne peut me soutenir, car je sais bien que les cimetières sont pleins de gens qui avaient espéré revenir, qui s'étaient persuadés que les balles et les obus choisissent. Tous les morts s'étaient placés sous la protection d'une providence personnelle, détournée des autres pour veiller sur eux. Sans quoi, combien seraient venus se faire tuer ?

Je me sens incapable de courage si je ne suis pas décidé à donner ma vie. En dehors de ce choix, il n'y a que fuite. Mais on prend cette décision pour un instant, on ne la prend pas pour des semaines et des mois. L'effort moral est trop considérable. De là, la rareté du vrai courage. Nous acceptons généralement une espèce de compromis boiteux entre la destinée et l'homme, qui ne satisfait pas la raison.

Jusqu'ici j'ai eu deux fois le courage absolu. Ce sera ce que j'aurai fait de plus grand dans la guerre.

Puis je pense au mot de Baboin : « Il s'agit de ne pas faire le malin… » Aujourd'hui j'ai fait le malin, et, si je veux « en revenir », il sera bon de ne pas céder souvent à de semblables impulsions…

Le bruit court d'une forte et prochaine offensive allemande sur un point qui n'est pas connu. Cette offensive est une conséquence de la défection russe qui a libéré d'importants effectifs ennemis. On dit que notre commandement s'y attend et que ses dispositions sont prises.

L'armée accorde sa confiance au général Pétain, qui s'est inquiété du soldat. Il a la réputation de vouloir économiser les hommes. Après les tueries organisées par Nivelle et Mangin, qu'on appelle ici des brutes sanguinaires, l'armée avait besoin d'être rassurée. On sait que les deux opérations victorieuses du nouveau généralissime, au Chemin des Dames et à Verdun, ont été conduites sagement, avec le matériel suffisant. Pétain a compris qu'on fait une guerre d'engins et que les réserves ne sont pas inépuisables. Malheureusement, il est venu trop tard.

La perspective de grandes batailles suffit à nous inquiéter. Mais le fait d'être assaillis ne nous effraie pas plus qu'une attaque dont nous aurions l'initiative. Nous estimons au contraire qu'il est prudent d'attendre. Égoïstement, nous souhaitons que l'affaire ne se déclenche pas en face de nous.

Le temps est clair. Chaque nuit maintenant, nous entendons des ronflements. Les escadrilles allemandes qui vont bombarder Paris franchissent les lignes au-dessus de nous. Les moyens nous manquent pour leur barrer la route. Mais nous saluons les avions invisibles :

— Les patriotes vont en prendre un vieux coup !

— Ça peut leur faire que du bien. Ce qu'il faudrait aux civils c'est quelques heures de bombardement sur le coin de la gueule !

— Histoire de voir s'ils crieraient : jusqu'au bout !

— Ce qui est idiot, c'est d'abîmer les monuments.

— Ah ! dis, celui-là ! Et ta peau, elle vaut pas un monument ? Est-ce qu'on se gêne pour te mettre les tripes à l'air ?

— Qu'ils en tâtent un peu les mecs de Paname !

— On se marrerait s'ils laissaient tomber une perle en plein sur le ministère de la Guerre !

— Tais-toi, défaitiste !

— Écoute-le, ce vendu, ce veau, ce volontaire foireux !

— D'abord, dit Patard, le téléphoniste de l'artillerie, à la guerre faut détruire. Ça sera plus vite fini.

C'est son principe, et il le met en action. Tout ce qui est intact, il l'abîme ; tout ce qui est abîmé, il l'achève ; et tout ce qui n'est pas gardé, il le vole. Ses poches sont gonflées d'objets étranges. C'est le plus grand chapardeur qu'on ait vu, la terreur des cuisines, des cantines, et des magasins. Son plus bel exploit est d'avoir « fauché » la culotte et les bottes de son général de division. L'affaire s'est passée au Chemin des Dames. Au fond d'un abri, Patard confectionnait des bonnets de police fantaisie qu'il pensait vendre aux hommes de son régiment. Mais il lui manquait du galon pour orner ses calots. Afin de s'en procurer, il s'offrit à aller sous le bombardement échanger à la division un appareil en mauvais état. c'est là-bas qu'en furetant il découvrit la culotte en beau drap fin, accrochée à un clou, une culotte rouge, la nuance qu'il lui fallait. Comme les bottes étaient à côté, il les prit par-dessus, et remonta aux tranchées. Le général fit un potin du diable, mais il ne s'est jamais douté que sa culotte avait fini, en minces lanières, sur la tête de ses artilleurs et qu'il la saluait chaque fois qu'il croisait ses hommes. Avec les bottes « aviateur », dont il a coupé les chaussures et changé la teinte, Patard s'est confectionné des guêtres dont il se déclare cyniquement enchanté : « Mon vieux, le général m'a pas volé ! »

Son passage à Verdun, en compagnie de son copain Oripot, a été aussi l'occasion d'une remarquable prouesse. Il la raconte ainsi :

— Bon ! On s'amène en ligne avec le sous-off et tout notre barda, du côté de Vaux. Le sous-off était un brave zigue, mais le secteur était moche : rien que des trous d'obus et un marmitage qu'avait fait rentrer sous terre tous les galonnards à perte de vue. « Bon ! que je dis au sous-off, pas la peine de dérouler le fil pour qu'on nous le coupe ? – Fais donc comme tu veux, qu'y répond. – Bon, que j'y dis, je vas un peu baguenauder avec Oripot pour trouver de la subsistance. – Qu'est-ce que tu veux trouver ? qu'y me dit. – Y a à trouver partout, que j'y réponds. » À force de tournailler dans ce désert, on dégote une casemate derrière le fort de Vaux, qu'était pleine de boustiffe à en crever, un dépôt de vivres, tout ce que tu peux rêver de mieux assorti. Mais pas moyen de s'infiltrer en douceur. La porte était gardée par deux territoriaux service-service. « Qu'est-ce que tu veux ? qu'y me demandent. – De la bectance, tiens ! – T'as un bon ? – Non, que j'y réponds. – Faut un bon ! – Quel bon ? » Y m'expliquent leur fourbi. « Bon, que j'y fais, je vas le chercher, le bon ! » On se ramène près du sous-off pour lui raconter la combine. « Mais, qu'y dit, je peux pas signer ça ! » (Y en a qui sont billes quand même dans les types instruits !) « T'as qu'à signer Chuzac ! » C'était un ancien officier du groupe qu'avait passé aux crapouillots. On revient trouver les territoriaux avec un bon de vivres pour vingt-cinq bonhommes. Ah ! les gars ! cinq bidons de gniole on a touché, avec des kilos de chocolat, de conserves, de l'alcool à brûler, tout, quoi ! On s'a planqués dans un grand trou d'obus ousqu'on a fait cuire le chocolat dans la gniole. En vingt-quatre heures on a séché les cinq bidons. Alors on est retournés chez les pépères avec un autre bon, puis un autre, puis un autre, jusqu'à la fin. « Vous avez donc jamais de pertes ? » qu'y disaient les toriaux. « On est dans un bon coin ! » que je répondais. Ah ! les vieilles noix !

— Mais, est-ce qu'on se battait autour de vous ?

— Ça, je pourrais pas te dire. Probable, quoique j'aie rien vu. Pendant trois semaines, on n'a pas dessaoulé dans le trou d'obus. On a bouffé et bu pour huit cents francs.

— Comment ça ?

— Le régiment a reçu la facture un mois après. Les territoriaux avaient fait suivre les bons à l'intendance. C'était des vivres remboursables, à ce qu'y paraît.

— Il n'y a pas eu d'histoire ?

— Bien sûr que si. I-z-ont fait une enquête. Mais va-t-en faire une enquête à Verdun ! Y pouvaient pas supposer que deux zèbres s'étaient tapé huit cents francs de gniole et de chocolat en trois semaines. On peut dire deux, parce que le sous-off consommait guère.

— On se l'est coulée à Verdun, vous pouvez croire ! déclare Oripot.

— Le plus marrant, complète Patard, c'est le frère d'Oripot, qu'est curé…

— C'est un honnête garçon ! dit Oripot.

— Je dis pas qu'il est pas honnête, mais il est quand même tarte ! Il écrivait à ce cochon-là : faut pas trop boire, pense à ta famille. C'est moi qui lisais les lettres parce que c't'endormi y voyait plus clair… Faut pas boire, qu'y disait son frangin. Ben, mince, alors ! Si on se saoulait pas, à quoi ça servirait de faire la guerre ?

Un matin, au réveil, le front gronde furieusement sur notre gauche, du côté de Chauny. Nous reconnaissons ce bruit d'orage, ce martèlement que la terre transmet, comme un corps conducteur, et qui se propage dans l'air en ondes tristes. Il se passe, pas loin, quelque chose de grave.

Nous n'avons aucun renseignement. Le roulement dure toute la journée et reprend le lendemain. Le courrier ni les journaux ne parviennent, ce qui est mauvais signe.

Le troisième jour, nous apprenons que l'offensive allemande a enfoncé le front anglais. Nous apprenons que des canons tirent sur Paris. La bataille tourne au désastre. Mais des informateurs optimistes affirment que ce recul est un piège tendu aux Allemands pour les « triquer » en rase campagne. Le tuyau vaut ce qu'il vaut, on s'en contente en attendant.

Une nouvelle doctrine militaire se répand : « Le terrain n'a aucune importance. » Évidemment ! Pourtant, nous sommes bien près de Paris pour l'innover. Et pourquoi alors avoir fait massacrer tant d'hommes pour réduire un saillant ou occuper une crête !

Le quatrième jour, les ballons d'observation ennemis sont franchement dans notre dos. Nous allons être tournés... Il est probable que nous ne nous tirerons pas indemnes de cette situation.

Les permissions sont suspendues. Des ordres arrivent, enjoignant de transporter à l'arrière le matériel et les munitions. Des corvées s'y emploient pendant deux nuits.

Ensuite, il y a contre-ordre. On remonte des cartouches et des caisses de grenades. Ensuite, on ne sait plus. Nous avons des ordres d'opérations, les uns concernant la résistance sur place, les autres l'évacuation. Le commandement hésite entre les deux. Nos préférences vont aux seconds, et il nous semble impossible de résister à une forte offensive avec le peu de monde qui tient les lignes.

Quelques jours se passent encore dans le doute.

Le secteur s'anime. Nous recevons de gros obus, qui sont manifestement des tirs de réglage. Notre cas est clair !

— Va encore falloir remettre ça ! murmurent les hommes des tranchées.

— Est-ce qu'il résisterait à un 210 ? nous demandons-nous en considérant notre abri.

— Avec un 210 allongé, on est sûrs d'y avoir !

Cette constatation ne raffermit pas notre moral, et nous désirons beaucoup n'avoir pas à nous battre. Nous sommes dans les premiers jours d'avril, les Allemands se trouvent près d'Amiens.

Subitement, nous évacuons les premières lignes pendant la nuit. Les compagnies sont reportées sur les crêtes des deuxièmes positions, et nous venons installer le P.C. du bataillon à l'arrière, dans une vaste grotte, pleine d'hommes, dont les abords sont encombrés de voitures chargées de matériel et de territoriaux en guenilles.

Le matin suivant, en face de nous, résonne le bombardement dont nous recevons les derniers ricochets. Les Allemands écrasent nos positions vides. Puis nous sommes informés qu'ils ont débouché et progressent lentement. Les nôtres se replient en leur faisant du mal. Tout le jour l'artillerie donne et les mitrailleuses crachent. Coucy est violemment bombardé. Nous ne quittons pas le commandement, nous ne voyons pas ce qui se passe en avant, nous ignorons où se trouvent nos unités.

Les compagnies profitent de la nuit pour se placer sur de nouvelles positions. La bataille reprend avec le jour, très confuse. Des obus tombent au hasard.

Nous abandonnons la grotte, nous reculons à travers champ, en suivant des ravins. Nous passons une partie de la journée sur les pentes d'une colline boisée. Tous les quarts d'heure, un sifflement formidable emplit le ciel. Des 380 s'enfoncent dans la terre molle de la vallée, mais aucun n'éclate. Plus tard, nous contournons des crêtes et nous venons retomber dans la plaine par les pentes d'un éperon.

Là, nous apprenons que le bataillon est organisé devant nous, de l'autre côté du canal, et la liaison reçoit l'ordre de le rejoindre. Par groupes de deux ou trois, nous nous engageons sur une route calme. En chemin, nous croisons des nôtres qui conduisent un grand prisonnier allemand, coiffé d'un casque de cuir, qui a l'air vexé et furieux. C'est un aviateur qui repérait nos sections en volant très bas et qu'on a descendu à coups de fusil.

Le bataillon est échelonné le long d'un talus perpendiculaire à la route. On nous apprend que « les Boches sont là, dans l'herbe, derrière la crête », en nous montrant un champ en pente qui bouche l'horizon. Ils doivent nous voir et hésiter : le combat dégénérerait en corps à corps. Personne ne tire et nos petits détachements continuent de circuler librement à découvert. Le voisinage des ennemis ne nous impressionne pas, bien moins qu'un bombardement. Les baïonnettes sont ajustées aux fusils. Nous attendons pour tirer qu'ils se lèvent : on verra bien. Ils ne sont que des hommes comme nous. Mais les Allemands ne tentent rien.

À la tombée du jour, nous recevons l'ordre de nous replier. Nous repassons le canal qui doit marquer le terme de l'avance ennemie. Notre mouvement s'opère en silence, sans pertes. Nous regagnons les hauteurs. Des caissons galopent. Autour de nous, des 75 ouvrent le feu. Des troupes sont arrivées auxquelles incombe la charge de défendre les nouvelles positions. La retraite s'est effectuée en bon ordre, sans trop de mal, sans que nous laissions de prisonniers à l'ennemi. Il est vrai qu'il a attaqué assez mollement, comptant sur son avantage stratégique qui nous contraignait à reculer.

Nous nous enfonçons dans la nuit, vers l'arrière. Nous nous acheminons vers de nouveaux hasards, mais il sera temps d'y penser au moment d'y faire face. Pour l'instant, notre rôle est terminé. Cette retraite heureuse nous donne une impression de victoire. Des bruits montent bientôt de la colonne. On entend des chants et des injures : nous sommes tirés d'affaire, cette fois encore.

V

En Champagne

Une marche de plusieurs heures, sous une pluie torrentielle, nous a conduits au cœur de la Champagne pouilleuse. Les grillages de l'averse nous parquent dans un lieu de désolation, l'horizon n'est qu'un ruissellement qui accable et dilue l'esprit. De tristes baraques, souillées de la boue que nous traînons à nos pieds, font penser à un camp de prisonniers. Nos vêtements sont traversés, nos vivres sont froids et nous manquons de feu. Pourtant la fatigue nous étend sur la paille humide des bat-flanc, mais une buée monte de nos corps et nous ne pouvons nous réchauffer. Dans les environs, nous n'avons aperçu ni un arbre ni une maison. Cette contrée est inhospitalière, hostile, la nature elle-même nous refuse un peu de joie.

Nous séjournons une semaine dans les baraques goudronnées, cernées de flaques épaisses, démunis de tout ce qui pourrait agrémenter notre vie.

Un matin, le capitaine qui commande par intérim nous emmène reconnaître les positions de soutien que nous devons occuper prochainement. Notre secteur est situé entre Tahure et la Main de Massiges, des noms que notre offensive de 1915 a rendus célèbres. Il est bien équipé et les boyaux s'étendent sur une grande profondeur, comme autrefois en Artois. On voit partout d'anciens emplacements de batterie et des abris inoccupés, dans le flanc des talus. Le bataillon de réserve occupe la contre-pente d'une crête, en arrière d'une autre crête qui masque les sommets où sont situées les tranchées. Sur notre droite, on découvre au loin une étendue verdoyante qui contraste avec la région nue et grise, comme saharienne, que nous avons sous les yeux. On nous dit que c'est l'Argonne.

Le P.C. du bataillon creusé en fosse, recouvert d'une bonne épaisseur de rondins, éclairé par des ouvertures au ras du sol, est relativement confortable. Nous n'allons pas plus avant aujourd'hui.

En revenant, nous faisons halte dans un village en ruine, à quatre kilomètres des premières lignes, où le colonel s'est établi avec son état-major dans de très beaux abris adossés à la paroi d'une carrière. Ces abris sont coquets comme des chalets de montagne et précédés d'une galerie protégée par des chicanes de sacs à terre. La propreté de leurs abords impressionne.

À travers les fenêtres, nous apercevons les secrétaires, en tenue d'intérieur, qui écrivent et dessinent sur de grandes tables, la cigarette aux doigts. Des machines à écrire imitent le bruit des mitrailleuses, d'une façon inconvenante et ridicule. Des ordonnances s'empressent, portant des cuvettes, des flacons d'eau de Cologne, et des cuisiniers, la serviette au bras, comme des maîtres d'hôtel. Nous n'approchons guère ces privilégiés, ces courtisans, qui nous tiennent à distance comme des petites gens. Ils redoutent que parmi nous se trouvent des cadets de Gascogne, susceptibles de faire une carrière trop prompte dans la faveur des grands. Chaque homme défend sa place et flaire dans tout autre un rival. La disgrâce présage le retour en ligne, la menace de mort. Ce monde d'employés connaît les racontars d'office et les secrets des bureaux. Son désir de flatter, de se rendre indispensable le porte aux excès de zèle. Il y a ici des caporaux qui sont redoutables même pour un chef de bataillon.

Les officiers de l'entourage du colonel (officier adjoint, de renseignements, du canon de 37, porte-drapeau, etc.) sont rasés avec soin, poudrés et parfumés, en gens qui ont du temps à consacrer à leur toilette. Ils doivent surtout se montrer de bonne compagnie, amusants à l'heure des repas. Ils ne s'occupent de la guerre qu'à la dernière extrémité, et, de préférence, de loin.

Le colonel paraît à son tour. C'est un homme grand et mince, aux longues moustaches gauloises, vêtu de kaki, le calot sur l'oreille, la poitrine bombée – très mousquetaire. (Dans le civil, avec un pantalon clair et des guêtres blanches, il ferait « vieux marcheur ».) Il se redresse à la vue d'un soldat, lui plante dans les yeux un regard magnétique, et le salue d'un geste ample qui peut signifier : « Honneur à toi, brave des braves ! » ou : « Rallie-toi toujours à mon panache ! » Malheureusement, au moment de la mêlée, ce panache demeure assez loin en arrière...

Ce ne sont là que des apparences, et j'ignore quelle est la valeur réelle du colonel, en dehors de son salut théâtral. Mais je me méfie toujours du manque de simplicité.

Le capitaine, dont l'audience est terminée, nous rejoint. Nous quittons Versailles...

Peu avant notre départ en ligne, un nouveau chef de bataillon est venu prendre le commandement de notre unité. C'est notre troisième commandant depuis que je suis à la liaison, sans compter les capitaines intérimaires. Ces changements nous inquiètent toujours. Du sang-froid de notre chef peut dépendre notre sort et de son humeur dépend notre bien-être.

Le nouveau venu a l'air méfiant. Il m'a remis les plans directeurs trouvés dans l'abri en me disant : « Vérifiez tout cela et complétez-le. »

Deux fois par jour, je prends mon masque, mon casque, mon revolver, ma canne, mon crayon et mes papiers, et je pars seul en reconnaissance topographique. Il est malaisé d'identifier le terrain parce que les bombardements ont tout nivelé, ont rasé tous les repères. Je dois faire le point en situant un détail des tranchées et partir de ce point pour déterminer les autres. Le secteur est très vaste, le front des trois compagnies s'étend sur environ douze cents mètres, au flanc de la première hauteur des monts de Champagne, dont les Allemands tiennent le sommet. Leur situation dominante nous a obligés à condamner une partie des boyaux datant de leur occupation et à creuser de nouvelles voies de communication pour échapper à leur vue et à leurs tirs directs de mitrailleuse. Il en est résulté un enchevêtrement de tranchées que je dois visiter pour me reconnaître, les indications portées sur les plans étant assez fantaisistes. Je franchis souvent des barrages de sacs à terre, j'apparais quelques secondes au niveau du sol, et je vagabonde dans les boyaux abandonnés qui s'écroulent et que l'herbe envahit. La pente qui fait face aux Allemands est déserte. Je me trouve dans une solitude complète sur des centaines de mètres, et, si j'étais blessé gravement, personne n'aurait l'idée de venir me chercher dans des endroits où je suis seul à aller. Dans les débuts, j'ai plusieurs fois reçu des balles, heureusement tirées de cinq cents mètres ; elles m'ont informé du danger que présentent ces vieux boyaux. J'y retourne pourtant, avec des précautions, autant par nécessité que par plaisir. J'aime cet isolement, ce silence, j'aime découvrir d'anciens abris, aux parois humides où poussent des champignons, qui ont le mystère poignant des ruines. Je sais que celles-là sont pathétiques et je rêve à la destinée des hommes qui ont séjourné dans ces lieux, dont beaucoup sont morts. Au plaisir se joint la fierté de connaître des coins secrets, qui deviennent mon domaine, sur ce terrain qu'une armée observe et qu'une autre défend.

Mon premier soin est de repérer les abris en bon état. Il arrive fatalement, pendant mes rondes, que la zone où j'explore reçoive des obus. Je cours m'abriter au plus près. Je crains davantage les obus que les balles. À cause de leur bruit stupide et de la façon dont ils déchirent les corps. Les balles ont plus de discrétion et opèrent plus proprement.

Je visite longuement les premières lignes, au point d'étonner les veilleurs qui se demandent quelle manie me pousse à rôder dans ces parages qu'ils aspirent à quitter. Le colonel veut des renseignements complets et exige que l'épaisseur des réseaux de fil de fer soit portée sur les plans. Ne pouvant songer à prendre des mesures en avant de notre ligne, j'évalue le mieux possible en regardant au-dessus du parapet. C'est une mission délicate qui pourrait, en cas de distraction, me valoir une balle dans la tête.

Tant de conscience ne m'épargne pas les reproches. Le commandant m'a dit dernièrement, avec sa brutalité coutumière, en me tendant une carte :

— Vous ne savez pas bien ce que vous faites. Cette escouade n'est pas là.

Nous pouvons juger, après une quinzaine de jours, que le commandant n'est pas un méchant homme. Mais il a de mauvaises manières et la crainte des responsabilités lui trouble l'esprit. J'ai répondu avec humeur :

— C'est vous qui faites erreur, mon commandant. L'escouade est bien là et je vous le montrerai sur le terrain quand vous voudrez.

— Vous en êtes sûr ?

— Tout à fait sûr, mon commandant.

— C'est bon !

Il a dû vérifier. Il ne m'en a plus reparlé, et, depuis, il affirme avec moins de sécheresse.

Nous venons d'apprendre l'offensive du Chemin des Dames, qu'une nouvelle brèche est ouverte dans notre front et s'élargit d'instant en instant. On raconte que les Allemands paraissent à Fismes quelques heures après le déclenchement de l'attaque, qu'ils y ont surpris un payeur général, des aviateurs, etc. Pour ceux qui connaissent la région, cette rapidité est accablante. Il est accablant aussi que l'ennemi marche sur Fère-en-Tardenois où nous avons vu des champs de munitions à perte de vue, d'énormes dépôts de matériel qu'il va capturer.

Deux forts coups de main sur les secteurs voisins de droite et de gauche nous ont occasionné des pertes. Les Allemands nous harcèlent d'obus à l'improviste. J'ai été surpris plusieurs fois par des tirs, et, l'autre jour, j'ai bien failli être tué dans un bas-fond. Tout va mal. La fin recule plus que jamais... Je pense, excédé :

« J'en ai marre ! J'ai vingt-trois ans, j'ai déjà vingt-trois ans ! J'ai entamé cet avenir que je voulais si plein, si riche en 1914, et je n'ai rien acquis. Mes plus belles années se passent ici, j'use ma jeunesse à des occupations stupides, dans une subordination imbécile, j'ai une vie contraire à mes goûts, qui ne m'offre aucun but, et tant de privations, de contraintes se termineront peut-être par ma mort... J'en ai marre ! Je suis le centre du monde, et chacun de nous, pour soi-même, l'est aussi. Je ne suis pas responsable des erreurs des autres, je ne suis pas solidaire de leurs ambitions, de leurs appétits, et j'ai mieux à faire qu'à payer leur gloire et leurs profits de mon sang. Que ceux qui aiment la guerre la fassent, je m'en désintéresse. C'est affaire de professionnels, qu'ils se débrouillent entre eux, qu'ils exercent leur métier. Ce n'est pas le mien ! De quel droit disposent-ils de moi ces stratèges dont j'ai pu juger les funestes élucubrations ? Je récuse leur hiérarchie qui ne prouve pas la valeur, je récuse les politiques qui ont abouti à ceci. Je n'accorde aucune confiance aux organisateurs de massacres, je méprise même leurs victoires pour avoir trop vu de quoi elles sont faites. Je suis sans haine, je ne déteste que les médiocres, les sots, et souvent on leur donne de l'avancement, ils deviennent tout-puissants. Mon patrimoine, c'est ma vie. Je n'ai pas de bien plus précieux à défendre. Ma patrie, c'est ce que je réussirai à gagner ou à créer. Moi mort, je me fous de la façon dont les vivants se partageront le monde, de leurs tracés de frontières, de leurs alliances et de leurs inimitiés. Je demande à vivre en paix, loin des casernes, des champs de bataille et des génies militaires de tout poil. Vivre n'importe où, mais tranquille, et devenir lentement ce que je dois être… Mon idéal n'est pas de tuer. Et si je dois mourir, j'entends que ce soit librement, pour une idée qui me sera chère, dans un conflit où j'aurai ma part de responsabilité… »

— Dartemont !

— Mon commandant ?

— Allez tout de suite voir à la 11ᵉ où sont placées les mitrailleuses.

— Bien, mon commandant !

Nous sommes de retour au camp. Nous y prenons un repos sans plaisirs ni distractions. Le soleil nous cuit dans les baraques. Mais nous ne pouvons rester dehors, sur ce plateau de terre crayeuse et sèche, écaillée par la chaleur, qu'on dirait retirée du four d'un potier.

Nos armées sont toujours en retraite. Sur les journaux qui nous arrivent irrégulièrement, nous suivons l'avance allemande. Ses progrès nous troublent, non parce qu'ils annoncent la défaite, car nous ne croyons pas qu'une défaite définitive soit possible avec le concours des Américains, mais parce qu'ils diffèrent encore la décision pour des mois ou des années. Les mots victoire et déroute n'ont plus de sens pour nous. Un cadavre, qu'il soit de Charleroi ou de la Marne, n'est qu'un cadavre. Nous avons tous des années de guerre, des blessures, nous voulons mourir moins que jamais.

Une épidémie de grippe a fait son apparition, on évacue beaucoup d'hommes. J'en ai subi les atteintes. Le soir de la relève, la fièvre m'a saisi, m'a coupé les jambes, net, à la sortie des boyaux. J'ai heureusement trouvé une carriole pour m'amener jusqu'ici. Je viens de passer quatre jours sur une paillasse, sans manger.

Aujourd'hui, au début de l'après-midi, je me trouve dans le bureau avec l'adjudant. Il est assis sur un banc et fume, et je suis roulé dans une couverture. Nous pensons aux événements. Il s'écrie, avec son accent du Midi, les mains aux tempes, en regardant le plafond :

— *Qué pastisse !*

— Il y a longtemps que cette histoire devrait être terminée si nous avions commis moins de fautes…

— Quand on pense qu'ils ont refusé la paix !… Vé, refuser la paix !… Bou Diou !… *Sions proprés, vaï !*

Le loquet claque. Un buste paraît dans l'encadrement de la porte. Nous reconnaissons Frondet, sale, hirsute, avec son visage de crucifié et ses yeux fiévreux. Nous voyant seuls, il entre. Il a un air étrange, un sourire bizarre. Il nous regarde, il nous sonde. Et cet homme bien élevé, d'une grande probité, ce croyant, nous dit très bas avec un ricanement cette parole terrible :

— *Ils* sont à Château-Thierry… Ça va peut-être finir !

Cette parole nous gêne… Il y a un long silence pendant lequel chacun de nous s'interroge, au bord de la trahison, accepte ou refuse le dénouement entrevu.

Puis l'adjudant retrousse ses manches, se frotte les mains au-dessus du vide. Le geste de Ponce Pilate…

— Ce qu'on veut, c'est retourner à la piôle !

Dans la nuit du 6 juillet, nous faisons halte dans le village où se tient le colonel. Le commandant, qui est allé prendre les ordres, nous annonce à son retour :

— Les Boches attaquent dans trois jours sur tout

365

le front de Champagne. On a des renseignements certains.

Nous nous établissons dans les ruines qui deviennent l'emplacement des réserves. Jusqu'au matin, je travaille avec l'adjudant à la rédaction de plusieurs notes urgentes.

Il est vraisemblable que la préparation d'artillerie se déclenchera de nuit et que les vagues allemandes déboucheront à l'aube. C'est la tactique des grandes opérations. Elle favorise la surprise et laisse une journée entière pour progresser en pays inconnu. Afin d'y parer, chaque soir, à la tombée du jour, nos troupes évacuent les tranchées sur une profondeur de deux à trois kilomètres, laissant sur place quelques hommes sacrifiés, chargés de signaler l'approche de l'ennemi en tirant des fusées. Ces troupes viennent occuper la position de résistance sur les crêtes qui défendent une ligne que l'ennemi ne doit pas franchir. Peu avant le jour, nos bataillons reprennent leurs emplacements habituels et manifestent par leur activité qu'ils sont toujours là. Il importe que l'ennemi n'ait pas connaissance de notre manœuvre. En somme, nous prenons contre lui les dispositions qui lui ont réussi contre nous en avril 17, sur certains points du Chemin des Dames. Il gaspillera son bombardement sur des positions vides et viendra se heurter à des positions intactes garnies de mitrailleuses. La bataille se livrera sur le terrain que nous avons choisi.

Pendant que nous étions au repos, le secteur s'est armé prodigieusement. Au réveil, nous découvrons partout des canons. Les talus, les pans de mur dissimulent des pièces lourdes, des 120 et des 155 longs, des 270 qui envoient des projectiles énormes. Sur la droite, les obus ont été simplement empilés dans les champs de blé qui leur font un camouflage naturel. La campagne est pleine d'engins, de gueules sombres qui menacent l'autre armée, de munitions de toute espèce. On dit que les tanks sont à l'arrière et que le général Gouraud a tout prévu. Ces préparatifs nous inspirent confiance.

Les batteries de secteur font une contre-préparation, qui a pour but de gêner les rassemblements ennemis. Entre le coucher du soleil et trois heures du matin, elles tirent chacune plusieurs centaines d'obus à l'ypérite. Les batteries nouvelles se taisent. Les Allemands doivent ignorer leur présence jusqu'au moment de l'action.

Il n'y a d'activité que de notre côté, et de nuit. Dans la journée, jamais nous n'avons connu le secteur aussi calme. On n'entend pas une explosion, pas un coup de fusil, on ne voit pas un avion allemand et l'ennemi ne monte même plus ses ballons d'observation. Il règne un lourd silence à l'infini, sous le ciel bleu. On distingue nettement le bruit de l'atmosphère d'été, fait de vies invisibles, de chants d'insectes, de battements d'ailes menues et du grésillement de la chaleur sur les cultures. Mais ce calme est un indice de plus. Nous avons lu dans les bulletins de renseignements qu'une semblable torpeur avait précédé les offensives sur Amiens et Château-Thierry.

Je figure sur la liste des permissionnaires au premier départ. J'attends l'attaque ou ma permission. Laquelle devancera l'autre ?

Quelques jours passent. C'est la permission… Je quitte en hâte mes camarades qui m'envient.

Le 15 juillet, je me rends chez des amis en banlieue. Dans le tramway, je déplie le journal. Un titre gras annonce l'offensive allemande de Champagne et son échec. Ma première pensée, instinctive : « J'y ai coupé ! » Ma seconde pensée va aux hommes de mon régiment, qui se battent en ce moment, reçoivent des obus et contre-attaquent. Je suis trop lié à eux pour les oublier. Dans quel état les retrouverai-je ?

Mes amis, qui sont industriels, ont un fils à la veille d'être mobilisé, ce qui inquiète beaucoup la mère. Elle a décidé de faciliter la carrière de son fils, de lui gagner des appuis qui lui permettront d'être affecté à une arme où il ne soit pas trop exposé ; leur choix s'est arrêté sur le service automobile. Cette mère prévoyante, en intriguant, a réussi à nouer des relations avec un général adjoint au gouverneur de la région et à l'attirer chez elle. On l'avait prévenue que ce général avait la manie de rimer des actes qui tiennent de la tragédie et de la revue. Pour achever de se l'attacher, elle a imaginé de monter un de ses drames, à l'occasion d'une fête de bienfaisance donnée au profit d'un petit hôpital qu'elle dirige. C'est à cette fête que nous sommes conviés.

On me présente au général. Nous sommes embarrassés l'un et l'autre. Nous ne savons dans quelle proportion concilier la hiérarchie et les rapports mondains. Le calot à la main, je salue, sans garde-à-vous, en m'inclinant. Mais je m'abstiens de dire : « Enchanté !... » (un soldat en uniforme ne peut être enchanté de rencontrer un général, même dans un salon). Il me regarde :

— Ah ! ah ! très bien ! Bonjour, jeune homme !

Il ne s'informe pas de la guerre ; ce n'est pas son rayon.

Je fréquente pour la première fois un général dans le privé ; j'observe celui-ci avec attention. C'est un petit homme ventru et rouge de teint, qui marche les jambes écartées, comme les cavaliers. Il porte l'ancienne tenue, tunique noire et pantalon rouge retombant sur des bottines à élastique. Il a la chevelure abondante du poète, l'œil malin, un air de faune sournois. À table on l'a placé à droite de la maîtresse de maison qui préside un repas de vingt couverts. Il parle avec une brusquerie militaire, il choisit dans les plats et flaire les bras des dames, comme pour se rendre compte de leur état de fraîcheur. Son esprit a un relent de garnison ; il conte des anecdotes plus lestes que celles qu'il est convenu de tolérer dans la bonne société. D'ailleurs il mange surtout solidement et boit le bourgogne avec une belle intrépidité. Il ne se détourne de son assiette que pour renifler ses voisines et lorgner leur décolleté. On trouve ces façons délicieuses de la part d'un homme qui doit protéger le jeune Frédéric, le fils de la maison. On fait un sort à ses plaisanteries.

Après le café, des automobiles nous conduisent

au camp d'aviation voisin. Un Bessonneau est transformé en salle des fêtes. On a aménagé une scène, installé des bancs et confié les rôles aux jeunes aviateurs, qui sont très répandus dans la bourgeoisie de l'endroit. Les soldats du camp, les blessés de l'hôpital et les gens du pays sont là. Le général, entouré des personnalités importantes, s'assied au premier rang dans un fauteuil, et le rideau se lève. Comme il fallait s'y attendre, la revue célèbre les vertus de la race et la valeur de nos combattants. Le fantassin, l'artilleur, le cavalier, le mitrailleur, le grenadier, etc. défilent tour à tour et débitent un couplet cornélien avec une véhémence toute guerrière. À la fin de chaque tableau, une France nimbée de draps tricolores les serre tous sur son cœur. Les alexandrins sublimes du général, où crapouillot rime avec godillot et barbarie avec Germanie, sont très goûtés des civils qui trépignent d'enthousiasme contenu. Il est vraiment dommage de laisser perdre tant d'énergie ; on devrait les armer sur-le-champ et les conduire en Champagne...

Le général reçoit beaucoup de félicitations, qu'il accepte avec la modestie du génie. Mon obscurité me dispense heureusement de lui adresser les miennes : ce qui émane d'un chef échappe au jugement d'un soldat. Enfin, on l'accompagne à son automobile militaire. Il s'installe sur les coussins avec soin et nous quitte en distribuant de petits saluts mous, comme des bénédictions d'évêque.

La maîtresse de maison s'aperçoit alors que l'enveloppe qu'il lui a remise pour son hôpital contient une somme dérisoire, un pourboire de bonne. On observe qu'il s'est assez mal tenu pendant le repas et je vois venir l'instant où il sera traité de grigou... Mais l'arrivée de Frédéric tempère les critiques : cet enfant n'est pas encore casé ! Jusqu'à nouvel ordre, il convient de trouver le général charmant, si fin, si spirituel...

Je constate combien il est utile pour un jeune homme, dans une période troublée, d'avoir un père riche et une mère active... Je me dis aussi qu'à tout prendre les généraux sont moins redoutables lorsqu'ils signent des poésies que des ordres d'opérations. Celui qui vient de partir, du moins, n'assassine que la langue.

Quand je rejoins mon secteur, tout est rentré dans l'ordre. On m'explique comment les choses se sont passées.

Le 13 juillet au soir, un fort coup de main du côté de Tahure nous a permis de ramener des prisonniers en tenue d'assaut. On a su par eux que l'attaque allemande, retardée par nos obus à gaz, était pour le lendemain matin. Tous les moyens de liaison ont immédiatement fonctionné. À onze heures du soir, l'armée Gouraud était alertée, les fantassins à leurs emplacements de combat et les artilleurs à leurs pièces. De part et d'autre, plusieurs centaines de mille hommes angoissés attendaient la rupture du silence.

À minuit, une immense lueur embrasait l'horizon. L'artillerie allemande commençait son tir. Sa première salve n'avait pas touché terre que le ciel s'empourprait du côté français. Notre artillerie commençait le sien, avec des moyens encore supérieurs. Mais nos coups portaient sur une armée massée et les projectiles ennemis s'acharnaient sur des positions vides. C'était nous qui détruisions, non seulement des abris et des unités, mais le moral des hommes qui auraient tout à l'heure à traverser cet ouragan.

Leur attaque eut lieu à l'aube, comme on le prévoyait. Notre artillerie ramena son tir sur nos positions abandonnées, puis le fixa en avant de la ligne de résistance. Des batteries de 75 spécialement destinées au barrage entrèrent alors en action. Les vagues successives de l'armée allemande, se conformant à leurs horaires, vinrent s'amonceler au même endroit et s'y faire écraser sans pouvoir franchir la zone du feu. De ses nouvelles positions, notre infanterie les mitraillait à bonne portée. La situation des assaillants devenant intenable, ils durent refluer et certains furent gazés dans des abris que nous avions ypérités en nous retirant. Dans la journée du 14 juillet, la grande offensive allemande (l'offensive « pour la paix ») était brisée, sans avoir pu entamer sérieusement nos positions. Les jours suivants, nos troupes réoccupèrent leurs emplacements anciens sans rencontrer beaucoup de résistance. On résume ainsi l'affaire :

— Les Boches sont tombés sur un bec !

On ne voit guère de traces de la dure bataille qui vient de se livrer. Les tranchées sont déjà relevées et les trous d'obus récents se confondent avec les anciens, sur cette terre stérile qui avait été souvent bouleversée. Une fois de plus les défenseurs ont vaincu.

Dans notre groupe, on ne compte qu'une victime : Frondet, mort de saisissement. Pendant le bombardement, un 210 ayant traversé les couches de rondins a roulé au milieu du grand abri où se trouvait la liaison du bataillon, sans éclater ni écraser personne. Mais il y a eu trois secondes terribles, en présence du monstre qui allait peut-être s'ouvrir et broyer les hommes pétrifiés. Le cœur de Frondet a lâché.

— Il est resté comme ça...

— La bouche ouverte, les yeux ouverts, t'aurais dit la bille d'un type qui appelle au secours au cinéma.

— On croyait d'abord qu'il rigolait...

Pauvre Frondet ! Oui, je vois bien la tête qu'il devait avoir – la tête qu'ils ont tous eue, sans s'en douter...

— Tu sais, comme émotion forte...

— Après ce coup-là, on est restés un bon quart d'heure sans pouvoir inventer un mot.

— On avait l'impression que si on parlait, on allait faire éclater l'outil.

— Est-ce que le bataillon a beaucoup trinqué ?

— C'est la 11ᵉ surtout qui a pris. Trois chefs de section et quarante hommes démolis.

— À la 9ᵉ ?

— Pas grand'chose. Ils ont eu la veine.

On ne nous relève pas. Les réserves doivent commencer à se faire rares. Nous reprenons nos habitudes.

Un matin, je fais ma ronde à travers le secteur.
Dans le ravin, je rencontre mon commandant de
compagnie, le lieutenant Larcher. Fort de son courage, de son ascendant sur ses hommes dont il partage les dangers, il a un peu de mépris pour les
embusqués du bataillon et le laisse voir. Il me
demande, avec un étonnement qui n'est pas sincère,
puisque je viens souvent et qu'il ne peut l'ignorer :

— Qu'est-ce que tu fais là ?

— Je contrôle les plans et je visite un peu le
secteur.

— Je vais te le montrer.

Il m'entraîne. Cinquante mètres plus loin, nous
trouvons un emplacement de mitrailleuse. Le lieutenant monte sur la banquette de tir, je monte à son
côté. Nous avons toute la poitrine hors du boyau.
Les lignes ennemies nous environnent et nous dominent. Je connais l'endroit, et j'ai déjà fait seul cette
expérience, mais de façon rapide. Aujourd'hui il
appartient au lieutenant d'en fixer la durée. Il me
désigne, parmi d'autres, un remblai de terre ocre à
trois ou quatre cents mètres.

— Les Boches sont là, et là, et là…

Il détaille complaisamment les positions… Je
vois : il s'agit d'un match d'amour-propre ! Nous
sommes ici tous les deux, sans témoins, très calmes,
en danger de mort. Je pose quelques questions d'un
ton froid et il me répond. Questions ni réponses
n'ont d'intérêt. Lui pense : « Ah ! tu te mêles de

374

visiter les lignes en amateur ! Je vais t'en dégoûter ! »
Et moi : « Nous sommes aussi capables d'une imprudence qu'un petit lieutenant, si brave soit-il… » Mais
les Boches ont bien de la patience ce matin !

Tatatata, ss-ss-ss-ss. Les balles sifflent autour de
nous. Le lieutenant a sauté dans le boyau, il me tire
par la manche.

— Tu vas te faire tuer !

Je descends posément. Je suis étonné, non des
balles – c'était prévu – mais qu'il ait si vite lâché
pied. Il me regarde profondément dans les yeux.
Simultanément, nous pensons : « Tiens, tiens… » Je
suis sûr de ne pas être pâle. Brusquement il me tend
la main :

— Eh bien ! bonne promenade, mon vieux !

— Merci, mon lieutenant, dis-je avec le ton naturel du subordonné.

Voilà à quelles stupidités nous nous amusons
encore en août 1918 ! Parbleu, je sais bien que si
j'avais commandé une compagnie, mes hommes
aussi auraient dit : « Le lieutenant Dartemont a du
cran ! » Il est vrai que je serais peut-être tué depuis
longtemps…

Deux coups de main ont troublé le secteur.

Un soir, au soleil couchant, devant l'abri du
bataillon, nous préparions gaiement nos paquets en
vue de la relève qui devait avoir lieu dans la nuit.
Des hommes avaient déjà descendu des caisses sur
la route du bas où viennent les voitures.

Une mitrailleuse aérienne nous fit lever la tête. Au-dessus des positions allemandes, deux avions se frôlaient, se cabraient et échangeaient des balles. Le ciel accapara l'attention du secteur. Tous les yeux cherchaient, avant d'en préférer un, lequel des acrobates portait nos couleurs...

Rrrran, rrrran, rrrran, rrrran, vraouf, vraouf, vraouf-vraouf... Le bombardement, le tremblement de terre... Vououou... Des 150 piquent sur nous. Nous nous jetons dans les escaliers de la sape, nous dégringolons jusqu'au fond... Là règne cette stupeur qui accompagne toujours un début d'attaque. L'angoisse nous étreint. L'obscure question surgit des profondeurs où elle sommeillait : « C'est peut-être l'heure ? » Nous nous regardons, muets : « Qui ? Qui sera frappé dans un instant ? », les supplications intérieures, le refus : « Non, non, pas moi ! » Nous sommes très secoués. Des obus lourds éclatent juste devant les entrées de l'abri, le boyau est exactement repéré, l'âcre fumée s'insinue et nous fait tousser. Or nous sommes à huit cents mètres des premières lignes. Ce tir en profondeur fait craindre une affaire importante.

Le téléphone tinte. Le commandant répond :

— C'est sur nous, oui, mon colonel... On ne sait pas encore... Surtout sur la droite... Oui, mon colonel... Je vous tiendrai au courant.

Est-ce que des hommes vont sortir ?... Le roulement sourd nous déchire la poitrine, les obus précis nous agitent de frémissements réprimés.

— Liaison !

L'adjudant fouille l'ombre. Dans un coin de la sape, une courte dispute : les coureurs défendent leur vie : « C'est pas à moi de marcher. – Ni à moi. » Alors, la condamnation : « Toi, et toi. » Quatre hommes partent aux compagnies, essoufflés avant d'avoir couru. Nous détournons les yeux à leur passage pour cacher notre joie honteuse : la décision nous menaçait tous… Ils attendent sur les dernières marches des escaliers. Après une rafale, ils se lancent dehors, tête baissée, une réserve d'air dans les poumons, comme des plongeurs.

Nous attendons leur retour. Il faut compter une grande demi-heure.

Deux coureurs arrivent de la 9e, dont l'un, hagard, est blessé. Le lieutenant Larcher informe que tout le monde est à son poste et que l'ennemi ne s'est pas montré devant lui.

À nouveau le téléphone. À l'arrière, le colonel s'impatiente, harcelé lui-même par la division. Les agents de liaison tremblent et se cachent. Mais le commandant a le bon esprit de grommeler : « Qu'ils viennent voir eux-mêmes s'ils sont pressés ! » et de ne pas exposer d'autres hommes.

Nous passons encore vingt minutes à nous demander si les Allemands ne vont pas arriver jusqu'ici…

Puis nous distinguons une éclaircie dans le bombardement.

— C'est joué ! dit l'adjudant.

Les poitrines soupirent profondément, la pression tombe. Un peu plus tard, d'autres coureurs apportent les premiers renseignements. L'ennemi a pénétré dans nos tranchées, sur le front de la 10ᵉ, et emmené des hommes, on ne sait exactement combien. Le lieutenant fera parvenir des détails dès qu'il aura éclairci la situation.

En attendant, nous allons voir les dégâts. Dehors, il fait nuit. Le boyau est effondré, nous enfonçons dans la terre remuée. Le front est silencieux, la fraîcheur tombe. Nous nous inquiétons à nouveau de la relève.

Enfin arrive le rapport de la compagnie. On peut reconstituer la marche de l'attaque. Le combat d'avions était simulé, destiné à détourner l'attention des veilleurs. Les troupes d'assaut étaient massées dans les tranchées abandonnées qui se trouvent entre les lignes. Aux premières décharges, elles ont bondi, sauté chez nous, cerné une section de mitrailleurs et lancé des grenades dans un abri. Le bilan s'établit ainsi : huit disparus, trois morts et sept blessés. Un des morts avait sa permission au bureau et partait le lendemain pour se marier.

Pour les morts et les blessés, aucune difficulté : on les passe par profits et pertes. Mais le commandement n'admet pas que des hommes disparaissent, n'admet pas la surprise ni certains risques de guerre. Il fallait des responsables. On incrimina l'officier mitrailleur et le commandant de compagnie, qui se tournèrent l'un contre l'autre. Le premier disait : « L'infanterie n'a pas soutenu mes mitrailleurs. » L'autre répondait : « Les mitrailleurs étaient là pour tirer et couvrir mes hommes. » La vérité était simple : les Allemands avaient inventé quelque chose qu'ils exécutèrent avec précision, ne laissant pas le temps à nos escouades de s'organiser. Au début d'une affaire, il y a toujours un peu de flottement dont ils ont profité. Leur succès était regrettable, mais mérité, et les combattants, qui n'ont pas de partialité, en ont convenu. On ne saurait donner une telle explication aux gens de l'arrière. Le colonel, blâmé par la division, fit sentir son mécontentement au chef de bataillon qui se vengea sur ses commandants de compagnie. Le blâme, cascadant d'échelon en échelon, finit par retomber, comme toujours, sur le soldat. Mais celui-ci a conclu avec philosophie : « Ce qu'il y a de sûr, c'est que les gars qui sont partis avec les Boches ont la vie sauve ! » Au lieu que les trois morts sont bien morts. Dans une baraque du camp, j'ai entendu Chassignol commenter l'événement en termes sobres, un bidon de vin à la main :

— Si le colon est plus marle que moi au créneau, je veux bien lui refiler mon flingue. Y discutera le coup avec Fritz !

— S'ils sont pas contents de notre boulot, ils n'ont qu'à nous limoger ! a dit un autre.

— On te limogera avec douze balles dans la viande, eh, fœtus de pauvre ! Les villégiatures et les pensions, c'est des combines pour les incapables !

— Pourquoi que je serais pas un incapable ?

— Parce que t'es rien. Rien ! T'es le *contingent*, un simple outil, à peu près autant qu'un manche de pelle. Si tu vis, c'est que les obus n'ont pas voulu de toi !

Nous avions une revanche à prendre. Il fallut s'exécuter. Le bataillon prépara un coup de main qui eut lieu quinze jours après. L'affaire nous coûta quelques blessés et quelques milliers de projectiles. Mais les Allemands s'attendaient trop à notre riposte pour n'avoir pas évacué leurs lignes aux premiers obus.

Depuis ces derniers temps, la division comprend deux régiments français et un régiment de nègres américains. Nous les rencontrons au repos où ils occupent un camp voisin du nôtre. Les poilus fraternisent avec ces nouveaux frères d'armes. Les blancs et les noirs boivent ensemble le pinard épais des cantines et échangent des pièces d'équipement. Les Américains sont plus généreux, étant plus riches. Ils tiennent un secteur à notre gauche, mais j'ai renoncé à y circuler parce qu'il est plein de danger. Toutes les armes sont chargées, les revolvers dans les poches et les fusils contre les parois des abris. Si l'une tombe, le coup part. S'il tue, c'est un accident inévitable à la guerre, dont ils ont une notion vague. Ils sont venus en France comme ils seraient partis pour des terres d'Alaska ou du Canada, en chercheurs d'or ou en chasseurs de fourrures. Ils font en avant de leurs lignes des patrouilles bruyantes, folles, qui ne tournent pas toujours à leur avantage. Ils lancent des grenades comme des pétards de fête nationale. Ils ont suspendu dans leurs barbelés ou accroché à des piquets des boîtes de conserve sur lesquelles ils tirent dans tous les sens. L'arrière est sillonné de balles américaines.

On raconte chez nous un fait qui se serait passé chez eux. Aux cuisines, un de leurs sergents distribue le café. Chaque soldat s'approche et tend son quart (ils ont des quarts d'un demi-litre). L'un a fini de boire. Il revient au sergent et demande : « Du rabiot ! – Non ! répond le sergent. – Non ? – Non ! » L'homme sort son revolver et tue froidement le sergent. Des gradés accourent, on s'empare du meurtrier, on attache une corde à un arbre et on le pend immédiatement. Les spectateurs rient, ils apprécient la farce… Les poilus aiment beaucoup cette histoire. Ils estiment que des gens qui font si bon marché de la vie des autres seront de fameux soldats. Nous comptons sur eux pour terminer la guerre.

Les jours passent. Nos victoires se succèdent. La fin approche sans doute. Clemenceau et Foch sont populaires, mais nous ne pouvons cependant pas les aimer : ils menacent notre vie, ils grandissent à mesure que nos rangs s'éclaircissent.

Or, notre vie prend une valeur de plus en plus grande depuis que nous essayons la possibilité de la sauver. Nous sommes de moins en moins disposés à la risquer. Aussi ne nous plaignons-nous pas de tenir si longtemps les lignes puisque partout ailleurs on attaque.

La nuit est troublée par un bruit sourd, un murmure d'océan, de foules en marche. Cela vient de l'arrière, descend des horizons, s'étale dans la plaine, monte vers nous comme une marée, Il se passe quelque chose dans l'ombre, quelque chose d'immense, d'impressionnant...

Le matin, nous voyons des canons lourds dans le ravin où cantonnent les troupes de soutien. Des tribus d'artilleurs nous chassent de nos abris. On nous prévient que désormais les routes seront interdites, réservées aux convois et que l'infanterie ne pourra emprunter que les pistes.

Ce déploiement de forces et ces mesures confirment la nouvelle qui a commencé de circuler : l'armée Gouraud attaque. Les nuits suivantes, les préparatifs continuent. Nous écoutons, avant de nous endormir, l'énorme bourdonnement humain. Le jour, tout se cache, tout dort. Le nombre des canons augmente. Dans les cagnas du bataillon, les commentaires vont leur train :

— On va être relevés.

— Probable ! c'est pas à nous d'attaquer après cinq mois qu'on en a roté dans ce coin !

— C'est les coloniaux qui viennent. On les a vus derrière.

Pendant deux jours nous attendons avec optimisme les troupes d'assaut. Le troisième jour, nous apprenons que les troupes d'assaut, c'est nous... L'enthousiasme manque.

Nous recevons des quantités de papiers, de cartes sur lesquelles je travaille sans arrêt à tracer des objectifs, des directions de marche. Nous déménageons plusieurs fois, devant le flot montant des artilleurs. La quatrième nuit, nous nous entassons dans des sapes humides, trop serrés pour nous étendre.

Nous ne dormons plus, nous sommes fatigués et inquiets. La puissance que révèle le grondement des nuits nous rassure un peu. Ceux qui viennent de l'arrière disent qu'il y a de l'artillerie partout. Ceux qui viennent de l'avant racontent que nos 75, recouverts d'un simple camouflage de toile peinte, sont posés sur la plaine entre les premières et les secondes lignes.

Nous pensons bien que « ça marchera ». Mais nous savons aussi que ça ne peut marcher sans pertes, qu'il faudra *passer le parapet*, mots qui glacent.

Le bataillon formera la deuxième vague du régiment.

Le soir du 24 septembre. Nous entamons la cinquième nuit, la dernière. Il y a trois ans, jour pour jour, j'étais aussi à la veille d'attaquer en Artois.

Nous montons occuper nos positions de départ où nous devons être rendus avant le bombardement qui commencera tout à l'heure. Nous marchons avec une compagnie. Les hommes sont équipés au complet, sans sac, avec plusieurs jours de vivres. Un capitaine adjudant-major est adjoint au commandant depuis quelques jours.

Nous nous entassons dans une grande sape du secteur de gauche, au bord du ravin qui sépare des premières lignes. Nous sommes trop nombreux pour la contenance de l'abri et je prévois que nous allons passer encore une nuit blanche. Or je suis décidé à dormir. Par précaution, pour faire une provision de sommeil sur laquelle je vivrai un jour ou deux. Ensuite parce qu'il est funeste de passer une veillée d'armes à réfléchir sur les péripéties d'une bataille à laquelle on ne peut rien changer. Je me glisse dans les premiers et je découvre des couchettes dans un renfoncement. J'en occupe une avec un camarade. Je m'enveloppe et je m'endors.

Je me réveille plus tard. L'ombre est pleine de dos, de corps mêlés. Je vois un homme accoudé qui fixe pensivement la flamme d'une bougie. Je demande :

— Quelle heure est-il ?

— Deux heures.

— C'est commencé ?

— Oui, depuis onze heures.

En effet, je perçois un roulement lointain. Les obus ne doivent pas frapper au-dessus de nous.

— À quelle heure sortons-nous ?

— 5 h 25.

Encore trois heures de sécurité, d'oubli... Je me rendors.

On me secoue brutalement. J'entends :

— Allez ! debout, on attaque...

On attaque ?... Ah ! oui, c'est vrai, voilà le moment... Une grande agitation m'environne. Les bougies éclairent des visages crispés et durs, reflétant cette colère qui est une réaction contre la faiblesse. Des questions circulent :

— Ça marche devant ?

— Est-ce que les Boches répondent beaucoup ?

Il faut presser ! Je saute de ma couchette. Je roule

384

ma couverture et ma toile de tente, la pensée encore lourde. Mon attention se porte sur mon équipement : mes deux musettes, mon bidon, mon masque, mes cartes, mon pistolet… Je n'oublie rien ?… Ah ! ma canne, ma jugulaire au menton… J'ai à peine terminé qu'on crie :

— En avant !

Nous sommes près d'une issue. Je prends place dans la file, je suis les autres. Nous sommes déjà au bas des escaliers, nous les gravissons, nous allons sortir… L'instant énorme où l'on renonce…

Dehors… Les souffles, les hurlements des artilleries déchaînées… L'aube incolore et froide. Nous y trempons nos visages comme dans un baquet d'eau glacée. Nous frissonnons, le teint vert, la bouche empâtée par cette puanteur d'estomac des mauvais réveils. Nous stationnons dans le boyau pour donner à la colonne le temps de s'organiser.

Des cravaches furieuses fouaillent l'espace, très bas, comme pour nous décapiter ; c'est la crise de folie de nos 75 dont le barrage nous précède. Au-dessus, l'artillerie lourde forme une voûte de ronflements, de halètements puissants. Un grand filet de trajectoires est tendu sur la terre, et nous sommes pris dans ses mailles. Partout les ondes sonores se choquent, se brisent, se résolvent en remous aériens… On ne décèle pas encore la part de l'ennemi dans cette tempête métallurgique qui submerge tout.

Cependant, des coups distincts indiquent des arrivées. Mais aucun obus ne tombe dans notre coin. Immobiles, nous attendons au seuil de la bataille, toute retraite coupée. Nos voix sont blafardes comme nos visages. Afin de me dominer, je dis à mon voisin, avec un débit lent affectant l'indifférence, mais après avoir préparé mes mots pour m'en rendre maître, comme s'il s'agissait d'une phrase en langue étrangère :

— La courroie de ton bidon est dégrafée, tu pourrais le perdre.

— En avant !

Nous partons dans les boyaux, l'affaire commence. Bientôt nous descendons les pentes du ravin, noyé d'une brume suspecte qui sent les gaz. Nous mettons les masques, pour les quitter parce que nous suffoquons. Nous franchissons la contre-pente et nous débouchons sur le plateau.

Nous voici sur les positions ennemies. C'est un tel chaos que nous devons quitter les tranchées et avancer sur la plaine. Nous découvrons une nature décharnée et repoussante, limitée au loin dans un horizon de fumée, un tourbillon de nuées grises, jaunâtres et tonnantes. Devant nous, à cinq cents mètres, progressent de minces colonnes qui prennent possession de cette étendue en éruption, qui conquièrent les flancs de cette planète désertique, déchirée et soufreuse. Entre ces colonnes éclosent des boules noires au cœur rouge : les obus de l'ennemi, assez rares.

Je me dis que ce spectacle a de la grandeur. Il est assez émouvant de voir ces groupes d'hommes fragiles, d'une petitesse dérisoire, ces chenilles bleues, si espacées, marcher à la rencontre des tonnerres, plonger dans les sillons et reparaître aux pentes de ces vallons d'enfer. Il est émouvant de voir ces pygmées régler la marche du cataclysme, commander aux éléments, se couvrir d'un ciel de feu qui défriche et laboure devant eux.

Toute grandeur cesse, toute beauté disparaît subitement. Nous côtoyons des corps éparpillés, brisés, des hommes bleus affalés dans le néant sur une litière d'entrailles et de sang. Un blessé se tord, grimace et hurle. Il a le bras arraché, le torse à vif. Nous le connaissons tous. C'est l'ordonnance de l'officier de renseignements, un colosse qui était embusqué mieux que nous... Nous détournons les yeux pour ne pas voir les reproches qui sont dans les siens, nous courons pour ne pas entendre ses supplications.

Ici, nous entrons vraiment dans la bataille – la chair alertée...

Il est neuf heures. Le soleil brille.

Après plusieurs arrêts, nous avons atteint le bord d'une vallée dont le fond est encore masqué par un brouillard léger. Au-dessus de ce brouillard émergent les pentes ennemies dont les tranchées nous menacent. Nous avons avancé de deux ou trois kilomètres sur des positions vides. L'ennemi s'était retiré, se couvrant seulement de troupes sacrifiées qui se sont rendues sans combattre. Nous avons croisé un détachement de prisonniers abrutis par le martèlement de la nuit.

Bientôt paraît le régiment des nègres, qui nous

suivaient. Ils s'alignent le long de la crête, leur masse se découpe sur le ciel. Au bout des fusils, des milliers de baïonnettes étincellent. Ils rient. Beaucoup ont déjà troqué leurs armes et leurs masques contre des pièces d'équipements allemands.

— C'est idiot de rester là, bien en vue ! font observer quelques sages.

Personne ne les écoute. Nous sommes un peu grisés par cette victoire. Nos pertes sont très faibles. Nous fraternisons avec les Américains.

Nous perdons une grande heure. Des escadrilles ennemies se montrent. Des avions de chasse vrillent sur nous gracieusement, nous désignent aux leurs sans que nous nous en souciions.

Enfin les Américains prennent un boyau qui conduit dans la vallée. Nous les saluons gaiement avant qu'ils disparaissent, très confiants.

Nous attendons encore longtemps. Le brouillard est complètement dissipé, notre bombardement a cessé. Pour la première fois aujourd'hui nous entendons les mitrailleuses...

Notre tour arrive. Le bataillon s'engage dans le boyau évasé, que les crêtes d'en face prennent d'enfilade sur toute sa longueur. J'ai devant moi un homme qui me sépare du commandant, précédé lui-même du capitaine adjudant-major.

L'ennemi nous voit. Des 77 et des 88 arrivent dans les parapets avec une précision et une régularité terribles. Les mitrailleuses les appuient. Un essaim de balles nous siffle aux oreilles, nous harcèle... Alors, un embouteillage se produit. La tête n'avance plus. Nous restons là, accroupis, pantelants, offerts comme des cibles le long de cette pente. Les points de chute se resserrent encore. Notre situation est impossible, si l'on s'obstine à descendre, nous laisserons des centaines d'hommes sur le terrain.

Un coup formidable, tout près. Des cris :

— À l'abri, à l'abri, vite !

Le commandant, très pâle, a fait demi-tour, il nous bouscule, il passe et se jette dans les escaliers d'un profond abri allemand qui se trouve à quelques mètres. Je comprends son affolement. L'obus a frappé de plein fouet dans le corps du capitaine adjudant-major, lui a explosé dans la poitrine, l'a projeté en lambeaux dans l'espace, sans faire par miracle d'autre victime. Cette mort, en terrifiant le commandant, nous sauve tous.

Nous nous pressons aux deux entrées de l'abri. Au moment d'y pénétrer, je reconnais le sergent Brelan, un instituteur, avec lequel j'ai parfois sympathisé. Je me retire :

— Après vous, sergent !

Ce geste prend deux secondes, le temps de recevoir une rafale d'obus ou dix balles... Élégance, désir d'étonner ? Je ne crois pas. Mais souci d'hygiène morale, mesure de protection contre la panique. Je redoute par-dessus tout que la peur m'envahisse. Il faut la dominer par quelque sottise.

Pendant deux heures, les obus lourds nous cherchent sous la terre. Nous passons le reste de la journée dans cet abri.

Nous profitons de la nuit claire pour descendre dans la vallée, dont le fond est un marécage qui a deux cents mètres de long. Nous le franchissons sur une étroite passerelle sur pilotis que les Allemands n'ont pas coupée, afin de conserver aux leurs un moyen de retraite. Quelques gros fusants éclatent juste au-dessus de nous.

Nos vagues successives du matin ne forment plus qu'une seule ligne au pied d'un talus de quatre mètres, limite de notre avance. En haut de ce talus commence un nouveau plateau balayé par les mitrailleuses allemandes qui tirent depuis la nuit. Les Américains ont été arrêtés ici, avec de grosses pertes. Les cadavres ont roulé en bas de l'à-pic. Ils se confondent dans l'ombre avec les vivants endormis. Nous devons attaquer au petit jour.

Un peu avant l'aube a lieu notre préparation. Nos obus frappent très près en avant de nous. Mais ils ne réussissent pas à démolir les blockhaus dont les mitrailleuses crépitent avec fureur.

Puis une batterie de 75 tire court. Nous distinguons nettement les quatre départs et les quatre obus nous arrivent dessus à une vitesse foudroyante. Ils tombent à quelques mètres. Le marais nous interdit tout recul. Nous sentons la mort nous prendre à revers, nous avons un quart d'heure de panique complète sous les coups fratricides. Nous envoyons toutes nos fusées rouges pour demander l'allongement. Le tir cesse et nous sommes si démoralisés que nous n'attaquons pas. D'ailleurs les mitrailleuses fauchent toujours.

Le jour est venu. Des obus lourds cherchent la

passerelle, pour couper nos communications. Ils font jaillir des gerbes de boue.

Dans l'après-midi, les mitrailleuses se sont tues. Nous avançons sans combattre. Devant l'entrée d'une sape est étendu un cadavre allemand, la tempe trouée : un de ceux qui nous ont retardés.

Nous progressons très lentement pendant quelques jours, avec de longs arrêts que nous imposent d'invisibles mitrailleuses. Le terrain conquis est couvert de cadavres des nôtres. Les Américains, qui ne savent pas se défiler ni s'abriter, sont très touchés. Nous les avons vus se déplacer au sifflet sous des tirs d'artillerie qui arrivaient au milieu de leurs sections et projetaient les hommes en l'air. Ils ont attaqué à la baïonnette, à découvert, le village de Sochaux devant lequel ils ont laissé des centaines de victimes.

En général, l'artillerie nous fait peu de mal et les Allemands n'ont qu'un petit nombre de pièces à nous opposer. Il est vrai qu'ils les utilisent bien et attendent d'avoir repéré un rassemblement pour tirer. Mais ils couvrent surtout leur retraite avec des mitrailleurs qui doivent avoir l'ordre de nous fixer un certain temps. Dans des terrains accidentés et nus, des mitrailleuses bien dissimulées ont une efficacité extraordinaire que nous éprouvons cruellement. Quelques sections résolues arrêtent des bataillons. Nous ne voyons pas d'ennemis. Quelques-uns se rendent au dernier moment, les autres se sauvent la nuit, leur mission terminée. Une fois de plus se confirme que l'assaillant, obligé d'adopter des formations denses, a le rôle le plus dangereux.

Si nous avions choisi la défensive en 1914, nous eussions évité Charleroi et fait un mal considérable aux armées allemandes.

Après plusieurs jours d'efforts, de pluie et de froid, nous sommes rassemblés sur l'extrême sommet des monts de Champagne, face à la plaine immense où commencent les Ardennes.

C'est l'après-midi, le soleil brille. Deux ou trois batteries allemandes nous harcèlent, mais les obus tombent heureusement en arrière d'un petit boyau qui nous protège des éclats.

Nous entendons un léger ronflement, qui grandit rapidement, qui rend une puissance surprenante, au point de dominer même les éclatements. Cela vient du ciel... Peu après, nous sommes survolés par une escadre de bombardement qui porte nos couleurs. Nous comptons plus de deux cents appareils formés en triangle, couverts par des avions de chasse, qui se déplacent à deux mille mètres de hauteur. Leur masse, flanquée de centaines de mitrailleuses, donne une impression de force irrésistible et n'a pas un écart lorsque l'artillerie l'attaque, sans lui faire d'ailleurs aucun mal visible. La division disparaît dans le ciel pur. Plus tard, nous arrivent les échos d'un chapelet d'explosions qui font trembler la terre : les avions écrasent un village, détruisent un point de rassemblement.

Au crépuscule, l'artillerie est calmée. Nous descendons les pentes par petits détachements. La

brume envahit et masque les lointains. Nous n'apercevons que quelques taches brillantes : des cours
d'eau ou des étangs qui reflètent les dernières lueurs
du jour. Puis elles s'estompent également.

J'ai pris le commandement d'un groupe d'isolés,
une dizaine d'hommes, dont deux agents de liaison
américains détachés auprès de nous depuis le début
de l'offensive. Ils portent l'un une pelle et l'autre
une pioche, et chacun un gros paquet de couvertures. Ils ont jeté toutes leurs armes, les trouvant
inutiles, pour s'en tenir aux seuls moyens de protection et de confort. Une conception si exacte des
nécessités du moment nous remplit d'admiration.

Nous passons la nuit dans un entonnoir de nos
obus de 270, où tiendrait une section.

Dans la matinée suivante, nous voyons venir à
nous deux officiers américains. L'un nous interroge,
j'isole des bribes de phrases :

— *I am... colonel... Have you seen ?...*

Je comprends que nous sommes en présence du
colonel américain qui cherche son régiment, la canne
à la main. Je lui explique par signes que je n'en sais
pas plus que lui. Ou plutôt, je ne peux lui communiquer ce que je sais. À savoir que son régiment, par
inexpérience, a perdu les trois quarts de son effectif
en six jours. (Il n'a donc pas regardé les grappes
d'hommes kaki étalés sur les plateaux, qui passent
lentement de leur brun naturel au vert de la décomposition ?) Pour le dernier quart, un peu dégoûté de
la guerre dont il a constaté les effets, il a dû aller
planter sa tente dans des endroits paisibles, du côté
des cuisines et du train de combat. Le colonel, navré,

s'éloigne dans la direction des coups de fusil. L'idée de ce colonel qui a perdu son régiment nous distrait le reste de la journée, qui se passe en toute tranquillité à manger des conserves et à fumer des cigarettes. Les obus portent loin en arrière et nous ne craignons rien des balles.

Malheureusement, le bataillon est regroupé le soir. Il faut renoncer à nous conduire isolément. Dans la nuit, nous reprenons la marche en avant, une marche incertaine, coupée de pauses interminables. Le jour nous trouve sur une belle route unie où notre colonne est vraiment trop visible. Le bataillon s'installe dans le fossé droit et se camoufle avec des feuillages et des toiles de tente.

Vers une heure, un avion allemand nous survole, vire plusieurs fois sur l'aile pour regarder ce qui se passe en bas. Il doit trouver la région transformée… On se fusille quelque part, mais les balles ne nous atteignent pas.

Cette journée finit mal. Vers cinq heures, nous sommes immédiatement fixés sur la destination des obus. Une batterie de 150 et une batterie de 88 nous prennent d'enfilade. Le tir est exactement réglé sur l'axe et la profondeur du bataillon. Au moment où nous y pensions le moins, la terrible angoisse nous prend à la gorge et serre les entrailles. Nous sommes immobilisés sous le bombardement systématique. Une fois de plus, notre vie est en jeu sans que nous puissions la défendre. Nous sommes couchés dans le fossé, repliés pour nous rapetisser, plats comme des morts, soudés les uns aux autres, ne formant plus qu'un étrange reptile de nos trois cents corps frissonnants aux poitrines bondissantes. Nous éprouvons cette impression d'écrasement que donnent les obus, cette impression d'acharnement, de férocité que nous connaissons bien. Chacun se sent visé, isolément à travers ceux qui l'entourent. Chacun se sent seul et se débat les yeux fermés dans ses ténèbres, dans le coma de la peur. Chacun a l'impression qu'on le voit, qu'on le cherche, et se cache dans les ventres, dans les jambes, se couvre, se protège des autres corps qui se détendent et lui communiquent leurs sursauts de bêtes à la torture. Les visions repoussantes que la guerre nous a imposées depuis des années nous hallucinent et nous dominent.

Les projectiles nous encadrent. Presque tous frappant sur la route et dans le champ à droite, derrière la haie. Il y a des blessés à dix mètres en avant de nous, il y en a d'autres plus loin. Ce bataillon de vainqueurs devient un bataillon de suppliants, qui s'humilient devant la brute. Je pense que c'est aujourd'hui le 2 octobre 1918, que nous sommes près de la fin... Il ne faut pas, il ne faut plus être tué !

Je le suis !... Sss... Le fracas qui fait osciller la tête, la décolle et laisse étourdi... la fumée nous enveloppe, nous poivre les yeux et les narines, nous emplit la poitrine d'un mélange irrespirable. Nous pleurons et nous crachons. L'obus est tombé à deux mètres, sur la chaussée. En tendant le bras, on touche le bord du trou...

Derrière, l'explosion d'un 150 est suivie de cris. On dit que le lieutenant Larcher est blessé : Larcher qui semblait invulnérable, qui avait participé à tous les coups durs depuis deux ans. Le voici blessé bêtement dans ce fossé de route par un ennemi en retraite qui dispose en tout de huit canons ! C'est stupide et injuste ! Et si Larcher est touché, personne ne se trouve à l'abri des coups du sort !

Les rafales nous coupent le souffle, mais que fait donc notre artillerie, bon Dieu !... Nous nous prosternons pendant une heure devant le hasard et la mort, jusqu'à ce que les deux batteries aient vidé leurs caissons.

La nuit vient. Les brancardiers s'éloignent dans le crépuscule qui sent la poudre, laissant derrière eux une traînée de plaintes qui tombent des civières. Les dernières équipes transportent des brancards silencieux, plus tragiques encore. Sur l'un est étendu Chassignole, le grenadier.

Petrus Chassignole, classe 1913, au front depuis le début, a été tué ce soir, 2 octobre 1918, après cinquante mois de misère.

Nous tournons plusieurs jours encore dans cette plaine. La liaison campe à un carrefour de chemins dans une forêt bombardée, où s'égarent même nos obus de 75.

Un peu en avant, ce qui reste de nos unités se heurte au village de Challerange où l'ennemi s'est retranché fortement et semble vouloir résister. Les Allemands contre-attaquent par surprise et nous font des prisonniers.

nous avons occupé le secteur, notre bataillon était en réserve. Et depuis une dizaine de jours, j'appartiens au service de renseignements, au bureau du colonel, où Nègre, profitant d'une vacance dans le personnel, m'a fait affecter. Il projette même de me faire nommer caporal. Je lui dis que ce serait ridicule, après cinq ans de vie militaire. Il me répond gravement :

— Si tu n'as pas de situation dans la vie civile, tu pourras entreprendre une carrière de sous-officier. Tes années de campagne comptent double. Il ne te manque plus que cinq ans pour avoir droit à la retraite. Ça mérite réflexion ! Il va falloir des cadres solides pour reconstituer une armée de métier. Avec un peu de chance, tu pourrais très bien décrocher le bâton d'adjudant !

— Tu es bien bon ! Mais toi, mon vieux, pourquoi ne rempilerais-tu pas ?

— J'ai mieux à faire. Il est temps que je me camoufle en honnête homme pour finir mes jours dans la prospérité.

— Et comment t'y prendras-tu ?

— Je deviendrai chauvin, super patriote, bouffeur de Boches, tout le tremblement !

— La mode en est passée, tu sais.

— Ah ! grand nigaud ! Tu ne comprends donc pas que ce sera le seul moyen de rentrer dans tes fonds, de récupérer ?

— Allons, allons, Nègre ! Nous allons un peu leur raconter la vérité à notre retour !

— Tu es jeune, mon fils ! À qui raconteras-tu la vérité ? À des gens qui ont profité de la guerre, qui s'en sont mis jusque-là ? Qu'est-ce que tu veux qu'on en fasse de ta vérité ? Tu es victime, tu es victime, ça n'intéresse personne. Où as-tu vu plaindre les imbéciles ? Incruste-toi bien ça dans l'entendement : dans quelques années, nous ferons figure d'imbéciles. Il est temps de changer de camp !

— Vis-à-vis des hommes de cinquante ans, tu as peut-être raison. Mais la génération qui vient nous écoutera.

— Et j'avais pu fonder des espérances sur toi !... La génération qui vient dira, écoute, pâle idéaliste, dira : « Ils veulent nous épater, ou ils radotent. » Tu as à peu près autant de discernement que ces mères qui comptent sur leurs recommandations pour éloigner de l'amour leur fille brûlante.

— Alors, toi, tu serais partisan d'une nouvelle guerre ?

— Je serai partisan de ce qu'on voudra !

— Et tu la ferais ?

— Pour la prochaine fois, ton vieux Nègre sera perclus, réformé, casé d'avance. J'aurai un commerce ou une petite fabrique de n'importe quoi, et je crierai : « Allez-y, les gars, jusqu'au bout ! »

— Et tu trouves ça propre ?

— Tu as bien décidément perdu ces cinq ans ! Malheureux jeune homme, je tremble, je tremble !... La vie m'effraie pour toi !

— Tu crois qu'un homme ne peut avoir d'opinions et s'y tenir ?

— Les opinions des hommes sont basées sur l'importance de leur compte en banque. *To have or not to have*, dirait Shakespeare.

— Avant la guerre, soit. Mais les choses auront changé. Il est impossible qu'une certaine grandeur ne résulte pas d'événements aussi exceptionnels.

— Il n'y a eu de grandeur que devant la mort. L'homme qui ne s'est pas sondé jusqu'au fond des entrailles, qui n'a pas envisagé d'être dépecé par l'obus qui allait venir ne peut pas parler de grandeur.

— Tu es injuste pour certains chefs…

— Parfait ! Attendris-toi, remercie, esclave ! Tu sais bien que les chefs font une carrière, une partie de poker. Ils jouent leur réputation. La belle affaire ! Gagnants, ils sont immortels. Perdants, ils se retirent avec de bonnes rentes et passent le reste de leur vie à se justifier dans leurs mémoires. Il est trop facile d'être sincère en se tenant à l'abri.

— Quand même, il y a eu de grandes figures : Guynemer, Driant ?

— Il y a eu des hommes convaincus et d'autres qui ont fait honnêtement leur métier, c'est évident. Guynemer, oui ! Songe pourtant qu'il évoluait en plein ciel, devant un sacré public : la terre. Ça vous tient un homme, ça ! Quoi de comparable avec le pauvre idiot qui est venu du fond de sa Poméranie, en gueulant le *Deutschland über alles* pour acquérir de la gloire à Guillaume, et qui a compris trop tard ? Quoi de commun avec le poilu qui envisage de se faire casser la figure dans la boue, d'une façon ignoble, sans témoins ni publicité ? Il risque tout : sa peau. Il gagne quoi ? L'exercice et les revues d'armes. Démobilisé, il devra chercher de l'embauche. Le patron trouvera qu'il pue et qu'il a de mauvaises manières… Je vais te dresser le bilan de la guerre : cinquante grands hommes dans les manuels d'histoire, des millions de morts dont il ne sera plus question, et mille millionnaires qui feront la loi. Une vie de soldat représente environ cinquante francs dans le portefeuille d'un gros industriel de Londres, de Paris, de Berlin, de New York, de Vienne ou d'ailleurs. Commences-tu à comprendre ?

— Alors que reste-t-il ?

— Mais rien, exactement rien ! Est-ce que tu peux croire à quelque chose après ce que tu as vu ? La bêtise humaine est incurable. Raison de plus, rigole ! On se fout de tout, nous ! Alors rentrons dans le jeu, acceptons les vieux mensonges qui nourrissent les hommes. Rigole, rigole donc !

— Et si nous le disions…

— Quoi ?… Tu as envie de crever de faim plus tard ?

— Mais sans toucher aux institutions, on peut bien dire la vérité sur la guerre ?

— Toutes les institutions, mon fils, aboutissent à la guerre. C'est le couronnement de l'ordre social, on s'en est aperçu. Et comme ce sont les puissants qui la décrètent et les minorités qui la font…

— On le dira…

— Ah ! tiens, tu es trop… Je vais voir un peu si les Prussiens ne sont pas disposés à rentrer dans leurs foyers.

Je vis, en compagnie de Nègre, dans un petit abri confortable et clair, où il y a un bon poêle. Nous occupons un camp, dissimulé dans les sapins, sur le versant de la montagne. Pendant que mon camarade est en tournée, je balaie et je fends du bois. Le soir, sur une table à dessin, nous préparons les comptes rendus de la journée et nous comparons les plans du secteur aux photos d'avion que nous communique la division.

Notre temps libre se passe en discussions animées, qui tournent généralement à ma confusion, tellement Nègre y apporte de passion et pousse la logique à l'extrême. Pourtant ces discussions n'altèrent pas notre amitié. C'est le principal.

Nous sentons venir la fin de la guerre.

Les télégraphistes ont capté des radios. Nous savons qu'il est question d'armistice, que les Allemands ont demandé des conditions de paix au G.Q.G. Le dénouement approche.

Un matin, vers six heures, un observateur nous réveille.

— Ça y est. L'armistice est à onze heures.

— Qu'est-ce que tu dis ?

— L'armistice à onze heures. C'est officiel.

Nègre se lève, regarde sa montre.

— Encore cinq heures de guerre !

Il endosse sa capote, prend sa canne. Je lui demande :

— Où vas-tu ?

— Je descends à Saint-Amarin. Je déserte, je vais me mettre à l'abri et je vous conseille de passer ces cinq heures au fond de la sape la plus profonde que vous trouverez, sans en sortir. Rentrez dans le ventre de notre mère Terre et attendez l'accouchement.

Nous ne sommes encore que des embryons, au seuil de la plus grande gésine qu'on ait vue. Dans cinq heures, nous naîtrons.

— Mais qu'est-ce qu'on risque ?

— Tout ! On n'a jamais tant risqué, on risque de recevoir le dernier obus. Nous sommes encore à la merci d'un artilleur mal luné, d'un barbare fanatique, d'un nationaliste en délire. Vous ne pensez pas, par hasard, que la guerre a tué tous les imbéciles ? C'est une race qui ne périra pas. Il y avait sûrement un imbécile dans l'arche de Noé, et c'était le mâle le plus prolifique de ce radeau béni de Dieu ! Cachez-vous, je vous dis... Salut ! On se reverra en temps de paix.

Il s'éloigne rapidement, il disparaît dans la brume du matin.

— Au fond, il a raison, me dit l'observateur.

— Eh bien, reste avec moi. Ici, on ne craint pas grand'chose.

Il s'étend sur la couchette de Nègre. Aucun bruit de guerre ne trouble le matin. Nous allumons des cigarettes. Nous attendons.

Onze heures.

Un grand silence. Un grand étonnement.

Puis une rumeur monte de la vallée, une autre lui répond de l'avant. C'est un jaillissement de cris dans les nefs de la forêt. Il semble que la terre exhale un long soupir. Il semble que de nos épaules tombe un

404

poids énorme. Nos poitrines sont délivrées du cilice de l'angoisse : nous sommes définitivement sauvés.

Cet instant se relie à 1914. La vie se lève comme une aube. L'avenir s'ouvre comme une avenue magnifique. Mais une avenue bordée de cyprès et de tombes. Quelque chose d'amer gâte notre joie, et notre jeunesse a beaucoup vieilli.

À cette jeunesse, pendant des années, pour tout objectif, on a désigné l'horizon couronné d'éclatements. Mais nous savions cet objectif inaccessible. La terre molle, gorgée d'hommes, vivants et morts, semblait maudite. Les jeunes gens, ceux du pays de Balzac et ceux du pays de Goethe, qu'ils fussent retirés des facultés, des ateliers ou des champs, étaient pourvus de poignards, de revolvers, de baïonnettes, et on les lançait les uns contre les autres pour s'égorger, se mutiler, au nom d'un idéal dont on nous promettait que l'arrière ferait un bon usage.

À vingt ans, nous étions sur les mornes champs de bataille de la guerre moderne, où l'on usine les cadavres en série, où l'on ne demande au combattant que d'être une unité du nombre immense et obscur qui fait les corvées et reçoit les coups, une unité de cette multitude qu'on détruisait patiemment, bêtement, à raison d'une tonne d'acier par livre de jeune chair.

Pendant des années, après qu'on eut laissé notre courage et bien qu'aucune conviction ne nous animât plus, on a prétendu faire de nous des héros. Mais nous voyions trop que héros voulait dire victime. Pendant des années, on a exigé de nous le grand consentement qu'aucune force morale ne permet de répéter continuellement, à chaque heure. Certes, beaucoup ont consenti leur mort, une fois ou dix fois, résolument, pour en finir. Mais chaque fois que la vie nous restait, après que nous en avions fait don, nous étions plus traqués qu'avant.

Pendant des années, on nous a tenus devant des corps déchirés et pourris, hier fraternels, dont nous ne pouvions nous défendre de penser qu'ils étaient à l'image de ce que nous serions demain. Pendant des années, jeunes, sains, gonflés d'espoirs trop tenaces qui nous torturaient, on nous a tenus dans une sorte d'agonie, comme la veillée funèbre, de notre jeunesse. Car pour nous, encore vivants aujourd'hui, survivants, le moment qui précède la douleur et la mort, plus terrible que la douleur et que la mort, a déjà duré des années...

Et la paix vient d'arriver brusquement – comme une rafale. Comme la fortune échoit à un homme pauvre et usé. La paix : un lit, des repas, des nuits calmes, des projets que nous n'avons pas eu le temps encore de former... La paix : ce silence qui est retombé sur les lignes, qui emplit le ciel, qui s'étend sur toute la terre, ce grand silence d'enterrement... Je pense aux autres, à ceux d'Artois, des Vosges, de l'Aisne, de Champagne, de notre âge, dont nous ne saurions déjà plus dire les noms...

Un soldat, en passant, me jette :

— Ça fait tout drôle !

On vient informer notre nouveau colonel que les Allemands quittent leurs tranchées et s'avancent à notre rencontre. Il répond : « Donnez des ordres pour qu'on ne les laisse pas approcher. Qu'on tire dessus ! » Il a l'air furieux. Un secrétaire m'explique : « Il attendait ses étoiles de général. » Notre joie doit l'offenser.

Ensuite, nous décidons d'aller, nous aussi, fêter l'armistice à Saint-Amarin. Nous remonterons ce soir. Nous estimons que le service de renseignements n'a plus de renseignements à recueillir ni à fournir. Depuis onze heures, nous ne sommes plus des soldats, mais des civils qu'on retient abusivement.

Nous descendons les sentiers en plaisantant gaiement.

Vououou... Nous nous jetons à terre, contre les troncs. Mais, au lieu d'une explosion, nous entendons un éclat de rire.

— Bougre d'idiot !

Celui qui a imité le sifflement d'un obus nous répond :

— Vous n'avez pas encore l'habitude de la paix !

C'est vrai. Nous ne sommes pas habitués encore à ne plus avoir peur.

À Saint-Amarin, tout le monde boit, s'interpelle et chante. Les femmes sourient, sont acclamées et embrassées.

Je sais à quel café trouver Nègre, et nous nous y rendons directement. Il s'y trouve en effet. Manifestement, il est un peu ivre déjà. Il monte sur la table, renverse les verres, les bouteilles, et, pour nous souhaiter la bienvenue, montrant la foule des soldats d'un geste large :

— Le 1561e jour de l'ère jusqu'au-boutiste, ils ressuscitèrent d'entre les morts, couverts de poux et de gloire !

— Bravo, Nègre !

Soldats, je vous félicite, vous avez atteint votre objectif : la Fuite.

— Vive la Fuite !

Nègre s'avance, nous presse sur son cœur, nous installe à sa table et appelle le patron :

— Holà, brave Alsacien, qu'on abreuve les vainqueurs !

Je crie, dans le bruit :

— Nègre, que pense Poculote des événements ?

— Ah ! c'est une autre affaire ! Tu sais que je l'ai vu ? À onze heures précises, je m'annonçais chez le baron. Il y a cinq ans que j'attendais ce moment. Il l'a pris de haut : « Vous désirez, sergent ? » Mais je l'ai calmé : « Mon cher général, je viens vous informer que désormais nous nous passerons de vos services et que nous laisserons à la Providence le soin de remplir les cimetières. Nous vous informons encore que, notre vie durant, nous aimerions ne plus entendre parler de vous ni de vos estimables collègues. Nous voulons qu'on nous f... la Paix, la Paix, la Paix ! Rompez, général ! »

Six mois plus tard, le régiment défile dans les faubourgs de Sarrebruck où les poilus ont fait des ravages sentimentaux. Ils ont naturellement exploité le succès avec la dernière énergie.

Sur le balcon d'une maison basse, une femme enceinte, dont la mine et le teint révèlent la nationalité, sourit un peu niaisement, désigne son ventre et nous crie, avec une amicale impudeur :

— *Bedit Franzose !*

— Tu crois pas, dit un homme, qu'on nous a bourré le crâne avec la « haine des races » ?

Table

Table

Gabriel Chevallier
au Livre de Poche

Clochemerle   n° 252

Tout a commencé quand Barthélemy Piéchut, maire de Clochemerle-en-Beaujolais, dévoila à Ernest Tafardel, l'instituteur, son projet :

« – Je veux faire construire un urinoir, Tafardel.

– Un urinoir ? s'écria l'instituteur, tout saisi, tant la chose aussitôt lui parut d'importance.

Le maire se méprit sur le sens de l'exclamation :

– Enfin, dit-il, une pissotière ! »

Cette vespasienne, destinée, bien plus peut-être, à confondre Mme la baronne Alphonsine de Courtebiche, le curé Ponosse, le notaire Girodot et les suppôts de la réaction, qu'à procurer un grand soulagement à la gent virile de Clochemerle, sera édifiée tout près de l'église où Justine Putet, aride demoiselle, exerce une surveillance étroite... Dès sa publication en 1934, *Clochemerle*, chronique rabelaisienne, a connu un énorme succès qui ne s'est jamais démenti. C'est maintenant un classique de la littérature comique.

En 1948, dix-huit ans après *La Peur*, quatorze après *Clochemerle*, Gabriel Chevallier publie un recueil de cinq longues nouvelles, *Mascarade*. Cinq portraits-charge hauts en couleur, drôles et cruels : le colonel Crapouillot, un dur des durs de 14-18, qui « veut des morts » pour faire sérieux ; tante Zoé, vieille fille bigote et pétomane ; Mourier, un as de l'homicide domestique ; Dubois, un as lui aussi mais du marché noir, et « le vieux », qui gratte son jardin pour déterrer son or. Cinq récits qui commencent dans la banalité avant de basculer dans le sordide et la tragédie.

Du même auteur :

DURAND VOYAGEUR DE COMMERCE, roman, 1929
LA PEUR, roman, 1930 ; rééd. Dilettante, 2008
CLARISSE VERNON, roman, 1933
CLOCHEMERLE, roman, 1934
PROPRE À RIEN, roman, 1936
SAINTE COLLINE, roman, 1937
MA PETITE AMIE POMME, roman, 1940
LES HÉRITIERS EUFFE, roman, 1945
CHEMINS DE SOLITUDE, souvenirs, 1945
LE GUERRIER DÉSŒUVRÉ, souvenirs, 1946
MASCARADE, cinq récits, 1948 ; rééd. Dilettante, 2010
LE PETIT GÉNÉRAL, roman, 1951
LE RAVAGEUR, théâtre, 1953
CLOCHEMERLE BABYLONE, roman, 1954
CARREFOUR DES HASARDS, souvenirs, 1956
LYON 2000, histoire de Lyon, 1958
OLYMPE, roman, 1959
LES FILLES SONT LIBRES, roman, 1960
MISS TAXI, roman, 1961
CLOCHEMERLE LES BAINS, roman, 1963
L'ENVERS DE CLOCHEMERLE,
propos d'un homme libre, 1966
BRUMERIVES, roman, 1968

Le Livre de Poche s'engage pour l'environnement en réduisant l'empreinte carbone de ses livres. Celle de cet exemplaire est de : 650 g éq. CO₂
PAPIER À BASE DE FIBRES CERTIFIÉES
Rendez-vous sur www.livredepoche-durable.fr

Composition réalisée par PCA

———————

Achevé d'imprimer en France par
CPI BUSSIÈRE (18200 Saint-Amand-Montrond)
en avril 2022
N° d'impression : 2063770
Dépôt légal 1ʳᵉ publication : septembre 2010
Édition 13 - avril 2022
LIBRAIRIE GÉNÉRALE FRANÇAISE
21, rue du Montparnasse – 75298 Paris Cedex 06

31/2781/8